Kathleen Popa

Charlottes Fest

Über die Autorin

Kathleen Popa und ihr Mann leben in der nordkalifornischen Wüste in einem alten, mit Büchern vollgestopften viktorianischen Haus. Sie haben zwei Söhne.

Kathleen Popa

Charlottes Fest

Roman

GerthMedien

Für Noah und Alex, meine beiden Jungs

Prolog

Die Kerzen sind reine Dekoration. Man braucht sie nicht, um zu beten. Tatsächlich ist es am besten, wenn man ohne alles auskommt und nur sich selbst einbringt.

Das ist eine der Wahrheiten, die ich lernen durfte.

Doch in dieser Jubelnacht in der Abgeschiedenheit meiner Berghütte, meines kleinen Verschlags, na ja, vielleicht eher in meiner Betonzelle, da möchte ich es feierlich haben. Heute will ich mich daran erinnern, wie es war, als ich hierher kam, getrieben von Ängsten und erfüllt von unzähligen Sorgen, die ich in Gebete verwandeln wollte. Welchen Reichtum habe ich seither gefunden! Gemessen daran wäre ein mit Samt und Seide dekorierter Raum durchaus angemessen, auch Weihrauch und Myrrhe würden passen. Doch ich habe ja allem Luxus abgeschworen. Was gerade noch geht, sind die Kerzen.

Vorsichtig entzünde ich die erste Kerze, dann die zweite, die dritte und vierte, schließlich die fünfte. Ich stelle sie in einer geraden Reihe auf den kahlen Beton. Dann verteile ich getrocknete Rosenblätter über den Boden und genieße ihren Duft, der sich mit dem süßen Aroma frischer Zimtschnecken mischt. Ich greife nach dem Granatapfel, den ich von Indias Baum gepflückt habe, und lasse meine Finger über die schon etwas verschrumpelte Haut gleiten. Dann teile ich die Frucht in zwei Hälften und drücke den

Saft in eine Tasse. Sie wird mir gleich als Abendmahlskelch dienen. Andächtig stelle ich die Tasse neben die Kerzen.

Nun ziehe ich meine Schuhe aus, knie mich auf den Boden und schließe meine Augen. Beten kann so wunderbar sein. Zuerst bin ich dabei ganz allein – so fühle ich mich zumindest –, das machte mir früher gelegentlich Angst. Aber ich gehe weiter, immer wieder folge ich dem gleichen Pfad, der nun schon ausgetreten und leicht zu gehen ist. Bald bin ich nicht mehr allein. Ich bin bei dem besten Freund, den man nur haben kann.

Heute bedarf es keiner Worte. Ich muss nicht immer reden, wenn ich bete. Heute lasse ich mich nur von der Liebe tragen, von der Freude und der Dankbarkeit. Ich öffne meine Augen, um das Abendmahl zu feiern, ziehe den Teller näher zu mir heran und halte die Zimtschnecke mit beiden Händen in die Höhe.

„Das ist mein Leib, der für euch geopfert wird …" Ich kann die Bibelstelle auswendig.

Während ich die Schnecke auseinanderziehe, fallen Zuckerguss, Rosinen und Walnüsse auf den Boden. Ich stecke ein Stückchen in den Mund, kaue und genieße.

Dann erhebe ich die Tasse. „Dieser Becher ist Gottes neuer Bund, der durch mein Blut in Kraft gesetzt wird …" Ich führe die Tasse an meine Lippen und nehme einen Schluck.

Ein Jahr ist vergangen, seit ich hier angekommen bin. Nachdenklich ruht mein Blick auf dem flackernden Schein der Kerzen. Wie schön ist der feurige, zuckende Reigen von Licht und Schatten, der mich an die Nacht am Strand erinnert, als meine tanzenden Freunde ein ganzes Universum funkelnder Sterne in den Nachthimmel schleuderten. Auch ich brachte damals meinen ganz persönlichen Tanz dar, während die Zeugen vergangener Zeitalter mich endlich als eine der ihren in die erlauchten Reihen aufnahmen …

Kapitel 1

Feuer hat mich schon immer fasziniert. Ich liebe das Orange der Flammen, das mich an die Farbe von Chrysanthemen erinnert. Ich mag es, wie das Feuer alles um sich auffrisst, während es sich unaufhaltsam ausbreitet.

Sogar an jenem Apriltag zog mich das Schauspiel in seinen Bann, obwohl die Flammen aus meinem eigenen Haus schlugen, als wären die Wände aus Wachs. Ich stand auf Susannes Rasen, immer noch in der schwarzen Kleidung, mit der ich von der Beerdigung gekommen war. Einen Schleier hatte ich nicht getragen, das war heutzutage in unserer Gegend nicht mehr üblich. Aber eigentlich hätte ich mein Gesicht gerne vor den Blicken der Trauergäste verborgen. Eine Beerdigung zerrt Schmerz an die Öffentlichkeit, den niemand sehen sollte. Und man sollte als Frau in dieser Situation nicht über sein Aussehen nachdenken müssen.

Schwarzer Rauch stieg auf, als ob das Haus, in dem Larry und ich gelebt hatten, sich hinter einem schwarzen Trauerschleier verbergen wollte, während das Feuer sein Inneres zerfraß.

Die Sonne war untergegangen und unwillkürlich näherte ich mich den Flammen, um mich zu wärmen. Susanne zog mich zurück.

„Du kannst nichts machen, Charlotte“, redete sie auf mich ein, ohne zu ahnen, worüber ich nachdachte. Sie legte ihren Arm um mich und drückte meinen Kopf an ihre Schulter. Einen Moment lang tat es gut, mich auf sie zu stützen. Doch dann richtete ich mich wieder auf. Ich musste diese Situation allein meistern, auf meine Art. Auch war mir bewusst, dass Susanne alles daran setzen würde, mich umzustimmen, sobald sie begriff, was ich vorhatte. Ich musste mich wappnen, denn zurzeit brauchte es nicht viel, um mich von etwas abzuhalten.

Aber mir erschien dieses Feuer wie ein Zeichen des Himmels, wie eine göttliche Zustimmung. Plötzlich hatte ich keinen Haushalt mehr, um den ich mich kümmern musste, Pflegebett und Rollstuhl mussten nicht mehr ins Parkinsonzentrum zurückgebracht werden. Das Feuer erledigte alles für mich. Ich hatte keinen Grund mehr zu zögern und es gab kein Zurück. Die Zeit war gekommen und ich konnte es einfach tun.

Dabei spielte Susannes Meinung eigentlich keine Rolle.

Es gab kein Thema, zu dem Susanne nicht eine klare Meinung vertrat. Während wir zur Beerdigung fuhren, bombardierte sie mich mit ihren Gedanken zum Verbleib meines Sohnes Garrett, der seit ungefähr vier Monaten verschwunden war. Sie wollte wissen, ob ich seine frühere Freundin angerufen hätte, ob seine Handynummer noch aktiv war und ob ich mit dem Personalleiter seiner früheren Firma gesprochen hätte.

Wie konnte sie nur annehmen, ich hätte irgendetwas unversucht gelassen, um Kontakt zu meinem Sohn zu bekommen? Natürlich, die meiste Zeit saß ich neben dem Rollstuhl, in dem Garretts Vater wie eine verwelkende Rose mehr und mehr in sich zusammensank und dieses schwache Schluchzen von sich gab, das die Krankheit ihm noch als letzten Ausdruck der Trauer gelassen hatte. Tag und Nacht verbrachte ich an seiner Seite und umsorgte ihn. Doch wenn die Krankenschwester zu ihren täglichen Besuchen kam, nahm ich mir die Zeit, um zu Garretts Wohnung zu fahren und an seine Tür zu klopfen, um Briefe in seinen Briefkasten zu stecken, ihn anzurufen und auf seinen Anrufbeantworter zu sprechen. An dem Tag, an dem Larry wieder mit Lungenentzündung ins Krankenhaus kam – war seitdem wirklich erst eine Woche vergangen? – startete ich meinen letzten verzweifelten Versuch, um Garrett an das Sterbebett seines Vaters zu bringen.

Sein Festnetzanschluss war tot, auch sein Handy war abgeschaltet. Ich hatte bereits herausgefunden, dass er ohne Vorwarnung eines Tages einfach nicht mehr zur Arbeit erschienen war und mit seiner Wohnungsmiete drei Monate im Rückstand war. Schon ein Jahr zuvor hatte seine Freundin mit ihm Schluss gemacht. Als Grund hatte sie mir seine Wutausbrüche und seinen Jähzorn genannt.

Das Feuer war nicht halb so schlimm wie das Verschwinden meines Sohnes. Von allem, was mir geraubt worden war, schmerzte mich der Verlust des Hauses am wenigsten. Ohne das Haus konnte ich leben.

Das Feuerwehrauto rumpelte die Straße entlang, bis es neben unserem Ginkgobaum zum Stehen kam. Ein lautes Stimmengewirr drang aus dem Funkgerät, dem aber niemand Beachtung schenkte. Ich atmete Rauch ein, doch der Großteil des Qualms zog nach oben. Eine Wasserfontäne entsprang an der Stelle, an der zwei Feuerwehrmänner in gelben Overalls standen. Sie richteten den Strahl auf das Feuerwerk, das einmal mein Zuhause gewesen war.

Ich ließ meine Hand in meine Umhängetasche gleiten und tastete mich an den vertrauten Gegenständen entlang: ein zerfleddertes Buch, meine kleine Bibel und das in genarbtes Leder gebundene Tagebuch.

„*Alles wird gut sein und alles wird gut sein und aller Art Dinge wird gut sein …*“, flüsterte ich unhörbar.

Ein Feuerwehrmann hatte die Handschuhe ausgezogen und kam über die Straße auf uns zu. Er hielt ein Klemmbrett wie ein Schild vor seine Brust und musterte die kleine Schar der Schaulustigen, bis unsere Blicke sich trafen.

„Charlotte Denys?"

„Ja?", antwortete ich fragend und gab ihm die Hand.

„Ich bin Matthew Huong von der Feuerwehr. Können Sie sich an mich erinnern?"

Ich sollte mich an ihn erinnern? Mühsam versuchte ich zu denken.

„Wir kennen uns aus der Gemeinde. Sie haben meine Tochter im Kindergottesdienst betreut. Es tut mir sehr leid, dass Sie Ihren Mann verloren haben."

Susanne trat hinzu. „Ich kenne Sie, Mr Huong. Mein Name ist Susanne Keyes. Wir haben einmal zusammen das Krippenspiel aufgeführt."

„Ja, stimmt." Er schüttelte ihr die Hand und wandte sich dann wieder mir zu. „Können wir unter vier Augen sprechen?"

Susanne trat zur Seite. Das gab mir Luft zum Atmen, während ich gleichzeitig ihren Halt vermisste. Ich folgte dem Feuerwehrmann.

„Das ist ein schrecklicher Tag für Sie, Mrs Denys. Es tut mir sehr leid. Wir können von Glück reden, dass es so windstill ist, sonst müssten wir befürchten, dass das Feuer auch die umliegenden Häuser erfassen würde. Aber Gott sei Dank haben wir es unter Kontrolle."

Ich nickte.

„Außer Ihnen und Ihrem Mann lebte niemand in dem Haus, stimmt das? Sie hatten keine Kinder oder andere Angehörige bei sich im Haus?"

„Nein, wir waren nur zu zweit. Unser Sohn, mmmh … wohnt nicht mehr hier."

„Haben Sie eine Vermutung, wodurch das Feuer entstanden sein könnte?"

Ich hatte keinen blassen Schimmer. „Den Heizlüfter hatte ich ausgeschaltet, bevor ich gegangen war, jedenfalls mache ich das normalerweise immer."

„... konnte die Beerdigung seines Vaters ja nicht besuchen, wenn er gar nicht wusste, dass er tot ist." Hinter meiner rechten Schulter höre ich Susannes Flüstern.

Ich drehte mich um und begegnete dem Blick einer Frau, die neben Susanne stand. Sie war vor kurzem in unsere Gegend gezogen. Susanne sah mich an, deutete meinen missbilligenden Gesichtsausdruck richtig und schwieg.

Mr Huong räusperte sich. Ich zwang mich, ihm wieder zuzuhören. „Was ich Ihnen zu sagen habe, ist noch nicht offiziell, aber hier geht es auch um Ihren persönlichen Schutz. Im Normalfall reden wir über solche Dinge erst nach Abschluss der Ermittlungen, doch uns liegen eindeutige Hinweise auf Brandstiftung vor. Es ist noch nicht sicher, wie der Brand gelegt wurde, aber eine Ihrer Nachbarinnen, Mrs Carol ähm ..." Er sah suchend auf sein Klemmbrett.

„Graham."

„Ja, genau, Carol Graham sah, wie eine Person von Ihrem Grundstück wegrannte, hinter dem Haus, durch den Garten. Es ist vermutlich ein Mann gewesen, doch weil er eine Kapuze trug, konnte sie ihn nicht beschreiben. Das Ganze ereignete sich während der Beerdigung, deshalb müssen wir davon ausgehen, dass der Brandstifter davon wusste."

Brandstiftung.

Das Wort lag zwischen uns in der Luft, undurchsichtig und unfassbar. Ich versuchte, mir die Bedeutung des Gesagten klar zu machen, doch die Bilder, die ich vor Augen hatte, passten nicht dazu: Larrys verfallender Körper im Sarg. Eine Handvoll Rosenblätter, die in die Grube hinabsegelten ...

„Haben Sie eine Vermutung, wer für das Feuer verantwortlich sein könnte? Gibt es jemanden, den Sie auf der Beerdigung vermisst haben?“

Ich schob meine Brille, die über den schweißnassen Nasenrücken gerutscht war, nach oben. Meine Hände zitterten. Ich verschränkte die Arme, um die Hände stillzuhalten.

Brandstiftung.

„Tut mir leid“, sagte Huong, „das ist wirklich mehr, als man verkraften kann, eine Beerdigung und ein Hausbrand am gleichen Tag.“

Ich sah schwach über meine Schulter. „Würde es Ihnen etwas ausmachen, wenn Susanne ...“

„Natürlich nicht.“

Ich streckte ihr meine Hand entgegen. Sofort war sie an meiner Seite und umfasste meinen Arm mit ihren perfekt manikürten Händen.

„Mrs Denys, gab es jemanden, der mit Ihnen oder Ihrem Mann im Streit lag? Vielleicht ein verärgerter Mitarbeiter Ihres Mannes ...“

Susanne runzelte die Stirn und fiel ihm ins Wort: „Larry ist schon vor sechs Jahren in Rente gegangen.“

Er notierte diese Angabe. „Vor sechs Jahren ... Gut. Mr Denys war der Chef von ...“

„ConjuTech“, antwortete ich.

„Manche Menschen sind sehr nachtragend, auch noch nach Jahren. Kämen vielleicht auch Nachbarn oder Verwandte in Frage?“

„Nein“, antwortete ich, „mir fällt niemand ein.“

„Hatten Sie Ihre Alarmanlage ausgeschaltet? Es gab kein Signal.“

Susanne schüttelte entschieden den Kopf. „Das kann nicht sein.“

„Wir hatten nur das Hauptgebäude gesichert“, erklärte ich, „in dem ich seit etlichen Monaten nicht war.“

„Seit Jahren“, verbesserte Susanne mich.

Ich spürte den tadelnden Unterton in ihrer Stimme und zuckte innerlich zusammen. Sie hatte recht. „Seit Jahren. Seit dem Ausbruch von Larrys Krankheit lebten wir im Gästehaus.“ Ich deutete auf den kleinen Anbau gegenüber der Garage. Die Flammen schlugen jetzt aus mehreren Fenstern an der vorderen Fassade.

Alles wird gut sein und alles wird gut sein ...

Mr Huong zog eine Visitenkarte aus seinem Klemmbrett und reichte sie mir. „Vielen Dank, Mrs Denys. Ich denke, fürs Erste habe ich keine Fragen mehr. Bitte rufen Sie mich an, wenn Ihnen noch etwas einfällt, das unsere Ermittlungen voranbringen könnte.“

„Mache ich.“

„Wo werden Sie heute Nacht schlafen?“

„Bei mir“, antwortete Susanne. Ich sah sie fragend an. „In Ambers Zimmer. Sie ist schon seit zwei Jahren verheiratet.“

„Das weiß ich, Susanne, schließlich war ich bei ihrer Hochzeit dabei.“

Der Feuerwehrmann sah von mir zu Susanne und wieder zu mir. „Haben Sie eine Handynummer, unter der wir Sie erreichen können?“

Ich gab ihm meine Nummer und er kehrte zu seiner Mannschaft zurück. Die meisten der Umstehenden kannte ich nicht. Teenager in Fußballtrikots mischten sich zwischen Damen in Bürokleidung. Ein junger Mann trug genau die Oakland-Raiders-Footballkappe, die Garrett immer angehabt hatte. Einen Augenblick lang dachte ich, er wäre es.

Aber es war nicht Garrett.

Noch nie konnte ich es leiden, wenn Susanne mich so ansah, als erwarte sie, dass ich ihre Gedanken lesen könnte. „Was ist?“, fragte ich gereizt.

„Ich denke nur, es wäre gut, du würdest deinen Sohn bald finden."

Was sollte ich darauf erwidern?

Ich sah zum Haus zurück. Mit einer erhobenen Axt in der Hand ging ein Feuerwehrmann auf meine Eingangstür zu. Die linke Außenwand meines Schlafzimmers brach gerade in sich zusammen.

Meine Hand wanderte wieder in meine Tasche und umklammerte meine Bücher, als wären sie Gottes Hand, während meine Lippen das berühmte Zitat der englischen Mystikerin Juliana von Norwich flüsterten: *„Alles wird gut sein und alles wird gut sein und aller Art Dinge wird gut sein."*

Einen Augenblick lang hätte ich mir fast selbst geglaubt.

Ich begleitete Susanne nach Hause und erledigte die Anrufe bei den Versicherungen – oder vielmehr, Susanne rief an und ich beantwortete die Fragen. Wie auch immer, wir erledigten es. Doch ehe sie anfangen konnte, wieder über Garrett zu reden oder mir vorzuhalten, was für eine schlechte Freundin ich ihr die letzten Jahre gewesen war, zog ich mich in das Zimmer ihrer Tochter zurück.

Drei Stunden lag ich in dem dunklen Raum und bemühte mich, geräuschlos zu schluchzen, als wäre ich die Darstellerin einer tragischen Rolle in einem Stummfilm. Einmal schneuzen und Susanne wäre an meiner Tür gewesen, da war ich sicher. Sie würde mich umsorgen, bemitleiden und sich um alles kümmern. Wahrscheinlich würde sie mir sogar die Tränen abwischen.

Ich versank in Trauer. Der berühmte Satz von Juliana von Norwich half auch nicht mehr. Im ersten Moment hatte ich geglaubt, der Situation gewachsen zu sein. Ich war eingehüllt in einen Nebel, der scharfe Kanten rund erscheinen ließ und die Härte meines Schicksals weich abzufedern schien. Geheimnisvoll, ja faszinierend wirkte der Anblick des brennenden Hauses zuerst.

War es nicht die beste Lösung? Larry musste nicht mehr in seinem Rollstuhl verkümmern, endlich war er diesem elenden Körper entkommen. Aber … nein! Ich vermisste ihn! Die Trauer traf mich mit solcher Wucht, dass ich mich vor Schmerz zusammenkrümmte und ein Kissen vor meinen Mund pressen musste, um nicht laut zu schreien.

Verzweifelt rieb ich mir die Augen, warf die Decken zurück und stand auf. Der dicke Teppich schluckte jedes Geräusch, dennoch schlich ich auf Zehenspitzen zur Tür, öffnete sie einen Spalt breit und versuchte, einen Blick ins Wohnzimmer zu werfen.

Der Fernseher lief. Susanne saß im Schneidersitz vor dem Tisch und arbeitete an ihrem Laptop. Daran hatte ich nicht mehr gedacht. Diese Frau schlief fast nie. Vor allem dann nicht, wenn sie meinetwegen einen halben Arbeitstag verloren hatte.

Leise zog ich die Tür wieder zu und wandte mich um. Da fiel mein Blick auf das Fester. Das war die Lösung! Es war groß genug und dicht über der Erde. Ich schlüpfte in den Bademantel, den Susanne mir ausgeliehen hatte, dann öffnete ich den Fensterflügel weit.

Tief atmete ich die frische, kalte Luft ein. Direkt unterhalb des Fensters wuchs ein Wacholderstrauch. Vorsichtig kletterte ich über den Fenstersims und platzierte meine nackten Füße nacheinander auf dem schmalen Streifen zwischen der Mauer und dem Busch. Dabei verfing sich das Nachthemd in einem der Äste. Als ich weitergehen wollte, gab es ein unangenehmes Geräusch. Ein handbreiter Riss klaffte in dem Stoff.

Susannes Rasen war kühl und feucht unter meinen nackten Füßen. Ich schlich zu ihrer Gartenlaube und setzte mich in den Schaukelstuhl, zog die Füße an meinen Körper und wickelte mir den Bademantel um die Beine. Die Dunkelheit der Nacht legte sich schwer auf mich, nur schwach erhellt vom rötlichen Schein der Straßenlampen und diesig vom Rauch meines ehemaligen Zuhauses auf der anderen Straßenseite.

Morgen früh würde ich Susanne die Kosten für das zerrissene Nachthemd bezahlen. Sobald ich ihr gegenüber jedoch andeuten würde, was ich als Nächstes zu tun beabsichtigte, würde das Nachthemd sie nicht mehr interessieren, da war ich mir sicher. Meine Pläne waren nicht wirklich weltbewegend. Aber für Susanne, die den Sinn des Lebens darin sah, ein Leben im Überfluss zu führen …

Ich hatte das Gegenteil im Sinn. Der Verzicht auf so viel wie möglich würde von nun an mein Ziel sein.

Kapitel 2

Zusammengekauert in der kalten Nachtluft konnte ich nicht mehr weinen, obwohl ich es wollte. Gerne hätte ich den Schmerz aus mir herausfließen lassen, doch stattdessen klumpte er sich wie ein Stein in meinem Magen zusammen.

Ich versuchte, mich an Larrys Gesicht zu erinnern. Nein, ich wollte nicht das wächserne, leblose Gesicht vor Augen haben, das ich zuletzt im Sarg gesehen hatte. Wie hatte er mich immer angesehen, wenn er mir sein Gesicht zuwandte, das Kinn leicht hob und lächelte? Er hatte diesen Ausdruck des Staunens und der Freude nie verloren, der mir immer das Gefühl gab, er würde mich zum ersten Mal sehen und das, was er da sah, würde ihm gefallen.

Wie lange war es her, seit er zuletzt so geschaut hatte? Seit etwa achtzehn Monaten hatte er seinen Kopf nicht mehr heben können, etwa zwölf Monate waren vergangen, seit er seine Augen nicht mehr hatte öffnen können. Nein, an diesen Larry wollte ich jetzt nicht denken.

Ich saß in dem Schaukelstuhl und sehnte mich nach dem Lächeln zurück, mit dem Larry mich an unserem zweiten Hochzeitsfest betrachtet hatte. Einen Monat, nachdem er seine Diagnose bekommen hatte, reisten wir nach Alaska. „Wir müssen fahren, solange ich noch kann", hatte Larry gesagt. Ich stimmte ihm zu.

An einem Tag fanden wir einen einsamen See, zur Hälfte war er mit Eis überzogen, alles war in frostig blaues Licht gehüllt. Unser zweites Hochzeitsfest fand ohne Gäste statt, es gab keinen Sektempfang und keine besondere Kleidung. Nur eine weiß blühende Schafgarbe hatte er mir ins Haar gesteckt.

Er hatte sich auf die Erde gesetzt und mit dem Rücken gegen einen Felsen gelehnt. Mit einer Handbewegung lud er mich ein, mich neben ihm niederzulassen. Lange Zeit saßen wir schweigend nebeneinander und ließen die weite, blaue Landschaft auf uns wirken. Schließlich berührte er sanft meine Hand und fragte: „Was sollen wir mit meinem restlichen Leben machen?"

Obwohl Jahre einer nur oberflächlich geführten Ehe hinter uns lagen, überfiel es mich in diesem Moment mit Macht. Ich weinte laut und stammelte: „Ich will dich wiederhaben!"

An der Art, wie er seine Augenbraue hob, erkannte ich, dass er mich genau verstand. Wir hatten uns nie verlassen, doch wir hatten die Zweisamkeit aufgegeben. „Ich will mich selbst wiederhaben!", schluchzte ich weiter. „Früher haben wir über alles geredet, darüber, was wir dachten, was wir gelesen hatten, aber seit Jahren haben wir fast keine Zeit mehr …"

Während die Worte aus mir herausbrachen, kam ich mir vor wie ein rasender Zug, der sich nicht mehr bremsen ließ. Aber es war die Wahrheit. Während unserer Verlobungszeit und in den ersten Monaten unserer Ehe hatten wir unendlich viel Zeit füreinander gehabt. Dann kam Garrett und alles veränderte sich. Larry musste sich um unseren Lebensunterhalt kümmern. Er nahm die Aufgabe ernst und wurde beruflich sehr erfolgreich. Unter seiner Leitung wuchs ConjuTech zu einer großen Firma, Garrett machte seinen Abschluss an der Stanford University und wir bauten unser Haus. Aber es lag Jahrzehnte zurück, dass wir so miteinander geredet hatten wie am Anfang. Nun wurde die Zeit knapp. Andererseits hatte Larry auch nur noch geschäftliche Bücher gelesen und ich verstand nichts von den Dingen, mit denen er sich gedanklich beschäftigte.

Er sah mich mit seinen blauen Augen lange schweigend an. Ich atmete tief durch und fasste meine Gefühle noch einmal zusammen: „Ich will *uns* wiederhaben." Damit hatte ich alles gesagt.

Wie würde er darauf reagieren? Würde er mich mit diesem *Geschäftsführerblick* mustern, den er sich über die Jahre angewöhnt hatte? Würde er meiner Personalakte eine negative Notiz für ungebührliches Verhalten beifügen? Was kam jetzt?

Dann geschah etwas, womit ich nicht gerechnet hatte: Er legte eine Hand vor die Augen und begann zu weinen. „Ich auch!", schluchzte er. Ich nahm seine andere Hand. „Ich auch", wiederholte er.

Ich rückte näher, wir legten die Arme umeinander und redeten, bis wir uns wieder in der Tiefe verstanden und keine Worte mehr hatten. Schließlich griff er nach seinem Gehstock und richtete sich langsam auf. Ich sprang auf und half ihm. Wir standen einander gegenüber und wie damals, als er noch ein mit Ketten behängter Hippie gewesen war, pflückte er diese Schafgarbe und steckte sie mir in die Haare. Dann räusperte er sich. Er nahm meine Hand und zog mir den zweikarätigen Diamantring ab, den er mir 17 Jahre zuvor als Zeichen seines beruflichen Erfolges geschenkt hatte. Damals hatte er den silbernen 25-Dollar-Ring abgelöst, den er mir zur Hochzeit geschenkt hatte.

Was wollte er damit zum Ausdruck bringen? Hatte ich etwas falsch verstanden? Er griff in seine Tasche und zog etwas heraus … den alten silbernen Ring!

„Das ist kein Zufall, oder?", flüsterte ich.

„Bist du einverstanden?"

Ja, das war ich. Ich durfte etwas erleben, was ich nie zu träumen gewagt hatte. Wie oft hatte ich mich nach diesem einfachen Silberring und allem zurückgesehnt, was damit verbunden war. Der Diamantring war immer wie ein Fremdkörper an meiner Hand gewesen. „Ja", sagte ich und weinte nun wieder. „Ja!"

Dort an jenem eisigen See wiederholten wir unser Versprechen. Unser einziger Zeuge war ein Fisch, der die Wasseroberfläche durchbrach. Wir küssten uns, bis Larry plötzlich losstürmte. Er hastete durch den Wald, so schnell er nur konnte mit seinem Stock, viel schneller, als ich für möglich gehalten hätte. Lachend folgte ich ihm. Was war denn nun schon wieder los? Schließlich erreichten wir die Straße und er hielt das nächste vorbeifahrende Auto an.

Wie konnte es anders sein, der Fahrer war ein Geistlicher! Larry gab ihm unsere Kamera, erklärte dem verdatterten Mann, dass wir gerade geheiratet hätten und fragte ihn, ob er so nett sein könnte, ein Foto von uns zu machen. Überrascht und offensichtlich in Eile machte der Mann nur ein Bild von uns, aber es wurde eine schöne Aufnahme. Ich lachte so natürlich, dass ich hübscher aussah, als ich eigentlich bin, und Larry mit seinem langen, silbergrauen Haar und seinen himmelblauen Augen strahlte in die Kamera.

Ein tolles Foto.

Sanft wiegte ich mich in Susannes Schaukelstuhl hin und her, schwelgte in meiner Erinnerung und lächelte vor mich hin. *Ich hätte das Foto vergrößern lassen sollen*, dachte ich, *ich hätte ...*

Meine Fotos! Entsetzt presste ich die Hand vor den Mund und stöhnte auf. Und dann konnte ich weinen. Dieser Gedanke hatte es geschafft, den tiefen Schmerz an die Oberfläche zu holen.

Kapitel 3

Es war aber doch nicht unmöglich, dass das eine oder andere Bild noch da war? Vielleicht gab es noch ein paar Ecken, die das Feuer verschont hatte …

Die meisten Fotos bewahrten wir im Wohnzimmer auf, wo wir sie in Kartons archiviert und auf Regalen stehen hatten. Nur einige wenige besonders schöne Fotos hatten wir in die Gästewohnung mitgenommen. An dem Tag, als wir von unserer Reise nach Alaska zurückgekehrt waren, hatten wir dieses Häuschen bezogen. Durch den Umzug wollten wir unser Leben vereinfachen und zu unseren Anfängen zurückkehren. Das Foto aus Alaska hatten wir über unser Bett gehängt.

Ich streckte meine Beine aus und stellte die Füße ins Gras. Dann ging ich auf mein Haus zu. Im matten Licht der Straßenlaterne sah es fast so aus wie immer. Konnte ich nicht einfach hineingehen, mir eine Tasse Tee kochen und meinen Kummer hinunterschlucken? Mein Tee, in meiner Tasse, in meinem Gästehaus? Auf dem Weg zum Haus duckte ich mich unwillkürlich hinter einer Reihe von Susannes Jasminsträuchern, die an Spalieren in die Höhe wuchsen, um mich vor den Blicken aus vorbeifahrenden Autos zu verbergen.

Dann verließ ich den Schatten der Jasminsträucher und ging auf die Straße zu. Der Asphalt war wärmer als der Rasen, auf dem ich bisher gegangen war. Ich trat ein paarmal auf der Stelle, um meine Füße zu trocknen. Dann überquerte ich die Straße.

Kaum hatte ich meine eigene Wiese betreten, als der Hund auf dem Nachbargrundstück zu bellen begann. Erschrocken wich ich zurück, aber der Basset war lauter als ein Nebelhorn.

Mir war klar, was er wollte. Larry hatte ihn durch das Loch im Zaun immer mit Hundesnacks gefüttert. Später, als Larry nicht mehr konnte, musste ich dann die Leckereien durch den Zaun schieben, um Larry eine Freude zu machen. Aber die Hundekekse waren verbrannt, genau wie alles andere auch. Mit seinem Gebell würde der Hund noch die ganze Nachbarschaft aufwecken!

Ich ging durch unser Gartentor, überquerte das Grundstück bis zum Nachbarzaun und hockte mich vor das Loch. „Wagner!"

Er verstummte. Ich hörte das Klimpern seines Halsbandes, während er angerannt kam. „Schau, Wagner, ich bin es nur."

Ich steckte meine Hand durch das Loch. Er leckte daran und ich streichelte seine Nase. Als ich mich wieder erhob, kratzte er am Zaun, aber er bellte nicht mehr. Ich wandte mich dem Haus zu.

Das rot-weiß-gestreifte Band, das die Polizei um das Gebäude gezogen hatte, verbot mir den Eintritt. Ich versuchte, durch unser Schlafzimmerfenster zu spähen, aber es war viel zu dunkel, um etwas erkennen zu können. Natürlich, die Scheibe war rußverschmiert, das hätte ich mir denken können.

Als ich wieder zurückgehen wollte, sah ich auf der anderen Seite des Gartens bei der Hortensie etwas Helles im dunklen Gras schimmern. Ich ging an der rot-weißen Absperrung entlang bis zu dem Strauch, bückte mich und hob es auf.

Es war eine Sammelkarte, die in der Mitte geknickt war. Im Dunkeln konnte ich das Bild nicht erkennen, aber es war eine „Magic: The Gathering"-Sammelkarte. Die seltsamsten Erinnerungen sind oft am schnellsten abrufbereit. Kaum hielt ich die Karte in der Hand, fühlte ich mich um 20 Jahre zurückversetzt, als Garrett diese Dinger gesammelt hatte. Ich schnupperte an der Karte, schloss die Augen und hatte den Eindruck, sie rieche immer noch nach den Händen eines kleinen Jungen.

Als ich die Augen wieder öffnete, fiel mein Blick auf weitere Karten, die unter der Hortensie verstreut waren. Wie ich es damals so oft getan hatte, bückte ich mich auch jetzt wieder nach diesen Karten, um sie aufzuheben. Während ich meine Hand nach der letzten Karte ausstreckte, berührte ich etwas Hartes. Es war Garretts Zauberwürfel. Ich schob meinen Arm noch weiter unter den Busch und fand noch mehr von Garretts Spielsachen, die wir in einer Dose auf seiner Kommode aufbewahrt hatten.

Was hat das zu bedeuten? Nun, vermutlich hatten die Feuerwehrleute ein paar Sachen aus dem Haus gebracht. Ich ging zu unserer Bank unter der Gartenlaube, um mich ein wenig auszuruhen.

Brandstiftung.

Jemand hatte unser Haus angezündet. Es war fast zum Lachen. Wie konnte jemand so wütend auf mich sein, ohne dass ich davon wusste? Beim besten Willen, ich konnte mir nicht vorstellen, wer das sein sollte. Ich hatte keine Ahnung. Außerdem war es mir egal. Es machte mir nichts aus, alles zurückzulassen.

Alles, bis auf die Fotos. Sobald es Morgen würde, wollte ich den Feuerwehrmann anrufen und fragen, wann –

Das Gartentor öffnete sich quietschend. Erschrocken duckte ich mich in den Schatten der Laube und hielt den Atem an.

„Charlotte?“

„Susanne!“ Fast schrie ich ihren Namen und versuchte verzweifelt, meine Verlegenheit zu verbergen. „Musst du mich so erschrecken?“

„Was machst du denn hier?“

„Das ist mein Zuhause.“ Die Antwort war nicht besonders tiefsinnig, aber etwas Geistreicheres fiel mir nicht ein.

„Weißt du, wie spät es ist?“

„Woher wusstest du, dass ich hier bin?“

„Carol hat mich angerufen.“

„Ich war's, Charlotte“, kam eine Stimme von der anderen Seite des Zaunes. „Wagner hat mich geweckt. Ich dachte, vielleicht ist es ein Einbrecher oder ... sonst jemand. Ich habe gesehen, wie ein Mann von deinem Haus weggerannt ist, haben sie dir das erzählt?“

„Ja, das weiß ich schon.“

„Denken sie, dass es Brandstiftung war?“

„Könnte sein.“

„Ich wünschte, ich hätte genauer hingesehen. Ich kam gerade mit dem Auto zurück, als ich jemanden um die Ecke rennen sah, ganz kurz, nur eine Sekunde lang. Zuerst dachte ich mir nichts dabei. Aber dann sah ich den Rauch. Der hat bestimmt das Feuer gelegt.“

„Danke, dass du es der Feuerwehr erzählt hast.“

„Geht es dir gut?“

„Es geht, danke, Carol. Tut mir leid, dass du meinetwegen geweckt wurdest.“ Carol ging zurück in ihr Haus und ich redete im Flüsterton weiter. „Was hattest du denn vor, Susanne? Wolltest du den Brandstifter allein stellen?“

„Du warst nicht in deinem Zimmer, Charlotte. Da war mir klar, dass der Hund wegen dir angeschlagen hat. Was machst du hier? Das ist ein Tatort.“

„Ich ... ich wollte ...“ Hilflos schüttelte ich den Kopf.

„Lass uns gehen. Du hast ja nicht einmal Schuhe an.

Außerdem solltest du hier keine Fingerabdrücke hinterlassen!"

„Sehr witzig."

Ich ließ die Karten und Spielsachen in der Tasche des Bademantels verschwinden und folgte ihr zum Haus.

Dort angekommen, kochte sie Tee. „Du hättest ruhig auch durch die Tür gehen können."

„Dann hättest du bestimmt versucht, mich aufzuhalten."

„Komm rein." Sie ging mir voraus ins Wohnzimmer und ließ sich aufs Sofa fallen.

Ich setzte mich neben sie. „Hast du renoviert?" Das bisher weiße Zimmer war nun Blau gehalten mit einer passenden hellen Ledergarnitur.

Sie beugte sich zu dem Glastisch, griff nach ihrem Laptop und rückte ihn auf ihrem Schoß zurecht. Ich war eigentlich ziemlich müde und falls ich mir jetzt ihren Internetauftritt anschauen sollte ... Aber das war nicht ihre Absicht. Sie öffnete eine Datei und da erschien, gleich als Erstes, ein Foto von Larry. Es war eines der schönsten Bilder, die es von ihm gab, ein Porträt, etliche Jahre alt, aus der Zeit, als ConjuTech bekannt wurde. Er hatte überlegt, ob er dieses Bild an die Zeitung schicken sollte, hatte sich dann aber für ein anderes, neutraleres Foto entschieden. Hier auf diesem Bild wirkte er heiter und gelöst, etwas zerzaust, aber sehr attraktiv. Ich hätte damals dieses Bild für die Zeitung genommen.

„Susanne ..." Ich wollte zum Ausdruck bringen, was dieses Bild für mich bedeutete, aber ich brachte kein weiteres Wort heraus. Mühsam kämpfte ich die aufsteigenden Tränen nieder.

Als Nächstes kam ein Bild von Garrett, wie er neben Susannes Tochter Amber stand. Es war ihr erster Kindergartentag.

„Wir haben immer gehofft, sie würden eines Tages heiraten", sagte Susanne und ließ die folgenden Fotos der Datei über den Bildschirm laufen.

Sie hatte über hundert Bilder; manche kannte ich gar nicht. Bilder von unserer Hochzeit und von Garrett kurz nach der Geburt. Für mich waren diese Bilder wie ein Wunder. Doch das Beste kam zuletzt: Da waren wir, Larry und ich, strahlend und glücklich. Er trug das blaue Flanellhemd, ich hatte die Schafgarbe im Haar, hinter uns funkelte der See in Alaska.

Ich strich mir die Tränen aus dem Gesicht: „Genau das habe ich vorhin gesucht!"

„Ich hatte eigentlich vor, die ganze Sammlung noch grafisch aufzuarbeiten, aber ..."

„Das ist nicht nötig."

Sie drückte eine Taste, um die CD aus dem Computer zu entnehmen und reichte sie mir.

„Susanne?"

„Was ist?"

Ich öffnete den Bademantel und zeigte ihr den Riss in ihrem Nachthemd. „Mir ist aus Versehen ..."

„Charlotte", unterbrach sie mich, „das macht doch nichts. Geh jetzt schlafen."

Ich umarmte sie und dankte ihr noch einmal. Dann ging ich in Ambers Zimmer und schloss die Tür. Die CD mit den Fotos legte ich mitten auf die Anrichte, dann arrangierte ich Garretts Sammelkarten und Spielsachen sorgfältig darum herum. Doch kurz darauf überlegte ich es mir anders, nahm Garretts Schätze und vergrub sie tief in meiner Handtasche.

Als ich im Bett lag, flüsterte ich wieder die gleichen Worte: *„Alles wird gut sein und alles wird gut sein und aller Art Dinge wird gut sein."*

Kapitel 4

Mich weckte eine Musik, die mir wie ein akustisches Abführmittel erschien, ein wirres Durcheinander von technischen Klängen, Windspielen und dem Geblubber von in Wallung versetzten Verdauungssäften – eine absolut grausame Geräuschkulisse, wie ich sie lange nicht mehr gehört hatte.

Jetzt dröhnte diese Musik über mir so laut, dass das Regal klappernd gegen die Wand stieß. Eine gespenstische Stimme begann nun, zwischen den Klängen zu wispern. Ich drehte mich auf den Rücken und suchte mit den Augen nach den Lautsprechern. Endlich entdeckte ich sie, ganz oben an der Decke, blau gestrichen, im gleichen Ton wie die Wände. Sie waren fast genau über meinem Kopf.

„Susanne!" Ich konnte meine eigene Stimme kaum hören.

Schnell warf ich mir den geliehenen Bademantel über, presste die Hände über die Ohren und floh aus dem Zimmer. Im Flur war es nicht ganz so laut. Erleichtert schloss ich die Tür zu Ambers Raum. Dennoch vibrierte das ganze Haus von der Musik. Gleichzeitig verkündete der Fernseher dem leeren Wohnzimmer lautstark die Morgennachrichten. Ich schaltete ihn ab. „Susanne!"

Sie kam aus ihrem Schlafzimmer und wickelte sich ein Handtuch um die Haare. „Was ist denn?"

„Wo ist der Schalter in Ambers Zimmer?"

„Was für ein Schalter?"

„Für die Musik!" Ich ging voraus, sie folgte mir. Die Türklinke vibrierte von dem Lärm, als ich das Zimmer öffnete.

„Oh!" Sie ging durch den Raum, griff hinter den Schreibtisch und die Musik war aus, zumindest in diesem Zimmer. „Keine Ahnung, wie das passiert ist." Sie rückte ihren Handtuchturban zurecht. „Aber jetzt ist alles wieder gut. Hör auf, die Hände zu ringen!"

Ich versteckte meine Hände in den Taschen.

„Aber es ist doch sehr schöne Musik, findest du nicht auch?"

„Na ja, sie ist … interessant."

„In der Musik sind unterschwellige Botschaften enthalten, die nach neuesten wissenschaftlichen Standards zusammengestellt wurden, um sich selbstbewusster und kompetenter zu fühlen. Merkst du schon etwas?"

„Nicht wirklich."

„Stell dir vor, seit ich diese Musik höre, habe ich schon zwei Häuser verkauft. Komm, beeil dich, dann können wir zusammen frühstücken."

Ich folgte ihr zur Küche, die ganz verändert aussah: hellbraun gestrichene Wände und Fliesen aus Granit. „Hast du das Haus komplett renovieren lassen?"

„Nur die Räume, die Jack benutzt hat."

„Wie spät ist es?"

„Sechs Uhr. Ich muss früh zur Arbeit. Das Telefon hat heute Morgen schon pausenlos geklingelt. Hoffentlich hat es dich nicht gestört. Magst du Haferflocken?"

Ich wusste schon, was ich darauf antworten musste – sie erwartete ein Ja. „Was ist heute Morgen los bei dir im Büro?"

„Es gibt ein Problem mit dem Feng-Shui", erklärte sie, während sie die Haferflocken mit Milch übergoss.

„Feng-Shui?"

Ihr Handy ertönte – als Klingelton hatte sie die *Ouvertüre 1812* von Tschaikowski, die mit Glocken und Kanonen den Sieg Russlands in den Napoleonischen Kriegen von 1812 feierte. Sie zog das Handy aus ihrer Tasche und klappte es auf.

„Hallo?" Gleichzeitig griff sie nach einem Löffel und begann, meine Haferflocken umzurühren. „Das ist nicht Ihr Ernst! Er will wirklich nicht unterschreiben?" Susanne begann, unruhig auf und ab zu gehen. „Nun ja, wir haben noch den ganzen Nachmittag, um ihn umzustimmen. Halten Sie ihn ein paar Stunden hin. Rufen Sie auch Moretti an und sagen Sie ihm, dass ich ihn heute Nachmittag sehen will. Nein, Augenblick. Um fünfzehn Uhr habe ich einen Besichtigungstermin. Versuchen Sie, ihn für elf Uhr zu bestellen. Bis dann." Sie klappte das Handy zusammen und ließ es in ihre Tasche gleiten. Dann wandte sie sich wieder den Haferflocken zu.

„Du musst los", sagte ich.

„Nein, ich habe noch …", sie schaute auf ihre Uhr, „zehn Minuten. Mein Assistent hat einen Käufer für das Haus, aber der kommt aus Taiwan und unterschreibt nicht, solange dieser Blumenkübel aus Beton gegenüber dem hinteren Ausgang steht." Sie zuckte mit den Schultern. „Er meint, das würde Unglück bringen. Aber der Verkäufer hält das Ganze für Aberglauben und würde lieber den ganzen Handel platzen lassen, als nachzugeben."

Ich nickte.

„Aber ich werde schon mit diesen Typen fertig werden." Susanne setzte sich kerzengerade hin und atmete tief durch. „Selbstbewusst und kompetent." Sie sah mich an und schüttelte den Kopf. „Du hältst dich an dieser Schale fest, als wäre sie dein Rettungsring oder sowas. Entspann' dich doch mal!"

„Susanne, heute ist mein erster Tag als Witwe. Gib mir wenigstens noch einen Tag, um mich daran zu gewöhnen."

„Meinetwegen, ich will großzügig sein, du bekommst zwei Tage. Aber dann machen wir uns an die Arbeit, suchen dir eine neue Wohnung und einen Job."

„Einen Job?"

„Ich weiß, dass du nicht auf das Geld angewiesen bist. Aber du brauchst etwas zu tun. Du hast die letzten sechs Jahre mit Larry wie eine Gefangene verbracht, ihr wart da drüben doch wie eingesperrt. Es wird Zeit, dass du dich wieder unter die Lebenden begibst."

Mein Löffel sank in die Schale. „Larry *war* lebendig, Susanne. Die ganze Zeit, solange ich bei ihm war."

Ihr Telefon klingelte erneut und sie angelte es wieder aus ihrer Tasche. „Was?" Sie schüttete den Rest ihres Frühstücks weg. „Gut. Wann will er, dass wir uns treffen? Nein, das ist zu früh. Ich brauche noch Zeit …" Sie kaute auf ihrem künstlichen Daumennagel, steckte den Kopf ins Wohnzimmer, stellte fest, dass der Fernseher nicht lief und sprach weiter: „Nun, was sagen denn die Verkehrsnachrichten?" Für einen Moment lehnte sie den Kopf gegen den Türrahmen. „Wenn das so ist, dann nehme ich den Bus. Bis dann."

Wieder klappte sie das Telefon zu und nahm den Faden genau an der Stelle auf, an der wir unterbrochen worden waren. „Ich weiß, dass Larry lebendig war, Charlotte. Aber willst du nicht trotzdem in Zukunft etwas Sinnvolles tun?"

„Nein. Doch. Das heißt, ich will keinen Job. Ich habe etwas anderes vor."

„In der Kirche haben sie eine ganze Liste von Bereichen ausgehängt, in denen ehrenamtliche Mitarbeiter gesucht werden."

„Nein, das meine ich nicht."

„Was dann?"

„Du hast jetzt nicht genug Zeit für die Geschichte."
„Wie lange dauert sie denn?"
„Ich habe einen Plan, Susanne. Später, wenn du Zeit hast, setzen wir uns zusammen und dann..."
„Es ist besser, du sagst es mir jetzt gleich."
Ich verschränkte die Arme vor der Brust. „Ich werde in mein Häuschen in den Bergen ziehen."
„Aha." Sie zuckte mit den Schultern und nahm zwei Tassen aus dem Schrank. „Das geht natürlich auch. Aber dann brauchst du trotzdem eine Bleibe, bis das Haus dort oben gebaut ist. Das wird ein paar Monate dauern." Sie reichte mir Kaffee. „Also wirst du zwei Häuser gleichzeitig bauen, denn du hast ja hier unten auch noch das abgebrannte. Mutest du dir damit nicht zu viel auf einmal zu? Willst du das wirklich?"
„Nein, ich werde gar nichts bauen."
„Wie meinst du das? Du musst doch zumindest das hier wieder aufbauen."
„Kannst du dich an den Mann erinnern, der vor zwei Jahren hier war, weil er mein Haus kaufen wollte? Damals wollte ich nicht verkaufen."
„Ich erinnere mich, aber den Namen habe ich vergessen."
„Er hieß Steve Travalla. Ich habe seine Visitenkarte immer noch in meiner Handtasche. Du kannst sie haben. Ich möchte, dass du ihn anrufst und ihm mein Grundstück anbietest."
„Du meinst dein Grundstück in den Bergen?"
„Nein, in den Bergen werde ich wohnen. Das sagte ich doch gerade. Das hier unten werde ich verkaufen. Er wollte hier bauen, dafür hätte er mein Haus sowieso abgerissen."
„Charlotte, nein, du kannst jetzt nicht verkaufen. Ohne Haus bekommst du doch viel zu wenig Geld für dein Grundstück..."

„Das ist mir egal." Meine Finger schlossen sich fester um die Tasse. „Der Preis ist mir nicht wichtig."

„Gut, Geld ist dir also nicht wichtig." Sie sah auf die Uhr. „Wir reden in meinem Zimmer weiter, dann kann ich mich nebenbei anziehen." Noch ehe sie den Satz beendet hatte, war sie schon fast dort. Ich folgte ihr.

Das Bett war mit Akten und Dokumenten übersät. „Hast du denn gar nicht geschlafen?", fragte ich.

„Schlaf wird überbewertet." Sie ging zu ihrem begehbaren Kleiderschrank und schaltete das Licht ein. Ich setzte mich auf einen Sessel am Fenster. „Gut, du brauchst aber ein Haus in den Bergen", erklang es aus dem Schrank, „es sei denn, du willst dort zelten."

„Ich brauche kein Zelt, ich besitze ein kleines Häuschen."

Sie stand in der Schranktür und knöpfte sich die Bluse zu. „Was denn für ein Häuschen?"

„Es liegt auf halber Strecke zum Gipfel. Kannst du dich nicht daran erinnern? Hohlblocksteine aus Schlackenbeton."

„Diese Hütte? Das kann nicht dein Ernst sein."

Ich lächelte.

„Dort kannst du nicht wohnen! Das hat ja nicht mal einen Fußboden."

Ich presste meine Hände gegeneinander. „Doch, hat es."

„Du bist verrückt." Sie sah mir in die Augen und knabberte heftig an ihrem Daumennagel. „Wollte Larry, dass du in einem Schuppen wohnst?"

„Larry verstand meine geistliche Sehnsucht."

„Geistliche Sehnsucht?" Sie verdrehte ihre Augen. „Meinetwegen auch das. Aber deshalb musst du doch nicht..."

„Du hast einfach nicht genug Zeit, um dir das jetzt erklären zu lassen."

Sie sah auf ihre Uhr. „Kannst du mir nicht die Kurzfassung geben?“ Nun nahm sie das Handtuch vom Kopf und zupfte ihre Haare in Form.

Ich spürte, wie ein Schweißtropfen aus meiner Achselhöhle abwärts rann. Mit abgewandtem Gesicht versuchte ich, gleichmäßig zu atmen.

„Leg los.“ Sie sah wieder auf die Uhr.

„Ich hatte eine Vision.“

„Wie bitte? Was hattest du?“

„Eine Vision. Genaugenommen waren es drei.“

Ich hörte etwas splittern. Susanne fluchte. Ihr künstlicher Daumennagel war komplett abgebrochen, das Bruchstück lag vor ihren Füßen. Sie griff nach dem Handy, das erneut klingelte. „Cammie, was ist los?“ Während sie telefonierte, bückte sie sich nach dem Nagel. „Selbst schuld, wenn er eine halbe Stunde zu früh kommt. Wie kommt er dazu – sag ihm, ich bin unterwegs, aber es ist viel Verkehr und ich komme etwas später.“ Sie klappte das Telefon zu.

„Es gibt keine Zusammenfassung der Geschichte, Susi. Außerdem musst du jetzt los.“

„Warte mal.“ Sie massierte sich die Schläfen. „Du hast … *Visionen?* Während du da drüben gewohnt hast, hattest du *Visionen* und die Stimmen sagten dir, du sollst in einer Hütte leben?!“

„Nein, ich war achtzehn, als ich die letzte Vision hatte und keiner hat mir gesagt …“

„Charlotte, hör auf!“ Sie holte Luft und formulierte die nächste Frage langsam, als hätte sie es mit einem Kind mit Lernschwäche zu tun: „Wie passt das alles mit Garrett zusammen?“

„Garrett? Ich weiß nicht, wo Garrett ist.“

„Genau.“

„Er ist erwachsen …“

„… und hat möglicherweise gestern dein Haus angezündet.“

Eine Ohrfeige hätte mich weniger schmerzlich getroffen. „Wie bitte?“ Ich bekam keine Luft mehr.

„Tut mir leid, entschuldige. Das war jetzt nicht der richtige Moment. Aber hast du das nicht auch schon selbst gedacht? Er verschwand, als sein Vater todkrank war. Ich weiß nicht, was ihn umtreibt, aber er ist …“ Susanne setzte sich neben mich. „Charlotte.“ Sie ergriff meine Hand. „Ich behaupte ja nicht, dass er es war, ich weiß es doch auch nicht.“

Ich zog meine Hand zurück. „Ja, klar, irgendetwas stimmt nicht mit ihm. Aber das heißt noch lange nicht, dass er unser Haus angezündet hat.“

„Nein, natürlich nicht. Es ist bloß so, dass es oft brennt, wenn Garrett irgendwo auftaucht.“

„Das ist gemein von dir! Wie kannst du so etwas sagen? Es-“

„Erinnerst du dich an die Hundehütte?“

„Das war nur ein harmloser Jungenstreich. Er war ein Kind. Elf Jahre! Außerdem war Amber damals auch beteiligt. Vielleicht ist sie ja die Täterin?“

„Aber als er von der Universität beurlaubt wurde, weil er …“

„… weil er im Waschraum die Unterhose seines Zimmergenossen angezündet hatte, während dieser in der Dusche war? Ich bitte dich.“ Ich versuchte zu lachen, scheiterte aber kläglich. Auf keinen Fall wollte ich weinen, aber da kamen die Tränen schon. Ich verlor die Fassung, als ich an zwei weitere Begebenheiten denken musste, von denen Susanne gar nichts wusste. Etwa eine Woche bevor Larry die niederschmetternde Diagnose erhielt, hatte es einen Streit zwischen ihm und Garrett in der Garage gegeben. Sie hatten sich furchtbar angeschrien. Außerdem erinnerte ich mich an eine Begebenheit, als Garrett etwa 15 gewesen war. Er war so wütend über irgendetwas gewesen, das ich zu ihm gesagt hatte, dass er ein Foto von mir über dem Waschbecken angezündet hatte. Das war volle Absicht gewesen, kein harmloser Streich.

Hatte ich die Augen vor der negativen Entwicklung meines Kindes verschlossen? War er zu einem von Hass getriebenen Verbrecher geworden, ohne dass ich es bemerkt hatte?

„Nein.“ Susanne zog mich an sich. „Nein, das beweist gar nichts.“

Ich legte meine Arme um sie und drückte mich an sie, nicht aus Liebe zu meiner langjährigen Freundin, sondern eher wie Odysseus, als er sich an den Schiffsmast fesseln ließ, um nicht vom Klang der Sirenen in den Tod gerissen zu werden. Was für einen Sturm hatte meine Freundin da soeben in meiner Seele entfesselt? Wo war mein Sohn? Was war mit Garrett geschehen?

„Du hast recht“, flüsterte ich, „solange ich ihn nicht gefunden habe, kann ich nirgendwo hingehen.“

„Du kannst gern hierbleiben“, bot sie mir an, „so lange du willst.“

Doch das wollte ich nicht.

Wieder klingelte ihr Handy, aber sie nahm den Anruf nicht entgegen, sondern umarmte mich ein letztes Mal und stürmte dann aus dem Haus.

Kapitel 5

Ich konnte kaum stehen, so sehr zitterte ich. Vorsichtig nahm ich meine Tasse von der Fensterbank, schob die Vorhänge zur Seite und sah hinter Susanne her, deren Cadillac mit quietschenden Reifen aus der Einfahrt schoss.

Sie war weg. Auch die „selbstbewusste und kompetente Musik“ war verklungen, nur noch das Ticken der Uhr an der Wand war zu hören, das aber von dem wilden Rauschen in meinem Kopf bei Weitem übertönt wurde. Garrett hatte oft gesagt, dass er mich hasste, nicht immer, aber sehr oft, auch an dem Tag, an dem er mein Foto verbrannte. Damals sagte er viele schreckliche Dinge.

Doch was bedeutete das schon? Ein Kind sagt: „Ich hasse dich“, meint aber in Wirklichkeit: „Ich hasse es, wenn du mit mir schimpfst“ oder „Ich hasse es, wenn du Nein sagst“. Ist es nicht so? Viele Kinder sagen manchmal solche Dinge zu ihren Eltern, und später werden sie Ärzte, Lehrer oder, wie in Garretts Fall, Informatiker.

Aber deshalb wird man doch nicht zum Brandstifter.

Ich lehnte meinen Kopf gegen den Sessel und sah über die Straße zu meinem Haus. Ruß war überall, an den Fenstern und auf dem Weg. In die Seitenwand war ein Loch gehackt worden, daneben lag ein Stapel von Brettern und Brandschutt. Meine Lilien waren platt getreten.

Aber der wilde Rosenstrauch kletterte am Zaun entlang nach oben, als wäre nichts geschehen. Er war so groß und prächtig geworden. Das war ein Wunder, nachdem Garrett ihn damals mit seinem Mountainbike völlig niedergewalzt hatte.

Warum fielen mir bloß all die schrecklichen Geschichten ein? Ich hatte doch auch gute Erinnerungen an Garretts Kindheit. Wie glücklich war ich, als wir mit dem kleinen Bündel aus dem Krankenhaus zurückkehrten. Auch die Spiel- und Lernkurse für Kleinkinder waren schöne Erinnerungen. Außerdem …

Es ist so wenig. Mir fällt so wenig ein.

Vielleicht war ich einfach zu müde. Die Musik hatte mich zu früh geweckt. Die ganze letzte Woche hatte mich so viel Kraft gekostet, ich konnte kaum noch klar denken.

Die Post kam. Das Auto hielt unter meinem Fenster, der Postbote stieg aus und steckte einen Stapel Papier in Susannes Briefkasten neben ihrer Einfahrt.

Dann blieb er lange stehen, um die verkohlten Überreste meines Hauses zu betrachten. Endlich überquerte er die Straße, öffnete meinen Briefkasten und warf auch dort einiges hinein. Bedächtig schritt er zu seinem Fahrzeug zurück, stieg ein und fuhr weiter.

Wozu stand ich hier an Susannes Fenster und quälte mich mit meinen Gedanken? Je schneller ich Garrett fand, desto früher würde ich wissen, was mit ihm los war. Ich ging in Ambers Zimmer zurück und zog mir eine Jeans und ein abgelegtes T-Shirt von Susanne an.

Bei einem früheren Versuch hatte ich zwar mit der Personalabteilung von Vector Empowerment telefoniert, der Firma, in der Garrett früher gearbeitet hatte, aber ich hatte nicht persönlich vorgesprochen. Vielleicht gab es in seiner Abteilung ein paar Kollegen, mit denen er sich angefreundet hatte. Irgendjemand würde bestimmt wissen, wo er war.

Ich nahm meine Tasche und verließ Susannes Haus. Während ich einen langen Blick auf mein verkohltes Haus auf der anderen Straßenseite warf, seufzte ich tief. Der Rosenstrauch war unversehrt, der Rasen frisch gemäht, und mitten in all der Pracht stand die zerstörte, verlassene Ruine, die mein Zuhause gewesen war. Ungläubig schüttelte ich den Kopf, ging dann hinüber und nahm meine Post aus dem Kasten.

Ein Katalog, eine Stromrechnung und ein Brief von Bill Nolan, unserem Anwalt. Wahrscheinlich irgendetwas im Zusammenhang mit den Grundstücken. Ich schob die Post in meine Tasche, ging zum Auto und stieg ein. Was wollte Bill? Soweit ich wusste, hatten wir doch alles gut geregelt. Ehe ich losfuhr, zog ich seinen Brief wieder heraus und öffnete ihn. Er enthielt einen zweiten Umschlag, auf dem mein Name stand. Als Absender stand oben links:

Von Larry
im Himmel

War das ein grausamer Scherz?

Nein, es war seine Schrift, die zitternden Linien, die viel zu fest ins Papier gedrückt waren. So hatte er geschrieben, nachdem er Parkinson bekommen hatte, in seinem Lehnstuhl, mit dem behelfsmäßigen Tisch auf seinem Schoß. Seine letzten Anweisungen an ConjuTech, unmittelbar vor seinem Ausstieg, hatten genauso ausgesehen. Ich riss den Umschlag auf und las:

An Charlotte, meine wunderschöne Frau:

Hoffentlich erschreckt es dich nicht zu sehr, gerade jetzt einen Brief von mir im Briefkasten zu finden. Ich habe mir Folgendes überlegt: Ich wollte nie, dass du etwas

Schweres alleine schaffen musst. Dein erstes Jahr als Witwe ist sicher nicht leicht. Deshalb will ich dich dabei so gut begleiten, wie es eben geht. Das ist mein letztes Geschenk an dich, Charlie. Du wirst 52 Briefe von mir bekommen, jede Woche wird Bill dir einen schicken, angefangen am Tag meiner Beerdigung.

Und, wie war die Beerdigung? Hoffentlich war es nicht zu traurig? Ich hoffe, ihr habt euch viele lustige Geschichten erzählt und hattet keine allzu schlechte Musik. Ich hoffe, ihr hattet auch Grund, zu lächeln, Garrett und du.

Bestimmt war mein Bruder da. Wenn sich nicht etwas Gravierendes verändert hat, bevor du diesen Brief erhältst, wird er schon lange wieder weg sein. Wahrscheinlich musste er unbedingt noch den Flieger erreichen, weil er wichtige geschäftliche Termine hatte. Stimmt's?

Ich bin ja auch nicht viel besser gewesen als er, ich weiß. ConjuTech ist auch nicht davon gewachsen, dass ich im stillen Kämmerlein saß und meditierte. Aber als Dr. Carter mir die Diagnose mitteilte, da war ich doch froh zu wissen, was ein stilles Kämmerlein ist und wie man darin beten kann.

Rick kennt das gar nicht. Der ganze Wirbel, den er veranstaltet, ist doch nur sein Versuch, den Gedanken zu entfliehen, die ihn umtreiben. Bitte, Charlie, wenn du dich etwas erholt hast, kannst du ihn besuchen? Sag ihm, dass ich dich geschickt habe, aus dem Grab heraus, um ihm zu erklären, was es ist, das ihn so jagt. Vielleicht kommt er ein bisschen ins Nachdenken.

Ich möchte dich auch bitten, mit Garrett zu reden. Während der letzten Monate wurde uns beiden immer klarer, dass sein Zorn sich gegen mich richtet. Doch anstatt ihm zuzuhören, sind wir in Streit geraten und ich habe auf seine Vorwürfe mit Gegenvorwürfen reagiert. Wenn ich gelernt hätte, ihm zuzuhören und wenn ich nicht krank geworden wäre, dann hätten wir unsere Probleme vielleicht lösen können. Aber jetzt, wo es mit mir zu Ende geht, denkt er wahrscheinlich, er kann nicht mehr mit mir reden. Sterbende darf man nicht mit aufgestautem Zorn belasten, auch wenn man dann eine Maske tragen muss. So denken viele, stimmt's? Ich wünschte, er würde mir gegenüber noch einmal sein Herz öffnen, aber ich habe wenig Hoffnung.

Bitte, Charlie, wenn es möglich ist, sag ihm, dass alles, was ich tat, aus Liebe geschah, auch wenn er nicht alles verstehen wird. Ich fürchte, in einem bestimmten Punkt habe ich dich sehr enttäuscht. Ich wusste immer, dass du eine Sehnsucht nach Gott in dir trägst. An dem Tag, als ich mich in dich verliebte, erzähltest du mir, wie du als Zwölfjährige einer Nonne begegnet bist. Sie erklärte dir, dass sie mit Jesus verheiratet sei. „Geht das denn?", hattest du sie gefragt. Damals stand für dich fest, was du später tun würdest, wenn du groß bist. Doch dann hat deine Mutter das alles mit einem Satz zunichte gemacht: „Du kannst keine Nonne werden, du bist evangelisch."

An dem Tag, als du mir das erzähltest, konnte ich nur hoffen, dass du deine Standards herunterschrauben und mich heiraten würdest. Diese Visionen, die du hattest, die schenkt Gott dir nicht zur bloßen Unterhaltung. Er kannte deine Sehnsucht nach ihm. Aber das Leben nahm seinen Lauf und ich unternahm nichts dagegen. Die letz-

ten paar Monate mit dir waren wunderschön. Aber alles drehte sich immer nur um mich und vor allem um meine Krankheit. Ob es in der Zukunft für dich vielleicht doch eine Möglichkeit geben wird, dass sich das ändern kann?

Es tut mir leid, Charlie. Ich will dich ermutigen und bestärken, jetzt, nachdem ich nicht mehr bei dir sein kann. Folge diesen Visionen, wohin sie dich auch immer führen mögen. Ich weiß nicht, was das bedeuten kann, du weißt das sicher besser. Halte nichts zurück. Tu alles, was nötig ist, um deinen Weg zu finden. Und pass auf, dass Susanne dir nicht alles wieder ausredet.

Ich liebe dich, Charlie. Nächste Woche schreibe ich dir mehr.
Bis dann!
In Liebe
Larry

Kapitel 6

Ein Klopfen am Seitenfenster ließ mich herumfahren. Mein Gärtner stand da, sein wettergegerbtes Gesicht schaute so ernst und aufmerksam in meinen Wagen, dass ich mich am liebsten verkrochen hätte. Ich hatte geweint, mein Gesicht war tränennass, meine Nase lief. Stimmt, ich hätte ihn anrufen müssen, um ihm von dem Feuer zu erzählen.

Es dauerte eine Weile, bis es mir gelungen war, den Brief in meiner Tasche zu verstauen, dann wischte ich mir mit den Händen übers Gesicht und öffnete das Fenster.

„Mrs Denys, ist alles in Ordnung?"

„Victor, es tut mir leid, ich hätte Sie anrufen sollen."

Er zog ein zerknittertes Päckchen Papiertaschentücher aus seiner Jacke. „Bessere habe ich nicht, aber ... Ihr Glück, dass ich Heuschnupfen habe."

„Stimmt." Ich putzte mir die Nase und schaffte es, zu lächeln.

Er deutete auf mein Haus. „Hat es gebrannt? Was war los?"

„Ja. Es soll Brandstiftung gewesen sein."

„Brandstiftung!"

„Anscheinend ist jemand in das Haus eingebrochen, hat Benzin ausgegossen ... Ist Ihnen gestern, als Sie im Garten arbeiteten, irgendetwas Ungewöhnliches aufgefallen?"

„Nein, nichts. Aber das ist ja furchtbar!"

Er war blass vor Entsetzen. Ich spürte, dass er nicht nur meinetwegen besorgt war. Natürlich nicht. Victor arbeitete schon seit zehn Jahren für uns, vier Vormittage pro Woche. Wahrscheinlich machte seine Arbeit bei uns ein Drittel oder sogar die Hälfte seines Gesamteinkommens aus.

„Ich werde alles wieder aufbauen, Victor", sagte ich. Hatte ich das wirklich vor? „Irgendjemand wird bestimmt hier weitermachen und einen Gärtner braucht man immer."

Victor nickte.

„Warum bringen Sie heute nicht einfach den Vorgarten etwas in Ordnung? Wäre das möglich?"

„Natürlich. Es tut mir so leid, dass Sie Ihren Mann verloren haben, Mrs Denys. Und dann auch noch das Haus …" Victor ging zurück zu seinem kleinen Transporter und ich startete den Motor.

Ich war noch nicht auf der Straße, als er schon wieder an meinem Fenster stand und winkte. Erneut öffnete ich das Fenster. „Was ist?"

„Mir ist gerade etwas eingefallen. Vor ein paar Wochen habe ich bemerkt, dass jemand an einem Fenster auf der Rückseite des Hauses, an dieser Ecke, die Vorhänge aufgezogen hatte." Er zeigte in die Richtung, von der er sprach. „Davor waren sie immer zu gewesen."

Garretts ehemaliges Kinderzimmer. *Garretts* Zimmer!

Ich zwang mich zu einem Lächeln, als ob Victors Beobachtung nicht weiter von Bedeutung wäre. „Ach, das war ich. Damals war ich in dem Zimmer, um sauber zu machen und habe dabei auch gelüftet. Eigentlich wollte ich danach wieder alle Vorhänge zuziehen, aber diesen habe ich wohl vergessen."

Victor nickte und ging an seine Arbeit.

Ich hatte gelogen. Zwar hatte ich keine Ahnung, was es mit den Vorhängen auf sich hatte, aber darüber wollte ich mit Victor nicht sprechen. Außerdem wollte ich ihm keine

Information liefern, die er anderen Leuten hätte weitererzählen können.

Endlich bog ich in die Straße ein und rollte langsam um die Kurve. Plötzlich verkrampfte sich meine Muskulatur und ich bekam keine Luft mehr. Ich bemühte mich, ganz langsam zu atmen und mich auf die Straße zu konzentrieren, nicht auf die Gedanken, die in meinem Kopf zu explodieren schienen.

Ich musste unbedingt anhalten, am besten an einer unbeobachteten Stelle. Aber wohin ich auch sah, waren Gärtner dabei, Rasen zu mähen, aus einer Einfahrt kam ein Reinigungsfahrzeug, zwei Frauen gingen mit Walkingstöcken an mir vorbei. Endlich, am Ende einer Sackgasse, entdeckte ich eine Trauerweide, deren Zweige fast den Boden berührten. Ich fuhr in den Schatten dieses Baumes und schaltete den Motor aus.

Langsam atmen, sagte ich mir selbst. Ich nahm Larrys Brief aus meiner Tasche und drückte ihn so zärtlich an mich, als ob ich ihn selbst halten würde. *„Pass auf, dass Susanne dir nicht alles wieder ausredet."* Wie konnte er das wissen?

Langsam, langsam. Einatmen, ausatmen.

Ein Sonnenstrahl fand seinen Weg durch das dichte Blätterwerk der tief herabhängenden Zweige. Ich lehnte mich zurück und schloss die Augen.

Für einen kurzen Moment schlief ich ein, und in meinem Traum sah ich ausgerechnet das Gesicht meines Vaters, der mich über den Rand seines Weinglases hinweg anschaute. Er trank einen billigen Fusel und zwinkerte mir zu. Diese Szene hatte es in meiner Kindheit oft gegeben. Es war immer schön gewesen, wenn er mich seine Prinzessin nannte und mir zuzwinkerte. Aber dieses Mal fehlte das Lächeln. Ich war elf Jahre alt und ich spürte die Schwere des Augenblicks bis tief hinein in meine Brust, in meinem Herzen und in meiner Atmung. Er sprach von einer Geschäftsreise, aber seine Reisen waren in letzter Zeit immer länger geworden. Zuletzt war er sechs Monate nicht zu Hause gewesen. Die Reise, die er jetzt antrat, würde länger dauern als meine gesamte restliche Kindheit. Ein Jahr später erhielten wir die Scheidungsurkunde. Niemand sprach mit mir darüber. Ich fand den Brief auf der Toilette, auf dem Wasserkasten, als Lesezeichen in dem Buch, das Mutter gerade las. Das Meiste verstand ich nicht, doch das Wort *Scheidung* war nicht zu übersehen.

Das war der erste schwere Schicksalsschlag meines Lebens. Ich zerschmetterte eine Gipsfigur, aus Verzweiflung und um die Aufmerksamkeit meiner Mutter zu wecken. Sprechen konnte ich nicht, so entsetzt war ich. Sie packte mich an den Schultern und schrie: „Beruhige dich doch, Charlotte! Hör sofort auf!"

Ich stand unter Schock. An den restlichen Tag kann ich mich nicht mehr erinnern. Am nächsten Morgen, als ich auf meinem Weg zur Schule zwischen den Feldern entlang trottete und dem traurigen Gedanken nachhing, dass ich jetzt für niemanden mehr die Prinzessin war, da wurde ich plötzlich in Rosenduft eingehüllt, und sanft kribbelte ein lieblicher Wind auf meinen Wangen und Armen, als ob ich in Fanta baden würde. Ich hob mein Gesicht zum Himmel und befand mich plötzlich in einer Wolke aus rosaroten Rosenblättern, jedes einzelne war von Licht durchflutet und tanzte mit den anderen im Wind. Das Licht, in dem ich stand, war klar und rein wir pures Kristall.

Was ich erlebte, war nicht nur ein Windstoß, der die verblühten Blätter eines Rosenstrauches aufwirbelte – zumal es hier weit und breit keine Rosenbüsche gab ... Das Licht und das Prickeln der Luft drangen mir tief ins Herz und erfüllten mein Innerstes mit sanfter, starker Liebe.

Nur ein Mitarbeiter von Vector Empowerment war überhaupt bereit, mit mir zu reden, und das war Winton Tanaka, ein ehemaliger Kollege von Garrett. Die Dame am Empfang gab mir ein Namensschild, auf dem „Besucher“ stand und das ich an meinem T-Shirt befestigen musste. Dann bat sie mich um Geduld. Ich wartete eine halbe Stunde.

Ich fand die Empfangshalle beeindruckend, obwohl ich schon viele große Firmen von innen gesehen hatte. Als Larry im Jahr 1989 seine erste eigene Firma in einem verschlafenen Industriegebiet eröffnete, hatte ich den Eingangsbereich noch eigenhändig eingerichtet. Er war nur 25 Quadratmeter groß. Ich strich die Wände in Blaugrau und befestigte Strahler an der Rasterdecke, die das metallisch glänzende Firmenlogo gut zur Geltung brachten. Später, als ConjuTech in neue Räume zog, beauftragten Larry und sein Partner einen Dekorationsbetrieb, der hervorragende Arbeit leistete.

Doch das war alles nichts gegen diesen Raum. An drei Seiten befanden sich Fenster, die zweieinhalb Stockwerke hoch waren, mit Scheiben aus Milchglas, das an Reispapier erinnerte. Das Licht, das den Raum erfüllte, schuf eine besondere Atmosphäre, rein, klar und schnörkellos. In der Mitte des Raumes befand sich eine vier Meter hohe Skulptur, die das spiralförmig gedrehte Logo des Unternehmens darstellte, das in allen Farben des Regenbogens schimmerte, als wäre es aus einer hochreinen Siliziumplatte herausgeätzt worden.

Vier graue Sofas umgaben die Skulptur, rechteckig und solide wie Beton. Die Dame hinter einem Tresen aus glänzendem Metall bat mich, Platz zu nehmen, doch ich lehnte dankend ab.

Eine Tür öffnete sich und ein junger Asiate kam auf mich zu. „Mrs Denys?“

Ich wandte mich ihm zu. Er durchquerte den Raum und gab mir die Hand. „Mein Name ist Winton Tanaka. Bitte entschuldigen Sie, dass ich Sie warten lassen habe. Heute Morgen musste ich mich um vier Stellen kümmern, an denen es gebrannt hat, sonst sind es meistens nur drei."

Ein Witz über Feuer. Überall Feuer. „Ich verstehe."

„Es tut mir sehr leid, dass Sie Ihren Mann verloren haben. Ich habe früher für ihn gearbeitet."

„Tatsächlich?"

„Ja. Ich habe nur eine halbe Stunde Zeit. Wären Sie damit einverstanden, dass wir in der Kantine reden? Sie haben auch noch nicht gegessen, stimmt's?"

„Einverstanden." Ich rang mir ein höfliches Lächeln ab.

Er schob eine Karte in ein Lesegerät, woraufhin sich die Tür vor uns öffnete. Ich folgte ihm durch Reihen von papierübersäten Schreibtischen. Die meisten Stühle waren nicht besetzt, auf den meisten Monitoren bewegten sich die Grafiken der Bildschirmschoner. Plötzlich ertönte ein vielstimmiger Schrei. Winton drehte sich lächelnd zu mir um und meinte: „Kommen Sie, ich zeige Ihnen etwas."

Wir bogen um eine weitere Ecke und befanden uns in einem sonnendurchfluteten Aufenthaltsraum mit Kaffeemaschine und Mikrowelle. Zu meiner Linken saß eine junge Frau, umringt von zahlreichen Mitarbeitern, vor einem Computerspiel. Auf dem Bildschirm kämpften zwei Figuren, deren Körper aus geometrischen Elementen konstruiert waren, im Zeitlupentempo gegeneinander.

„Das Spiel heißt Toribash", erklärte Winton. „Der blaue Typ heißt VEC, er ist also der Vertreter unserer Firma Vector Empowerment Company, die rote Figur ist sein Gegner, irgend so sein Blödmann von Microsoft. Das gibt es immer nur freitags, es ist die Belohnung für die zurückliegende Woche. Wer am meisten Aufträge bearbeitet hat, darf spielen, die anderen müssen zusehen."

Microsoft landete einen Hieb auf VECs Schulter, woraufhin der Arm der blauen Figur sich löste, gegen den

Rand flog, zweimal aufprallte und schließlich vor den Füßen von Microsoft landete. Doch dessen ungeachtet hatte VEC seinen Gegner mit seiner verbleibenden Hand schon am Nacken gepackt und zum Vergnügen der Zuschauer gelang es VEC, den Kopf des Gegners abzureißen, der hoch in die Luft flog. Ehe Microsoft sich von diesem Schlag erholen konnte, landete VECs Faust in seiner Magengrube. In einem Feuerwerk von roten Tropfen landete Microsoft flach ausgestreckt auf dem Boden. Das Publikum johlte und pfiff vor Freude.

„Sehr blutig." Ich sah zur Tür. Das alles hatte nichts mit dem Grund meines Kommens zu tun. Ich wollte Garrett finden und Winton hatte nur eine halbe Stunde Zeit für mich.

Er verstand und leitete mich durch eine rote Flügeltür, auf der „VEC Cafeteria" zu lesen war. Wir stellten uns in die Schlange vor den dampfenden, metallisch glänzenden Behältern, aus denen drei weiß gekleidete Köche Rinderfilet mit Schafskäse und Thymian oder Lachs auf Zitronenmelisse servierten.

„Schön", sagte ich, betrachtete die blauen Wände, die kubistischen Gemälde, das gedämpfte Licht und die Papierlampen. Die Tische waren mit Stofftischdecken bedeckt, auf jedem Tisch stand eine Lilie. „Sehr schön."

„Zu unserem Firmenkonzept gehört auch der Anspruch, den Mitarbeitern ein angenehmes und vielseitiges Ambiente zu bieten, sodass sie sich auch in ihrer Freizeit gerne hier aufhalten", sagte er. „Wir haben ein betriebseigenes Fitnessstudio und eine Wäscherei. Unsere Kindertagesstätte verfügt über ein eigenes Videoübertragungssystem. So kann jeder Mitarbeiter sein Kind auf seinem Bildschirm beobachten, während er arbeitet. Für kranke Kinder unserer Mitarbeiter gibt es sogar eine Kinderpflegestation."

„Das ist ja erstaunlich."

„Wir haben keine andere Wahl, sonst würden die Mütter nicht bei uns arbeiten. Genau wie bei ConjuTech und jeder anderen Firma hier in Silicon Valley erwartet VEC von seinen Mitarbeitern vollen Einsatz, bietet dafür aber eine hochinteressante und bedeutungsvolle Arbeit und einen sehr angenehmen Käfig, um darin zu leben und zu arbeiten." Während er sprach, hatte er das gleiche Lächeln mit den gleichen Grübchen wie Larry.

„Hier ist alles gut, bis auf die Tintenfischringe, die ich gestern hatte, die waren zäh wie Gummi", erklärte er, während sich die Schlange zügig vorwärts bewegte.

Ich bestellte Lachs und zückte mein Portemonnaie.

„Das geht auf mich", erklärte er und legte seine Hand über mein Handgelenk.

Je länger ich ihn beobachtete, desto mehr erinnerte er mich an meinen Mann. Er hatte den gleichen Pferdeschwanz, nur waren seine Haare schwarz, während Larry blond gewesen war. Seine schwarze Cordhose war im gleichen Stil wie Larrys Lieblingshosen, und auch Larry mochte diese hellblauen Hemden und hatte immer einen Kugelschreiber in der Brusttasche.

Winton nahm seinen Teller und führte mich zu einem Tisch am Fenster. Ich blieb stehen und beobachtete ihn. Erstaunlich. Er hatte sogar den gleichen Gang wie Larry, entspannt, kraftvoll, mit dieser Würde im Alltag, die mich in meine Zeit als Studentin zurückversetzte, wo er mir bei einer studentischen Versammlung zum ersten Mal aufgefallen war.

Larry hatte damals den Raum durchschritten und war direkt auf meinen Tisch zugekommen. Ohne auch nur „Hallo" zu sagen, beugte er sich zu mir herunter und nahm mir das Buch, das ich gerade las, aus der Hand. Er warf einen Blick auf den Einband. „Thomas Merton", sagte er und nickte zufrieden. Es war nur eine kleine Bewegung, diese leichte Neigung des Kinns, ein Lächeln mit fröhlichen Grübchen – und es war um mich geschehen. Von da an war ich bereit, für dieses Lächeln alles zu geben.

Ich kannte niemanden, der die Bücher des christlichen Mystikers Thomas Merton las und niemand in meinem Freundeskreis hatte etwas für seine Schriften übrig. Sie hätten mir eher vorgeschlagen, meine Visionen mit Magentabletten zu behandeln, als mich in Mertons Büchern auf die Suche nach Antworten zu machen. Keiner verstand, wie ich mich so sehr für Dinge interessieren konnte, die nicht zu beweisen waren. Doch dieser faszinierende junge Mann, den die Ausstrahlung eines Heiligen umgab, setzte sich zu mir und sprach mit mir über mein Buch. Schon da wusste ich, dass ich mit ihm und für ihn leben wollte.

Fünfunddreißig Jahre lang tat ich dann genau das.

Winton stellte seinen Teller ab und sah sich nach mir um. Ich ging durch den Raum zu seinem Tisch. Uns blieben nur noch etwa fünfzehn Minuten. „Sie haben mit meinem Sohn zusammengearbeitet?“, steuerte ich nun ohne Umschweife auf mein Ziel zu.

„Ja, das stimmt. Als ich erfuhr, dass er die Stelle bekommen hatte, freute ich mich sehr. Schließlich war ich früher bei ConjuTech und ich wusste, dass Garrett …“ Er beugte sich über den Tisch. „Larry Denys war mein Idol.“

„Ihr Idol?“ Ich setzte das Lächeln auf, das ich bei unzähligen geschäftlichen Veranstaltungen getragen hatte und mit dem ich stets auf die zahllosen Bewunderer meines Mannes reagierte, die immer wieder ins Schwärmen gerieten, während sie mir erzählten, wie toll er sei.

„Ein wunderbarer Mann“, fuhr Winton fort, „das ganze Konzept, das hinter ConjuTech steht, stammt von ihm. Er wollte nicht nur eine bessere Software entwickeln. Er schuf einen unverzichtbaren wirtschaftlichen Bedarf für verschiedene Produkte und dazu noch eine elegante Verpackung. Von ConjuTech ging die Revolution aus, in deren Zug Silicon Valley schließlich die ganze Welt veränderte. Er war auf der Überholspur unterwegs und er suchte sich nur die allerbesten Leute aus. Unter seiner Leitung gaben sie alles … und der Erfolg sprach für sich. Ihr Mann war einzigartig. Alles, was ich heute weiß, habe ich von ihm gelernt."

„Mag sein."

„Eine Überzeugung, die ich von ihm übernommen habe, lautet: Jeder, der etwas im Kopf hat und bereit ist, sich zu investieren, kann es in unserem Tal zu etwas bringen." Er trommelte mit den Fingerkuppen auf die Tischdecke. „Aus diesem Grund habe ich die Stelle bei VEC angenommen. Vor einigen Jahren war VEC eine Neugründung mit viel Potenzial und guten Erfolgsaussichten. Es gab eine gute Idee und die Investoren standen Schlange. Hier wollte ich einsteigen, hier wollte ich versuchen, selbst ein bisschen von dem anzuwenden, was Larry mir gezeigt hatte."

„Das ist Ihnen gelungen."

Er zwinkerte mir zu, das verschwörerische Augenzwinkern, das ich von Larry kannte. Die Minuten verstrichen wie Sekunden. „Winton", versuchte ich erneut, auf den Grund meines Hierseins zu sprechen zu kommen.

„Sie wollen über Garrett sprechen." Er seufzte, setzte zum Reden an und seufzte erneut. „Garrett war ganz anders als sein Vater, sehr scheu, er litt unter extremen Stimmungsschwankungen – ich konnte kaum glauben, dass er wirklich Larrys Sohn ist."

Ich schob meinen Teller zurück. „Ich versichere Ihnen, dass er Larrys Sohn ist."

„Verzeihen Sie, so habe ich es nicht gemeint … Was hat er Ihnen von den Vorfällen in der Firma erzählt?"

„Nichts."

„Ich bin mir nicht sicher, wie viel ich davon überhaupt erzählen darf. Er... er hat sich ein Jahr lang überhaupt nicht um seinen wichtigsten Ingenieur gekümmert."

„Wie das?"

„Es dauerte lange, bis er endlich einen fand, mit dem er überhaupt klarkam. Vijay Patel hat er entlassen, und das war einer der besten Ingenieure, die VEC je hatte. Zwei weitere kündigten selbst. Dann endlich hatte er diesen Mann, mit dem er gut auskam und alles schien gut zu laufen. Aber der Kerl legte Monat für Monat gefälschte Berichte vor, die Garrett kein einziges Mal beachtete. Zu jener Zeit hatte VEC aber ein neues Produkt angekündigt, das unser Marktführer werden sollte. Gleichzeitig gab es hinter den Kulissen unendlich viele ungelöste Probleme. Als wir das endlich herausfanden... entließen wir den Ingenieur und..." Er sah mich an und senkte den Blick. „Wir haben auch Garrett entlassen."

Schweigen lastete zwischen uns, bis Winton sich räusperte. „Nicht jeder ist für Silicon Valley geschaffen. Nicht jeder hat diese Vision, die Leidenschaft oder was auch immer es ist, was man hier braucht." Er hob die Schultern. „Was macht Garrett jetzt?"

„Ich weiß es nicht. Deshalb bin ich hier – um etwas über seinen Verbleib zu erfahren."

„Sie wissen nicht, wo er ist? War er... war er nicht bei der Beerdigung?"

„Falls er es nicht aus den Nachrichten erfahren hat, dann weiß er gar nicht, dass sein Vater gestorben ist."

„Ach." Winton drehte sich auf seinem Stuhl mir zu. „Aber seine Freundin, die müsste es doch wissen?"

„Er hat eine Freundin?"

„Kennen Sie Eloise nicht? Sie arbeitet in Fremont, bei Sun Microsystems."

„Nein, das wusste ich nicht", sagte ich und atmete erleichtert auf. Vielleicht wohnte er bei ihr. Das könnte doch eine sehr einfache, naheliegende Erklärung sein.

Winton zückte sein elektronisches Notizbuch und eine Visitenkarte. „Ich kann mich nicht mehr an ihren Nachnamen erinnern, aber es gibt bestimmt nur eine Eloise in ihrer Abteilung." Er schrieb die Nummer ihrer Firma auf die Rückseite seiner Karte.

Die Zeit war um, aber ich hatte, was ich wollte. Winton begleitete mich zum Ausgang. Tatsächlich ging ich aber voran, während er versuchte, Schritt zu halten. Nachdem ich mich im Foyer von ihm verabschiedet hatte, beschleunigte ich mein Tempo. Das letzte Stück zum Auto legte ich im Laufschritt zurück, stürzte hinein und öffnete mein Handy.

Doch noch einmal hielt ich kurz inne. Ehe ich die Nummer wählte, sank mein Kopf auf das Lenkrad und ich flüsterte: *„Alles wird gut sein und alles wird… bitte…"*, flehte ich. „Bitte, bitte, bitte mach doch, dass Eloise mir sagt, wo ich Garrett finden kann."

Kapitel 7

Ehre sei Gott – er erhört Gebet! Als ich in Eloises Büro anrief, erfuhr ich von ihrer Kollegin, dass sie mit ihrem Freund in Portugal sei. Deshalb konnte ich Garrett nirgendwo finden; er war im Ausland!

Glücklich vor Erleichterung verließ ich das Silicon Valley, um zu meinem Berg zu fahren. Der Verkehr war zäh, und schließlich kam er ganz zum Erliegen. Ich stand im Stau, direkt neben dem Restaurant „Zum Kater“ an der Bundesstraße 17. Ich lehnte mich zurück und ließ einen bewundernden Blick über das alte Gemäuer des Gasthauses schweifen. Schon vor Generationen war das Haus hier am Hang erbaut worden. Die hintere Wand des Gebäudes bildete kahler Fels, auch im Innern der Gaststube war er zu sehen. Früher hatte die Postkutsche hier gehalten, später wurde daraus eine Kneipe mit illegalem Alkoholausschank. Es hieß sogar, dass es zeitweise auch als Bordell gedient habe. Tausend Geschichten rankten sich um diesen Ort, traurige und fröhliche, Skandale waren auch darunter. Hoffentlich gehörten auch genügend Liebesgeschichten dazu. Der „Kater“ war ein in die Jahre gekommener Überlebenskünstler, der an diesem Nachmittag friedlich vor sich hinschlummerte, als wäre es nie anders gewesen.

Larry und ich hatten uns immer gefreut, dass auch wir eine Geschichte beizusteuern hatten, die in den schummrigen Ecken dieses Lokals spielte. Damals, zu Beginn unseres gemeinsamen Weges, hatten wir nichts wirklich Dramatisches zu bieten, unsere Geschichte war leise und bestimmt von den Büchern, die wir lasen und über die wir uns unterhielten. Sie handelte von Kaffeetassen, an denen wir unsere Hände wärmten, von Füßen, die sich unter dem Tisch trafen. Wir teilten einander unsere Gedanken mit und stellten uns Fragen. Doch es waren diese Zutaten, die es für Geld nicht zu kaufen gab und die eine Leidenschaft wachsen ließen, die ... nun, zumindest für eine Weile vorhielt.

Ich wandte den Blick ab.

Nein, ich wollte die Schönheit dieses Augenblicks nicht mit traurigen Erinnerungen trüben. Ein warmer Wind strich durch mein offenes Seitenfenster und ich war so unendlich dankbar dafür, endlich eine Ahnung zu haben, wo mein Sohn war. Welch eine Erleichterung! Er war in Lissabon, in dieser schönen, romantischen Stadt, zusammen mit seiner Freundin. Es ging ihm gut.

Aber nun gab es für mich Einiges zu tun. Vor Einbruch der Dunkelheit sollten der Schlafsack, die Bücher und alles andere, was ich gekauft und auf dem Rücksitz verstaut hatte, auf dem Betonfußboden meines neuen Zuhauses liegen. Oder ob Susanne recht hatte und es doch nur festgetretene Erde war? Im Augenblick war mir das ziemlich egal.

Ich öffnete das Schiebedach und genoss das Sonnenlicht, das sich süß und warm wie Honig über mich ergoss, dazu gesellte sich der scharfe Geruch des Steins. Zu dieser Jahreszeit roch es in den Bergen von Santa Cruz intensiv nach Feuerstein, so als ob man ein riesengroßes Streichholz angezündet hätte. Vielleicht hatte Gott ein Lagerfeuer angezündet, in dessen Flammen mein altes Leben verbrennen würde?

Nichts konnte mich jetzt noch aufhalten. Es hatte einmal eine Zeit in meinem Leben gegeben, Jahre her, in der meine Gebete aufwendig und tief gewesen waren, im Schutz der Nacht geflüsterte Dialoge. Auch damals war nicht jedes Gebet so, aber viele. Wäre damals jedes Gebet so intensiv gewesen, dann hätte ich die Veränderung bemerkt, die sich allmählich eingeschlichen hatte. Doch mir fiel nichts auf. Erst Jahre später wurde mir klar, dass meine Gebete nur noch Monologe im leeren Raum waren.

Bei Thomas Merton hatte ich den Satz gelesen, Alleinsein sei gleichbedeutend mit der Gemeinschaft mit Gott. Hoffentlich hatte er recht! Hoffentlich würden meine Gebete Erhörung finden. Dann wäre ich in der Abgeschiedenheit weniger einsam, als ich es oft gewesen war, wenn ich versuchte, Zeit mit Gott zu verbringen und es mir nicht gelang, seine Nähe wahrzunehmen.

Mein Handy klingelte. Schon wieder Susanne. Sie war auf der gleichen Straße wie ich, etwas weiter hinten. „Ich stehe im Stau", sagte sie.

„Ich auch. Hast du im Radio gehört, was los ist?"

„Ja. Ein LKW ist in der Nähe der Abzweigung nach Idylwild liegengeblieben. Allerdings nicht direkt an der Kreuzung, sonst könnte man ihn ja umfahren."

„Egal, ich habe Zeit."

„Schön für dich." Susanne hatte nie Zeit. „Kannst du mir noch einmal sagen, in welchem Teil Europas dein Sohn sich herumtreibt?"

„Er ist in Lissabon, mit einem Mädchen namens Eloise."

„Kommt es dir nicht seltsam vor, dass Garrett gerade dann nach Europa fliegt, wenn sein Vater im Sterben liegt?"

„Doch, ich finde es auch seltsam, dass er in Europa ist, aber nicht aus diesem Grund. Das Sterben seines Vaters hat ja schon vor sechs Jahre begonnen und keiner wusste, wie lange es noch dauern würde. Aber trotzdem muss dieses Mädchen es ihm sehr angetan haben, denn er hasst Fliegen. In einer Woche wird er wieder hier sein. Am besten, du schreibst dir alle deine Fragen auf und ich gebe ihm dann später deinen Zettel."

Sie schwieg so lange, dass ich schon fürchtete, sie hätte aufgelegt. „Wie ist das denn mit der Toilette in deiner Hütte?", fragte sie plötzlich. „Ich könnte nämlich bald mal eine gebrauchen."

„Nicht weit von meinem Haus ist ein Laden, dort gibt es Toiletten."

„Ach ja? So hast du dir das also vorgestellt."

„Ja, warum nicht?"

„Für die meiste Zeit mag das ja ganz prima sein… aber nicht immer. Was ist, wenn du um vier Uhr zur Toilette musst? Und spätestens wenn du morgens wach wirst, musst du pinkeln. Was machst du dann?"

„Ich gehe in den Wald."

„Ist das für dich in Ordnung?"

„Na klar." Ich schlug mir gegen die Stirn, immer wieder.

„Wer hätte das von dir gedacht."

„Pass auf, bei mir geht es weiter. Ich lege jetzt auf."

„Gut, dann bis später im Kloster", sang sie amüsiert.

Kapitel 8

Ich warf das Handy auf den Beifahrersitz, froh, Susanne bis auf Weiteres los zu sein. Diese Frau war einfach nicht die Freundin, die ich im Moment brauchte. Aber ich hatte keine andere. Sie hielt zu mir, trotz aller meiner Fehler, und sie ging mit mir durch Dick und Dünn, immer, ob ich es wollte oder nicht. Und ja, es hatte auch Zeiten gegeben, in denen ich sehr froh war, sie zu haben. Gelegentlich war diese Frau genau die Freundin, die ich brauchte.

Wir hatten uns 1980 kennengelernt, als Larry seinen Kollegen Jack Keyes zu uns nach Hause einlud. Die beiden wollten an jenem Abend die Papiere unterschreiben, mit denen ConjuTech gegründet werden sollte. Jack brachte seine Frau Susanne mit. Sie hatte ihre Tochter Amber im Arm, er eine Flasche Champagner.

Die beiden Männer waren an jenem Abend wie betrunken vor Freude über ihre neue Firma und voller Optimismus. Ich schien die Einzige zu sein, die eher das Gefühl hatte, in einen Abgrund zu springen.

Der kleine Garrett war krank, deshalb stellte ich mir den Schaukelstuhl neben den Küchentisch, auf dem die Männer sämtliche Papiere ausgebreitet hatten. Mit dem Kleinen auf dem Schoß schaukelte ich einen unruhigen, abgehackten Rhythmus vor und zurück und fragte immer wieder: „Ihr wollt kündigen? Wollt ihr wirklich die Firma verlassen?“

Mein Vater hatte dreißig Jahre lang in derselben Firma gearbeitet, bis er in den Ruhestand verabschiedet worden war. Er hatte auch viele falsche Entscheidungen getroffen, hatte eine Jacht gekauft, die wir nie benutzt haben, er hatte einmal viel Geld im Spielkasino verspielt, er hatte seine Familie verlassen, aber seine Arbeitsstelle, die hatte er immer behalten. Wenn nur Larry und ich da gewesen wären, hätte es mir auch nicht so viel ausgemacht, aber wir hatten doch ein Kind. Außerdem lag ein Stapel von Rechnungen auf der Arbeitsplatte in der Küche.

Susanne hatte damals meine Hand genommen, mich mitsamt dem kranken Kind aus dem Schaukelstuhl hochgezogen und mich ins Wohnzimmer geschoben. Ich weiß nicht mehr genau, was sie sagte. Irgendwie versuchte sie, mir den Geist von Silicon Valley nahezubringen. Sie entwarf ein Bild von alledem, was Larry und Jack mithilfe von ConjuTech erreichen würden. Keine Ahnung, woher sie das alles wusste. Aber die wichtigste Erkenntnis gewann ich an diesem Abend, als sie mir das Konzept des Startkapitals für Unternehmensgründer erklärte. Natürlich hatte Larry auch schon mit mir darüber gesprochen, aber erst jetzt, aus Susannes Mund, erfuhr ich, dass ein Teil des Geldes der Risikokapitalanleger für die Gehälter verwendet werden durfte. Ein Jahr lang würden die Gehälter unserer Männer daraus bezahlt werden. Das hatte mir bisher noch niemand gesagt.

Während Larry und Jack ihre Pläne für ConjuTech immer mehr konkretisierten, schrumpften die Gehälter, die sie sich selbst bewilligten, zusehends. „Nur für das Nötigste", erklärte Larry und meinte mit dem Nötigsten allerdings weder Krankenversicherung noch die Heizkosten für unser Haus.

Susanne und ich waren da anderer Meinung. So kärglich konnten wir uns das Leben mit unseren kleinen Kindern nicht vorstellen. Ich wollte darauf bestehen, dass die Männer sich mehr Gehalt auszahlten, aber Susanne hatte eine andere Idee. Eines Abends, während die Männer noch arbeiteten, lud sie mich zum Abendessen ein. Sie ließ mich mit Garrett und Amber im Wohnzimmer und verschwand in der Küche. Bald darauf kehrte sie mit einer enorm großen Stahlpfanne zurück, in der sie Hühnchen mit Greyerzer Käsesoße zubereitet hatte. Die Pfanne war unbeschreiblich groß.

Ich meinte, wir wären doch nur zu viert, wovon zwei Personen Kinder waren, die wahrscheinlich nur wenig essen würden, da sie am liebsten Spaghetti mochten.

„Wenn ich in den richtigen Läden einkaufe“, sagte sie unbeirrt, „dann kann ich so kochen, dass eine Portion nur 1,80 Dollar kostet.“

„Aha.“

„Wir können eine Portion aber für sechs Dollar verkaufen.“

„Wir?“

An diesem Abend entstand „La Pêche Blanche“ (der weiße Pfirsich), unser Catering-Service. Sie sagte später immer, wir hätten unsere kleine Firma gemeinsam begonnen. Aber ich kann mich genau erinnern, dass ich mich mit Händen und Füßen dagegen gewehrt habe. Für mich machte es keinen Sinn, eine finanziell schwache, neu gegründete, *große* Firma finanziell dadurch zu unterstützen, dass man eine neue *kleine* Firma gründete, die ebenfalls finanziell zu kämpfen haben würde.

Susanne behielt recht. Unsere kleine Firma hatte finanziell nie zu kämpfen. Vom ersten Tag an machten wir Gewinn, und das blieb über fünfzehn Jahre lang so.

Ich kämpfte an anderen Fronten. Ich hatte immer Bauchschmerzen, wenn ich Firmen anrufen musste, die uns nicht kannten, um unsere Dienste anzupreisen. Viele

Situationen waren mir zuwider. Ich hasste es, mich zu der Person durchzufragen, die für Empfänge und Feiern in der Firma zuständig war. Ich hasste es, wenn die verantwortliche Person bereit war, mit mir zu sprechen. Die persönlichen Termine waren ebenso schrecklich wie die Anrufe. Ich musste eleganten, kühlen jungen Damen die Hand schütteln, stehend im Foyer, um ihnen dann in zehn Minuten klarzumachen, warum sie nächstes Mal uns beauftragen sollten. Es war wichtig, schnell zu reden. Wir hatten den besten Service, das beste Essen, unsere Preise waren … nicht billig, hatte Susanne mir eingeschärft, sondern *günstig*.

Das Ausliefern der Ware war weniger schwer, aber mir tat das Herz weh, wenn ich Garrett deshalb in der Kinderbetreuung abgeben musste. Wirklich, ich hasste alles, was mit diesem Catering-Service zusammenhing.

Nicht so Susanne – sie übte mit mir, Blickkontakt aufzunehmen und zu halten, aufrecht zu stehen, zu lächeln und fremde Hände mit dem richtigen Druck zu schütteln. Sie lehrte mich, zuversichtlich und ruhig zu wirken, während sich in mir vor Aufregung alles drehte. Damals lernte ich von ihr, Selbstbewusstsein und Kompetenz vorzutäuschen. Ich musste es auch tatsächlich jedes einzelne Mal vortäuschen. Es wurde nie echt.

Sobald wir das Geld nicht mehr benötigten und ConjuTech auch ohne die Unterstützung von „La Pêche Blanche“ existieren konnte, hörte ich auf. Aber Susanne machte weiter, auch ohne mich, so lange, bis sie herausfand, dass mit Immobilien viel mehr Geld zu verdienen war. In ihrem Fall war das auch gut so, denn Jack hatte irgendwann eine neue Idee und stieg aus ConjuTech aus, allerdings genau im falschen Moment, nämlich unmittelbar bevor sich die Firma von einem erfolgreichen Unternehmen zu einer Legende entwickelte. Vermutlich erwirtschaftete Susanne von da an den wesentlichen Teil des Lebensunterhaltes für ihre Familie, während Larry mit ConjuTech sehr viel zu verdienen begann.

Der Verkehr verlangsamte sich wieder. Ein Sonnenstrahl schickte sein blendendes Licht direkt in mein Gesicht. Dann kam meine Abzweigung. Ich atmete erleichtert auf, froh, die Bundesstraße nun hinter mir zu haben. Es ging steil bergauf. Ich hatte keinen Grund zu rasen und beschleunigte nur mäßig. Da tauchte plötzlich ein dunkler Sportwagen in meinem Rückspiegel auf. Es war ein Audi TT, der an meiner Stoßstange klebte, um dann plötzlich auszuscheren und mit Vollgas an mir vorbeizuziehen. Ich zuckte zusammen, fühlte mich getroffen von seiner Verachtung, die mich wie eine dunkle Abgaswolke einhüllte.

Allmählich ließ die Steigung nach und schließlich bog ich in die Straße ein, in der ich in Zukunft wohnen würde. Genau wie ich es in Erinnerung gehabt hatte, befand sich nur hundert Meter von meinem Grundstück entfernt ein kleiner Laden. Er war rot gestrichen, ein zweistöckiges Gebäude mit einem Vordach und einer einzelnen Zapfsäule darunter. Ein Gewirr wilder Rosen rankte an dem Holzpfahl empor, an dem ein Schild mit verblichener Aufschrift befestigt war:

Gemischtwarenladen „Supermarkt am Berg“
Lebensmittel, Bücher, Videos,
Backwaren
und Treibstoff

Ich war angekommen. Als ich die Wagentür öffnete, fiel mir als Erstes auf, dass es hier oben gut zehn Grad kälter war als im Tal.

Eine Reihe zerfallener Steinstufen führte die Böschung

hinauf. Ich folgte der Treppe, bis ich mich zwischen alten Mammutbäumen befand. Ein dicker Teppich von Nadeln und Blättern bedeckte die Erde, so weich, dass er bei jedem Schritt federnd nachgab. Wie tief diese Laubschicht wohl war? Ich ging neben dem eigentlichen, ausgetretenen Weg über den weichen Waldboden und fragte mich, seit wie vielen Jahrzehnten oder vielleicht auch Jahrhunderten die Blätter und Nadeln sich hier angesammelt hatten, unzählige Schichten, die ich unter meinen Sohlen spürte.

Die Baumgruppe hatte sich um ein Zentrum angeordnet, in das ich mich nun stellte. Ich legte meinen Kopf in den Nacken und sah nach oben. Die Baumwipfel wiegten sich gleichförmig und sanft in einem Wind, den ich hier unten nicht fühlen konnte, dessen Rauschen jedoch als leises Flüstern an meine Ohren drang. Ich schloss meine Augen und wiegte mich im Gleichklang mit den Baumriesen.

Zunächst ging ich an der kleinen Hütte vorbei bis zum Gipfel des Hügels. Hier hatten Larry und ich eigentlich ein Holzhaus bauen wollen. Das wäre unser Traum gewesen, mitten in den Bergen zu wohnen, nur eine halbe Stunde von der Stadt entfernt. Finanziell hätten wir uns das problemlos leisten können. Viele wohlhabende Familien aus dem Silicon Valley hatten sich solche Häuser in den Bergen gebaut.

Doch mein jetziger Umzug auf diesen Berg war kein Ausdruck des Wohlstands. Ich kletterte über einen umgestürzten Mammutbaum, der von Farn gesäumt und mit ausladenden Pilzen bewachsen war. Nur noch wenige Schritte bergauf, dann hatte ich den höchsten Punkt des Hügels erreicht, der den Blick freigab auf ein flaches, baumbestandenes Tal, das sich viele Kilometer weit nach Westen zog. Und da, der schwache, goldene Schimmer am Horizont – das war der Pazifische Ozean.

Ich hörte das Motorengeräusch von Susannes Cadillac und ging den Weg wieder bergab, ihr entgegen. Sie hatte hinter meinem Wagen geparkt und stieg gerade aus.

„Hier ist es aber kalt!“ Sie kam die Stufen hoch, rieb sich die Arme und blieb dann zwischen den majestätischen Redwoods stehen.

„Lausch mal auf den Wind“, flüsterte ich. „Ist das nicht herrlich?“

„Erstklassiges Grundstück“, stellte sie fachmännisch fest. Sie folgte den Stufen bergauf. „Jetzt bin ich aber gespannt auf deine Einsiedelei.“

„Ja, so könnte man mein neues Zuhause bezeichnen“, sagte ich und ging hinter ihr her, „meine Eremitage.“

„Als ich nach meiner Scheidung nach Italien reiste, habe ich ein paar Nächte in einem Hotel verbracht, das *Eremitage* hieß.“

„Das hier ist aber kein Hotel, das ist ernst.“

„Ich bin mir dessen vollkommen bewusst.“

Wir erreichten die windschiefe Tür meiner Hütte. Susanne zog an dem rostigen Riegel. Die Tür kreischte wie eine in die Enge getriebene Katze.

Im Inneren schritt ich die vielleicht drei mal vier Meter große Fläche ab, wischte mir die Spinnennetze aus dem Gesicht und kickte den Schmutz über den Boden – über den *Betonboden*. Susanne hatte nicht recht gehabt, stellte ich fest. Aber es war sehr dunkel hier drinnen. An der linken Wand befand sich zwar eine Maueröffnung, die von einer kleinen, in der Ecke zerbrochenen, unansehnlichen Glasscheibe bedeckt war, doch die Außenseite der Scheibe steckte unter einer dicken Schmutzkruste und verrottete Blätter türmten sich auf dem Mauersims.

Meine Freundin stand mit verschränkten Armen da und musterte mich kritisch über den Rand ihrer Brillengläser hinweg.

„Ich werde alles schön sauber machen“, sagte ich, „ein paar Kerzen aufstellen und …“

„Oh, Charlie.“

„Es wird mir hier gut gehen.“

„Du wirst ganz allein sein.“

„Es gibt doch Nachbarn.“

„Die Tür taugt nichts. Du kannst sie ja nicht einmal zuschließen. Was ist, wenn dich jemand überfällt?“

„Ich habe doch mein Handy.“

„Na super. Und mit dem wirst du dem Einbrecher dann einen kräftigen Schlag versetzen?“

„Wer sollte mich denn überfallen? Wer käme denn überhaupt auf die Idee, dass hier jemand wohnen könnte?“

Susanne kicherte. „Eins zu null für dich.“

Plötzlich drang gelbes Sonnenlicht durch die Tür, beschien Susannes Gesicht und wärmte die hintere Wand. Ich beugte mich aus der Tür. „Die Sonne wird bald untergehen“, sagte ich.

„Dann wollen wir uns mal an die Arbeit machen.“ Susanne eilte zu unseren Autos und ich folgte ihr.

Während ich die Tüten von meinem Rücksitz holte, öffnete sie die hintere Beifahrertür und kramte in einer Klappbox.

„Was machst du?“

„Ich hole nur … ein paar wichtige … Utensilien.“ Dann brachte sie ein Insektenvernichtungsspray zum Vorschein, eine Rolle Küchentücher, eine Flasche Glasreiniger und einen Besen mit Teleskopstiel. „Als Immobilienhändlerin muss ich immer für alles gewappnet sein.“

An einen Besen hatte ich nicht gedacht. Ich lehnte mich an mein Auto und betrachtete sie, immer wieder aufs Neue erstaunt über diese Frau. Unsere ganze Freundschaft war davon geprägt: Gerade noch wollte ich mich von dem stählernen, alles beherrschenden Griff ihrer manikürten Hände freikämpfen, und im nächsten Moment überwältigte sie mich mit ihrer Treue und ihrer Hingabe. Außerdem hatte sie immer genau das dabei, was mir fehlte.

„Zumindest kannst du dir etwas zu essen besorgen", murmelte sie und deutete auf den Laden.

„Ich habe mir Essen mitgebracht."

„Tatsächlich? Zum Beispiel?"

„Thunfisch und weiße Bohnen in Tomatensoße ..."

„Du bist mir aber nicht böse, wenn ich nicht zum Abendessen bleibe?"

Ich stieg hinter ihr bergan, stellte meine Taschen vor der Hütte ab und fing an, mit Susannes Besen zu fegen. Kurze Zeit später war der Raum sauber.

„Was würde ich nur ohne dich tun?" Doch während ich noch sprach, zuckte ich bereits zusammen. Ich konnte förmlich hören, was sie dachte: *Wo warst du die letzten sechs Jahre? Wo warst du an dem Tag, als Jack auszog ...*

„Komm, wir richten dein Haus ein", sagte sie.

Ich trat ins Freie, sammelte meine Tüten zusammen und brachte sie ins Innere. Susanne kicherte. „Was ist?"

Sie zeigte feixend auf die Tüten. „Du hast bei *Nordstrom* eingekauft."

„Ja, und?" Ich holte die Schuhe, die ich mir heute Nachmittag gekauft hatte, aus der Tüte und stellte sie ordentlich in eine Ecke des Raumes.

Sie fing an zu lachen. „*Nordstrom* ist ein Nobelladen für Reiche, das passt nicht in deine Hütte." Sie lachte immer heftiger. „Sehe ich recht? Du hast Stuart Weitzmann-Schuhe gekauft? Das ist Designerware!"

Ich drehte mich um und stemmte meine Hände in die Hüften: „Es ist eine gute Marke. Sie sind bequem."

Sie krümmte sich vor Lachen, bis sie seitwärts umkippte und auf dem Boden lag und gackerte wie ein lungenkrankes Huhn. „Welche Nonne … geht bei … Nordstrom einkaufen?"

„Die Sachen haben eine gute Qualität, sie werden lange halten", argumentierte ich. Aber Susanne lachte immer weiter und steckte mich schließlich damit an.

Irgendwann wischte sie sich die Tränen aus den Augen und versuchte, sich wieder zu fassen. „Zeig mal, was du bei der *Pottery Barn* gekauft hast!" Auch diese Ladenkette zählte tatsächlich zu den teuren Einrichtungs- und Haushaltswarengeschäften. Es war mir gar nicht aufgefallen.

„Nein."

Sie zog die Nase hoch und trocknete sich die Augen. „Bitte! Ich werde auch ganz bestimmt nicht lachen!"

„Du lachst doch jetzt schon." Ich lachte übrigens auch.

„Bitte!"

Also ließ ich mich neben ihr nieder und zog die *Pottery Barn*-Tasche zu mir heran. Alles, was ich in diesem Luxusladen gekauft hatte, war sorgfältig in blaues Papier verpackt und gepolstert. Das blaue Papier sah wunderschön aus. Plötzlich hätte ich am liebsten mein Gesicht in den Händen vergraben.

Susanne nahm mir die Tasche aus der Hand, zog eine Schachtel heraus und öffnete sie. Eine Schüssel kam zum Vorschein. Susanne hielt sie ins dämmrige Licht, das durchs Fenster schien und sich leuchtend in der Schale brach. Sie war erdfarben, aber es war das stolzeste Braun, das ich jemals gesehen hatte. Die Glasur schimmerte wie ein Mohnfeld in Kalifornien.

„Eine Schüssel. Immerhin, nur eine. Sehr bescheiden." Sie lächelte und lehnte sich zur Seite, um mir direkt ins Gesicht sehen zu können. „Wann warst du zuletzt bei einem Discounter einkaufen?"

Das lag sehr lange zurück. „Das sind doch nur Sachen", wehrte ich ab.

Seufzend legte sie ihren Arm um meine Schulter und ich lehnte mich an sie. „Ambers erster Tag am College fiel mir leichter als das hier“, sagte sie. „Erinnerst du dich an diesen Tag? Du warst mit Garrett gekommen, ich mit Amber. Es regnete in Strömen. Wir waren überzeugt, dass sie heiraten würden, ehe sie ihren Collegeabschluss hätten. Wir wären schon längst Großmütter, wenn Amber nicht die Fehlgeburt gehabt hätte.“

Ich wollte mich nicht daran erinnern. Unwillig drehte ich das Gesicht zur Seite. „Dann wären wir jetzt verwandt und du würdest mich nie wieder loswerden.“

„Ich will dich gar nicht loswerden. Und du wirst mich auch nicht abschütteln können, egal, wohin du auch ziehen wirst.“

„Das ist mir klar, Susi.“

„Wann erzählst du mir von deinen Visionen?“

Vor meinen inneren Augen zogen Bilder vorbei. Ich sah einen Granatapfel mit seiner ledernen Haut, der aufbrach und seine Samen präsentierte, die wie Rubine in der Frucht lagen, da war der Geruch von Schnee, dazu dieses Gefühl, ein Entzücken wie …

„Susanne“, fragte ich, „wenn du betest, bekommst du dann manchmal auch eine Antwort?“

„Natürlich. Das Geschäft floriert. Amber und Roger sind glücklich.“

„Das meine ich nicht. Kannst du spüren, dass du in Gottes Nähe bist, so wie es im Hohelied Salomos beschrieben ist?“

„Hohelied Salomos?“ Stirnrunzelnd sah sie mich an. „Eine Liebesgeschichte mit Gott?“ Sie betrachtete mich, als würde sie sich ernsthafte Sorgen über meinen Geisteszustand machen.

„Was ich meine ist, kannst du *spüren*, dass Gott da ist?“

„Es ist doch klar, dass er da ist. Das stelle ich gar nicht in Frage, Charlie. Ich rede einfach mit ihm und sage ihm, was ich will. Vor einiger Zeit habe ich eine Predigt darüber gehört, wie man durch Gebet ein erfolgreicheres Leben führen kann. Die war sehr gut. Ich habe sie auf CD. Wenn ich sie finde, kann ich sie dir ausleihen."

„Ich habe keine Steckdose." Strom hatte mein neues Zuhause nicht.

„Charlie, bist du dir ganz sicher, dass du das wirklich möchtest?"

„Absolut."

„Na gut." Sie rückte von mir ab und knetete ihre Arme. „Kann es sei, dass du vergessen hast, dir einen Mantel zu kaufen?"

Sie hatte recht. Wie gut sie mich kannte. „Mir fehlt nichts", antwortete ich.

„Es ist schon richtig dunkel geworden." Sie stand auf.

Ich sah zu ihr auf und begriff, dass sie aufbrechen wollte. Schnell erhob ich mich. Wir sahen einander an und ich versuchte, all das anzuwenden, was ich von ihr gelernt hatte, um Selbstbewusstsein und Kompetenz vorzutäuschen.

„Zünde bitte eine Kerze an, bevor ich gehe."

Ich nahm das Feuerzeug, das ich hinter die Kerzen gelegt hatte und zündete sie alle an. Plötzlich erfüllte der Glanz einer gotischen Kapelle die kleine Kammer.

„Schon besser", sagte sie. Im Lichtschein sah ich die Tränen in ihren Augen. Sie umarmte mich und ging.

Ich stand auf der Schwelle und sah ihr nach, während das letzte Licht der untergehenden Sonne hinter den Wipfeln der Redwoods am Horizont versank.

Kapitel 9

Als Susanne weg war, betrat ich meine Hütte, zog die Tür zu und betrachtete die Wände. Mir war fast, als würden sie mich zusammenquetschen. Der Raum war sehr klein, eigentlich nur ein Abstellraum für die Gartengeräte eines Hauses, das es nicht mehr gab. Es roch nach Erde.

Wie alt das Dach wohl war? Ohne mich strecken zu müssen, konnte ich die Decke erreichen und berührte prüfend die Balken. Das Material gab unter meinen Fingern nach und eine kleine Wolke von Holzkrümeln und Dreck kam herunter. Ich wich prustend zur Seite und versuchte, mir das Zeug aus Gesicht und Haaren zu streichen. Im nächsten Moment sah ich eine Spinne, die eilig den Boden überquerte, ehe sie in einer Ritze zwischen zwei Betonblöcken verschwand. Ich schauderte und strich mir über Kopf und Nacken, dann fischte ich einen Kamm aus meiner Tasche und kämmte meine Haare aus, immer und immer wieder. Das Kribbeln hörte nicht auf. Schließlich zog ich mein T-Shirt aus, untersuchte es und schüttelte es gründlich aus, ehe ich wieder hineinschlüpfte.

Als ich das nächste Mal zur Decke sah, verschwanden gerade die letzten paar Beine eines Tausendfüßlers zwischen zwei Balken. Unsicher schritt ich meinen Raum ab, den Blick auf die Decke gerichtet. Bei dem Gedanken, wie viel Ungeziefer hier hausen mochte, schüttelte es mich:

Tiere in jedem Mauerspalt, in jeder dunklen Ecke, hinter jedem morschen Balken. Wie sollte ich hier schlafen?

Susannes Insektenspray stand auf dem Boden an der Wand. Ich griff danach und fing an, die erste Ecke der Decke einzusprühen. Im nächsten Augenblick fiel ein Käfer herunter und landete direkt in einem meiner neuen Schuhe.

Sofort hörte ich auf zu sprühen und drückte den Deckel wieder auf die Dose. Schließlich wollte ich nicht, dass im Dämmerlicht des Abends eine Unmenge halbtoter, zappelnder Insekten auf meine Klosterzelle herunterregnete, in der ersten Nacht meiner Abgeschiedenheit. Ich konnte mich des Gedankens nicht erwehren, dass ich meine Entscheidung möglicherweise etwas überstürzt getroffen hatte.

Mein Handy war in meiner Tasche – ich betrachtete es lange und nachdenklich. Sollte ich … ? Dann nahm ich meinen neuen Schuh und schüttelte den sterbenden Käfer vor die Hütte.

Fasziniert blieb ich draußen stehen. Es gab hier oben überhaupt kein künstliches Licht. Ich kannte den rosafarbenen Nachthimmel der hell erleuchteten Stadt, ich kannte die Schatten im Haus hinter den vorgezogenen Vorhängen. Aber diese Dunkelheit, diese total schwarze Nacht, das hatte ich so noch nie erlebt. Der Wind, der die Baumwipfel vorhin sanft rauschen ließ, war angeschwollen und erzeugte einen rollenden Klang. Es war, als atme der Wald, als hörte ich die wortlose, tiefe Stimme eines sehr großen Wesens.

Dann richtete ich meinen Blick nach oben. Die Kronen der Mammutbäume reckten sich in den schwarzen, sternenübersäten Nachthimmel. Welch eine Pracht! Welch ein durchdringendes, gläsernes Leuchten, welch ein reines Licht! In der majestätischen Dunkelheit dieser Nacht schrumpfte ich zu einem kleinen Nichts.

Ich ging zurück in meine Hütte und schloss die Tür.

Es war kalt. Wenn ich doch nur an einen Mantel gedacht hätte! Mein Verlangen nach einem Mantel wurde so überwältigend, dass ich zu weinen begann. Der Tränenstrom schwoll an und ich kauerte mich auf dem Boden zusammen. Das konnte doch nicht alles wegen eines Mantels sein! Zu meinem eigenen Erstaunen kam plötzlich der Name *Larry* über meine Lippen. Nun kannte ich den wahren Grund meiner Tränen und nichts konnte meine Traurigkeit jetzt noch lindern.

Nach langer Zeit trat Erschöpfung an die Stelle des Schmerzes. Ich aß eine halbe Dose weiße Bohnen, kalt, dann schlüpfte ich in das Flanell-Nachthemd, das ich gekauft hatte. Darüber zog ich meinen dicken schwarzen Pulli, außerdem zwei Paar Socken. Sorgfältig untersuchte ich meinen Schlafsack auf Insekten, ehe ich hineinkroch. Ich beugte mich zu den Kerzen hinüber und pustete alle bis auf eine aus. Dann legte ich mich auf den harten Beton, der auch durch die Isomatte nicht wirklich angenehmer wurde.

Im flackernden Licht der einzelnen Kerze tanzte mein Schatten an der Wand wie ein Boot auf den Wellen. Ich schloss die Augen.

Es war kaum zwei Wochen her, seit ich zum letzten Mal Larrys Rollstuhl in unser Schlafzimmer geschoben hatte. Mit einem Arm umfasste ich seinen Rücken, den anderen Arm legte ich unter seine Kniekehlen. Er wog nicht mehr viel und ich konnte ihn ohne große Mühe ins Bett heben. Ich entkleidete ihn so wie früher unseren kleinen Sohn, zog vorsichtig die Schlafanzughose über seine Beine und knöpfte das Oberteil über seiner eingefallenen Brust zu. Dann schlüpfte ich neben ihn, zog die Decke über uns und löschte das Licht. Als wäre alles wie früher, strich ich ihm das Haar aus dem Gesicht, küsste seine Stirn, küsste die kleine Vertiefung zwischen seinen Augenbrauen und küsste seine Nasenspitze und seine Lippen. Mein Ehemann.

Die Kälte des Betonbodens drang trotz der Isomatte in meinen Schlafsack. Draußen hörte ich das Rauschen des Windes und das Knacken von Holz. *Das sind die Geräusche des Waldes in der Nacht*, beruhigte ich mich. Doch schon tauchte der nächste erschreckende Gedanke auf: War das Knacken vielleicht ein Hinweis darauf, dass bald ein Baum umfallen würde? Überall auf dem Grundstück lagen umgestürzte Bäume.

Es raschelte vor meiner Tür und ich hielt den Atem an. *Leise! Was war das?* Ich wagte nicht zu atmen. Nach einer Weile entspannte ich mich langsam wieder. Doch halt, da war es wieder! Schnell griff ich in meine Tasche und holte mir das Handy in den Schlafsack. Susannes Nummer …

Wollte ich wirklich schon aufgeben? Möglicherweise würde ich es kein zweites Mal schaffen, gegen ihren Protest hierher zu kommen. Ich klappte das Handy zu und lauschte. Nichts. Stille, nur mein eigener, aufgeregter Atem war zu hören.

Einatmen, ausatmen, sagte ich mir.

Ich schloss die Augen und versuchte zu schlafen. Natürlich gab es im Wald viele unbekannte Geräusche, die nicht mit der nächtlichen Lärmkulisse einer Stadt zu vergleichen waren.

Dann hörte ich Schritte auf trockenem Laub und fuhr erneut zusammen. Sie stockten, dann gingen sie weiter.

Schritte? Konnte es nicht auch ein Windstoß gewesen sein? Oder ein Kaninchen?

Ich schloss die Augen. Da waren die Schritte wieder. Das war eindeutig kein Kaninchen. Ich kroch aus meinem Schlafsack, nahm die Kerze in die Hand und ging zur Tür. Nur einen Spaltbreit hatte ich sie geöffnet, da sah ich etwas Großes, Helles auf meiner Schwelle. Ich bückte mich und hielt die Kerze daneben, um besser erkennen zu können, was es war. Eine Plastiktüte lag da, an den Griffen war ein Notizzettel befestigt:

Ich wollte dich nicht aufwecken,
aber das wirst du brauchen.
Susanne

Schnell holte ich die Tüte in mein Häuschen. Susanne hatte mir einen Mantel gebracht! Ob sie noch da war? Mit der Kerze in der Hand sprang ich hinaus. „Susanne!“

Keine Antwort. Obwohl ich nur Socken trug, ging ich einige Schritte Richtung Straße. „Susanne!“ Wie war es möglich, dass sie so schnell verschwinden konnte?

Die Redwoods umringten mich, fast kam es mir so vor, als atmeten sie im flackernden Schein meiner Kerze. Die Nacht war voller Geräusche, es knackte und raschelte, der Flügelschlag eines großen Vogels war zu hören.

Ich war allein. Bei dem Gedanken erzitterte ich. Schnell wollte ich mich in den Schutz meiner kleinen Hütte flüchten – da stand ich einem Hirsch gegenüber. Ein Schrei drang aus meiner Kehle und das Tier erstarrte vor Schreck.

Er senkte seine breite, samtbraune Stirn und musterte mich mit Augen, die wie schwarze Murmeln aussahen. Stoßweise traf sein warmer Atem meinen Hals. Es war so dunkel, dass ich nur seinen Kopf sehen konnte, seine Lippen waren zu einer dunklen Linie an der Unterseite der schwarzen Nase zusammengepresst. Im Licht meiner Kerze warf sein Geweih einen tanzenden Schatten, als stünden Bäume hinter ihm. Endlich drehte er sich um, dann setzte er sich mit wiegenden Schritten langsam in Bewegung und stapfte in die Nacht hinaus.

Ich stürzte in meine Hütte und zog die Tür zu, so fest ich konnte. Sie kreischte wie ein sterbender Dämon, als ich sie gegen die Türschwelle zog, aber ich setzte meine ganze Kraft ein, bis sie fest klemmte.

Dann zog ich den Mantel über, stieg erneut in den Schlafsack und zog den Reißverschluss hoch. War da nicht ein Rascheln vor der Tür gewesen? Ich verbarg mein Gesicht im Schlafsack, presste meine Hände gegen die Ohren und kniff die Augen zu.

Es war dunkel, als ich wach wurde. Ratlos ertasteten meine Finger die Umgebung. Betonboden. Da wusste ich wieder, wo ich war.

Ich musste zur Toilette.

Oh Gott, hätte das nicht warten können, bis es hell war? Ich drehte mich zur Seite und wollte weiterschlafen. Aber es ging nicht. Ich musste ...

Die Kerze war ausgegangen. Wo war meine Taschenlampe? Hatte ich sie nicht an die Wand neben das Geschirr gelegt? Ich rollte mich hinüber und suchte tastend danach. Hier stand die Schüssel, dort die Tasse, da ... das war sie, die Taschenlampe. Erleichtert holte ich sie zu mir und schaltete sie ein. Ein runder Strahl blassen Lichts warf Schatten an die Wand, als wären sie das Echo meiner Bewegungen.

Ich erhob mich und wollte gerade in die Schuhe schlüpfen, als mir der Hirsch wieder einfiel. Musste ich jetzt wirklich unbedingt nach draußen? Ich presste die Beine zusammen und versuchte, das zunehmende Drängen zu ignorieren.

Es ging nicht. Also gut. Es brauchte etwas Kraft, um die Tür wieder aufzustoßen. Vorsichtig lauschte ich in die Nacht, konnte aber nichts Besonderes hören.

Ich trat ins Freie und beschrieb mit meiner Taschenlampe kleine Kreise auf dem Waldboden. Ich wollte mich nicht unbedingt direkt neben meine Hütte hocken, aber verlaufen wollte ich mich auch nicht. Ein sanfter Windstoß fegte durch die Bäume und nahm meinen Atem mit, der wie ein Schwarm von Nachtfaltern zitternd aus meiner Brust flatterte.

Da war eine Lücke zwischen den Stämmen; ich trat näher, um die Stelle zu erforschen. Etwas wie ein Weg führte hier entlang und hinauf zu einer mondbeschienenen kleinen Lichtung. Mit unsicheren Schritten folgte ich dem Pfad.

Auf der Lichtung angekommen stellte ich fest, dass man auch von hier aus das Tal überblicken konnte. Kilometerweit zog sich der Wald zu meinen Füßen hin, von silbernem Mondlicht beschienen. Ich legte die Taschenlampe so auf den Waldboden, dass ihr Licht in die Richtung zeigte, aus der ich gekommen war. Dann verzog ich mich in die Büsche.

Als ich zu der Lichtung zurückkam, bewunderte ich erneut den weiten Blick ins Tal und den vollen, hellen Mond. Was für ein sanftes, gleichmäßiges Licht von ihm ausging. Die Sterne funkelten neben ihm, mit einem Licht, das mir direkt ins Herz zu leuchten schien.

Zwischen den Bäumen erspähte ich einen orangefarbenen Lichtpunkt. Ein Lagerfeuer? Ich ging etwas weiter, um besser sehen zu können. Am Rand des Tals, auf einem Stück Wiese brannte eine kleine Gruppe rötlicher Kerzen. Daneben kauerte eine Gestalt.

Ich sah zurück. Das Licht meiner Taschenlampe wies mir immer noch den Weg, den ich gekommen war. Behutsam näherte ich mich den Kerzen, bis ich der Gestalt so nahe gekommen war, dass ich sie genau sehen konnte. Es war eine Frau. Sie hatte das Gesicht hinter ihren Händen verborgen und weinte.

Irritiert überlegte ich. *Sollte ich zu ihr gehen? Werde ich sie nicht erschrecken?* Zögernd trat ich in den Schatten der Bäume zurück.

Die Frau schniefte, trocknete sich die Tränen und stand auf. Sie nahm eine der Kerzen, trug sie ein Stück weiter und setzte sie wieder auf den Boden. Dann kehrte sie zu den anderen Kerzen zurück, nahm eine nach der anderen und trug sie an eine neue Stelle, bis sie die Kerzen in einem Kreis von etwa zwei Metern Durchmesser angeordnet hatte. An der Stelle, an der die Kerzen vorher gestanden hatten, lag ein Besen, den sie nun ergriff. Sie ging zu dem Kreis, hob ihr Gewand an und trat ins Innere.

Nun fegte sie den Boden. Dabei schritt sie an der Kreislinie entlang, rückwärts gehend zog sie den Besen hinter sich her, in immer enger werdenden Kreisen, bis sie im Zentrum angekommen war. Dort hielt sie inne, dann warf sie den Besen aus dem Kreis. Sie wandte sich dem Tal zu, streckte ihr Gesicht dem Mond entgegen, zog die Nase hoch und wischte sich wieder die Tränen ab.

Ihre Haare waren dunkel. Der Wind erfasste eine Strähne und hob sie über ihre Schulter. Jetzt schob sie ihre Bluse hoch und den Bund ihres Rocks nach unten. Ihr entblößter Leib war rund – sie war schwanger! Hell und prall ragte ihr Bauch hervor, vom Mond beschienen, als wäre er selbst ein voller Mond.

Mit gespreizten Fingern begann sie, die gespannte Haut zu massieren, in kleinen Kreisen strich sie über die Seiten und über den Bauchnabel nach unten. Sanft begann sie, sich hin und her zu wiegen.

Hörte ich sie singen? Mir war, als hörte ich Worte, aber sie verklangen leise über dem Tal. Dann hob sie ihre Arme und reckte sich, als wolle sie den Himmel berühren. Erneut reckte sie die Arme zum Himmel, dann erhob sie ihre Stimme und mit Autorität und voller Inbrunst rief sie klagend einen Namen: „Diana!“

Kapitel 10

Ich hörte, wie Larry meinen Namen sagte: „Charlie!“

Seine Stimme klang, als wäre er nie krank geworden, als säße er direkt neben mir. Im Schlaf streckte ich meinen Arm aus, um den Mann zu berühren, der nicht mehr bei mir war. Meine Finger strichen über den schmutzigen Beton. Ich öffnete die Augen.

Das Licht des Tages drang durch die Ritzen rund um die Tür. Ich drehte mich zurück in den Schatten und versuchte, tief durchzuatmen. Meine Rippen schmerzten. Dann hielt ich meine Uhr in das blasse Morgenlicht und erschrak. Es war schon acht Uhr!

Meine Hütte war erfüllt von einer Vielzahl von Grautönen und roch nach modriger Erde. In einem Grab würde es vermutlich nicht anders riechen. Ich schluchzte auf, legte eine Hand über meinen Mund und zog die Knie zum Kinn. Dann überlegte ich es mir anders und schluckte die Tränen hinunter.

Es war jetzt nicht die Zeit zum Trauern. Ich war ohnehin schon viel zu spät dran. Der zweite tiefe Atemzug tat schon etwas weniger weh. Entschlossen redete ich mir Mut zu. Ich war gerade erst Witwe geworden, der Schmerz war ganz normal.

Wie lange war ich in der letzten Nacht dort im Wald gewesen? War es eine halbe Stunde oder waren es fünf Stunden gewesen? Ich hatte kein Zeitgefühl gehabt. Nachdem die Frau alle Kerzen ausgeblasen und in einen Korb gelegt hatte, ging sie barfuß davon, der Schatten des Waldes nahm sie auf.

Wieder sah ich den schwangeren Vollmond ihres runden Bauches vor mir, den sie groß und schwer vor sich her trug, so wie ich einst Garrett getragen hatte. Ich kann mich an die sanfte Rundung von Ambers Bauch erinnern, als sie gerade im dritten Monat war und sich von uns verabschiedete, um eine Freundin auf Hawaii zu besuchen.

Erst einen Tag war es hergewesen, dass ich erfahren hatte, dass Amber schwanger war und ich Oma werden würde, da stand auch schon Susanne vor meiner Tür, um mir die Details ihres fertigen Planes zu erklären.

„Wir müssen einen guten Eindruck machen“, teilte sie mir mit.

„Auf wen?“

„Auf das Baby“, antwortete sie in einem Ton, als hätte sie mir wirklich zugetraut, das auch selbst zu wissen.

„Ich glaube nicht, dass das Baby große Erwartungen an uns hat, Susi. Es will nur geliebt werden.“

„Genau darum geht es und ich weiß, wo man das bekommt. Los, hol deine Tasche.“

Sie fuhr mit mir aus der Stadt, durch das Tal Scott Valley, dann über eine von Bäumen gesäumte Landstraße.

„Wohin fahren wir?“, fragte ich.

„Kannst du dich an Max Stein erinnern? Als er seine Ausstellung in Palo Alto eröffnete, lieferten wir das Menü. Weißt du noch, dieser Holzstuhl …“

Ich fiel ihr ins Wort: „… der Möbeltyp?“

„Ja, genau der!“

Max Stein war ein faszinierender Künstler, der vor allem mit Holz arbeitete. Ich konnte mich noch gut erinnern, wie er auf wunderschöne Weise rotes Mahagoniholz, hellen Ahorn und dunkles Ebenholz miteinander verband, schichtweise angeordnet, so wie man die verschiedenfarbigen Gesteinsschichten an einem Steinbruch sehen kann, mit abgerundeten, natürlichen Formen, als wären die dreifarbigen Hölzer genau so gewachsen. Unbeschreiblich schöne Stühle hatte er geschaffen, Tische … und Babywiegen. Das war also Susannes Plan. In einer solchen Wiege sollte unser Enkelkind sein Leben beginnen. Es würde eine Spezialanfertigung sein und da der Künstler im Moment noch an anderen Projekten arbeitete, würde er nicht sofort mit unserem Stück beginnen können.

„Wir haben Zeit", erklärte Susanne und stellte dem Künstler einen Scheck aus, als Vorschuss. „Sie haben sechs Monate."

Als Garrett an diesem Tag vom College nach Hause kam, blieb er kaum stehen, um sich den Katalog von Max Stein anzusehen. Ihn beschäftigte ein anderes Thema. Er wollte wissen, wie Larry mich gefragt hatte, ob ich ihn heiraten würde.

„Er hat eben einfach gefragt."

„Aber *wie*?"

„Ungefähr so: Willst. Du. Mich. Heiraten?"

„Mehr nicht?"

„Wir fanden das damals romantisch."

Er presste seine Hände gegen die Augen und stöhnte.

Wir machten uns damals ziemlich viele Gedanken, wie alles werden sollte, wie die Kinder ihr Studium organisieren sollten und wie wir ihnen helfen könnten, für das Baby zu sorgen. Aber es war eine zauberhafte Zeit. Nie zuvor hatte ich Garrett so glücklich erlebt. Entsprechend schwer traf es ihn, als Amber aus Hawaii anrief, um uns mitzuteilen, dass sie eine Fehlgeburt gehabt hatte. Fast eine Stunde lang weinte Garrett, während ich ihm über sein Haar strich und mit ihm trauerte. Niemanden wunderte es, dass er danach in seinen Leistungen am College nachließ. Bei Amber war es ähnlich; außerdem nahm sie so viel ab, dass wir uns Sorgen um sie machten. Ich fand nichts Ungewöhnliches dabei, dass Garrett sich in dieser Zeit zurückzog und viele Stunden, ja ganze Wochenenden allein in seinem Zimmer verbrachte.

Als er sich aber nach sechs Monaten von Amber trennte, war ich doch sehr erstaunt. Ich hatte gedacht, ihm würde es allmählich wieder besser gehen. Er weigerte sich, mir den Grund für seine Entscheidung zu nennen. Auch Larrys Fragen ließ er nicht an sich heran. So traurig das auch sein mochte, aber schwere Schicksalsschläge konnten selbst Ehepaare auseinanderreißen, die schon jahrelang verheiratet waren. Wie viel schwerer musste es für Garrett und Amber sein, die noch so jung waren?

Einen Monat später hatte ich Garrett in seinem Zimmer vorgefunden, wo er vor seinem Computer saß und ein Bild auf dem Monitor betrachtete, das einen zwölf Wochen alten Fötus zeigte. So ähnlich hatte sein Kind ausgesehen, das er nie hatte kennenlernen dürfen. Garrett war wie erstarrt.

Aber das lag lange zurück. Jetzt war er mit seiner Eloise im warmen, sonnigen Portugal. Vielleicht würde es bald eine Hochzeit geben und vielleicht würde es ein anderes Enkelkind geben.

Ich verbarg mein Gesicht im Kopfteil meines Schlafsackes und spürte gleichzeitig die kalte Luft an meinem Nacken. Dieses dunkle, kalte, von Insekten verseuchte Loch sollte jetzt mein Zuhause sein? Wäre es nicht besser, im Auto zu schlafen? Auf den Gedanken war ich bis jetzt noch gar nicht gekommen. Ledersitze! Wenn ich die Zündung startete, würden sie sogar beheizt werden. Warme Ledersitze! Schliefen nicht auch Obdachlose oft in Autos?

Aber der Widerspruch war offensichtlich; ich brauchte nicht mal Susanne, um mich darauf hinzuweisen. Kein

Obdachloser hatte je in einem Lexus geschlafen. Ich hatte nicht einfach nur ein Auto, ich hatte die absolute Luxusklasse, den Premiumtyp, das Auto der Reichen und Modernen. Dazu kam, dass ich auch nicht wirklich obdachlos war. Ich hatte alles und noch mehr. Die Askese war nur ein Wunschtraum von mir.

Mühsam versuchte ich, mich an die Vision zu erinnern, die erste, mit den Rosenblättern. Aber es gelang mir nicht wirklich; die Erinnerung war so weit entfernt, als wäre es eine Geschichte, die eine andere Person erlebt und mir erzählt hatte.

Vielleicht war es ja auch gar keine Vision gewesen? Konnte es nicht auch sein, dass ich mir diese Gotteserlebnisse nur zurechtgesponnen hatte? Sie lagen so unendlich lange zurück und ich war damals noch so jung gewesen. Vielleicht war es wirklich eine sehr dumme Idee von mir gewesen, ausgerechnet hier an diesem Ort leben zu wollen? Vorsichtig riskierte ich einen Blick zu der maroden Decke und kam mir tatsächlich wie eine Idiotin vor.

Dennoch hatte ich ausreichend lange über alles nachgedacht. Auch wenn die Visionen lange her waren, ich hatte sie wirklich erlebt. Sie waren so echt gewesen und so stark, dass sie mich damals durch schwere Zeiten getragen und viel Veränderung in mir bewirkt hatten. In der Zeit, als ich Larry kennenlernte, stand für mich fest, dass ich ein ganz, ganz anderes Leben führen wollte, anders als meine Mutter, anders als mein Vater, ein Leben, wie ich es bei niemandem je gesehen hatte. So sehr ich Larry auch liebte, ich wollte auf keinen Fall mit ihm so leben wie meine Brüder mit ihren Frauen.

Jetzt war für mich endlich die Zeit gekommen, den Lebensstil aufzunehmen, den ich mir damals schon gewünscht hatte. Mich in die Einsamkeit zurückzuziehen war mein Lebenstraum gewesen und nun konnte ich ihn wirklich umsetzen. Wenn Susanne mich hier weinend am Boden antreffen würde, dann würde sie mich hochhieven, über ihre Schultern wuchten und in ihr Haus schleppen.

Sollte ich nicht zumindest die Tür öffnen und etwas Licht hereinlassen, um die grauen Schatten zu vertreiben? Ächzend erhob ich mich auf alle Viere und hatte dabei das Gefühl, als müsste ich jeden Rückenwirbel einzeln aus seiner Starre lösen.

Ich zog den Reißverschluss meines Schlafsackes auf und erschauerte in der morgendlichen Kälte, die mich empfing. So schnell mein schmerzender Rücken es zuließ, stand ich auf und hüllte mich in den Mantel, den Susanne mir gebracht hatte. Dann schlüpfte ich in meine Designer-Wanderschuhe.

Die Schuhe waren eiskalt. Ich hauchte warmen Atem in meine Hände und ging zur Tür.

Sprachlos erstarrte ich.

Warmes, bernsteinfarbenes Licht fiel in Streifen durch die Bäume. Ein Maikäfer krabbelte über einen moosbewachsenen Felsbrocken, der an einen mit Samt bezogenen Hocker erinnerte. Ein Streifenhörnchen flitzte über den weichen Waldboden, sauste am Stamm eines Mammutbaums hinauf, umrundete ihn in einiger Höhe und kam auf der anderen Seite wieder herunter. Etwas weiter entfernt sang eine Taube ihr Lied: „Gurruuh, gurruuh, gurruuh!"

Alles war in goldenes Licht getaucht. Ich hielt ein Schluchzen zurück, und eine Mischung aus tiefer Freude und Erleichterung stieg in mir auf. Jetzt erinnerte ich mich wieder, warum ich hierher gekommen war. Eine Träne rollte über meine Wange und bahnte sich einen Weg an meinem Hals entlang.

Voller Vorfreude darauf, meine neue Umgebung zu entdecken, verschwand ich wieder im Innern der Hütte, zog mich zitternd aus und beeilte mich, die neuen Sachen anzuziehen, die ich mir gestern noch gekauft hatte, schlichte Stücke: eine schwarze Hose, eine schwarze Bluse, einen schwarzen Pulli. *Schönes Material*, dachte ich und strich über die Merinowolle des Pullovers, der bereits anfing, mich zu wärmen. Das Preisschild hing noch mit einer Sicherheitsnadel befestigt am Ärmel. Ich betrachtete den Preis und schüttelte den Kopf. Vorsichtig entfernte ich alle Preisschilder von den Sachen, zerriss sie in kleine Stücke und warf sie in die Tüte, die ich als Müllbeutel benutzen wollte – die *Nordstrom*-Tüte, die aus dickem Papier gemacht war und zwei stabile Henkel hatte. Da klang mir wieder das gackernde Lachen von Susanne in den Ohren. Ich drehte die Tüte um, doch auch auf der anderen Seite stand der Schriftzug. Nun gut, dann würde ich eben eine andere Tüte für meinen Müll nehmen.

Vor einiger Zeit, als ich noch deutlich überzeugter von der Idee gewesen war, ein kontemplatives Leben zu führen, hatte ich einen Tagesablauf entworfen, entsprechend den Regeln des Heiligen Benedikt von Nursia. Doch meine Mutter hatte recht, ich war als Baptistin aufgewachsen, deshalb hießen meine Gebetszeiten nicht *Matutin*, *Laudes*, *Prim*, *Terz*, *Sext*, *Non*, *Vesper* und *Komplet*, sondern in meinem Zeitplan hieß es schlicht „Gebet".

Was für eine unbeschreibliche Schönheit umgab mich hier! Welch ein Gegensatz zu dem Lärm im Silicon Valley, dem ständigen Verkehr, den pausenlos aus Radio, Fernseher und Computer dröhnenden Stimmen, all dem Läuten, Piepen und Summen der Handys und elektronischen Geräte. Die Stille, die mich umgab, schien die ganze Hast dieses Lebens verschluckt zu haben.

„Gurruuh, gurruuh, gurruuh!"

Wie sehr hatte ich mich genau danach gesehnt!

Aus meiner Handtasche kramte ich mein Tagebuch hervor – auch das war sehr teuer gewesen, aber mit seinem schlichten ledernen Einband passte es wunderschön in mein neues Leben – und schlug die erste Seite auf:

Mitternacht	*beten, schlafen*
3.00 Uhr	*beten, weiterschlafen*
6.00 Uhr	*aufstehen, anziehen, beten, lesen, meditieren*
9.00 Uhr	*beten, arbeiten*
Mittag	*beten, essen, ausruhen, lesen*
15.00 Uhr	*beten, arbeiten*
18.00 Uhr	*beten, essen, freie Zeit*
21.00 Uhr	*beten, schlafen*

Er strahlte mir förmlich entgegen, mein Plan. Es würde so einfach sein: Alle drei Stunden ein lieblicher Glockenschlag von meiner neuen Armbanduhr, und schon würde ich das Leben meiner Träume führen.

Armbanduhren mit Glockengeräusch waren nicht billig. Aber der Klang war einfach perfekt für meine Bedürfnisse. Weil ich die Gebetszeiten noch nicht eingestellt hatte, hatte ich in dieser Nacht noch nicht gebetet. Vielleicht war ich aber auch genau zur richtigen Zeit wach geworden, hatte das Mondlicht bewundert und diesem schwangeren Mädchen zugesehen bei … bei was auch immer sie da getan haben mochte. Für die erste Nacht war das genug.

Ich putzte mir die Zähne mit Mineralwasser, dann nahm ich meine Bibel und die Gebrauchsanweisung für meine neue Uhr. Nicht zu vergessen meine Brille, denn die Schrift war ziemlich klein.

Langsam stieg ich den Hügel hinauf und setzte mich ins Licht der Morgensonne. Als Erstes nahm ich mir die Gebrauchsanweisung vor und las: „Um den ersten Glockenschlag zu definieren, drücken sie Knopf A und drücken gleichzeitig so lange auf Knopf B, bis es einmal piepst."

Das tat ich.

Aber es piepste zweimal. Also versuchte ich es erneut und drückte die besagten Knöpfe. Es piepste dreimal, dann viermal, fünfmal … es folgte ein langes Piepsen, dann ein kurzes. Hatte ich aus Versehen ein Morsegerät gekauft? Was bedeutete das? Wieder studierte ich die Anleitung, konnte aber keine Angaben über langes und kurzes Piepsen finden. Ich nahm die Herausforderung an, vertiefte mich in den Text und versuchte, die richtigen Knöpfe zu drücken.

Dabei verging der Vormittag. Am Ende zeigte meine Uhr zwar die Tageszeit an, mehr aber auch nicht. Und die hatte der Verkäufer mir bereits eingestellt … Es war 10:30 Uhr und ich hatte noch gar nichts erreicht, hatte weder die Glockentöne meiner Uhr aktiviert noch in der Bibel gelesen oder gebetet. Frustriert zog ich die Uhr an, steckte die Gebrauchsanweisung in meine Hosentasche und sah mich um. Soweit das Auge reichte, bedeckte der Wald das Tal, über viele Kilometer. Von meinem Aussichtspunkt aus betrachtet leuchteten die Bäume im grüngoldenen Sonnenlicht.

Auf jeden Fall war dies die perfekte Stelle für meine Morgengebete. Vorsichtig ging ich auf meine Knie, aber die Nadeln und Steine schmerzten zu sehr, und so setzte ich mich wieder auf den Stein. Endlich schloss ich die Augen.

„Gott“, begann ich mit belegter Stimme und räusperte mich. „Herr“, verbesserte ich mich. Ein Titel war sicher eine bessere Anrede als der flache Begriff „Gott“. „Danke, dass du mir geholfen hast, Garrett zu finden. Bitte mach doch, dass ich mit ihm reden kann, wenn er wieder zurück ist.“

Ich schluckte. „Danke für all die Jahre mit Larry.“ Der Klang seines Namens von meinen eigenen Lippen hätte mich fast aus der Fassung gebracht. Ich holte Luft und setzte erneut an: „Du weißt, warum ich hier bin. Bitte zeig mir, was ich tun soll."

Stille. Nur das Geräusch eines Autos unten auf der Straße.

„Bitte", flüsterte ich, „bitte!"

Na schön, das Gebet war zwar ziemlich kurz, aber immerhin, ich hatte gebetet. Schnell fügte ich noch ein geflüstertes „Amen" hinzu.

Dann schlug ich meine Bibel willkürlich irgendwo auf und landete an der folgenden Stelle:

> *Ich kenne einen mit Christus verbundenen Menschen, der vor vierzehn Jahren in den dritten Himmel versetzt wurde. Ich bin nicht sicher, ob er körperlich dort war oder nur im Geist; das weiß nur Gott. Jedenfalls weiß ich, dass diese Person ins Paradies versetzt wurde, ob körperlich oder nur im Geist, das weiß nur Gott. Dort hörte sie geheimnisvolle Worte, die kein Mensch aussprechen kann (Zweiter Brief des Paulus an die Korinther, Kapitel 12, Verse 2 bis 4).*

Paulus konnte einem beinahe leidtun, so unbeholfen, wie er hier nach passenden Worten suchte. Na gut, im Zusammenhang mit einer solchen Erfahrung ist es wohl normal, zu stammeln. Man sagt dann „Ich bin mir nicht sicher" und versucht etwas zu sagen, das man nicht mit Worten ausdrücken kann.

So war es mir auch gegangen.

Nein, ich war natürlich nicht im „dritten Himmel" gewesen. Meine Visionen waren einfacher und katapultierten mich nicht bis in den Himmel. Höchstens bis vor die Tür. Aber ich hatte mich Gott in meinen Visionen sehr nahe gefühlt. Für jemanden wie mich, die in einem eher vernunftorientierten Umfeld aufgewachsen war, war das schon ganz schön viel.

Larrys Tante Blythe hatte öfters übernatürliche Erlebnisse mit Gott gehabt. Wenn sie uns gemeinsam mit Larrys Eltern zum Erntedankfest besuchte, dann erzählte sie mir oft davon. Davon ausgehend, wie gern und offen sie mir von ihren Erfahrungen erzählte, kam es mir beinahe so vor, also ob sie von meinen Erlebnissen wusste. Aber Larry hatte mir immer versichert, dass er nicht mit ihr darüber gesprochen hatte. Jedes Jahr, wenn sie zu uns kam, hatte sie neue Berichte im Gepäck, und während wir das Geschirr abwuschen oder spazieren gingen, erzählte sie mir davon.

„Gottes Gegenwart war so stark am vergangenen Sonntag“, sagte sie eines Tages und nahm meine Hand, während wir in der Gartenlaube hinter unserem Haus saßen. „Die Atmosphäre war so dicht wie Wasser, leise und heilig, und wir bewegten uns in der Salbung wie Seetang in der Strömung. Der Geist Gottes schwebte über dem Wasser wie am ersten Tag der Schöpfung.“

Gott weiß, was sie damit genau meinte. Ich ahnte es auch.

Manche ihrer Geschichten waren dramatischer. Sie konnte von Engelserscheinungen berichten und vom „Fallen unter der Kraft Gottes“. Einige ihrer Berichte enthielten Dinge, die mich bewogen, niemals mit ihr in den Gottesdienst zu gehen und mir dort die Hände auflegen zu lassen, denn ich wollte nicht, dass ich die Kontrolle über mich verlor.

Aber trotzdem, das Gefühl von Seetang in der Strömung, das kannte ich gut, denn genau so hatte ich mich auch schon in Gottes Gegenwart gefühlt. Auch Thomas Merton schilderte ähnliche Erfahrungen, und Teresa von Ávila hatte Visionen, dass Blythe vor Staunen verstummt wäre. Teresa von Ávila war meines Wissens die am stärksten mit Visionen gesegnete Person der Geschichte. Einmal war sie zwei komplette Jahre lang in der Gegenwart Gottes gewesen, jeden Augenblick des Tages, an allen Orten, wohin sie ging.

Ich war zu diesem Berg gekommen, um Gott auch so zu erleben. Zumindest wollte ich in seiner Gegenwart wieder einmal wie Seetang vom Wasser bewegt werden.

Kapitel 11

Ich erhob mich und streckte meine steifen Glieder.

Dort, zwischen den Bäumen zu meiner Linken, hatte ich in der vergangenen Nacht die junge Frau gesehen. Ich ging zu der Lichtung. Die kreisförmige Fläche war noch erkennbar, frei von Steinen, Blättern und Nadeln. Ihr Besen hatte feine, spiralförmige Linien auf dem weichen Untergrund hinterlassen. Ihre Fußabdrücke waren noch sichtbar, wie sie den Kreis verlassen hatte und bergab zur Straße gegangen war.

Mit den Augen folgte ich der Richtung, die sie eingeschlagen hatte. Woher war sie gekommen? Ihr Weinen klang mir noch im Ohr, es war herzzerreißend gewesen. Immerhin hatte sie sich nicht in den Abgrund gestürzt. Der Hang hinunter ins Tal war allerdings auch nicht wirklich steil und viel mehr als ein paar Kratzer hätte sie sich in dem Gebüsch vermutlich auch nicht holen können.

Wohin sie wohl gegangen war? Ob sie doch nach einer steileren Stelle gesucht hatte? Vielleicht hätte ich zu ihr gehen und mit ihr reden sollen? Aber irgendwie wusste ich, dass das falsch gewesen wäre.

Hoffentlich ging es ihr gut. Ich wanderte auf dem Kamm des Hügels entlang, bis der Weg endete. Von der Straße her war nichts zu hören. Das morgendliche Verkehrsaufkommen war abgeebbt, die Berufstätigen waren längst in ihren Büros. Tiefe Stille hatte sich um mich ausgebreitet, als wäre ich in einem Klostergarten. Ich achtete sorgfältig darauf, nicht in die hier wachsenden Sträucher des eichenblättrigen Giftsumachs zu treten. Der Hügel wurde flacher und ich fand einen von Redwoods gesäumten Weg. In einiger Entfernung konnte ich ein Haus entdecken, eine Art Hazienda mit Ziegeldach und großer, den hinteren Teil des Hauses umlaufender Veranda, von der aus man das Tal überblicken konnte. An der Seite war ein Anbau … nein, es war ein etwas kleineres Haus, das sich direkt an das große anschloss. Zwischen den beiden Häusern war so gut wie kein Abstand, die Bewohner konnten sich gegenseitig in die Fenster sehen und die Unterhaltungen im anderen Haus mithören, falls die Fenster geöffnet waren. Vielleicht war das kleine Haus zur Unterbringung von Besuch gedacht; dafür wäre es sogar ziemlich groß geraten. Trotzdem hätte Susanne an dieser Stelle sicher auf eine besser verkäufliche Variante geachtet – mit mehr Abstand zwischen den Häusern.

Ein Mann mit Glatze trat aus dem Haupthaus und zog einen Schlauch hinter sich her, den er in Richtung Garten zerrte. Plötzlich fühlte ich mich wie ein Spion. Er hatte mich noch nicht bemerkt. Schnell trat ich in den Wald zurück und schickte mich an, weiterzugehen. Da klingelte mein Handy. Erschrocken klappte ich es auf und entfernte mich so schnell wie möglich von dem Anwesen.

„Ja?“, meldete ich mich im Flüsterton.

„Charlotte?“

„Vernon!“ Das war der Finanzfachmann, den wir mit der Verwaltung unseres Vermögens beauftragt hatten, nachdem Larry sich nicht mehr selbst um unsere Angelegenheiten kümmern konnte. „Wie geht es dir?“

„Diese Frage möchte ich dir stellen! Ich habe von dem Feuer gehört.“

Hätte ich ihm davon erzählen sollen? Etwas in seiner Stimme klang danach. „Ich hätte dich auch bald angerufen, ich wollte dich nur noch in Ruhe deinen Kaffee austrinken lassen."

„Ich bin schon bei meiner dritten Tasse. Ist bei dir alles in Ordnung?"

„Ja, natürlich. Ich war auf der Beerdigung, während es passiert ist. Wer hat dir davon erzählt?" Ich hatte Susanne im Verdacht.

„Es stand in der Zeitung." Wieder irritierte mich dieser Unterton in seiner Stimme. „Außerdem hat Susanne mich angerufen. Bist du an einem sicheren Ort? Könnte jemand, der es auf dich abgesehen hat, deinen Aufenthaltsort herausfinden?"

„Nein, ich glaube nicht, dass mich hier jemand finden würde."

„Gut …"

Ich wollte allerdings nicht erläutern, was „hier" in meinem Fall bedeutete.

„Was wirst du jetzt tun?"

„Tun?"

„Ich denke, wir sollten uns treffen."

„Warum? Es gibt nichts zu tun, Vernon. Ich sollte bis auf Weiteres gar nichts tun, solange die Polizei noch ermittelt."

„Es gäbe schon Einiges, das durchdacht werden müsste. Ich will dich nicht unter Druck setzen, so kurz nach Larrys Tod, aber könnten wir nicht einen Termin vereinbaren? Vielleicht in ein oder zwei Wochen?"

Ich presste meine Hand gegen die Stirn.

„Hast du deinen Terminkalender bei dir?"

Den Terminkalender hatte das Feuer vernichtet. „Ich möchte noch keinen Termin ausmachen, ich fühle mich dazu noch nicht in der Lage."

„Na schön, dann melde dich einfach, sobald dir danach zumute ist."

Er legte auf und ich steckte das Telefon in meine Tasche zurück. Doch da klingelte es schon wieder. Eine unbekannte Nummer. „Ja?"

„Charlotte? Ich bin's, Sam." Sam Greenman, ein Freund von Larry aus der Gemeinde, ein Bauunternehmer. „Ich habe von dem Brand gehört. Geht es dir gut?"

„Ja, danke." Meine Stimme wurde etwas weicher. „Schön, dass du fragst."

„Du musst ja nun dein Haus wieder aufbauen. Hast du dir schon überlegt, wen du damit beauftragen wirst?"

„Eigentlich wollte ich die Balken erst abkühlen lassen, bevor ich eine Entscheidung treffe." Meine Antwort klang schärfer, als ich es eigentlich beabsichtigt hatte, aber immerhin war das Gespräch damit zu Ende, was gut war, denn der nächste Bauunternehmer und ein Angestellter des Finanzamtes warteten bereits in der Leitung.

Ich war gerade wieder an dem Felsen angekommen, auf dem ich vorhin gebetet hatte, als mein Handy schon wieder klingelte. Der fünfte Anrufer heute Morgen. Während ich es mir aus der Tasche holte und öffnete, rutschte es mir aus den Fingern und kullerte ein Stück bergab. Es klingelte zum zweiten Mal. Ohne zu überlegen wollte ich ihm hinterherstürzen, rutschte dabei auf den trockenen Baumnadeln aus, landete auf meinem Hinterteil und rutschte den Abhang hinunter, bis ich mit einem Fuß an einem Felsen hängen blieb. Das Handy klingelte ein letztes Mal.

Oh, mein Fuß! Ich massierte meinen Knöchel, stöhnend vor Schmerz. Es schien kein Bruch zu sein, aber jede Berührung tat weh.

Ich zog mich an einem Ast nach oben, bis ich auf meinem unverletzten Fuß stehen konnte. Humpelnd machte ich den ersten Schritt, dann den nächsten. Der zweite Schritt tat mehr weh als der erste, der dritte war noch schlimmer, aber ich holte mir mein Handy und kehrte zu meinem Domizil zurück.

Die Wasserflasche war immer noch eiskalt. So setzte ich mich auf die Schwelle meines Hauses und kühlte meinen Knöchel mit der Flasche.

Hunger machte sich bemerkbar. Nicht nur, dass der Tagesplan für mein neues, einfaches Leben, wie er in meinem Tagebuch stand, feste Essenszeiten vorsah, sondern ich hatte auch vor, in Sachen Essen echte Askese zu üben. Weder Süßigkeiten noch Fett sollten auf meinem Speiseplan stehen, auch keine Gerichte, die man aufwendig zubereiten musste. Am besten fand ich lange haltbare Lebensmittel, dazu alle möglichen Sorten von Obst und Gemüse, die der kleine Laden hier zu bieten hatte. Mein Ziel war, alles Unnötige aus meinem Leben zu entfernen, gerade und klar wollte ich leben und essen, und so sollte auch mein Denken werden.

Ich öffnete eine Dose Thunfisch und aß eine Gabel voll. Nun bedauerte ich, den teuren, festen weißen Thunfisch in Quellwasser gekauft zu haben, denn die billigere, weichere Sorte wäre bestimmt besser genießbar gewesen. Der trockene Fisch steckte in meinem Hals wie ein Stück Pressspan. Hungrig war ich immer noch, aber die Fischdose musste ich zur Seite stellen.

Alles in allem war mein erster Vormittag auf dem Berg eine ziemliche Enttäuschung. Etwas planlos saß ich im Eingang meiner Unterkunft und lauschte dem Wind in den Baumkronen.

Nach etwa einer Stunde fühlte sich mein Fuß schon etwas besser an. Ich versuchte ihn zu belasten und es ging leidlich. Sehr gut! Schließlich hatte ich noch Einiges zu tun. Auf keinen Fall wollte ich eine weitere Nacht ohne Toilette verbringen und mich auch keinen weiteren Morgen hinter meine Hütte hocken in der Hoffnung, dass ich weder von der Straße noch vom Wald aus gesehen werden würde.

Außerdem brauchte ich Batterien für meine Taschenlampe und musste irgendetwas gegen die Käfer in meinem Dach unternehmen. Mit dem Portemonnaie in der Hosentasche machte ich mich auf den Weg.

Die Sonne schien in dicken Lichtbalken durch die Bäume und bestrahlte die Farne entlang des Weges. Ich ging um eine Kurve und schon lag der rote Laden mit seinen Holzschindeln und der Zapfsäule vor mir – der „Supermarkt am Berg". An der Seite gab es einen separaten Eingang zur öffentlichen Toilette. Das war ideal.

Auf der anderen Straßenseite sah ich einen Mann mit einem Hund, der ebenfalls zum Laden ging. Es war der kahle Mann, den ich heute Morgen in seinem Garten beobachtet hatte. Ich lächelte ihm zu.

Drinnen roch es himmlisch nach heißem Zimt und Hefe. Vielleicht war es ein Fehler gewesen, mit hungrigem Magen in den Laden zu kommen. Was auch immer da so köstlich duftete, es war sicher nicht mit meinem frugalen neuen Speiseplan in Einklang zu bringen.

Als der Mann den Laden erreicht hatte, band er seinen Hund draußen an, doch das Tier fing sofort an, in meine Richtung zu zerren und zu bellen. Zwischen seinem kräftigen Gebiss und meinem Bauch lagen nur Zentimeter. Abwehrend hob ich die Hand und der Hund fixierte mich mit dem Blick eines Scharfschützen. Erstarrt vor Schreck blieb ich stehen.

„Che Che!“, rief der Mann, aber der Hund bewegte sich keinen Millimeter. Schließlich ging der Mann zu ihm und griff nach der Leine. „Tut mir leid!“

Ich war immer noch erschrocken und ging im großen Bogen an dem Tier vorbei.

„Er ist ein sehr guter Wachhund.“

„Das merkt man. Und er ist sehr schön.“ Mein Lächeln war verkrampft, aber schön war der Hund wirklich. So schön wie Bären, Löwen und wilde Wölfe. „Was für eine Rasse ist das?“

„Er ist ein Akita, ein japanischer Spitz, und er gehört meiner Ex-Frau. Sie und ihr neuer Mann sind bis morgen in Colorado.“ Er band Che Che noch enger an die Stange und wickelte die Leine ein zweites Mal herum.

Eine Stimme drang durch das Fliegengitter an der Eingangstür. „Russ! Lass den Hund nicht in die Nähe von Cotton!“

„Keine Angst, ich habe ihn schon gefüttert!“ Russ zwinkerte mir zu und gab mir die Hand. „Nun kennen Sie meinen Namen.“ Das Lächeln legte sein Gesicht in viele Fältchen. Er war unrasiert.

„Ich bin Charlotte Denys.“

„Ach.“ An seiner Stimme erkannte ich, dass er mich mit meinem verstorbenen Mann in Verbindung gebracht hatte, dessen Name in der Gegend bekannt war. Ich war froh, dass er nichts dazu sagte, denn es war mir immer unangenehm, von Menschen erkannt zu werden, die ich nicht kannte. „Sie humpeln ja. Sind Sie verletzt?“

„Es ist nicht Schlimmes. Ich bin auf dem Berg hinter meinem Haus ausgerutscht …“

„Ihr Haus?“

„Ja, ich bin gestern hier eingezogen.“

Er lächelte, als erwarte er die Fortsetzung meiner Geschichte.

„Gleich da oben, wenn man der Straße noch etwas folgt.“

Mit zusammengekniffenen Augen sah er in die Richtung, aus der ich gekommen war. „Ich wusste gar nicht …“

„Es ist ein sehr kleines Haus.“

„Ach so.“ Gemeinsam betraten wir den Laden.

„Russ! Hast du eine neue Freundin?“ Die junge Frau hinter der Theke beugte sich uns entgegen und streichelte gleichzeitig eine weiße Katze, die neben der Kasse lag.

„Eine neue Nachbarin; sie hat ein Haus oben an der Straße, ein ganz kleines Haus, wie sie sagte. Sie ist gestern eingezogen.“ Er öffnete die gläserne Kühlschranktür, nahm einen Viertelliter Milch heraus und ging zu dem kleinen DVD-Regal.

„India Moon.“ Sie hielt mir ihre Hand entgegen, als erwarte sie einen Handkuss. Eine zarte, rosarote Tätowierung rankte sich über ihren Arm, am kleinen Finger beginnend über den Ellenbogen bis unter den Ärmel ihres T-Shirts.

Ich schüttelte ihr die Hand. „Charlotte Denys.“

In einer gläsernen Vitrine lagen genau ein Dutzend großer Zimtschnecken, mit glänzendem braunem Sirup überzogen. Von ihnen ging dieser betörende Duft aus. Mir wurde bei ihrem Anblick ganz elend.

„An der Straße? Was ist da denn für ein Haus?“

„Es kommt kurz vor der Kurve. Wahrscheinlich ist es Ihnen noch nie aufgefallen; es ist eigentlich nur eine kleine Hütte.“

„India entgeht nichts“, murmelte Ross, legte eine DVD ins Regal zurück und betrachtete eine andere.

„Sie humpeln.“

„Ja, ich …“

Sie holte etwas unter dem Ladentisch hervor. „Probieren Sie das.“

Ich starrte auf das Päckchen.

„Pito Pito“, sagte sie, „ein natürliches Schmerzmittel. Es ist ein Tee; auf den Philippinen benutzen ihn die Leute bei jeder Gelegenheit. Das erste Päckchen bekommen Sie gratis. Probieren Sie es aus.“

„Vielen Dank.“

„Was kann ich noch für Sie tun?“

„Ich brauche noch ein paar Kleinigkeiten. Batterien ...“

„Welche Größe?“

„AA.“

Sie griff nach einer Packung, die hinter ihr auf einem Regal lag. „Wie viele?“

„Erstmal reichen zwei.“

Sie legte das Päckchen auf den Ladentisch und spielte mit dem Anhänger, den sie um den Hals trug: eine bläuliche Metallscheibe mit der Gestalt einer Frau darauf.

„Haben Sie auch Kerzen?“, fragte ich.

„Natürlich, gleich da drüben an der Wand.“

Ich holte mir fünf oder sechs weiße Kerzen und legte sie zu den Batterien. Dann entdeckte ich einen Plastikeimer mit Deckel, den ich als Toiletteneimer verwenden konnte. Ein weiterer Eimer würde in Zukunft mein Waschbecken sein. In Gedanken ging ich meine Einkaufsliste durch. „Haben Sie etwas gegen Insekten, womit man den Raum desinfizieren kann?“

„Was wollen Sie?“ Die junge Frau beugte sich über den Tisch und sah mich mit einem ähnlichen Blick an wie vorhin der Hund.

„Ich habe ein Ungezieferproblem, deshalb ...“

„Wollen Sie etwa, dass ich Ihnen helfe, Massenmord an Insekten zu verüben?“

Russ kicherte.

„Ja, so könnte man es ausdrücken. Mein Dach ist voller Spinnen und ...“

„Nun, es gibt auch natürliche Substanzen, die man im Raum verteilen kann und die gut helfen. Spinnen zum Beispiel hassen Zitronensaft, wussten Sie das?"

„Ich soll Zitronensaft versprühen?"

„Nein, für Zitronen ist jetzt gerade die falsche Jahreszeit. Ich importiere keine Früchte und verkaufe auch keine Konserven."

„Du liebe Güte", murmelte Russ.

„Aber ich habe Lavendelöl. Teebaumöl ist auch ein hervorragender Insektenschutz. Aber Lavendelöl wird Ihnen vom Geruch her wohl eher zusagen."

Ich hatte mich wohl nicht deutlich genug ausgedrückt. „Ich habe ein *sehr großes* Problem mit Ungeziefer."

Sie verschränkte die Arme und lehnte sich gegen das Regal hinter ihrem Rücken.

„Ich glaube nicht ..." Plötzlich vergaß ich, meinen Satz zu beenden.

Sie war schwanger.

Nun erst betrachtete ich ihr Gesicht, die braunen Augen, die hohen Wangenknochen und den tiefen Haaransatz. Sie trug einen Zopf. Lange, dunkle Haare. Sie war die Frau aus dem Wald!

„Ich ... okay, ich nehme das Lavendelöl."

„Gute Entscheidung." Sie kratzte sich am Bauch. „Darf es sonst noch etwas sein?"

Ich bezahlte und humpelte nach Hause. Der Weg war doch zu weit gewesen, ich hatte meinem Knöchel zu viel zugemutet. Von Schritt zu Schritt tat er nun mehr weh. Als ich die Treppe erreichte, die zu meiner Hütte führte, hätte ich mich am liebsten auf die Stufen gesetzt und über all das Schwere in meinem Leben geweint. Aber nicht hier an der Straße.

Mühsam schleppte ich mich weiter. Eine Stufe um die andere quälte ich mich voran. Wenn es wenigstens ein Geländer gegeben hätte … Auf halber Strecke klingelte mein Handy. Noch eine Stufe, ein weiteres Klingeln. Nächste Stufe, das nächste Klingeln. Dann war es endlich wieder still.

Als ich schließlich an meiner Hütte ankam, setzte ich die Eimer ab, stieß die Tür auf und ließ mich auf die Schwelle sinken. Stöhnend zog ich meinen Schuh aus. Während der Schmerz in meinem Knöchel allmählich erträglicher wurde, meldete sich mein Magen wieder zu Wort. Ich griff nach der Thunfischdose, die ich vorhin geöffnet hatte, und hob den Deckel hoch. Mit einem entsetzten Schrei ließ ich die Dose fallen. Drinnen hatte sich ein roter Tausendfüßler gemütlich um ein dickes Stück Thunfisch gerollt. Mit meinem gesunden Fuß versetzte ich der Dose einen Tritt, dann inspizierte ich den Raum. Keine Käfer, soweit ich sehen konnte, weder an meinen Füßen, noch drinnen auf dem Boden.

Unten am Straßenrand hatte ich mir die Tränen verboten. Aber jetzt war es Zeit dafür. Ich weinte hemmungslos, während ich meinen Knöchel massierte.

Das Handy! Ich griff danach, klappte es auf und sah nach, wer mich zu erreichen versucht hatte.

„Hallo, Susanne."

„Da bist du ja endlich. Ich habe immer wieder versucht, dich anzurufen und dachte zuletzt schon, dass in deinem Kloster auch keine Telefone zugelassen sind."

„Gute Idee." Ich schniefte noch ein wenig.

„Weinst du?"

„Nein, meine Nase läuft nur."

„Hast du dich also schon erkältet."

„Nein, ich-"

„Ist ja auch kein Wunder, so kalt, wie es letzte Nacht war. Hast du den Mantel gefunden, den ich dir gekauft habe?"

„Ja. Das war sehr nett von dir, Susi. Danke."
„Wie war deine Nacht?"
„Ganz gut."
„Das kann ich mir vorstellen."
Ich hielt das Handy etwas von mir weg und zog die Nase hoch.
„Charlie, ich musste heute Morgen noch einmal nach Hause zurückfahren, um mir einen Ausdruck von meinem Lebenslauf zu holen."
„Dein Lebenslauf? Warum?"
„Etwas ganz Spannendes passiert hier. Mir kam zu Ohren, dass mein Chef die Firma verlassen wird. Also wird ein neuer gebraucht."
„Das ist ja super."
„Das bedeutet eine Menge Kohle, falls ich die Stelle bekomme. Die Aussichten sind nicht schlecht, ich bin die Fleißigste hier in der Abteilung und in der ganzen Agentur die Erfolgreichste, was den Umsatz betrifft." Daran hatte ich keinen Zweifel. „Aber deshalb habe ich nicht angerufen."
„Sondern?"
„Meine Putzfrau war gerade da, als ich ins Haus kam, und sie erzählte mir, dass sie in Ambers Zimmer etwas Interessantes gefunden hätte. Ich dachte, du kannst mir sicher mehr dazu sagen."
„Was ist es denn?"
„Eine *Magic*-Sammelkarte", sagte sie vorwurfsvoll. „Sie steckte hinter der Kommode."
„Tut mir leid, Susanne, aber ich sammle die Karten nicht."
„Amber auch nicht. Charlie, warst du vorige Nacht in deinem Haus?"
„Nein, war ich nicht."
„Hast du Sachen mitgenommen, die du draußen vor dem Haus gefunden hast?"

„Nein …“ Meine Stimme klang genau wie früher, wenn ich meine Mutter anzulügen versuchte, kindlich und schuldbewusst. Ich begann auf meinen Nägeln zu kauen.

„Weißt du denn nicht, dass das verboten ist?“

„Was ist verboten? Angenommen, ich *hätte* etwas genommen, dann hätte ich es immerhin aus meinem eigenen Garten entwendet, außerhalb der Absperrung.“

Sie seufzte. „Schau, ich mache dir ja keinen Vorwurf. Es ist immer noch besser, du sprichst selbst mit Garrett über all das Geschwätz, als dass die Polizei ihre eigenen Schlüsse zieht.“

Geschwätz? „Was … ?“

Ich hörte die Stimme ihrer Sekretärin, die ihren Namen rief. „Ich muss Schluss machen“, sagte sie eilig.

Während ich das Handy zuklappte, sagte ich laut: „Was für ein Geschwätz?“

„Etwas anderes kommt ja nicht aus diesen Dingern.“

Erschrocken drehte ich mich zu der Stimme um. Es war Russ. „Oh, hallo …“

„Geschwätz. Seit Jahrtausenden hat die Menschheit ohne Handys überlebt, stimmt's? Nur weil wir heute mehr Möglichkeiten haben, miteinander zu reden, heißt das noch lange nicht, dass wir uns mehr zu sagen hätten.“

„Ich fange an zu überlegen, ob ich nicht auch ohne mein Handy auskomme.“

Er stellte zwei kleine Papiertüten neben mir ab. Ich roch Zimt. „Ganz im Ernst: *Das* ist Ihr Haus?“ Er versuchte, in meine Hütte zu schauen.

„Das ist es.“

„*Warum*?“

Mir fiel keine gute Antwort ein, also sagte ich die Wahrheit. „Ich verfolge ein religiöses Ziel.“

Er hob eine Augenbraue. „Das ist ungewöhnlich.“

„Mag sein.“

„Na, dann passen Sie auf jeden Fall gut in die Gegend hier. Dieser Berg ist voller ungewöhnlicher Menschen."

„Gehören Sie auch dazu?"

„Nein, ich bin hier nur der Hausmeister. Nun wollen wir mal nach Ihrem Ungeziefer sehen. Darf ich?"

„Bitte." Ich trat zur Seite.

Er ging einen Schritt nach drinnen, hob eine Hand, stieß damit gegen die Decke und sprang dann schnell wieder nach draußen, während eine Menge morsches Zeug herunterrieselte. „Sie brauchen kein Insektenspray, Sie brauchen ein neues Dach."

„Ich dachte, es wäre im Augenblick einfacher, die Insekten zu bekämpfen, als ein neues Dach zu besorgen."

„Da haben Sie auch wieder recht." Er ging in die Hocke, um eine der Tüten zu öffnen, und brachte eine orangefarbene Dose zum Vorschein. „Die stammt aus meinem persönlichen Vorrat."

„Super!" Ich freute mich mehr, als wenn er mir rote Rosen geschenkt hätte. Genau das hatte ich gewollt, eine Spraydose, die sich langsam selbst entleerte und dabei den ganzen Raum mit Insektenvernichtungsmittel einnebelte.

„Auf der Packung steht, dass kein Tier das überlebt. Aber in Ihrem Fall bin ich mir nicht so sicher."

„Ich bin dankbar für alles, was Sie mir sonst als Hilfe zu bieten haben."

„Wie geht es Ihrem Fuß?"

„Ganz gut, danke."

Er ging vor mir auf die Knie. „Gestatten Sie?", fragte er und hatte, ohne meine Antwort abzuwarten, bereits meinen Knöchel in seinen Händen. „Ich bin kein Arzt, aber ein bisschen Ahnung habe ich trotzdem. Ich bin Masseur."

„Masseur, soso." Zurückhaltend war er jedenfalls nicht.

Er drückte auf einen Punkt an der Außenseite meines Beins. „Tut das weh?"

„Ja“, schrie ich auf.

Langsam fuhr er mit seinen Daumen über meinen Knöchel. „Sie haben eine leichte Verstauchung und sollten den Fuß ein paar Tage schonen.“

„Mache ich doch schon. Na ja, jetzt gerade zumindest.“

Er setzte sich auf die Erde vor meine Hütte, lehnte sich mit dem Rücken an die Wand und öffnete seine zweite Tüte. Heraus kam eine Thermosflasche.

„Was ist das?“

„Zwei Tassen Kaffee.“ Er holte zwei Becher aus der Tüte und goss Kaffee ein. „Und hier …“, wieder verschwand seine Hand in der Tüte, „… hier ist das Beste, was India zu bieten hat.“ Er holte zwei Zimtschnecken heraus, die sich in seiner Hand unter der Last ihres eigenen Gewichts bogen. Der Duft war überwältigend.

„Ich nehme nur Kaffee, danke.“

„Sind Sie auf Diät?“

„So was ähnliches.“

„Wie meine Ex-Frau.“ Er nahm einen Bissen und ich sah zu, wie der Karamellguss sich in feinen Fäden langzog.

Ich schluckte. „India ist eine interessante junge Frau.“

„Allerdings. Sie ist eine Hexe.“

„Eine …“

„… Hexe. So eine Wicca, diese neue Generation von Hexen. Sie betreibt Weiße Magie. Sie kann Flüche auf Menschen legen und so etwas. Einen spitzen Hut hat sie aber nicht, so weit ich das bisher gesehen habe. Andererseits, solange sie ihre Kräfte vor allem auf diese überirdischen Zimtschnecken anwendet, habe ich nichts dagegen.“ Er biss genüsslich hinein. „Ich hoffe nur, dass ihr Laden genug Umsatz macht, damit sie mit ihrem Kind davon leben kann.“

„Der Vater?“

„Den verrät sie nicht.“

„Aha. Sehr geheimnisvoll."

Er biss wieder in das Zimtteilchen und mir war fast, als ob ich selbst den Geschmack im Mund hätte. „*Ich* war es nicht", sagte er mit erhobenen Augenbrauen. Er hatte meinen Blick in seine Richtung falsch gedeutet.

„Nein, natürlich nicht."

„Ich bin ein ehrlicher, aufrichtiger Mann."

Ich schmunzelte und auch sein Gesicht legte sich in Lachfalten, die wie Sonnenstrahlen von seinen Augen ausgingen.

Inzwischen hatte er die Zimtschnecke aufgegessen und schleckte sich die Finger ab. „Sie hatte einmal einen Freund. Er gehörte zu einem Hexenzirkel, der sich hier oben traf. Komplett mit schwarzen Haaren und Zungenpiercing. Er hat ihr die Tätowierung bezahlt und ich vermute ..."

„... er hat sie auch geschwängert."

„Genau. So, und jetzt mache ich Ihnen einen Vorschlag. Nachdem wir das Insektenmittel in Gang gesetzt haben, können Sie Ihr Haus vorerst nicht mehr betreten. Ich lade Sie zu mir ein."

„In *Ihr* Haus?" So schnell kam er zur Sache?

„Ja, ich mache das beste Steak, das Sie jemals gegessen haben. Sie können am offenen Kamin sitzen und Ihren Fuß hochlegen. Wenn Sie möchten, können Sie auch ein heißes Bad nehmen."

Was sollte ich sagen? Mein Mann war erst seit zwei Tagen unter der Erde! „Nein danke", sagte ich so unfreundlich wie irgend möglich.

Er sah mich lange an.

„Das Insektengift kann ich selbst anwenden. Ich setze mich dann einfach so lange hier draußen vor mein Häuschen und lasse die Tür zu. Das geht wunderbar."

„Wie Sie wollen." Er packte die Thermosflasche und die Kaffeebecher wieder ein und ging einfach davon, der ehrliche, aufrichtige Mann, der gerade auf eine frisch verwitwete Frau getroffen war.

Lange saß ich da, die orangefarbene Dose in der Hand. Ich würde die Lebensmittel, das Wasser und die Kleidung aus der Hütte räumen müssen. Alles musste heraus. Dabei tat mir der Fuß so weh.

Ein frischer Wind wehte ums Haus, an dessen Wand auch noch die Tüte stand, die er zurückgelassen hatte. Der Duft der Zimtschnecken ... Ich stöhnte und dachte an alles, was ich soeben abgelehnt hatte: ein Feuer im offenen Kamin, eine warme Mahlzeit, ein heißes Bad in der Wanne. „Wahrscheinlich ist er doch der Vater“, murmelte ich, „arme India.“

Mein Magen beschwerte sich lautstark.

Hatte ich nicht noch irgendwo ein paar zuckerfreie Pfefferminzbonbons? Sie würden vielleicht helfen. Hungrig kramte ich in meiner Tasche, fand aber nichts. Ich legte das Scheckheft neben die Tasche und suchte weiter. Dann legte ich die Schminktasche daneben, mein Portemonnaie ... und fand eine der Sammelkarten, die ich am Abend nach dem Feuer in unserem Garten entdeckt hatte.

Nachdenklich betrachtete ich das Bild: ein dunkles Ungeheuer mit so vielen Armen und Beinen, dass sie für mindestens vier Monster gereicht hätten, darüber der unheilvolle Titel: „Ruf ins Grab“. Abgenutzt und fleckig war sie.

Garrett mochte solche Sachen. Ich drehte die Karte um und erstarrte vor Schreck. Vorgestern, in der Dunkelheit meines Gartens, hatte ich das nicht bemerkt. Mit dickem, schwarzem Textmarker waren vier Worte über die bedruckte Rückseite der Karte geschrieben worden: „Am Ende der Tod.“

Heftig schnappte ich nach Luft, lehnte mich gegen den Türrahmen und versuchte, mich wieder zu beruhigen. Was trieb meinen Sohn um? Wie wenig wusste ich von ihm?

Ohne weiter nachzudenken steckte ich meine Hand in die weiße Tüte von Russ und griff nach einer Zimtschnecke. Dann brach ich ein kleines Stückchen ab und begann zu kauen. Meine Tränen flossen und das Teilchen schmeckte in meinem Mund wie Gips.

Kapitel 12

Ich konnte in dieser Nacht nicht schlafen. Aber ich betete für India, dieses Mädchen, das eine Hexe war, und für das Baby in ihrem Bauch. In Gedanken drehte ich mich immer wieder um das, was ich in der vorigen Nacht dort oben auf dem Berg beobachtet hatte. Ob sie das jede Nacht tat?

Ich versuchte auch, für Garrett zu beten. Wann hatte er diese Worte auf die Rückseite seiner Karte geschrieben? Wahrscheinlich war das schon lange her, vielleicht war es spontan geschehen, als er wegen eines Streits wütend war. Vermutlich war es darum gegangen, ob er abends noch einen Film sehen durfte oder nicht. Oder hatte er es erst kürzlich geschrieben?

Ehe ich diesem Gedanken Raum geben konnte, wechselte ich schnell wieder zu India. Ich war wie ein Kind, das alles lieber machte, als sich seinen Hausaufgaben zuzuwenden – eine Mutter, die sich davor drückt, in den finsteren Nischen im Herzen ihres Sohnes nach Antworten zu suchen.

War das nicht Unsinn? Garrett ging es gut, er war mit seiner Freundin Eloise in Europa.

Am Ende der Tod. Was hatte er damit gemeint?

Ob India jetzt wieder dort oben war?

Um meinen quälenden Gedanken zu entkommen, stemmte ich mich vom Boden hoch und stellte mich hin. Meinem Fuß ging es gar nicht so schlecht. Ich schlüpfte in meine Schuhe, zog den Mantel über und ging nach draußen.

Der Wald war ebenso dunkel wie in der Nacht zuvor, aber den Pfad kannte ich nun schon. Trockene Blätter und Nadeln knirschten unter meinen Füßen, als ich zu der mondbeschienenen Anhöhe humpelte.

Die Kerzen brannten wieder, im Kreis aufgestellt. Nur noch wenige Schritte zwischen den Bäumen, dann konnte ich sie beobachten.

Sie streichelte ihren Bauch, als wäre er eine Kristallkugel. Dazu murmelte sie etwas – eine Beschwörung oder ein Gebet. Ich konnte die Worte nicht hören, nur den Schmerz darin fühlte ich.

Als sie am Ende ihrer Zeremonie angekommen war, ging sie rückwärts zum Rand ihres Kreises, hob ihren Rock an und stieg über die Kerzen. Ich dachte, nun würde sie die Kerzen auspusten, doch sie ging ein Stück weg und ließ sich dort nieder. Sehr lange saß sie dort, es mochte eine halbe Stunde oder eine Stunde gewesen sein. Ich wurde müde und fror. Am liebsten wäre ich wieder zurückgegangen. Aber wie sollte ich das anstellen, ohne von ihr bemerkt zu werden? Sie saß dort in solcher Stille, dass selbst ein Atemzug schon laut gewesen wäre.

Sollte ich es wagen, mich zu bewegen? Behutsam zog ich die Knie an, drückte mich gegen den Baumstamm in meinem Rücken und versuchte, mich aufzurichten. Doch in dem Moment schoss ein scharfer Schmerz durch meinen Knöchel. Ich fiel rücklings hin und ein Ast brach krachend unter mir.

Gerade noch rechtzeitig sah ich auf, um zu sehen, dass sie ihr Gesicht in meine Richtung gewandt hatte. Starr vor Schreck blieb ich in dieser peinlichen Haltung liegen, meine Beine ragten in die Luft. Der Schein der Kerzen legte einen Heiligenschein um ihr Haar und um die Rundung ihres Bauches, aber ihr Gesicht blieb im Dunkeln. Sie erhob sich, blies die Kerzen aus und verschwand in der Dunkelheit.

Mich schauderte bei dem Gedanken, dass India hier draußen mit einer finsteren Präsenz kommuniziert hatte, mit der sie mich nun allein zurückließ. Eine verrückte Vorstellung. Endlich kam ich auf die Füße, trat aus dem Schatten und auf die vom Mondlicht erhellte Lichtung – und stieß mit meinem schmerzenden Fuß erneut gegen einen Stein. Stöhnend trat ich den Rückweg an und humpelte den Hügel hinunter, zurück in meine von Kerzen erhellte Hütte.

Ich schlüpfte aus den Schuhen, zog den Mantel aus und kroch zurück in meinen Schlafsack. Da lag ich wieder und beobachtete den Tanz der Schatten an der Wand. Schlaf fand ich in dieser Nacht nicht.

Kapitel 13

Am nächsten Morgen waren meine Gebete unkonzentriert. Meine Gedanken kreisten um Garretts Sammelkarten. In dem kleinen Stapel Karten, die ich am Abend des Brandes in meine Tasche gestopft hatte, fand ich eine zweite mit der gleichen Aufschrift. Was meinte er damit: „*Am Ende der Tod*"? Vielleicht bedeutete es gar nichts Besonderes? Es konnte der Titel eines Liedes sein, das er mochte – ich hatte schon schlimmere Musik bei ihm gehört. Solche Zeilen passten auf jeden Fall zu seinem Musikstil.

Trotzdem, Susannes Andeutung, dass mein eigener Sohn mir etwas antun könnte, zerfraß mich innerlich. Ich wollte mit Sicherheit wissen, dass es ihm gut ging. So rief ich bei Sun Microsystems an und erfuhr den Nachnamen von Eloise: Pavia.

Mit Hilfe des Telefonbuchs begann ich, die verschiedenen Pavias anzurufen. Schon beim dritten Versuch hatte ich Erfolg. Eine Frauenstimme mit Latino-Akzent antwortete: „Eloise? Sie ist nicht da."

„Ja, ich weiß, sie ist mit meinem Sohn in Portugal."

„Ach so!" Das Lächeln in ihrer Stimme war deutlich zu hören. Ich hörte, wie sie zu jemandem in ihrer Nähe etwas auf Spanisch sagte, dann war sie wieder bei mir: „Ihr Sohn ist ein sehr netter Junge."

Ja, das war er. Es tat so gut, diese Worte von ihr zu hören. Fast hätte ich laut gelacht vor Freude. „Vielen Dank. Ich frage mich, ob Sie wissen, wo die beiden sind? Ich muss etwas Wichtiges mit meinem Sohn besprechen …“

„Oh, ist etwas passiert?“

„Nein, nein, alles ist in Ordnung – nun, in Ordnung nicht gerade, aber … ich muss ihm etwas sagen.“

Mehr war nicht nötig, schon hatte ich die Nummer des Hotels in Lissabon. Ich sah auf meine Uhr. Es war neun Uhr morgens. In Europa war es früher Abend. Mit klopfendem Herzen wählte ich die Nummer, aber niemand hob ab. Vermutlich waren sie gerade auf dem Weg zum Abendessen. Ich würde es später noch einmal versuchen.

„Ein netter Junge“, hatte Eloises Mutter gesagt.

Ja, Garrett *war* ein netter Junge, kein launischer, wegen Kleinigkeiten ausfällig und beleidigend werdender, unberechenbarer Halbirrer, wie seine vorige Freundin Christy ihn mir gegenüber beschrieben hatte. Christy hatte von Wutanfällen gesprochen und von Tagen, an denen er das Bett nicht verließ und nicht ans Telefon ging. Sie hatte mir vorgeworfen, einen „faulen, selbstmitleidigen Haufen Dreck“ herangezogen zu haben. Das war wortwörtlich ihre Formulierung. Kein Wunder, dass Garrett mit ihr Schluss gemacht hatte, wenn sie so von ihm dachte. Aber Eloises Mutter fand, dass er ein netter Junge sei. Warum hatte ich mir nur solche Sorgen gemacht?

Garrett hatte schlechte Phasen, wie jeder andere junge Mensch auch. Wann auch immer er diese Sammelkarten beschriftet hatte, ein Erwachsener würde so etwas nicht tun. Dieser erwachsene Mann war mit seiner Freundin in Lissabon, die wahrscheinlich sehr viel netter war als

Christy. Zwar war Eloise nicht die Frau, die ich mir von klein auf an der Seite meines Sohnes vorgestellt hatte, sondern Amber, aber das spielte keine Rolle. Auf jeden Fall war mein Garrett kein Wahnsinniger.

Die Verrückte war eigentlich ich selbst. Wie hatte ich mir nur von Susanne einreden lassen können, mein Sohn wäre ein Krimineller, der gegen seine eigene Mutter vorgehen könnte? Es gab ernsthafte Themen, über die nachzudenken sich lohnte, aber mit solchen Hirngespinsten wollte ich meine Zeit nicht mehr vertun.

Trotzdem musste ich Garrett vom Tod seines Vaters unterrichten, was nicht gerade einfach werden würde. Je länger ich darüber nachdachte, desto grausamer fand ich die Vorstellung, dass ihn diese Nachricht per Telefon im Urlaub erreichen würde, zumal sein Vater bereits beerdigt war und er ohnehin nichts mehr tun konnte. Susanne war eine gute Freundin, aber ihre abgedrehten Verdächtigungen sollten mich nicht dazu bringen, diese ganze Angelegenheit unüberlegt anzugehen. Nein, ich würde warten, bis Garrett wieder hier war und ich ihn in die Arme nehmen konnte, wenn er es erfuhr.

Inzwischen war es längst Zeit für das Neun-Uhr-Gebet. Ich kniete mich hin und suchte auf dem harten Beton eine möglichst ebene Stelle für meine Knie. Mit vorgebeugtem Oberkörper legte ich meine Hände auf den Boden und stützte mich mit der Stirn darauf. Meine Körperhaltung sollte zum Ausdruck bringen, wie ernst es mir war, als ich für Garrett und Eloise und deren sichere Heimreise betete. Ich bat um die richtigen Rahmenbedingungen, um Garrett vom Tod seines Vaters zu erzählen und flehte inständig um Gottes Anwesenheit in meiner Hütte.

Ich hatte noch keine Minute gebetet, als es an meiner Tür klopfte.

„Ja?“, antwortete ich fragend durch die Betonwand.

„Das gibt es doch nicht. *Hier* leben Sie?" Es war die Stimme von India.

Ich öffnete die Tür. In safrangelb-orangefarbenen Kleidern stand sie vor mir. Sie trug eine bestickte orange-gelbe Tunika, einen Rock in der gleichen Farbe, der ihre nackten Beine umspielte, gelbe Socken und asiatisch anmutende Pantoffeln in orange. Sie hatte ihre Haare in mindestens zwanzig lange, dunkle Zöpfe geflochten, die sie mit gelborangem Band zusammengebunden hatte, sodass sie wie ein Wasserfall über ihre Schultern und den Rücken fielen. Die Sonne tat ein Übriges und warf einen goldenen Glanz in meine graue Hütte.

„Russ sagte, Sie würden in einem sehr kleinen Haus wohnen." Ihr Blick wanderte von meinem Schlafsack zu den Wänden aus kahlen Betonblöcken. „Aber das ist kein Haus. Es ist …"

„… ein Geräteschuppen."

„Es scheint ja einiges hineinzupassen."

Ich ließ sie herein. Sie ging herum und schnupperte. Ich zuckte innerlich zusammen. Ob sie riechen konnte, dass gestern hier eine grausame Insektenvernichtungsaktion stattgefunden hatte?

„Ich habe Ihnen noch etwas mehr Lavendelöl gebracht, für den Fall, dass Sie es noch brauchen." Sie hielt mir das Fläschchen entgegen.

Ich humpelte zu ihr hin und nahm es entgegen. „Danke schön."

„Wie geht es Ihrem Fuß?"

„Es wird besser, danke."

„Hat der Pito Pito-Tee geholfen?"

Daran hatte ich gar nicht mehr gedacht. „Ich … habe noch keine Möglichkeit, Wasser zu kochen."

Erneut sah sie sich um, bis ihr Blick in meiner „Küchenecke" hängen blieb, in der ein Stapel Konservendosen und einige Wasserflaschen neben den wenigen Geschirrstücken an der Wand lehnten. „Du liebe Güte. Sie haben ja nichts, auch keine Heizung. Wie wollen Sie das aushalten, wenn es richtig kalt wird?“

„Bis dahin habe ich ja noch ein paar Monate Zeit, darüber nachzudenken.“ So vieles, was für andere selbstverständlich war, hatte ich überhaupt nicht bedacht. Ich lächelte verlegen.

„Und das essen Sie?“ Sie nahm eine Dose Bohnen vom Boden und sah hinter einem kleinen Käfer her, der sich schnell ein neues Versteck suchte. Unbeeindruckt von dem Tierchen studierte sie die Inhaltsangabe auf der Dose. Warum nur konnte dieses Mädchen mich so einschüchtern? Wie alt sie wohl war? Vielleicht zweiundzwanzig, kaum älter.

Sie stellte die Dose zurück. „Ich habe eine Idee.“ Sie nahm eine Flasche Wasser und öffnete sie. „Wo sind die Pito Pito-Teebeutel überhaupt?“

Ich fand sie in meiner Tasche und reichte sie ihr. Sie nahm einen Teebeutel aus der Papierumhüllung, faltete ihn zusammen und schob ihn durch den Flaschenhals. Dann öffnete sie die Tür und ging ins Freie. Sie stieg den Pfad hinauf, bis sie an eine sonnige Stelle kam, wo sie die Flasche platzierte. Ich sah ihr dabei zu. „Ein paar Minuten, und Ihr Tee ist fertig.“

„Kluges Kind.“

Wieder in der Hütte setzte sie sich auf den Boden und ich gesellte mich zu ihr. „Warum machen Sie das?“ Sie stützte ihre Ellbogen auf die Knie und beugte sich interessiert nach vorne. „Russ sagte mir, wer Ihr Mann ist. Sie sind also nicht arm.“

„Nein, arm bin ich nicht. Es ist eher … ein Experiment vielleicht.“

„Was wollen Sie herausfinden?“

„Nichts. Mir geht es mehr um Spiritualität, um Entschleunigung."

„Aha. Welcher Religion gehören Sie an?"

„Ich bin Christin."

Sie nickte, als wollte sie mehr darüber hören.

„Man hört heutzutage nicht so viel darüber, aber seit Beginn des Christentums gab es immer wieder Menschen, die sich Gott in besonderer Weise ausliefern wollten, die einfach lebten, nichts hatten und die nur danach strebten, in seiner Nähe zu sein."

„Nichts ... haben Sie Familie?"

„Ja, ich habe einen Sohn. Aber ich meinte damit, keinen materiellen Besitz zu haben."

„Ach, wie Franz von Assisi? Werden wir Sie eines Tages auch nackt in einem Blumenfeld antreffen?"

„Nackt?"

„Wie Graham Faulkner in dem Film ‚*Bruder Sonne, Schwester Mond*', in dem er den Franz von Assisi spielte. Nun schauen Sie doch nicht so überrascht! Mindestens einmal im Jahr haben Mama, Oma und ich uns den Film angeschaut. Wir stellten eine große Schüssel Popcorn zwischen uns auf das Sofa. Oma zupfte an ihren Nasenhaaren und Mama knüpfte Makramee. Oma war eine überzeugte Katholikin, sie hatte all diese Rosenkränze und Kruzifixe. Mama mochte vor allem Graham Faulkner."

Ich lachte. „Wenn Sie Donovan dazu überreden können, die Filmmusik noch einmal live für mich auf der Gitarre zu spielen, dann mache ich auch die Nacktszene."

„Mutter hatte die CD."

„Hatte?"

„Sie starb letztes Jahr an Brustkrebs."

„Oh, das tut mir leid."

„Ja." Sie lehnte sich zurück und sah sich um. „Also, was machen Sie nun hier?"

„Ich bete und lese in der Bibel. Vielmehr habe ich das vor. Bis jetzt habe ich meinen Plan noch nicht wirklich umgesetzt."

„Welchen Plan?"

Sie schien sich wirklich dafür zu interessieren. Ich holte mein Tagebuch und zeigte ihr den geplanten Tagesablauf.

„Heißt das, Sie stehen um drei Uhr morgens auf?"

„Nun ja, bis jetzt habe ich es noch nicht mal geschafft, den Wecker von meiner Uhr einzustellen."

„Aber warum denn um drei Uhr?"

„Ihre Oma würde das vielleicht wissen. Dahinter steckt der Gedanke, dass man alle drei Stunden zu Gott betet, um sich innerlich nie weit von ihm zu entfernen."

„Ich hätte jetzt eher gedacht, Gott möchte, dass wir genug Schlaf bekommen."

„Nach dem Beten schlafe ich ja auch wieder weiter. Außerdem ..." Ich unterbrach mich. Fast hätte ich gesagt, dass sie selbst ja auch in der Nacht unterwegs war. Aber das durfte ich offiziell ja nicht wissen. „Ich hoffe, dass ich diese Uhr bald im Griff habe, um richtig anfangen zu können."

„Wenn Sie dann wissen, wie es geht, können Sie auch gleich einen Alarm für Sonntagabend um acht Uhr programmieren."

„Warum das?"

„Ich werde in meinem Haus eine Jam-Session abhalten. Alle bringen etwas zu essen mit und jeder, der ein Instrument spielen kann, bringt das auch mit. Aber Sie brauchen nichts mitzubringen."

„Eigentlich will ich hier ganz ruhig und für mich leben."

„Vielleicht hilft Ihnen die Party aber auch."

„Hilft wobei?"

„Nun, weil Sie doch Ihren Mann verloren haben ..."

„Sie meinen, um die Trauer schneller zu bewältigen?"

„Ja, vielleicht."

„Das ist sehr freundlich von Ihnen, India, aber mir geht es ganz gut so weit. Eine Party passt nicht …“

„… in Ihren Plan?“

„Ich suche die Stille.“

„Dann wollen Sie vermutlich auch nicht morgen früh um halb zehn in die Stadt fahren?“

„Warum fragen Sie?“

„Ich brauche eine Mitfahrgelegenheit. Meine Hebamme wohnt in San Jose. Sie kann im Moment nicht fahren und mein Auto fällt auseinander. Seit neuestem ist der Vergaser kaputt. Es kann noch Wochen dauern, bis ich das Geld für die Reparatur beieinander habe. So lange kann ich aber nicht warten.“ Sie kaute an einem Fingernagel.

Die Stadt mit ihrem Verkehr und dem Lärm war das Letzte, worauf ich Lust hatte. Mir zog sich der Magen zusammen, doch ich antwortete: „Na gut, ich fahre Sie.“

Sie lächelte wie die Morgensonne und ich war froh, mich so entschieden zu haben. „Danke!“, sagte sie. „Letzten Monat konnte ich auch nicht zu ihr, da war die Kupplung kaputt. Sind Sie sicher, dass Sie das machen wollen?“

„Ja, ganz sicher.“

Sie setzte sich gerade hin und fragte voller echtem Interesse weiter: „Gut, Sie lesen also in der Bibel und beten. Aber was machen Sie danach?“

„Dann arbeite ich. Zum Beispiel mein Häuschen aufräumen oder andere Sachen erledigen. Es ist so schön hier. Ich liebe es besonders, dort oben zu beten, von wo man in das Tal sehen kann …“ Erschrocken hielt ich inne, aber es war schon zu spät.

Überrascht schlug sie eine Hand vor den Mund und sog laut die Luft ein.

„Was ist?“ Die Frage hätte ich mir sparen können.

„Ihre Drei-Uhr-Morgen-Gebete … dafür gehen Sie auf den Berg?“

Warum war ich bloß so dumm? Ich hätte ihr gleich sagen sollen, dass ich sie dort in der Nacht gesehen hatte – oder es für mich behalten. Aber nun hatte ich mich verraten. Sie wusste es, ich brauchte nichts mehr zu sagen.

„Charlotte, ich habe meinen eigenen Glauben und dafür schäme ich mich nicht. Aber es gibt Dinge … die sind …"

„Nein, ich habe nicht-" Ich presste die Hände zusammen.

Sie stürzte aus der Tür und schlug sie hinter sich zu. Die grauen Schatten umgaben mich wieder. Kurz darauf ging die Tür noch einmal einen Spalt breit auf, ich sah einen Streifen von Gelb-Orange und ihre Hand, die die Teeflasche hereinschob. „Ich brauche Sie morgen früh nicht. Ich kann das auch anders regeln."

Die Tür war zu und sie war weg.

Ich war eine Spionin. In einem intimen Moment, der nur ihr allein gehörte, hatte ich sie beobachtet. Was hatte ich mir nur dabei gedacht? Das erste Mal, okay, das war aus Versehen passiert, obwohl ich ihr schon damals viel länger als nötig zugesehen hatte.

Nun ja, ich hatte mir Sorgen gemacht, sie war allein mit all den Kerzen, und ganz offensichtlich sehr traurig, da sie so laut geweint hatte. Aber dann hätte ich mich zu erkennen geben und mit ihr reden sollen, anstatt sie einfach nur von meinem Versteck aus zu beobachten.

Ich beugte mich nach vorn und griff nach dem Tee, den sie mir dagelassen hatte. Mein Gesicht glühte und mein Magen schmerzte. Ich öffnete den Deckel und nahm einen Schluck. Es schmeckte rauchig und kratzte im Hals, als würde ich Steine schlucken. Wie sollte ich ihr wieder gegenübertreten? Es gab hier keinen anderen Laden. Entweder ich ging zu ihr, oder ich musste jedes Mal, wenn ich eine Kerze oder einen Apfel kaufen wollte, meine Einsiedelei verlassen und mit dem Auto in die Stadt fahren.

Außerdem war sie ein junges Mädchen mit einem tätowierten Arm und vielen Kerzen, die mir Lavendel gegen mein Ungeziefer schenkte und Pito Pito-Tee für meinen Fuß zubereitete, die schwanger war und zum Weinen auf einen Berg kletterte, wo sie sich allein wähnte, mitten in der Nacht, damit niemand sie hören konnte. Jemand sollte sich um dieses Kind kümmern. Irgendwie musste ich einen Weg finden, um mich bei ihr zu entschuldigen. Danach würde ich vielleicht auch einen Weg finden, um ihr zu helfen.

Bloß wie? Sollte ich einfach in den Laden stiefeln und sie auffordern, mir alles zu erzählen? Vermutlich hatte ihr Kummer etwas mit dem Vater des Kindes zu tun, und wie ich durch Russ bereits wusste, wollte sie nicht über den Schwarzhaarigen mit dem Zungenpiercing reden. Ich konnte nicht einfach hingehen und fragen, was los war – schon gar nicht nach diesem Morgen.

Mein Kopf schmerzte. Ich hielt mir die Stirn und stöhnte. Irgendwie galt es nun, dieses Problem zu lösen. Vielleicht sollte ich als Erstes mein Neun-Uhr-Gebet zu Ende bringen, immerhin war es schon halb zehn. Möglicherweise kam mir bei dieser Gelegenheit auch ein guter Gedanke in Bezug auf India.

Wieder legte ich meine Hände auf den Boden und meinen Kopf auf die Hände. Am liebsten hätte ich mich schlafen gelegt. Da ertönte ein lautes Geräusch von draußen, als würde Holz zu Boden fallen. Es klopfte an meiner Tür.

Ich schluckte. „Ja?"

„Ich werde hier von einer Dame erwartet, es geht um ein Dach." Das war Russ.

Da stand er, im Arm ein grünes Bündel, um die Hüfte einen Werkzeuggürtel und hinter sich einen Stapel Holzbalken. „Charlotte Denys, darf ich Ihnen meinen Schwiegervater vorstellen, Ben Faber?"

Ein schmaler älterer Mann mit weißem Haar und dicken Brillengläsern beugte sich nach vorn, um meine Hand zu schütteln. Ich erwiderte den Gruß.

„Was haben Sie vor?"

„Zunächst …" Russ öffnete das grüne Etwas, das sich als Klappstuhl entpuppte, den er feierlich auf die Erde stellte. „… habe ich Ihnen ein Möbelstück gebracht."

„Aber nein, wirklich, das ist nicht …"

„Mein Geschenk zum Einzug. Übrigens, Ben ist ganz auf Ihrer Linie und hält Ihre Idee, hier zu leben, für wunderbar. Er ist selbst in einer Blockhütte in Illinois aufgewachsen."

Ben grinste, wobei Zähne zum Vorschein kamen, die viel zu groß waren für seinen Mund. Dazu kamen die von den dicken Brillengläsern vergrößerten Augen – wenn ich die Augen ein wenig zusammenkniff, sah er fast aus wie ein zehnjähriger Schuljunge.

„Das war keine Blockhütte", sagte er, „aber es war sehr eng. Damals dachte man nicht, dass man mehr Platz bräuchte."

„So denke ich auch. Ich brauche überhaupt viel, viel weniger als das, was ich bisher hatte", pflichtete ich ihm bei.

„Es ist viel besser, mit leichtem Gepäck unterwegs zu sein."

„Wie bitte?"

„Viele Menschen verbringen viel zu viel Zeit damit, alles Mögliche anzusammeln, von dem sie denken, dass es nötig wäre, um das Leben ihrer Träume führen zu können. Bis sie alles beisammen haben, ist die Zeit um und sie sind zu alt, um es zu benutzen."

Mein fragender Blick ging von dem Holzstapel zu Russ.

„Wir bauen Ihnen ein neues Dach."

„Ein Dach? Nein, nein, das geht nicht. Sie können doch nicht …"

„Doch, wir können. Wo sollen wir Ihre Sachen hintun? Schließlich soll doch nichts schmutzig werden." Er war bereits in meiner Hütte und sammelte mein Geschirr auf, die Wasserflaschen und das Nachthemd, das noch von heute Morgen dalag.

„Russ, bitte, das ist nicht nötig." Ich nahm ihm hektisch das Nachthemd ab und brachte den Toiletteneimer vor ihm in Sicherheit. Mein Geschirr und die Wasserflaschen stellte ich auf ein Fleckchen Waldboden.

„Oh doch, es ist mehr als nötig." Er stupste das Dach an, um mir die Notwendigkeit seines Tuns zu beweisen, und löste eine Wolke von Schmutz aus, der er schnell auswich. Und schon kam er mit meinen Essensvorräten an, die er alle auf einmal aus der Hütte trug. „Sie können sich hier auf den Stuhl setzen und uns Gesellschaft leisten oder zu meinem Haus gehen. Von der Veranda aus hat man einen schönen Blick über das Tal."

Außerdem gab es dort Essen und heißes Wasser. Das Thema hatten wir schon. Ich sah zu Ben, der gerade meine Bücher aus dem Haus trug. Er war stehen geblieben und las einen Titel: *Leben in Gottes Gegenwart*. Er zuckte mit den Schultern. „So etwas interessiert Sie?"

Wieso hatte Russ eigentlich einen Schwiegervater? „Sagten Sie nicht, Sie wären geschieden?"

„Er hält mich als Sklaven." Ben kam an mir vorbei und ich nahm meine Bücher an mich.

Russ bückte sich nach dem ersten Balken. Ich stellte meinen Fuß gerade noch rechtzeitig auf den Stapel, um ihn zu stoppen. Auf gar keinen Fall wollte ich diesem Masseur mit einer heißen Badewanne einen Gefallen schuldig sein. „Das ist wirklich nicht nötig. Ich bin hierher gekommen, um ein einfaches Leben zu führen."

„Ohne Insekten im Dach wird es auf jeden Fall einfacher werden. Wenn es Ihnen gar zu unangenehm ist, dann können Sie uns ja im Gegenzug ein paar Kekse backen. Ich mag die mit den Schokostückchen besonders gerne."

„Ich habe keinen Ofen."

„Sie können meinen benutzen."

Schon wieder!

Hinter mir splitterte etwas und ich fuhr herum. Ben stand auf der sechsten Sprosse einer Leiter und stieß mit einer Brechstange durch mein Dach.

„Zu spät."

Ich wimmerte leise.

Mit Leichtigkeit brach Ben zwei weitere Löcher in mein Dach. Ross ergriff den grünen Stuhl mit der einen Hand und meinen Arm mit der anderen. Er brachte mich zu einem sonnigen Plätzchen, ein Stück entfernt, wo der Hügel allmählich in flaches Land überging. „Ich will Ihnen einfach nur ein guter Nachbar sein. Darf ich das nicht? Setzen Sie sich bitte hier hin. Es ist nur ein kleines Dach und es wird nicht allzu lange dauern. Bis zum Nachmittag sind wir fertig.

Damit hatten sich meine Gebetszeiten für heute auch erledigt. Zwar hätte ich auf den Kamm humpeln können, aber mein Fuß war immer noch nicht in Ordnung. Dazu kam, dass ich seit Indias Besuch jede Lust verloren hatte, an diesen Ort zu gehen, weder bei Nacht noch bei Tag.

Es tat gut, auf einem Stuhl zu sitzen. Seit ich hierhergekommen war, hatte ich nur auf Stein und Beton gesessen und ich war schon ganz wund davon. Immerhin war ich 50 Jahre alt und für eine Aussteigerin reichlich spät dran.

Ich konnte die Zeit ja nutzen, um endlich meine Uhr zu programmieren und die Glockentöne einzustellen. Die Anleitung war unverständlich, aber ich würde einfach so lange herumprobieren, bis es ging.

Die Uhr piepste einmal, als ich zwei Knöpfe drückte. Super, genau so stand es doch in der Anleitung. Was kam dann? Knopf A drücken, für jede volle Stunde einmal …

Die nächste Gebetszeit sollte um zwölf Uhr sein. Welcher Knopf war A? Ich drückte den oberen Knopf zwölfmal, dann drückte ich auf den Knopf, der vermutlich B war und tatsächlich – *Glockenläuten*! Es schien zu klappen.

Ben sah in meine Richtung. „Was ist denn das?“

„Entschuldigung, das ist bloß meine Uhr.“

Wie ging es weiter? Ich versuchte, erneut Knopf A zu drücken und ein langer und zwei kurze Piepser ertönten. Was bedeutete das? Nun wollte ich die nächste Gebetszeit einstellen, aber nichts geschah. Bei meinem zweiten Versuch ertönte ein sehr langes, unangenehm schrilles, lautes Pfeifen. Ben fuhr zusammen und drehte sich um. Seufzend gab ich auf und zog die Uhr wieder an.

Die beiden Männer arbeiteten so harmonisch zusammen, als würden sie jeden Tag Dächer reparieren. Schon bald war das alte Dach vollständig entfernt. Sie sprachen leise miteinander, hoben einen Balken auf die Hütte, wobei Russ auf der einen Seite des Gebäudes stand, Ben auf der anderen. Russ markierte mit einem Bleistift die erforderliche Länge des Balkens, dann hoben sie ihn wieder herunter, legten ihn auf den Stapel mit dem übrigen Holz und sägten das überschüssige Ende ab.

Mein Handy gab einen Ton von sich; wieder drehte Ben sich nach mir um. Ich zog es aus der Tasche und stellte verärgert fest, dass hier schon das nächste Problem auf mich wartete, an das ich vorher nicht gedacht hatte: Das Handy musste aufgeladen werden. Die Ladegeräte für Auto und Steckdose hatte ich im Handschuhfach, aber ich hatte keinen Strom. Sollte ich jemanden um Hilfe bitten oder die Autobatterie anzapfen? Russ oder India – nein, dann lieber das Auto.

Also würde ich später eine kleine Autofahrt machen. Fürs Erste genoss ich die Sonne, die warm auf meine Schultern fiel.

Kapitel 14

Eine Frauenstimme weckte mich. „… in ein paar Monaten, wenn ich abgenommen habe …“

„Du brauchst nicht abzunehmen.“ Das war die Stimme von Russ, dann hörte ich einen Hammerschlag.

„Doch, er hat schon recht, ich sollte wirklich mehr Sport machen.“

Ich öffnete meine Augen. Das Dach war schon fertig – so schnell war das gegangen! – und Russ stand auf einer Leiter und tackerte die Dachpappe fest.

Eine Frau in Shorts stand in meinem Hauseingang und fegte. Ich war in der heißen Sonne eingenickt und schaute nun blinzelnd in die Richtung der Frau. Dick war sie nicht. Ihre Beine waren muskulös und auch an ihren Oberarmen konnte man die Bizepsmuskeln sehen. „Ich muss endlich meinen Bauch loswerden“, sagte sie.

„Sag doch deinem Typen, dass es normal ist, wenn eine Frau ein Bäuchlein hat.“ Russ beugte sich zur Seite, um ihr in die Augen sehen zu können. „Vielleicht will er gar keine echte Frau. Er kann sich ja eine Barbiepuppe kaufen, die passt in seine Hosentasche und er kann mit ihr machen, was er will.“

„Du bist nicht nett.“

„Doch, schon.“ Russ entdeckte, dass ich wach geworden war. „Hallo!“

„Sie sind ja schon fast fertig.“ Ich erhob mich aus dem Stuhl.

Er kam von der Leiter herunter. „Die Dachschindeln fehlen noch. Aber auf jeden Fall haben Sie es jetzt trocken und insektenfrei.“

Die Frau lehnte ihren Besen gegen die Wand. „Hallo. Ich bin Brenda.“

„Meine Ex-Frau“, stellte Russ sie mir vor. „Brenda, das ist Charlotte.“

„Russ hat mir erzählt, dass mein Hund Sie gestern erschreckt hat. Das tut mir leid.“

„Ach, das war halb so schlimm.“

„Er ist freundlicher, als er aussieht. Mein Mann geht mit ihm zur Hundeschule, aber er hat noch nicht gelernt, sich zu benehmen.“

„Wirst du gleich ruhig sein!“, knurrte Ross.

„Ich rede doch nicht von dir!“

Er grinste.

„Danke, dass Sie geholfen haben.“ Ich sah mich um. „Wo ist Ben?“

„Am Nachmittag hält Papa immer sein Schläfchen.“ Sie sah in meine Hütte. „Russ sagte, Sie wollen hier leben.“

„Ja, ich lebe jetzt hier.“

„Sie machen das aus religiösen Gründen?“

„So ähnlich.“ Sie schien interessiert zu sein, aber ich wollte ihr nicht so viel erklären. Irgendwie sah sie mich an, als wäre ich ein Exponat im Museum. „Ich kam vor allem, um mich einmal aus allem zurückzuziehen und Zeit in der Stille zu verbringen.“

„Gehören Sie zu einer Gemeinschaft oder zu einem Orden?“

„Nein.“

„Sind Sie katholisch? Meine Cousine gehört zu den Kapuzinern. Sie sagt, Gott hätte sie zu einem Leben in der

Stille berufen, in Ehelosigkeit und Armut. Deshalb darf sie nicht reden, keinen Sex haben und nicht einkaufen gehen. Kann es für eine Frau etwas Schlimmeres geben?"

Lächelnd erinnerte ich mich an die Nonne, die ich kennengelernt hatte, als ich zwölf Jahre alt gewesen war. Vielleicht war Brendas Cousine ähnlich? „Wie geht es ihr dabei?"

„Ach, eigentlich ganz gut. Neulich hat sie mir ein Foto geschickt, darauf sieht sie gut aus, mal abgesehen von ihrer Kleidung. Sie trägt nur schwarze Sachen, mit wenigen weißen Akzenten. Sieht irgendwie putzig aus."

Lieber hätte ich über etwas anderes geredet. Während ich noch überlegte, wie ich dem Gespräch eine andere Richtung geben könnte, tauchte das neue Gesprächsthema unten am Hang auf: Laub raschelte und da stand der Hund, von dem wir vorhin noch gesprochen hatten. Er sah mich mit dem gleichen Blick an wie vor dem Laden, aber dieses Mal knurrte er, statt zu bellen. Erleichtert sah ich die Leine um seinen Hals, die zur Hand eines blonden Mannes in einer khakifarbenen Hose führte.

„Aus!" Der Mann riss an der Leine. Der Hund ließ von mir ab und winselte in Brendas Richtung.

„Was machst du denn?", fragte er stirnrunzelnd. „Ich habe dich überall gesucht!"

Eine Hand wanderte an ihren Hals. „Das wusste ich nicht. Tut mir leid."

„Sie hat mir geholfen", sagte Russ.

„Geholfen – bei was?"

„Ich habe für Charlotte ein neues Dach gebaut." Er nickte in meine Richtung.

Der Mann sah zu mir herüber, lächelte und ließ eine Dosis Charme aus seinen blauen Augen sprühen. „Freut mich sehr, Sie kennenzulernen. Mein Name ist Gil." Ich erwiderte seinen Händedruck. „Ist das Ihr Besitz?"

„Ja."

„Dann sind wir Nachbarn. Ich wohne neben Russ."

Sofort sah ich das kleine Häuschen wieder vor mir, das sich so unmittelbar an Russ' Haupthaus anschloss.

„Wollen Sie hier bauen?"

„Nein."

Er musterte meine Hütte. „Sie macht etwas Religiöses, so wie Nancy", sagte Brenda.

„Ja, so ähnlich", sagte ich. „Allerdings bin ich weder katholisch noch eine Nonne."

„Da haben Sie aber Glück gehabt", meinte Gil. „Also meditieren Sie?"

„Nun ja, in gewisser Weise ..."

„Ich kenne eine Frau in San Francisco, ein Model. Letztes Jahr verbrachte sie drei Monate mit einem Lehrer und einer kleinen Gruppe von Leuten in der Mojave-Wüste. Der Lehrer hat ihr den Zugang zu einigen universellen Prinzipien gezeigt, um sich von den Verletzungen der Kindheit zu lösen und um negative Gedanken zu blockieren. Seitdem ist in ihrem Leben viel Gutes passiert. Sie bekommt viel mehr Aufträge und sie verdient viel mehr."

„Wie schön."

„Wenn Sie wollen, kann ich Sie mit ihr bekanntmachen."

„Lass gut sein, Gil", sagte Russ und zwinkerte mir zu. Ich war dankbar für sein Verständnis. „Brenda wird mir gleich helfen, die Medikamente für ihren Vater zu sortieren", sagte er. „Kannst du allein mit Che Che gehen?"

„Er heißt Che", sagte Gil.

„Sagte ich doch."

„Einfach nur Che."

Russ grinste.

„Wir müssen ins Büro. Was ist denn mit Bens Medikamenten?"

„Ein neues Rezept.“

„Kannst du das nicht allein machen?“

„Nein, es sind zu viele Pillen an zu vielen Tageszeiten. Was gibt's denn im Büro so Wichtiges? Ihr wolltet nach eurer Reise doch einen Tag ausruhen.“

„Sie ruht ja ohnehin nicht aus. Wir haben Papierkram zu erledigen.“

„Russ, es tut mir leid“, sagte Brenda und berührte seinen Arm. „Du musst mir helfen.“ Sie sah von ihrem Ex-Mann zu ihrem Mann und unterdrückte ein Stöhnen.

Russ atmete lange aus, nahm dann einen Stift und die Rückseite eines Kaugummipapierchens. „Weißt du noch, was ich ihm heute Nachmittag gegeben habe?“

„Ja, das kann ich dir aufschreiben.“

„Dann kommst du heute Abend und hilfst mir, den Rest zu sortieren.“

„Einverstanden.“

„Na bitte, geht doch!“ Gil schlug Russ auf die Schulter und wandte sich Brenda zu. „Ich hole das Auto her.“

Aus meiner Uhr erklang Glockengeläut, sehr laut. Alle drei fuhren herum.

„Ist das Ihr Handy?“, fragte Brenda.

„Nein, der Wecker in meiner Armbanduhr.“

„Wenn Sie irgendwo einen Termin haben, können wir Sie gern dort absetzen.“

„Nein, ich habe die Uhr nur noch nicht richtig eingestellt.“

„Das klang ja wie eine Kirchenglocke. Gehört das zu Ihren religiösen Übungen?“

„In gewisser Weise.“ Ich spürte, wie mir das Blut ins Gesicht stieg. Alle sahen mich erwartungsvoll an und warteten, dass ich weitersprechen würde. „Der Wecker soll mich an meine Gebetszeiten erinnern.“

„Gebetszeiten?“ Gil betrachtete mich lange. „Wie auch immer. Ich hole jetzt das Auto.“

Brenda setzte sich auf meinen Stuhl, legte das Kaugummipapierchen auf ihr Knie und schrieb dann langsam zwei lange Worte darauf. Dann erklärte sie: „Das ist die große blaue Tablette. Die nimmt er in ...“, sie sah auf ihre Uhr, „in einer halben Stunde. Das ist die kleine weiße. Die nimmt er in zwei Stunden.“ Sie schrieb die Zeiten hinter die Namen. „Mehr braucht er nicht vor dem Abendessen. Bis dahin bin ich wieder zurück.“

Russ’ Strahlenfältchen unterstrichen sein Lächeln. „Du wirst einmal eine gute Krankenschwester werden. Wie lange geht deine Ausbildung noch?“

Sie sah zur Seite. Dann bemerkte sie meinen Blick, sprang auf und entschuldigte sich. „Ich habe Ihnen den Platz weggenommen.“

„Ach, Unsinn, ich habe lange genug gesessen.“

Sie spähte zur Straße. Gil war noch nicht da. „Vielleicht können wir einmal zusammen Kaffee trinken? Dann könnten Sie mir noch etwas mehr darüber erzählen, was Sie so machen. Haben Sie auch Verwandte hier in der Nähe?“

„Ich habe einen Sohn. Er ist gerade verreist.“

Von der Straße war ein Hupen zu hören. Gil wartete in einem glänzenden schwarzen Lamborghini Cabriolet. Der Motor heulte auf. „Morgen nehme ich dich auf eine Spritztour mit, Russ!“

„Ich muss los“, sagte Brenda. Russ küsste sie auf die Wange und sie rannte die Stufen hinunter. „Alles Gute für Ihr Kloster!“ Gil hupte noch einmal, dann brausten die beiden davon.

Russ schüttelte den Kopf und nahm den Besen auf, um Brendas Arbeit fortzusetzen und die Hütte auszufegen. Um meinen Fuß nicht unnötig zu belasten, bückte ich mich vorsichtig und sammelte Holzreste auf. „Die beiden wohnen neben Ihnen?"

„Ja. Als Brenda und ich heirateten, gehörten uns zwei Grundstücke. Auf dem zweiten Grundstück wollten wir einen großen Garten anlegen, mit Kräuterbeet, Gemüse und Rosen für Brenda. Nach der Scheidung wollte sie sich weiterhin um ihren Vater kümmern, aber der wollte nicht mit Gil zusammen wohnen. Ben und ich verstehen uns gut. So kam es zu dieser Lösung – Gils Lösung."

„Gils Lösung? Und Ihnen macht das nichts aus?"

„Etwas ausmachen? Ach, hier ist so vieles schiefgegangen, dass die Wohnsituation nur ein kleiner Teil des Ganzen ist." Er strich sich den Staub von der Jeans. „Gil und ich waren Geschäftspartner. Wir hatten ein kleines Wellness-Zentrum in Los Gatos. Als Brenda mich verließ, um ihn zu heiraten – das ist noch nicht einmal ein Jahr her –, stieg ich aus dem Geschäft aus. Seitdem habe ich meine eigene kleine Praxis, während er schon sein fünftes Sonnenstudio eröffnet hat, unten in der Gegend von San Francisco. Er ist ein guter Geschäftsmann."

„Hat er keine Hemmungen, Tür an Tür mit Ihnen zu wohnen?"

„Überhaupt nicht. Er denkt, ich sei hocherfreut und würde ihn immer noch mögen."

Kapitel 15

Während Russ davontrottete, versuchte ich, die Tür zu schließen. Sie quietschte.

„Die Tür ist das Nächste, was ich reparieren werde!", rief er über seine Schulter.

„Die Tür ist in Ordnung", brummte ich.

Nach dem nächsten Bauprojekt auf meinem Gelände würde Gil mit seinen universellen Prinzipien und seinem guten Geschäftssinn mich vermutlich in einen Käfig setzen und Tickets verkaufen: „Meine Damen und Herren, hier sehen Sie die ehemals wohlhabende Frau des erfolgreichsten Geschäftsmanns von Silicon Valley, Larry Denys, die sich einem Leben der Einsamkeit, Armut, sexuellen Enthaltsamkeit und des Gebets widmet."

Wie sollte ich jemals in Ruhe leben können – neben solchen Nachbarn?

Mein kleines Häuschen war nun makellos sauber und frei von Insekten. Auch das kleine, zerbrochene Fensterglas war geputzt worden und ließ nun richtig viel Licht in den Raum. Meine Habseligkeiten reihten sich abgestaubt und ordentlich an der Wand. Es roch nach frischem Holz und wenn ich zur Decke sah, waren da glatte, saubere Balken, sonst nichts.

Außerdem besaß ich jetzt einen Stuhl. Das konnte man kaum noch als ein Leben in Armut und Entbehrung bezeichnen. Die glasierten Oberflächen meiner Schüssel und meines Tellers funkelten im Kerzenlicht und das silberne Besteck schimmerte daneben auf einer leinenen Serviette. Ich war immer noch eine reiche Frau.

Eine reiche Witwe.

Was die Ehelosigkeit betraf, hatten Larry und ich in der Zeit vor seinem Tod keinen Sex mehr haben können. Aber es hatte immer viel Zärtlichkeit zwischen uns gegeben. Ich sank in meinen Stuhl, während ich mich an die Struktur seiner Haut erinnerte, das feuchte Flüstern seiner Lippen an meinen Wangen, die Berührung seiner Hände auf meinem Rücken. *Ach, Larry.* Meine Hände strichen tröstend über meine Arme, dann ließ ich mich auf mein Bett fallen, auf den harten Boden. Mein Mann war nicht mehr da.

Was war mit meinem Gebetsleben? Es existierte ebenso wenig. Die meisten Gebetszeiten hatte ich verpasst, weil ich gestört oder abgelenkt worden war. Was machte das schon aus? Meine Gebete gingen ohnehin nur bis zur Decke. Aber Teresa von Ávila und Juliana von Norwich hätten bestimmt nicht so leicht aufgegeben.

Juliana lebte, während die Pest wütete – drei Epidemien fegten zu ihrer Zeit über das Land. Es gibt keine Berichte darüber, wie viele Angehörige sie durch die Pest verloren hatte, aber wahrscheinlich erlebte sie so viel Leid, dass mein Trauerfall im Vergleich dazu kaum ins Gewicht fiel. Doch statt sich gegen ihr Leid aufzulehnen, war sie bereit, noch mehr zu ertragen, was dann auch kam, in Form von Schmerzen und einer Krankheit, die sie zum Krüppel machte und an den Rand des Todes brachte. Mitten in all dem kam von ihr der Satz „*Alles wird gut sein und alles wird gut sein, und aller Art Dinge wird gut sein.*“

Ihre Gebete waren wohl nicht von der Decke ihrer Zelle abgeprallt, so wie meine. Wenn Juliana betete, kniete Gott direkt neben ihr und antwortete auf jedes Flüstern mit einem Kuss. Sie hat es in ihren Schriften berichtet, jeder kann sie lesen. Sie kannte die Struktur seiner Haut.

Als ich am nächsten Morgen erwachte, stand mein Plan fest. Die ganze Nacht hatte mich dieser Ausdruck verfolgt: reiche Witwe. Wie ein Schimpfwort klang es in meinen Träumen. Und bei Tagesanbruch wusste ich, was zu tun war.

Nach meiner Uhr war es erst sieben Uhr, ich hatte also noch genügend Zeit. Ich krabbelte aus meinem Schlafsack und griff nach meiner Tasche. Ich nahm mein Schminktäschchen heraus. Heute würde ich mich zum letzten Mal schminken, dann würde ich das ganze Zeug wegwerfen. Wo war mein Handy? Ich schob das Tagebuch in der Tasche zur Seite und durchwühlte noch einmal alles. Lag es hier irgendwo herum? Endlich entdeckte ich es, in einer Ecke des Raumes. Schnell stellte ich die Tasche weg und nahm das Telefon, suchte die Nummer unseres Finanzmanagers und wählte. Vernons Anrufbeantworter schaltete sich ein. „Dies ist die Mailbox von Vernon Brown, SVS Finanzservice. Leider kann ich Ihren Anruf nicht persönlich …“

Ich drückte die Taste, mit der ich die Ansage überspringen konnte. „Vernon, hier spricht Charlotte. Hoffentlich hast du heute gegen zehn Zeit, ich will mit dir reden. Wenn dir der Termin nicht passt, ruf mich an, dann machen wir etwas anderes aus.“ Für einen Moment zögerte ich, ehe ich weitersprach: „Ansonsten komme ich um zehn bei dir vorbei.“

Dann nahm ich meine Tasche, zog meine Schuhe an und ging los.

Es schien kein Licht aus Indias Laden. An der Tür hing ein Schild: „Sorry, wir haben geschlossen. Bitte kommen Sie nach Sonnenaufgang wieder!“

Die Sonne war schon aufgegangen. Auch wenn sie noch nicht hoch am Himmel stand, ihre Strahlen schickten bereits blasse Lichtstreifen zwischen die Baumstämme.

Wo wohnte India wohl? Ich trat von der Ladentür zurück zur Zapfsäule und sah mich um. Es war ein zweistöckiges Gebäude. Im oberen Stockwerk hingen Vorhänge an den Fenstern. Ob India da oben wohnte? An der hinteren Seite des Hauses entdeckte ich eine hölzerne Treppe, die zu einer Plattform vor dem Eingang der oberen Etage führte. Ich stieg hinauf und klopfte an die gläserne Schiebetür.

Durch das Glas konnte ich ein orangefarbenes Sofa erkennen, das mit dem Rücken zu mir aufgestellt war, dahinter drei Stühle an einer Küchenbar, die das Wohnzimmer von der Kochnische trennte.

Ich klopfte lauter. Ein dunkler Haarschopf tauchte aus dem Sofa auf, dunkle Augen sahen in meine Richtung und verschwanden dann wieder. Mir war nicht wohl bei der Begegnung, die mir nun bevorstand. Hoffentlich würde sie mich anhören … Ich klopfte erneut.

India erhob sich, zog ihre Schlafanzughose hoch und das Oberteil über den Bauch, schüttelte die Haare aus dem Gesicht, kam zur Tür und öffnete sie einen Spaltbreit. „Haben Sie mich in der vergangenen Nacht vermisst? Mir war nicht nach Publikum."

„Ich war nicht dort."

„Am Tag gibt es keine Vorführungen."

„India, es tut mir leid. Ich wollte Sie nicht ausspionieren und ich werde es auch nicht wieder tun. Aber ich hatte mir Sorgen gemacht, ob Sie Hilfe bräuchten."

Sie warf die Haare in den Nacken. „Noch etwas?"

„Nein."

Sie wartete. Es war sehr unangenehm, ihren kalten Blick auszuhalten. „Ich würde Sie heute gern zu Ihrer Hebamme fahren."

„Ich habe den Termin schon abgesagt."

„Bitte rufen Sie noch einmal an."

„Nein."

„Bitte, ich möchte das gern für Sie tun."

Sie trat zur Seite und ließ mich herein. „Warum?"

„Meine Güte, India, wenn Sie wütend auf mich sein wollen, bitte schön. Aber Ihr Baby kann doch nichts dafür. Sie müssen zur Hebamme oder zu einem Arzt. Haben Sie einen Arzt?"

„Ich bin nicht versichert. Die Dame, die mich betreut, ist sehr gut."

„Dann rufen Sie dort an. Bitte."

Sie legte eine Hand auf ihren Bauch. Dann holte sie ihr Telefon und eine abgegriffene Visitenkarte, die auf der Küchenbar lag. „Marsha? Ist der Termin um halb zehn Uhr noch frei? Hier ergab sich eine Veränderung. Ich kann doch kommen. Bis dann." Sie legte auf und ließ das Handy in ihren Schoß sinken. „Sie brauchen sich nicht um mich zu kümmern." Aber in ihren Augen hatten sich bereits Tränen gebildet. Sie sah zur Seite.

Warum weinte sie? Was tat sie nachts dort oben im Wald? Doch keine der Fragen, die mir in den Sinn kamen, konnte ich jetzt stellen, solange sie von meinem Verhalten noch so gekränkt war.

„Haben Sie den Tee getrunken?"

Ich nickte. „Er schmeckt nach Rauch."

„Und wie geht es Ihrem Fuß?"

„Besser", log ich. Von der neuerlichen Verletzung sagte ich lieber nichts. Sie straffte die Schultern. „Vielen Dank dafür, India." Ich erhob mich. „Ich bin um neun Uhr hier."

Ich verließ das Büro von Vernon genau so, wie ich es mir gewünscht hatte: als hätten wir einen ganz normalen Termin gehabt. Gelassen schritt ich durch den Warteraum, grüßte Kathy am Empfang und erkundigte mich nach ihrem Baby. Sie zeigte mir die neuesten Fotos, ich äußerte mich entzückt über den kleinen Jungen, wünschte ihr einen wunderschönen Tag und ging.

Vernon hatte mir viele Fragen gestellt und meine Entscheidung kritisch hinterfragt. Er vergewisserte sich, ob ich mir ganz sicher sei und ermutigte mich, das Ganze noch einmal zu überdenken. Doch ich überzeugte ihn, dass ich mir alles gründlich überlegt hätte und keine weitere Bedenkzeit bräuchte. Dabei versuchte ich auch, ihm meine Gründe zu verdeutlichen, aber er dachte immer nur an religiöse Sekten. Eigentlich war es klar, dass er mich nicht würde verstehen können.

Auf meinem Rückweg zu India fühlte ich mich sehr erleichtert. Ich hielt kurz an der Bank an, dann fuhr ich in einer Autowaschanlage vor. Während der Lexus vom Staub der Straße befreit wurde, saß ich auf einer Parkbank und fütterte Enten mit Popcorn. Dadurch würde ich zu spät bei India sein, aber sie musste eben ein bisschen warten. Mein Handy klingelte; es war India. Ich ließ es klingeln.

Als ich auf das Grundstück fuhr, auf dem Marsha, die Hebamme, in einem modernen, mediterranen Haus wohnte, rannte India mir schon aufgeregt entgegen. „Das war hier doch kein Kaffeekränzchen, es hat nur eine halbe Stunde gedauert. Sie hätten auf mich warten können."

„Ich hatte einen eigenen Termin."

„Ach so. Was denn?" Sie wollte die Beifahrertür öffnen.

„Einen Moment bitte. Steigen Sie noch nicht ein." Ich öffnete meine Tür und stieg aus.

„Ich habe niemanden für den Laden, während ich weg bin. Wir kommen viel zu spät."

„Machen Sie am Vormittag so viel Umsatz?"

„Nein, aber ich lebe davon."

„Kommen Sie." Ich ging zu ihrer Seite und hielt ihr den Autoschlüssel hin.

„Soll ich fahren?"

Ich nickte. „Das Auto gehört Ihnen. Sie fahren."

„Gehört mir? Wie meinen Sie das?"

„Ich erkläre es Ihnen, während wir fahren."

Langsam nahm sie den Schlüssel, öffnete die Tür und bemühte sich, ihren Bauch hinter das Lenkrad zu quetschen.

„Entschuldigen Sie bitte, ich habe vergessen, den Sitz nach hinten zu schieben."

Sie tat es selbst und legte dann den Gurt um. „Ich verstehe nicht …"

„Dieser lange Schlüssel muss in dieses Schloss. Damit starten Sie …"

„Wissen Sie, Charlotte, Sie brauchen sich meinetwegen keine Sorgen zu machen … ich brauche das nicht." Sie ließ den Motor an und rollte auf die Straße.

„India, Sie verstehen mich nicht richtig. Als Sie mir den Pito Pito gaben, haben Sie das aus Mitleid getan?"

„Ja."

„Wirklich?"

„Sie humpelten herum wie ein Krüppel. Als ich dann noch Ihre Behausung sah … und ich dachte immer, *meine* Wohnung sei mies."

„India, es ist meine freie Entscheidung."

„Warum?"

„Erinnern Sie sich an Franz von Assisi? Er hat alle seine irdischen Güter verschenkt."

„Ja …"

„Genau so verschenke ich diesen Wagen. Außerdem brauche ich Ihre Hilfe."

„Meine Hilfe?“

„Ja, weil ich nicht mehr so viel Zeug haben will. Es soll in meinem Leben nicht mehr um das gehen, was ich *habe*.“

Sie sah mich so lange an, dass wir die Mittellinie überfuhren und ich ihr fast ins Lenkrad gegriffen hätte. In letzter Sekunde schaute sie wieder geradeaus und lenkte den Wagen zurück auf unsere Spur. Einige Minuten lang fuhr sie schweigend bergan.

Schließlich fragte ich: „Werden Sie den Wagen nehmen?“

Ihre Mundwinkel hoben sich minimal. „Na gut.“

„Wirklich?“

„Ja.“ Nun war ihr Lächeln echt.

„Gut.“ Ich nahm den rosa Umschlag aus meiner Tasche. Larry hatte ihn zum Glück in einem Schließfach bei der Bank aufbewahrt, so dass er dem Feuer nicht zum Opfer gefallen war. Mit einer schwungvollen Bewegung zückte ich den Stift, um ihr den Wagen zu überschreiben. Da zögerte ich: „Heißen Sie wirklich India?“

„Es wäre wohl besser, Sie würden Prudencia MacBride schreiben.“

„Na so was! Das hat mit India Moon aber wenig zu tun.“

„Keine Ahnung, was sich meine Mutter dabei dachte, als sie mir diesen Namen gab. Wie kann man Prudencia denn abkürzen? So einen Namen muss man doch abkürzen. Wer will schon ‚Vorsicht‘ heißen? Außerdem ...“, sie tätschelte ihren Bauch, „... bin ich nicht gerade vorsichtig. Man könnte auch noch Prude daraus machen, was prüde bedeutet, oder Dense, dumm. Nein, das geht alles nicht. Aber meine Mutter war in ihren jungen Jahren in Indien, dort bin ich wahrscheinlich auch entstanden, deshalb ...“

„Aber Moon heißen Sie wirklich?“

„Nein, das habe ich mir auch ausgedacht.“

„Und was spricht gegen MacBride?“

„Wenn Sie meinen Vater kennen würden, dann würden Sie verstehen, warum ich den Namen nicht mag.“

Ich lehnte mich zurück und sah aus dem Fenster. Neben der Straße verlief ein See. Gleich würden wir in unsere Straße einbiegen. Wir näherten uns dem Supermarkt am Berg – und fuhren vorbei.

„Wollen wir eine Spritztour machen?“ India lächelte.

„Und Ihr Laden?“

„Ich mache morgens kaum Umsatz.“ Sie öffnete grinsend das Dach.

Mein Handy klingelte. Susannes Nummer erschien im Display. Ich klappte es wieder zu.

„Wer war das?“

„Da hat sich wohl jemand verwählt.“

„Sie haben das Auto aber nicht gestohlen, oder?“

„Nein.“

Sie streckte beide Hände aus dem Fenster. „Juhuuu!“ Ich wollte das Lenkrad festhalten, doch da hatte sie die Hände schon wieder unten. Nun sah sie aus wie ein junges Mädchen, das sich über sein neues Auto freut.

„Junge Frau, wenn Sie nicht ordentlich fahren, nehme ich Ihnen das Auto wieder weg.“

„Ist ja gut, Mama.“

Es war die richtige Entscheidung gewesen und ich freute mich nicht weniger als India. Wir fuhren bis nach Santa Cruz und drehten einige Runden durch die Stadt, während India die Stereoanlage und die beheizbaren Sitze ausprobierte. Sie spielte mit der Fensterautomatik herum und hielt schließlich vor dem Leuchtturm an. Ich schlug vor, einen kleinen Spaziergang zu machen.

„Ich lasse mein Auto doch hier nicht stehen! Wir können das Meer auch so anschauen.“ Sie kippte den Rücksitz nach hinten, verschränkte die Arme im Nacken und legte – mit erheblicher Mühe – die Beine aufs Armaturenbrett. Eine große Welle traf auf den Felsen vor uns und das Wasser spritzte meterhoch in die Luft.

„Ihnen scheint es wirklich ernst zu sein mit dem, was Sie tun, Charlotte. Das bewundere ich. Es gibt so viele Leute, die nicht das tun, was sie sagen."

„Welche Dinge meinen Sie in Ihrem Leben wirklich ernst?"

„Fragen Sie danach, was ich nachts auf dem Berg mit den Kerzen mache?"

Ich wurde rot. „Das geht mich nichts an."

„Stimmt. Aber Sie haben mir gerade Ihren Lexus geschenkt."

„Deshalb müssen Sie mir nichts erklären."

„Sind Sie denn gar kein bisschen neugierig?"

„Wollen Sie es mir denn erzählen?"

„Es würde mir nichts ausmachen." Sie kratzte sich am Bauch. „Glauben Sie an Magie?"

Wie konnte ich darauf antworten, ohne sie zu kränken? Sie redete weiter. „Ich glaube daran. Aber ich glaube anders als die anderen Leute. Für mich ist es nicht wichtig, was man macht und was man hat. Es kommt zwischen Geburt und Tod nicht in erster Linie darauf an, wie viel wir verdienen, wo wir wohnen und was wir fahren …" Sie zog den Kopf ein. „Entschuldigung."

„Kein Problem."

„Wissen Sie, worauf ich hinauswill? Viele arbeiten Tag und Nacht, um sich einen großen Geländewagen kaufen zu können, mit dem sie dann – zur *Arbeit* fahren! Sie arbeiten, um sich große, beeindruckende Häuser leisten zu können, in denen sie aber nicht wohnen, weil sie die meiste Zeit in der Firma sind. Sie arbeiten, damit sie die Kindertagesstätten bezahlen können, in denen ihre Kinder betreut werden, für die sie kaum Zeit haben, weil sie – *arbeiten*!

Sie arbeiten, damit ihre Kinder eine gute Ausbildung machen können, um eine gute Arbeit zu bekommen! Das macht keinen Sinn und schon gar keinen Spaß. Die Leute, die alles haben, wirken kein bisschen glücklich. Haben Sie jemals einen fröhlichen, zufriedenen Manager gesehen?" Sie stoppte. „Mann, was rede ich da für einen Stuss. Entschuldigen Sie."

„Fahren Sie fort."

„Nein, lieber nicht."

„Ich sehe das aber auch so."

„Na gut." Sie sah aus dem Fenster. Eine Möwe saß laut schreiend auf einem Geländer. Als der Vogel wieder verstummt war, sprach sie weiter: „Charlotte, haben Sie Gil und Brenda kennengelernt?"

„Ja."

„Denken Sie, dass die beiden glücklich sind?"

„Nun, Gil wirkte eher ..."

„... gehetzt. Nicht glücklich. Und er reißt Brenda mit sich. Sie hat Russ wegen ihm verlassen, hat sie Ihnen das erzählt? Ich glaube, Gil wollte Brenda nur, weil er auf Russ neidisch war. Russ hatte etwas, was er nicht hatte. In Wirklichkeit ist sie ihm doch gar nicht gut genug. Sie ist ihm nicht jung genug und nicht hübsch genug. Haben Sie gesehen, wie straff ihre Haut um Mund und Augen ist? Sie hat sich liften lassen. Das war Gils Idee. Er will keine echte Frau, er will ein Wunschbild."

Sie stützte ihren Ellbogen gegen die Tür und kaute auf ihrem Daumennagel herum. „Er fährt ein tolles Auto und von seinem Haus aus hat er eine herrliche Aussicht. Aber er hat gar keine Zeit dafür, irgendetwas davon zu genießen. Die ganze Zeit ist er damit beschäftigt, neue Sonnenstudios zu eröffnen, in denen Frauen unter falscher Sonne künstlich braun werden, um am Ende dann echten Hautkrebs zu bekommen. Er isst Bio-Hummus, den er aber in Plastikbehältern kauft, die erst in hundert Jahren verrotten. Er hat noch nie eine echte Kichererbse gesehen. Schließlich hat er gar keine Zeit, Kichererbsen zu kochen und mit der Gabel zu zerdrücken. Er hat nicht einmal Zeit, diese Küchenmaschine zu benutzen, die er sich angeschafft hat und mit der er auch Hummus machen könnte."

„India."

„Was?"

„Was haben Gil und Brenda mit Magie zu tun?"

„Nichts!" Sie sprach leise weiter. „Überhaupt nichts."

„Warum reden Sie dann über die beiden?"

„Weil ich nicht so leben will wie sie. Wenn es nur darum geht, braune Haut zu haben, dann ist jedes Mittel recht, um braun zu werden. Aber ich finde, es ist ein großer Unterschied, wovon man braun wird. Wenn ich älter werde, will ich weise aussehen, nicht jung. Ich will sanft und freundlich sein." Unsere Blicke begegneten sich. „Unbedingt. Ich will mir niemals solche Sorgen um mein Aussehen machen müssen wie Brenda."

Auch ich hatte gemerkt, wie besorgt Brenda wegen ihres Äußeren war.

„Wenn es nur um das Aussehen geht, darum, was andere von uns denken und wie elegant unsere Häuser eingerichtet sind, dann können wir auch jede Menge Massenware kaufen, ohne uns zu fragen, wer sie unter welchen Bedingungen hergestellt hat. Wir können in riesigen Villen wohnen und Luxusautos fahren, ohne darüber nachzudenken, dass es Menschen gibt, die *gar nichts* haben. Wir können den Käfer in unserem Haus totsprühen, ohne daran zu denken, dass er ein Lebewesen ist, wir können uns Botox spritzen lassen – dann ist doch einfach alles egal!"

Ich blinzelte. „Wollen Sie das Auto nicht?"

„Sie haben doch gesagt, es gehört mir."

„Ja."

„Also ist es meins.“ Sie kratzte sich wieder am Bauch und nahm mühsam ihre Beine herunter, erst das eine, dann das andere. „Ich bin überzeugt, dass die Dinge wichtig sind, die wir nicht sehen können und bei denen wir uns gar nicht die Mühe machen, sie anzuschauen.“ Sie rieb sich die Nase am Ärmel und zog die Schultern hoch. „Jetzt habe ich aber genug geredet.“

„Nein, sprechen Sie weiter.“

„Sie müssen mich für verrückt halten.“

„Ausgerechnet ich? Die heilige Charlotte?“

Sie drehte sich mir zu und sah mich an. „Ich weiß nicht, ob es stimmt, was ich denke, aber eins weiß ich: Ich will glauben.“

„Woran wollen Sie glauben?“

„Ich will an Feen glauben. An Zauberei. An Wunder.“ Sie zog die Nase hoch und zuckte mit den Schultern. „Keine Ahnung. Ich will daran glauben, dass es noch mehr gibt als die materielle Welt. Ich will glauben, dass es Dinge gibt, die wir nicht sehen können, die in der Luft sind, die über unsere Haut streichelt, im Licht, das die Sonne und der Mond aussenden, in der flüssigen Lava tief in der Erde, im Wasser …“

Wie auf ihr Stichwort hin zerstob eine Welle an dem Felsen vor uns. „Wenn wir wirklich wüssten, was die Worte beinhalten, die wir sagen und die Tränen, die wir weinen, dann würden wir verstehen, wie bedeutungsvoll alles ist. Wir wären überwältigt von all der Tiefe, die wir noch nicht einmal ansatzweise begreifen. Ich will glauben, dass wir jedes Mal, wenn wir einen Fuß auf die Erde setzen, auf heiligen Boden treten.“

Mir hatte es die Sprache verschlagen. Mein Herz klopfte in meinem Hals wie ein aufgescheuchter Vogel.

„Ich will daran glauben, dass wir uns nicht mit den Dingen zufrieden geben müssen, so wie sie nun einmal sind.

Deshalb gehe ich nachts in den Wald. Ich will an all das Gute glauben, das ich mir für die Welt wünsche, für Russ und Brenda. Auch für Sie. Sogar für Gil.“ Sie wischte sich eine Träne aus dem Auge und legte ihre Hand auf ihren Bauch. „Für dieses kleine Baby. Ich will daran glauben, dass all meine guten Wünsche in Erfüllung gehen. Weil es wichtige Wünsche sind.“ Sie runzelte die Stirn. „Was ist denn? Habe ich etwas Falsches gesagt?“

Sie hatte jetzt erst bemerkt, dass ich weinte. „Nein, India. Es ist bloß ...“ Hilflos zuckte ich mit den Schultern. „Ich will das auch.“

Kapitel 16

„Wenn das so ist“, sagte India, „dann könnten Sie eine sehr gute Hexe werden.“

„Eine Hexe.“ Ich musste husten.

„Wir sind gar nicht so verschieden. Sie zünden Kerzen an und sprechen Ihre Gebete. Ich zünde Kerzen an und spreche meine Zaubersprüche.“

„Gebete sind keine Zaubersprüche.“

„Was ist der Unterschied?“

„Der Unterschied liegt darin, dass ich mit einer Person rede.“

„Ich auch.“

Mein Handy klingelte. „Mit wem?“ Ich schaute auf das Display: Susanne. Das hatte ich vermutet. Ich klappte es wieder zu.

India zog ihre Augenbrauen zusammen und grinste mich an: „Sie denken, ich bete zum Teufel, habe ich recht?“

„Nun …“

Sie lachte und sah dabei sehr hübsch aus. Ich knetete meinen Nacken. „Egal, was ich denke, ein Zauberspruch ist doch eher wie ein Befehl, dem die Natur sich beugen muss, gezwungenermaßen.“

„Nein, ein Zauberspruch ist …“

Mein Telefon klingelte erneut. Wieder Susanne! Ich versenkte es in meiner Tasche.

„Wer versucht Sie da anzurufen?"

„Ach, nicht so wichtig. Was wollten Sie sagen?"

„Ein Zauberspruch macht sich die vorhandene Energie zunutze, die in uns und um uns herum ist. Man muss nur das Wesen der Natur kennen und mit diesem Wissen kann man Gutes bewirken."

Das klang aber doch immer noch ganz anders als beten. Für mich war Gebet – im Idealfall – eine innige Zwiesprache mit Gott. Aber wie sollte ich das India erklären? Meine eigenen Gebete waren in den letzten Jahren immer mehr zu Monologen geworden und entbehrten jeder Intimität. „Wollen wir zurückfahren?"

Sie lächelte, als hätte sie soeben das bessere Argument gehabt, dem ich nichts mehr hinzufügen konnte, drehte den Schlüssel im Schloss, sah nach hinten und stieß aus dem Parkplatz.

„Also, India, mit wem reden Sie, wenn Sie Zaubersprüche aufsagen?"

„Diana." Diesen Namen hatte sie in der Nacht gerufen, als ich sie zum ersten Mal sah. „Sie ist die Mondgöttin und die Schutzpatronin des Kindergebärens."

„Also beten Sie für Ihr Kind?"

„In gewisser Weise ja. Wissen Sie, wer Diana unbedingt besser kennenlernen sollte? Brenda. Diana könnte ihr helfen, sich gegen Gil zu behaupten. Vielleicht müsste sie sich dann auch nicht mehr wegen jeder neuen Falte, die irgendwo auftaucht, operieren lassen."

„Inwiefern könnte ihr Diana dabei helfen?"

„Sie wissen doch, dass der Mond drei Phasen hat: zunehmend, voll und abnehmend."

Ich nickte zögernd. Den Zusammenhang verstand ich nicht.

„Diana ist drei Göttinnen in einer Person", fuhr India fort. „Genau wie Ihr Gott auch dreieinig ist. Diana ist das

Mädchen, sie ist aber auch Selene, die Mutter, und Hecate, die weise Alte. Wenn ich dieses Baby geboren habe, dann werde ich eine Mutter sein. Später, wenn ich in Ihrem Alter bin, jenseits des Klimakteriums" – sie grinste – „dann werde ich eine weise Alte sein."

„Wie schmeichelhaft." Ich widerstand der Versuchung, in den Spiegel zu sehen und mein Gesicht auf Warzen zu untersuchen.

„Vielleicht werde ich aber auch eine alte Hexe sein."

„Das klingt ja noch schlimmer."

„Eigentlich ist es aber schön. Man bekommt jedes Mal ein neues Leben, als würde man dreimal geboren."

„Na ja, neu geboren, aber mit Falten."

„Auch mit Weisheit. Es ist einfach besser, das zu würdigen, was die Natur einem gibt, als um etwas zu kämpfen, was viel weniger wert ist und was man sowieso nicht halten kann. Brenda würde es viel besser gehen, wenn sie das verstehen könnte."

„Vielleicht."

India fuhr auf die Hauptstraße, die zu beiden Seiten von hohen Pinien gesäumt war. Eine angenehme Stille breitete sich aus. Der Wagen brummte über den Asphalt und India strich über das lederne Lenkrad, als würde sie ihre Katze streicheln.

Ich stellte meine Rückenlehne flach und sah in den klaren, blauen Himmel. Das Cabrio war ein tolles Auto. Doch wie sehr ich es gerade auch genießen konnte, auf dem weichen Leder zu liegen, meine Entscheidung bereute ich nicht. Ich war den nächsten Schritt gegangen, hatte einen neuen Raum betreten und konnte den Frieden, der mich dort empfing, in vollen Zügen genießen.

Mein Handy klingelte schon wieder. Es war klar, wer das war, ich musste nicht einmal nachsehen. Also ließ ich es klingeln.

„Wer auch immer da versucht, Sie anzurufen, es scheint wirklich dringend zu sein“, sagte India. „Vielleicht sollten Sie doch mal abheben?“

„Für diese Person ist alles dringend.“ Ich setzte mich aufrecht hin und stellte die Rückenlehne wieder senkrecht.

India hob eine Augenbraue. Für meinen Geschmack fuhr sie ein bisschen zu schnell, besonders auf der engen, kurvigen Bergstraße. Aber es war jetzt ihr Wagen. In gewisser Weise war es mir nach meiner Entscheidung von heute Vormittag, als wäre mein Leben auch nicht mehr mein Eigentum.

Ich war frei.

India parkte vor ihrem Laden. „Darf ich Sie zum Essen einladen?“

„Müssen Sie nicht den Laden aufmachen?“

„Mir ist jetzt nicht danach zumute.“ Sie fuhr sich mit der Hand durchs Haar, als fühle sie sich, zumindest in diesem Moment, reich und unabhängig.

„Ich werde zu Hause essen, aber ich würde sehr gern einen Tee trinken.“ Ich ging hinter ihr die Treppe nach oben, an einer Hängematte vorbei und durch die gläserne Schiebetür in die Wohnung.

„Mögen Sie bengalischen Gewürztee?“ Sie nahm ein Backblech mit geschmolzenen roten Kerzen vom Tisch.

Cotton, der weiße Kater, strich an meinen Beinen entlang. An der Wand neben der Tür lehnte ein Besen. Ich erinnerte mich an die erste Nacht im Wald. Ob das der Besen war, den sie da oben mitgehabt hatte? Da erst wurde mir bewusst, dass sie mich nach der Teesorte gefragt hatte und immer noch auf eine Antwort wartete. „Ich nehme, was Sie haben.“

„Ja, genau, das ist der Besen.“

„Wie bitte?“

„Diese Frage haben Sie sich doch gerade gestellt, oder?“

„Nein." Ich sah, dass sie mir nicht glaubte. „Doch, stimmt."

„Ich nehme ihn nicht zum Fliegen", grinste sie und füllte einen Kessel mit Wasser. „Er ist zum Fegen. Damit kehre ich die negative Energie hinaus."

„Was für eine negative Energie haben Sie denn hinausgefegt?"

„Wenn Sie das verstehen wollen, müssen Sie mir noch etwas geben, Ihr Haus vielleicht."

„Mein Haus?"

„Nicht das, in dem Sie jetzt wohnen. Ihr richtiges Haus."

„Mein richtiges Haus gibt es nicht mehr. Es ist abgebrannt."

„Ach so." Sie nickte und deutete auf eine offene Tür gegenüber der Küche und seufzte. „Das wird dann wohl das Kinderzimmer werden."

Ich sah es mir an.

„Ich werde es noch aufräumen."

Das war allerdings nötig. Der Raum war vollgestopft mit leeren Kartons und Wäschebergen, und über allem hing ein leichter Schimmelgeruch.

Wieder läutete mein Handy und sie sah mich prüfend an. „Könnte es sein, dass Sie Stress mit jemandem haben?"

„Nein, ich habe keinen Stress."

„Wenn Sie wollen, kann ich die Person verfluchen." Sie zwinkerte mir zu.

„Ist nicht nötig, aber vielen Dank für das Angebot."

Der Wasserkessel pfiff. Sie goss das Wasser in eine weiße Porzellankanne mit roten Rosen und legte einen blauen Deckel von einer anderen Kanne darauf. Dann stellte sie die Kanne auf ein Tablett, auf dem schon zwei Tassen und Untertassen standen. Jedes Stück hatte ein anderes Muster. „Sollen wir uns draußen hinsetzen?"

Wir setzten uns neben das Geländer auf zwei hölzerne Stühle. Die Sonne hatte die Kissen gewärmt. Ich hörte ein Plätschern, als ob unweit von hier ein Bach verlaufen würde.

India sah auf ihre Uhr. „Sie haben Ihr Mittagsgebet versäumt."

„Das ist nicht das erste Mal. Ich habe dieses Leben noch nicht so richtig begonnen."

„So." Sie beugte sich nach vorne. „Jetzt mal im Ernst, warum machen Sie das?"

„Das ist eine lange, schwierige Geschichte."

Sie lehnte sich zurück und hielt die Teetasse nur mit den Fingerspitzen. „Es ist etwas Geistliches, stimmt's? Hatten Sie ein besonderes Erlebnis? Davon verstehe ich etwas."

Daran hatte ich keinen Zweifel.

„Als meine Oma noch jung war, hatte sie manchmal Erscheinungen. Einmal sah sie sogar die Jungfrau Maria."

Ich fühlte mich unbehaglich, zumal ich auch nicht sicher war, ob Protestanten die Jungfrau Maria überhaupt erscheinen würde.

„Man sieht es mir vielleicht nicht an", sagte sie und streichelte ihren Bauch, „aber ich habe auch mit Jungfräulichkeit zu tun. Die Göttin Diana ist eine ewige Jungfrau, wussten Sie das?"

„Sagten Sie nicht, sie wäre die Schutzpatronin des Kindergebärens?"

„Na, Ihre Jungfrau Maria hat ja auch einen Sohn geboren." Sie verdrehte die Augen. „Diana ist die Göttin der Geburt, weil sie sich bei ihrer eigenen Geburt, kaum dass sie aus dem Leib ihrer Mutter gekommen war, umdrehte und der Mutter half, ihre Zwillingsschwester zu gebären."

Ich lächelte.

„Was soll's? Eine Göttin kann solche Sachen."

„Genau. Gott kann auch bewirken, dass eine Jungfrau schwanger wird."

„Ich wollte nicht darüber streiten, sondern ich respektiere das.“ Sie stellte ihre Teetasse ab und beugte sich nach vorne. „Was ich sagen wollte, war, dass die meisten Menschen die Bedeutung der Jungfräulichkeit nicht verstehen. In unserer Welt, da denkt man, eine Jungfrau sei naiv, irgendwie schwach. Aber das stimmt nicht. Eine Jungfrau gehört sich selbst.“ India legte ihre Faust auf die Brust, als hielte sie ihre eigenen Rechte in der Hand. „Es bedeutet Autonomie. Niemand hat ein Anrecht auf eine Jungfrau.“

Ein schmerzlicher Gedanke durchzuckte mich: Was musste es wohl für dieses Mädchen bedeutet haben, für einen kurzen Moment einen Mann gehabt zu haben, der sie dann verstoßen, verlassen, in irgendeiner Weise wieder fallengelassen hatte? „Es kann auch sehr schön sein, zu einem Menschen zu gehören, wenn es der richtige Mensch ist und die Bedingungen richtig sind.“

„Da haben Sie bestimmt recht.“ Sie zuckte mit den Schultern und wandte den Blick ab.

„In der Bibel gibt es ein Buch, das ganz ungewöhnlich ist. Es ist das Hohelied Salomos. Haben Sie das jemals gelesen? Es ist ein wunderschönes Liebesgedicht und handelt von einem Mann und einer Frau. Man kann es auch auf die Beziehung zwischen Mensch und Gott hin deuten. Dort heißt es: ‚Nur mir gehört mein Liebster und ich gehöre ihm‘. Wie wäre das für Sie, India, wenn das Leben nicht daraus bestehen würde, die natürliche Kraft der Dinge zu nutzen, sondern wenn es eher die Geschichte einer Braut und eines Bräutigams wäre?“

„Das würde mir Angst machen“, sagte sie.

„Hallo?“ Die Stimme kam von unten, neben der Treppe. „India?“

„Wer ist da?“, rief sie zurück, obwohl die Furche zwischen ihren Augenbrauen verriet, dass sie ebenso wie ich die Stimme von Gil erkannt hatte.

„Warum ist der Laden zu?“

„Mir war nicht danach. Warum arbeitest du nicht?“

„Ich *bin* bei der Arbeit. Gewissermaßen. In zwei Stunden muss ich in Palo Alto sein. Brenda hat meine Aktentasche vergessen, deshalb musste ich noch einmal zurückfahren.“

„Brenda hat *deine* Tasche vergessen?“

„Ich habe Hunger. Ich hätte gern einen Karottensaft und ein Käsesandwich für unterwegs. Kannst du mir das machen?“

„Wir können den Tee ja mit in den Laden nehmen“, schlug ich vor.

„Charlotte!“ Er lächelte. „Haben Sie mittlerweile herausgefunden, wie Ihre Uhr funktioniert?“

„Nein, noch nicht.“

India ging voraus und wir gingen mit ihr zur Ladentür. „Hoffentlich dauert das jetzt nicht zu lange“, sagte Gil.

„Ich war gerade dabei, Charlotte eine Geschichte zu erzählen.“ Sie hielt ihren Schlüsselbund hoch und betrachtete einen Schlüssel nach dem anderen. Der letzte war der richtige. Bestimmt wusste sie schon die ganze Zeit, welcher Schlüssel in ihre Ladentür passte. Als Gils Gesicht anfing zu zucken, schloss sie endlich die Tür auf.

„Ich bin in Eile“, erklärte er.

„In einer Minute bin ich soweit. Trotzdem kann ich nebenbei meine Geschichte weitererzählen, während ich dein Sandwich mache.“ Unendlich langsam öffnete sie die Vitrine, nahm ein in beschichtetes Papier gewickeltes Stück Käse und legte es vor sich auf die Arbeitsplatte. „Welche Brotsorte?“

„Hell, wie immer.“

Sie griff unter ein leinenes Tuch, brachte zwei Scheiben zum Vorschein und legte sie nacheinander vor sich hin.

„Wird das noch lange dauern?“

„Vielleicht schon, wenn du mich dauernd unterbrichst." Sie sah ihn irgendwie verschlagen an, legte eine Avocado in ihre Handfläche, schnitt sie der Länge nach auf und legte die beiden Teile vor sich hin. „Es war einmal, vor langer, langer Zeit …" Mit einer Gabel zerdrückte sie das Fruchtfleisch einer Avocadohälfte in der Schale. „Die Göttin Diana hatte sich vorgenommen, in einem See im Wald zu baden. Sie war im Wald spazieren gegangen und fühlte sich allein und sicher." India hörte kurz auf, das Avocadofleisch zu zerdrücken, um den nächsten Satz besonders hervorzuheben. „Man muss dazu wissen, dass die Göttin jung und sehr schön war. Außerdem war sie eine Jungfrau und gehörte nur sich selbst. Kein Mann hatte sie jemals besessen. Kein Mann bestimmte über ihr Schicksal."

„Manchmal ist sie so …", sagte Gil hilflos, verdrehte die Augen und schaute auf seine Uhr.

India verteilte das Fruchtfleisch der Avocado sorgfältig über die beiden Brotscheiben. „Wie ich schon sagte, sie war allein im Wald, so dachte sie zumindest. Außer ihr waren da nur die Eichen, Pinien und der Farn, dazu der kleine See, der von einem Bach gespeist wurde, der um einige große Felsen floss. Diana legte ihre Kleidung ab und ging zum Wasser."

„India, bitte!" Gil trat unruhig von einem Fuß auf den anderen.

Sie nahm einige Sprossen aus einem Behälter und arrangierte sie sorgfältig auf dem Brot. „Aber die Göttin war nicht allein, denn Aktaion der Jäger, der zwar muskulös und gut aussehend, aber mit wenig *Heldenmut* ausgestattet war" – an dieser Stelle warf sie einen Blick zu Gil –, „hatte sie beobachtet, während sie durch den Wald gegangen war. Ihre Schönheit hatte es ihm angetan und er wollte sie für immer besitzen. Diana, nichts ahnend, stieg langsam in das sanft abfallende Wasser. Als sie bis zur Hüfte im See stand, schlich sich Aktaion im Schutz des Farns an die Badende heran, beobachtete sie heimlich und vergewaltigte sie mit seinen Blicken. Die Göttin wurde innerlich unruhig, hatte plötzlich Tränen in den Augen und fragte sich, was die Ursache dafür sein könnte. Plötzlich wusste sie die Antwort. Mit ihrem göttlichen Herzen fühlte sie, dass etwas Heiliges von ihr gegangen war, herausgezerrt durch die Hand einer bösen Seele. Schnell wandte sie sich um und begegnete den Blicken Aktaions. Unter der Kraft ihres Blicks krümmte er sich zur Erde und kroch voller Angst hinter einen Baum, denn Diana durchbohrte ihn mit ihren Augen. In diesem Moment wusste er, dass er sich an einer Göttin vergangen hatte, deren Herrschaft unverletzlich war und die ihn für sein Vergehen erbarmungslos strafen würde."

Gil machte kleine Grunzgeräusche.

„*O Aktaion*", zitierte India die Worte Dianas, „*dunkel und stark gehst du über die Erde und hältst dich den Göttern für überlegen, mächtig genug, dir zu nehmen, was nicht dein ist und das Schicksal der Frau zu bestimmen. Doch du wirst sie niemals besitzen. Auch wenn du fliehst, Diana wird ihren Arm erheben und über dein Schicksal entscheiden. Zum Hirsch wirst du werden, kein Mensch wirst du mehr sein. Auf vier Beinen wirst du angstvoll springen, durch den Wald gehetzt, niemals, niemals schnell genug. Von diesem Tag an wirst du schön sein und begehrt, Männer werden auf dich lauern. Was dir kostbar ist, werden sie dir rauben, um zu besitzen, was ihnen selbst nur von geringem Wert ist.*"

„India", sagte Gil, „wenn du das Sandwich nicht hinkriegst, gehe ich jetzt."

Sie beugte sich über den Tresen. „Aktaion wurde gejagt und niedergestreckt. Als er im Sterben lag, kamen die Hunde und fraßen seine Augen." Sie drückte die zweite Scheibe Brot über die Sprossen und den Käse, legte das

Ganze auf das beschichtete Papier, schnitt das Brot in zwei Hälften und fixierte beide mit Zahnstochern. „Fertig."

Endlich reichte sie Gil sein Sandwich. Er nahm es, knallte das Geld auf den Tresen und stürmte an mir vorbei zur Tür.

„Was ist mit deinem Karottensaft?", rief India hinter ihm her. Da hörten wir schon das Aufheulen seines Lamborghini und er brauste davon.

„Warum haben Sie das getan?"

„Weil er ein Schuft ist." Mit einem roten Lappen wischte sie die Krümel von der Theke. Ich rieb mir die Augen.

„Sie sind müde", sagte India.

„Es war ein langer Tag."

Da ertönte mein Handy wieder, doch dieses Mal war es nur der Hinweis, dass mein Akku bald leer sein würde. Zwar hatte ich es heute Morgen im Auto eingesteckt, aber das hatte wohl nicht gereicht.

„Wie wollen Sie das Ding aufladen?"

Jetzt hatte ich nicht mal mehr ein Auto, um es aufzuladen. Daran hatte ich noch gar nicht gedacht.

India seufzte, kramte in einer Schachtel unter der Theke und förderte ein altes Ladegerät zu Tage. Sie nahm mir das Telefon ab und steckte es in die Steckdose hinter ihr. „Morgen früh können Sie es abholen. Es scheint Sie ja ohnehin niemand anzurufen, mit dem Sie reden möchten."

Ich lächelte, trank meinen Tee aus und reichte ihr die Tasse. „Das ist eine gute Idee. Also dann, bis morgen."

Als ich die Straße entlang nach Hause ging, ließ ich meine Arme schwingen. Ich fühlte mich leicht und frei. Noch ehe ich die Treppen erklommen und in meinem Häuschen angekommen war, stand mein Entschluss fest: Es war an der Zeit, mein neues Leben ernsthaft zu beginnen. Ich nahm Bibel und Tagebuch und ging zu dem Felsen auf dem Hügel, wo ich Zeit und Ruhe für mein Nachmittagsgebet fand.

Kapitel 17

Kann es ein schöneres Erwachen geben, als in einem warmen Bett zu liegen und noch etwas weiterschlafen zu dürfen; die Arme umfassen die Decke, das Gesicht liegt in einer weichen Mulde im Kissen. Vom Kirchturm läuten Glocken und die Stimmen der anderen Familienmitglieder reden leise flüsternd vor der Tür, man hört seinen Namen, der sich in die letzten, verblassenden Träume mischt.

Der Morgen nach meinem Besuch bei Vernon fühlte sich genau so an, obwohl ich gerade erst Witwe geworden war und allein im Dunkeln auf hartem Beton lag. Das hätte ich niemals für möglich gehalten. Ich öffnete die Augen, streckte mich ein wenig, um die Tür zu erreichen und gab ihr einen kräftigen Stoß. Das Licht der Morgensonne strömte herein, ich setzte mich in meinem Schlafsack auf und lächelte dem neuen Tag entgegen.

Unfassbar, dass ich so glücklich sein konnte! Ich dachte an Larry; die Gedanken an ihn waren mit meiner Seele so verwoben wie seine Finger zwischen meinen. In zwei Tagen würde ich den nächsten Brief von ihm bekommen.

Vielleicht sollte ich ihm zurückschreiben? Ich musste bei der Vorstellung lachen, und es war, als säße er neben mir und würde sich mit mir über den Witz freuen.

Auf meiner Uhr war es 5:51 Uhr, gleich würde es Zeit für mein Morgengebet sein. Ich stand auf, zog mich an und ging dann mit meiner Bibel in der Hand den Hügel hinauf. Dort las ich mir selbst aus Psalm 130 laut vor:

Ich sehne mich nach dem Herrn
mehr als ein Wächter nach dem Morgengrauen.

Ich durchschnitt die Stille des Tales mit diesen Worten, als würde ich eine Trompete blasen. Damit begann ein langer, guter Tag, ein geordneter, sonnendurchfluteter, ruhiger Tag, erfüllt von der Schönheit des neuen Anfangs.

„Lass nicht zu, dass dich jemand aufhält", hatte Larry geschrieben. Nein, ich würde mich nicht aufhalten lassen. Zum Frühstück aß ich Mais aus der Dose, zum Mittagessen Bohnen. Während der zurückliegenden Tage hatte ich mich bereits daran gewöhnt, meine Kleider und mich selbst mit kaltem Wasser und Seife aus einem Eimer zu waschen. An diesem Tag betete ich alle drei Stunden. Zwar hatte ich immer noch das Gefühl, meine Worte gingen ins Leere, aber zumindest wurde ich dabei nicht mehr gestört.

Um 19:00 Uhr wollte ich gerade den Dosenöffner ansetzen, um meine abendliche Thunfischdose zu öffnen, als ich das sanfte Läuten von Glocken hörte. Nein, es waren keine Glocken. Ein Klavier? Schöne Musik füllte den Raum zwischen den Bäumen wie flüssige Seide. Natürlich, das war Indias Party!

Ich öffnete meine Dose, nahm meine Gabel und lehnte mich gegen den Türrahmen. Es klang wirklich wunderschön. War das eine Geige, was ich jetzt hörte? Vielleicht eher eine Fiedel? Der trällernde Tonfall der Musik erinnerte mich an einen Tänzer in alten Stiefeln, aber er tanzte. Es war tatsächlich eine Fiedel. Ein neuer Klang kam dazu, ungewöhnlich und exotisch, wie eine Gitarre, aber weicher.

Bestimmt hatte India etwas Leckeres gekocht. Wegen der Zimtschnecken ahnte ich, dass sie auch in der Küche zaubern konnte. Die Versuchung lockte mich sehr.

Ich belud meine Gabel mit Thunfisch und führte sie zum Mund. Nein, ich hatte abgesagt. Es war besser, nicht hinzugehen. Partys hatten in einem kontemplativen Leben nichts zu suchen. Der Tag war so schön gewesen, ich wollte ihn jetzt nicht verderben.

Eine Mundharmonika mischte sich in das Lied ein. Mein Magen knurrte. Ich schluckte meinen Thunfischbissen hinunter und konnte genau spüren, wie widerwillig meine Speiseröhre ihn passieren ließ. Thunfisch pur aus der Dose – das hatte ich noch nie gemocht. Mein Eremitenleben sah zwar keine Selbstkasteiung vor, aber die Entscheidung, dass dies nun meine Haupteiweißquelle sein sollte, kam dem Tragen eines Büßerhemdes doch sehr nahe. Was India ihren Gästen dort drüben anbot, das entsprach ernährungstechnisch wohl eher einem römischen Gelage.

Ein wunderschöner, neuer Klang drang an mein Ohr. Die milde, betörende Stimme einer Flöte kroch die Stufen zu mir hoch wie der Duft von frischem, warmem Schokoladenkuchen. Musik war heilsam für die Seele, das wusste jeder. Ich hatte es offensichtlich völlig vergessen. Dieser vollkommene Tag konnte mit der Musik zu einem herrlichen Abschluss kommen. Es machte Sinn.

Essen würde ich nichts, nur die Musik genießen.

Ich würgte den letzten Thunfischrest hinunter und warf die Dose in die Mülltüte. Dann stand ich auf. Mit den Händen fuhr ich mir durch die Haare, um sie irgendwie zu einer Frisur zu arrangieren. Make-up hatte ich nicht mehr. Prüfend sah ich an meinen Kleidern hinunter und klopfte meine Kehrseite ab.

In der Tat, India hatte gekocht, ich roch den Zimt bis hierher. *Oh Gott, bitte hilf mir.* Zimt und Äpfel. Die verbotene Frucht im Garten, das war bestimmt auch ein Bratapfel mit Zimt, Rosinen und Nüssen gewesen, es *konnte* einfach nicht anders gewesen sein.

Ohne den Hauch von Bedauern ging ich an meinem Lexus vorbei und die Stufen zu Indias Wohnung hinauf, während das Lied zu einem letzten Crescendo ansetzte und in einen ekstatischen Strudel von Gitarren, Trommeln und Kastagnetten mündete. Bis ich oben ankam, war die kraftvolle Musik verebbt, nur die Fiedel ließ die Melodie in einer traurigen, sehnsüchtigen Weise ausklingen, wie ein Zigeuner, der um seine verlorene Jugend trauert. Oder so ähnlich.

Applaus von vielen Händen war zu hören, Jubel erscholl aus mehr Kehlen, als ich mir in Indias kleiner Wohnung vorstellen konnte.

Ich trat zur Glastür und spähte hinein. Der Raum war gedrängt voller Menschen, von denen ich die meisten noch nie gesehen hatte. Ein bärtiger Mann in abgewetzten Jeans lehnte an der Rückwand des Sofas, ein großes Bier in der Hand. Als er mich sah, beeilte er sich, mir die Tür zu öffnen. Ich schüttelte den Kopf und wollte zu verstehen geben, dass es schon zu voll sei. Aber er hatte mich schon an der Hand gefasst und rief nach India. „Hallo, ich bin Corbin“, stellte er sich vor.

Ich würde das schon schaffen. Selbstbewusst und kompetent, so wie Susanne. Auf den ersten Blick konnte ich nirgends einen jungen Mann mit schwarzem Haar und Zungenpiercing ausmachen, aber die meisten Leute trugen lässige Samstagsklamotten, es gab auch viele Rastalocken und alle möglichen dazwischen angesiedelten Stilarten. Wer von ihnen gelegentlich auf Besen ritt, war nicht zu erkennen.

„Sie sind gekommen!“ India balancierte mit einem Tablett, auf dem noch viel mehr Essen stand, als ich mir vorgestellt hatte, durch die Leute.

„Es sieht so aus, als wäre es ziemlich voll, India. Ich …“

„Probieren Sie doch mal das Baklava!“

Oh Hilfe! Ich liebte Baklava über alles und diese Stücke hier waren so in Honig getränkt, dass der Duft mich schier umhaute. „Danke, nein. Es ist so voll hier, ich glaube …“

„Ich habe immer noch Ihr Telefon. Es hat ständig geklingelt, also habe ich es ausgeschaltet.“

„Gute Idee.“

Grinsend nahm sie mich am Arm. „Ich habe einen Stuhl für Sie, hier hinten.“ Sie schlängelte sich durch die Leute und zog mich hinter sich her. Ganz in der Nähe des Buffets war mein Platz.

Die Musiker saßen dicht gedrängt in meiner Nähe. Ein kleiner Mann mit Spitzbart hielt eine bauchige Mandoline. Er zupfte einzelne Saiten und stimmte das Instrument neu. Russ war auch da und hob seine Tasse zum Gruß.

„Was spielen Sie?“, rief ich laut in seine Richtung und versuchte, den Geräuschpegel zu übertönen.

Er hob etwas hoch, das wie ein Spielzeug aussah, die Miniaturausgabe eines Akkordeons, aber nur so groß wie eine Kaffeekanne.

„Eine Quetschkommode.“

Es war zu laut, um zu reden. Ich nickte bloß.

„Brenda ist da hinten“, bedeutete er mir mit einer Kopfbewegung und ich sah in die entsprechende Richtung. Sie war schon auf dem Weg zu mir und zog dabei einen Stuhl hinter sich her. „Hallo, haben Sie schon etwas zu essen bekommen?“

„Ich habe keinen Hunger, danke.“

Was duftete denn da so würzig? Es roch so ähnlich wie der Sauerbraten meiner Großmutter. Wieso war ich nur hierhergekommen?

Brenda nahm eine Vorspeise von ihrem Teller, etwas Kleines, Dunkles, und hielt es mir vors Gesicht. Ohne zu überlegen öffnete ich den Mund und sie steckte es hinein.

Wahnsinn, unbeschreiblich! Es war irgendeine Art von Fleisch, vermutlich Wild, mit kleinen Obststückchen, Rosinen und Kümmel. Nie zuvor hatte mir etwas so gut geschmeckt. Nicht ohne schlechtes Gewissen genoss ich das Stück, dann sah ich Brenda an.

Sie sah zufrieden aus. „Das ist mein Rezept. Oder vielmehr, es ist von Russ. Als wir unsere Flitterwochen an der Baja California verbrachten, regnete es eines Abends und wir konnten nicht ausgehen. Aber wir wohnten direkt am Strand und hatten es schön. So gingen wir zum Supermarkt und Russ kaufte allerhand scharfe Sachen, die ich nicht kannte, dazu Fleisch, Rosinen und Mango. An dem Abend, während es draußen in Strömen regnete, bereitete Russ unser Essen zu. Er kann toll kochen und hat sich damals diese kleinen Häppchen ausgedacht, mit denen wir uns dann am offenen Feuer gegenseitig fütterten, im Dunkeln."

Aber ... sie sprach von ihrem Ex-Mann! Falls mir mein Erstaunen anzusehen war, so bemerkte sie es nicht. Ich drehte mich zu Russ um und sah, wie er zu uns starrte – nicht zu mir, zu Brenda. Es war offensichtlich, dass er wusste, welche Geschichte sie mir gerade erzählte. Auch er erinnerte sich lebhaft daran, das stand ihm ins Gesicht geschrieben. Und da hatte ich mir Sorgen gemacht, weil er mir seine heiße Badewanne angeboten hatte. Nein, bei dem Mann hatte ich keine Chance.

„Wir nennen sie Baja-Häppchen", rief Brenda mir zu. „Wenigstens den Namen habe ich mir ausgedacht. Gil mag sie nicht, er meint, es wäre zu viel Fleisch."

„Wo ist Gil?"

„Freitagabends und samstagmorgens schaut er immer in den Läden in San Francisco nach dem Rechten und bleibt dann auch über Nacht dort. Dann esse ich mit meinem Vater und wir schauen gemeinsam fern.“ Sie lächelte.

Die Musiker stimmten noch einmal ihre Instrumente und begannen dann wieder zu spielen. Ich schenkte ihnen meine volle Aufmerksamkeit. Gab es etwas Schöneres, als Musikern beim Spielen zuzusehen? Russ blickte zur Decke, als würde er den Sternenhimmel betrachten. Er hob die Ellbogen und schaukelte ein wenig hin und her, während er seine Quetschkommode spielte. Der Gitarrist schaukelte vor und zurück, das Kinn nach oben gereckt, als ließe er sich die Noten im Mund zergehen.

Ich versank in meinem Stuhl und hörte zu. Die Musik war im Dreivierteltakt, entweder sie kam aus den Appalachen oder aus Irland. Schon nach wenigen Noten fühlte ich mich an einen Ort versetzt, an dem die Engel mit den Menschen tanzten. Der Fiedelspieler erhob sich, als er ein Solo zum Besten gab, und seine Melodie erinnerte an einen dunklen, nur vom Feuer erhellten Platz, wo Menschen starben und Herzen brachen, wo aber auch noch mehr geschah. Der Ort, an dem Gott selbst mit den Glücklichen tanzte.

Das Stück verklang. Russ erhob sich und ging neben mir in die Hocke. „Charlotte, was halten Sie von Brendas Nase?“

Ich drehte mich um, aber Brenda hatte sie in ihrer hohlen Hand versteckt. „Russ!“, schimpfte sie. Er beugte sich zu ihr, strich ihr zärtlich eine Haarsträhne aus dem Gesicht und zog ihr dann sanft die Hand von der Nase weg.

„Ich sehe nichts, was mit der Nase verkehrt sein könnte. Warum?“

„Weil ich sie mir richten lassen werde.“ Sie legte einen Finger auf den Nasenrücken.

„Aber warum denn das?“

„Wegen dem hier.“ Sie deutete auf ihre Nasenspitze.

„Was ist da?“

„Da ist so eine kleine Vertiefung“, sagte Russ. „Ich finde sie süß. Aber meine Meinung zählt ja nicht.“

„Gil verlangt *nicht* von mir, dass ich es tue. Es ist mein eigener Wunsch.“

„Ich habe ihn nicht erwähnt. Aber ich kann mich genau erinnern, wie er neulich über deine Nase gespottet hat, irgendetwas über die Länge und die Form. Ich fand bis dahin immer, deine Nase sei elegant. Aber wie gesagt, auf mich hört ja …“

„Hör auf, Russ! Ich würde es nicht machen lassen, wenn ich es nicht selbst wollte.“ Sie wandte sich zu mir. „Gil hat einen guten Freund, der Schönheitschirurg ist. Er macht uns alles viel billiger.“

„Heißt das, Sie …“ Ich erinnerte mich wieder an die Regeln der Höflichkeit und konnte mich gerade noch daran hindern, sie zu fragen, ob sie dort regelmäßige Kundin sei.

„Nur ein paar Kleinigkeiten. Gil ermutigt mich dazu, mehr nicht. Er ist bereit, die Rechnungen zu bezahlen, weil er will, dass ich mich hübsch fühle.“

„Aber Brenda“, ich lehnte mich zurück, um diese schöne junge Frau mit ihren braunen Augen und dem langen, kastanienbraunen Haar richtig betrachten zu können, „fühlen Sie sich denn nicht hübsch?“

„Nehmen Sie noch ein Häppchen!“ Sie hielt mir ein Stückchen hin und ich nahm es.

Bald darauf nahm ich das nächste. Die Musik spielte wieder und India machte wieder die Runde mit einem Tablett voller Baklava auf ihrem Bauch. Ich bediente mich.

„Das wird Ihnen gut tun“, sagte sie zu mir. „Ich habe sie selbst gemacht, aus den allerbesten Zutaten, ganz natürlich, Schrot und Kieselsteine und so … Ich nenne sie die Buße der Heiligen Charlotte.“ Ich sah sie fragend an. „Nur ein Spaß.“

Die Kieselsteine schmeckten wie Gottes Herrlichkeit und Gnade samt all seiner Schönheit und Weisheit, in einer Pfanne gebacken. Ich nahm noch ein Stück.

„India ist eine unglaubliche Köchin", sagte Brenda. „Manchmal denke ich, sie und Russ sollten heiraten und irgendwo zusammen ein Restaurant aufmachen. Alle würden kommen."

Wusste sie denn nicht, dass dieser Mann sie immer noch liebte? „Denken Sie, er wird wieder heiraten?"

„Nun, ich hoffe es. Es würde mir leidtun, wenn er allein bliebe. Russ und ich haben uns immer geliebt und wir wollten immer nur das Beste füreinander. Deshalb können wir auch nach der Scheidung immer noch so gute Freunde sein."

„Was Sie nicht sagen."

Es war Mitternacht, als ich mich wieder auf dem Heimweg befand. Mein Handy hatte ich vergessen. Natürlich war es kein Zufall, dass ich es ständig vergaß, das musste ich mir eingestehen. Am liebsten hätte ich mich seiner ebenso entledigt wie des Autos. Auch die ganzen sogenannten Freunde, mit denen es mich in Verbindung halten wollte, hätte ich am liebsten gleich mit entsorgt.

Aber das Handy war gleichzeitig auch der einzige Weg für Garrett, mit mir in Verbindung zu treten, wenn er aus Europa zurück war. Nun, heute Nacht würde er sicher nicht versuchen, mich anzurufen, und morgen früh würde ich es mir holen.

Erstmal musste ich ernsthaft Buße tun. Von den Baja-Häppchen hatte ich mindestens neun oder zehn gegessen, dazu kamen vier oder fünf Baklava. Ach ja, der Zimtduft, den ich auf dem Hinweg gerochen hatte, kam tatsächlich von Bratäpfeln mit Rosinen und Nüssen. Die Hexe hatte mir die verbotene Frucht gereicht und auch davon hatte ich gegessen.

Mein Magen war so voll und rund wie der Bauch von India, schwanger von Appetit und Genuss. Außerdem war ich sehr verwirrt. Es war mir unerklärlich, warum Brenda Russ gegen Gil getauscht hatte. Was hatte ihr bloß bei Russ gefehlt? Was hatte ihr an Gil gefallen? Ging es um Geld? Geld und Schönheitsoperationen?

Ich konnte mir so gut vorstellen, wie Russ mit behutsamen Händen diese Häppchen für seine schöne Braut formte. Während die Wellen draußen gegen den Strand rollten und die beiden vor dem flackernden Feuer lagen, fütterte er sie mit den scharfen, fruchtigen Leckerbissen, küsste sie und sah ihr so tief in die Augen wie Larry früher mir.

Am Ende dieses wunderschönen Tages vermisste ich meinen Mann so schmerzlich, dass ich wieder weinen wollte. Die Straße zu meiner Hütte war von den Bäumen überschattet und dunkel. Der unruhige Lichtkreis, den die Taschenlampe vor mir auf den Weg warf, half mir überhaupt nicht, etwas zu erkennen.

Hatte ich mich so schnell daran gewöhnt, in der Dunkelheit meinen Weg zu finden? Ich hatte keine Angst. Aber ich fühlte mich verloren und unsichtbar. Eine Frau, die allein in der Dunkelheit geht und von keinem gesehen wird … existiert die überhaupt? Einige Tränen suchten sich ihren Weg über meine Wangen. Ich wischte sie weg. Ich war hierhergekommen, um die Gemeinschaft mit Gott zu suchen. Dabei fühlte ich mich so allein.

Als ich mich der Stelle näherte, an der meine Treppe von der Straße abzweigte, verlangsamte ich meinen Schritt. Mit meiner Taschenlampe suchte ich die Böschung ab, bis ich die unterste Stufe gefunden hatte. Dann trottete ich nach oben.

Auf der letzten Stufe hielt ich inne, um wieder dem Wind in den hohen Wipfeln zu lauschen, der mich bei meiner ersten Ankunft hier so fasziniert hatte. Es *war* schön, und wirklich fast wie der Atem Gottes.

Ob das alles nur meiner Fantasie entsprang?

Mit einem Kopfschütteln öffnete ich meine Tür, kniete mich hin und zündete die Kerzen an. Dann breitete ich meinen Schlafsack aus und setzte mich darauf, zu traurig, um auch nur das Nachthemd anzuziehen.

Vielleicht war es *doch* nur Einbildung gewesen, diese Visionen damals?

Nein, bestimmt nicht. Wenn ich mir diese Eindrücke eingebildet hätte, dann wären sie sinnvoller gewesen. Jesus hätte sich mir gezeigt oder zumindest einer seiner Engel und er hätte mir etwas gesagt, irgendetwas Tiefsinniges, Haltgebendes.

Rosenblätter waren ja noch irgendwie ein nettes Zeichen. Aber was sollte ich von dem Granatapfel halten? Diese Vision hatte ich genau an dem Tag gehabt, als mein Bruder starb. Ein Tag, an dem ich nur ein Gefühl hatte: Hätte ich doch …

Wenn ich doch nur geahnt hätte, was eine Flasche von Mutters bestem Branntwein bewirkte, wenn man sich nach deren Genuss hinter das Steuer eines Autos setzte. Ich war 16 Jahre alt und hätte eigentlich in der Lage sein müssen, meiner Mutter, der Polizei oder irgendeiner anderen Person zu sagen, was ich gesehen hatte. Mein Bruder war früher als üblich von seiner Arbeit in der Werkstatt zurückgekommen, war ins Haus gestürzt, hatte unsere Alkoholika durchwühlt und war dann wieder verschwunden. Die ganze Zeit über hatte er geweint, weil es einen Streit zwischen ihm und einem Kunden gegeben hatte. Jamie nahm mir das Versprechen ab, niemandem etwas davon zu sagen. Ich liebte ihn. Also hielt ich mein Versprechen.

Seit jenem Tag musste ich mit dem Vorwurf fertigwerden, dass ich seinen Tod hätte verhindern können. Die Vision, die ich mir am Todestag meines Bruders selbst ausgedacht hätte, wäre auf keinen Fall das Bild einer exotischen Frucht gewesen, die ich bis dahin in meinem ganzen Leben nur ein- oder zweimal gesehen hatte.

Kapitel 18

India hatte ein neues Auto. Sie kam nicht mit meinem Lexus, meinem glänzenden, schwarzen, neuwertigen Lexus, sondern sie fuhr in einem gelben Mercedes, Baujahr 1979, vor. Er habe sogar elektrische Fensterheber, erklärte sie mir begeistert. Dachte sie wirklich, dass sie mich damit beeindrucken könnte?

Ich war gerade von meinem Abendspaziergang zurückgekommen, als sie am Ende meiner Treppenstufen hielt und hupte. Der Dieselmotor dröhnte wie ein hundert Jahre alter Traktor.

„Was ist denn das?“ Ich ging die Stufen hinunter. „Wo ist mein Lexus?“

„*Mein* Lexus“, erinnerte sie mich und wuchtete ihren immer dicker werdenden Bauch aus dem Fahrersitz. „Ich habe ihn verkauft.“

„Verkauft? Warum? Er war doch noch nicht mal zwei Jahre alt.“

Sie nahm mich an beiden Armen und hüpfte auf der Stelle auf und ab. „Ich habe fünfzigtausend Dollar dafür bekommen. *Fünfzigtausend!* Für diesen Mercedes habe ich nur dreitausend bezahlt. Obwohl er vor mir nur einen Besitzer hatte und so schön ist. Schau doch nur!“

Ich schaute durch die Scheiben. Der Wagen war in gepflegtem Zustand. Das Armaturenbrett hatte einen feinen

Riss, aber die Sitze waren in Ordnung und der Teppich sauber.

„Die Klimaanlage geht nicht mehr, aber das finde ich nicht schlimm."

Mein Lexus – verkauft!

„Es ist ein Diesel, Charlotte! Ich kann Pflanzenöl verwenden, und das bekomme ich von diesem Mann, der ein chinesisches Lokal hat. Mein Auto wird dann zwar wie eine fahrende Bratpfanne riechen, aber stell dir mal vor, ich werde …"

„Aber warum hast du ihn verkauft, India?", fragte ich verständnislos.

„… umsonst fahren." Sie machte den Mund zu und sah mich an, als wunderte sie sich über meine Frage. Gleichzeitig dämmerte mir, was die Antwort war.

Sie ging zum Kofferraum und öffnete den Deckel. Alles war voller Einkaufstüten, auf denen irgendwas mit „Baby" stand. In einem großen Karton war ein Kinder-Autositz samt Fahrgestell, um ihn auch als Kinderwagen benutzen zu können. Ein Babyphon lag daneben, das aus einer der Taschen gerutscht war. Sie zog eine besonders große Tasche hervor, in der eine Decke, Bettlaken und Vorhänge waren. Alles passte zusammen, ein klares Muster in grün und gelb. Sie zeigte mir ein in vielen Farben schillerndes Mobile aus Schmetterlingen und einen geflochtenen Korb mit einer lila Decke, der mich an die Geschichte von Mose erinnerte.

Als ich wieder zu ihr hinsah, sah ich die Tränen in ihren Augen. Sie strich sich verschämt übers Gesicht und schaute wieder in den Kofferraum. „Die Möbel werden morgen geliefert. Eine neue Wiege, in der noch nie ein Kind lag, ein Schaukelstuhl und eine Kommode, die man als Wickeltisch benutzen kann."

„Ach, India, natürlich!"

Sie umarmte mich, wobei ihr Bauch zwischen uns kaum Platz hatte, so fest schlang sie ihre Arme um meinen Nacken. „Vielen, vielen Dank."

Ich ging mit ihr zurück und half ihr, die Einkäufe in die Wohnung zu bringen. Als wir damit fertig waren und unsere Teetassen nach draußen getragen hatten, entschuldigte sie sich, ging noch einmal in die Wohnung und kam kurz darauf mit einer der beiden Taschen zurück.

„Ich habe schon jede Menge Babysachen geschenkt bekommen, aber so etwas hat mir niemand gegeben." Mit einer feierlichen Bewegung zog sie ein zartblaues Taufkleid aus der Tasche, hielt es sich so vor, als wollte sie es selbst tragen und machte einen eleganten Knicks.

„Es ist wunderschön, India." Das war es wirklich. Das Kleid war nicht einfach nur blau, es hatte ein Blau, das an die Eier einer Wanderdrossel erinnerte. „Aber was ist, wenn das Baby ein Junge ist?"

„Wieso, das Kleid ist doch blau. Außerdem ist es ein Mädchen."

„Weiß du das vom Ultraschall?"

„Nein, der war nicht eindeutig. Aber es ist ein Mädchen und sie wird Estelle heißen."

„Du willst sie taufen lassen?"

„Natürlich", lächelte sie, „auf meine Art."

„Es wird spät." Ich stellte meine Tasse in die Spüle und wandte mich zur Tür.

„Warte." Sie holte mein Handy. „Wer auch immer da die ganze Zeit versucht, dich anzurufen, du solltest wenigstens einmal mit der Person sprechen. Sag ihr, sie soll dich in Ruhe lassen, sonst kriegt sie Ärger mit deiner Hexe. Die wird sie in Ochsendarm verwandeln und auf Toast zum Frühstück essen."

Offensichtlich hatte India das Telefon für mich eingeschaltet, denn ich war noch auf meiner Treppe, als es schon klingelte. Natürlich, es war Susanne. Was sollte ich ihr von India ausrichten? War es Ochsendarm oder …

„Charlie, wo warst du denn bloß?"

„Genau da, wo du mich zuletzt gesehen hast, meistens jedenfalls."

„Weißt du, wie oft ich versucht habe, dich anzurufen?" Ich konnte es mir in etwa vorstellen, wollte aber nicht darüber sprechen. „Gestern Abend bin ich sogar extra zu dir gefahren, um zu sehen, was los ist, aber du warst nicht da."

„Ich war auf einer Party."

„Auf einer Party? Und das nennst du Askese?"

Ich stöhnte. „Tut mir leid, Susi, es war viel los."

„Du *musst* mir das erklären. Ich habe einen Anruf von deinem Finanzmanager bekommen, von Vernon. Wieso lässt du mir durch ihn Nachrichten bestellen? Das verstehe ich nicht."

Ich ging ins Haus und kniete mich hin, um die Kerzen anzuzünden. „Das alte Haus kann noch nicht verkauft werden wegen irgendwelchen Untersuchungen und ich will damit so wenig wie möglich zu tun haben. Ich wollte, dass du es verkaufst, und er sagte mir, dass das nicht geht. Das war alles."

Ein eisiges Schweigen war in der Leitung, bis sie schließlich fortfuhr: „Willst du nicht wenigstens wissen, warum ich dich unbedingt sprechen wollte?" Ich stand auf und lehnte mich gegen die Wand. „In den Nachrichten hieß es heute Morgen, sie hätten die Leiche eines etwa zwanzigjährigen Mannes gefunden, in den Bergen in der Nähe der 280."

„Mein Gott!" Ich sank zu Boden.

„Nein, Charlie, Garrett war es nicht. Etwa eine Stunde später gaben sie den Namen bekannt …"

„Susanne! Mach so etwas nie, *nie* wieder!"

„Es tut mir leid, aber als sie den Mann beschrieben, war ich mir wirklich sicher, es sei Garrett. Ich hatte solche Angst und konnte dich nicht erreichen. Warum bist du nicht ans Telefon gegangen?"

„Ich … der Akku war leer."

„Hat die Polizei dich erreicht?"

„Nein."

„Du hörst dort oben nicht mal die Nachrichten, oder? Nun, du könntest sie in deinem Auto hören. Vielleicht solltest du einmal am Tag eine kleine Strecke fahren."

„Warum, Susanne?"

„Letzte Nacht hat es hier wieder gebrannt, nur etwa zwei Kilometer von uns entfernt."

„Noch ein Brand! Kennen wir die Leute?"

„John und Becky Braxton. Das Feuer brach aus, als sie bei der Arbeit waren. Stell dir vor: Die Babysitterin war mit der kleinen Tochter beim Zahnarzt, sonst wären die beiden im Haus gewesen, als der Brandstifter kam."

„Wie kommst du darauf, dass es einen Brandstifter gab? Vielleicht hat die Babysitterin vergessen, den Herd auszuschalten?"

„Es war Brandstiftung, Charlie, und zwar durch den *gleichen* Brandstifter. So wurde es zumindest in den Nachrichten gesagt. Hast du in Lissabon angerufen?"

„Nein."

Ich hörte ihren Atem und das klopfende Geräusch ihres Bleistiftes auf dem Tisch. Dann ein Stöhnen.

„Was ist?", fragte ich.

„Sie haben noch etwas gefunden."

„Und zwar?"

„Eine Magic-Karte. Becky hat sie in ihrem Briefkasten gefunden. Es war nicht irgendeine, sondern die Karte ‚Feuerstecken'".

„Susanne, hör jetzt bitte auf!“ Mir versagte die Stimme. „Die Karten beweisen höchstens, dass die Person, die in unser Haus eingebrochen ist, Garretts Karten mitgenommen hat. Mehr nicht.“ Ich wischte mir die Tränen aus dem Gesicht.

„Weinst du?“

„Nein.“

„Na gut, angenommen, er hat die Feuer nicht gelegt. Aber dann weißt du immer noch nicht, wo er ist. Solange du nicht mit ihm gesprochen hast, weißt du gar nichts. Charlie, wenn Garrett mein Sohn wäre, ich würde mir die größten Sorgen machen.“

„Susanne, ich will mir um meinen Sohn keine Sorgen machen. Ich möchte ihm vertrauen. Außerdem will ich, dass du aufhörst, hier anzurufen und mich verrückt zu machen. Du weißt genau, dass ich das zurzeit nicht gebrauchen kann.“

„Ich versuche nur, dir zu helfen …“

„Du bist mir keine Hilfe, Susanne. Du machst mir Angst. Bitte hör damit auf.“ Damit drückte ich den Knopf und beendete das Gespräch. Ich legte das Telefon in meine Tasche. Dann holte ich es wieder heraus. Sollte ich noch einmal anrufen? Mich entschuldigen?

Nein. Warum sollte ich das tun? Langsam packte ich das Handy weg, hielt aber meine Handtasche auf dem Schoß umklammert. Meine Hände zitterten. Sie war also davon überzeugt, mein Sohn sei ein Krimineller. Wahrscheinlich war sie einfach nur gekränkt, weil mein Sohn ihre wunderbare Tochter nicht geheiratet hatte. Falls Amber so wurde wie ihre Mutter, dann hätte Garrett keine schöne Ehe gehabt. Susannes Ehe hatte jedenfalls auch nicht gehalten …

Ein Teil von mir weigerte sich, so zu denken und wunderte sich, dass solche Gedanken in meiner Seele ihr Unwesen treiben durften. Susanne war doch meine Freundin.

„Sie *war* meine Freundin!" Meine Tasche fiel auf den Boden, ich vergrub mein Gesicht in den Händen und weinte. Nachdem ich mich etwas beruhigt hatte, begab ich mich auf die Knie und sammelte alles wieder ein, was aus meiner Tasche gefallen war. Da war noch eine Magic-Karte. Ich lehnte mich an die Wand und hielt sie im Schein der Kerzen hoch. Auf dem Bild war ein Wesen zu sehen mit einer Flosse auf dem Rücken, das einer Meerjungfrau ähnelte, die sich an einer Art Baumstamm festklammerte, während stürmisches Wasser sie umgab. Auf der Rückseite der Karte war nichts Handschriftliches zu lesen, aber unter dem Bild stand folgender Text:

Von hier verbannt ist aus der Welt verbannt,
und solcher Bann ist Tod.

Shakespeare... Meine Fäuste trommelten gegen meine Schläfen. Susanne hatte mein Denken regelrecht vergiftet. Das Einzige, das mir jetzt noch helfen konnte, war die Wahrheit. Ich musste nicht lange suchen, ehe ich in meiner Handtasche die Nummer von Eloises Hotel fand. Ich eilte hinaus, die Treppe hinunter, die Straße entlang, mit dem Handy in der Hand.

Ich war schon fast an der großen Passstraße über die Santa Cruz-Berge, von der aus man sowohl ins Silicon Valley als auch auf den Pazifik blicken konnte. Endlich fühlte ich mich in der Lage, die europäische Nummer einzugeben. Schließlich wollte ich ruhig mit meinem Sohn sprechen können, nicht keuchend vor Ärger über Susanne.

Wie spät war es jetzt in Europa? Egal, ich musste jetzt Gewissheit haben. Von Larrys Tod würde ich Garrett erst nach seiner Rückkehr erzählen, das hatte ich mir vorgenommen. Aber ich musste jetzt seine Stimme hören und ihm sagen, dass ich ihn liebte. Danach würde ich Susanne anrufen und ihr in aller Deutlichkeit klarmachen, dass sie nicht allwissend war und ich sie auch nicht mehr als Freundin sehen konnte.

Der Geruch von Regen machte sich bemerkbar. Winzige dunkle Flecken wurden auf der Straße vor mir sichtbar. Als ich mein Gesicht den Wolken zuwandte, fielen mir einige Tropfen auf die Wangen. Ein Felsbrocken unter einem Baum sah einladend aus und ich setzte mich hin. Allmählich wurde es dunkel und es kostete mich einige Mühe, die Uhrzeit auf meiner Armbanduhr zu erkennen. Mittlerweile war es 19:30 Uhr, also 4:30 Uhr morgens in Lissabon. Keine gute Zeit. Aber ich wollte den Anruf nicht länger aufschieben, und so versuchte ich, nicht an die Zeit zu denken und wählte die Nummer.

Es klingelte einige Male.

„Hallo?"

„Eloise?"

„Wer ist da?"

„Hallo, ich… ich bin Garretts Mutter. Ach du meine Güte, habe ich Sie etwa aufgeweckt? Wie spät ist es denn bei Ihnen?"

„Es ist… halb fünf morgens."

„Oh, das tut mir sehr leid. Daran hatte ich gar nicht gedacht. Ich wollte einfach mal anrufen und sagen, dass ich mich mit euch freue, dass ihr in Lissabon seid. Larry und ich waren auch einmal dort, es ist ja so eine romantische Stadt. Wart ihr schon in der Kathedrale? Wie gefallen euch die Fadosänger?"

„Entschuldigung, mit wem spreche ich?"

„Ich bin die Mutter von Garrett. Von deiner Mutter bekam ich ..."

„Garretts Mutter? Was hat das zu bedeuten? Ist etwas passiert?"

„Nein, es ist alles in Ordnung." Ich presste ein Lachen hervor. „Ich habe nur nicht daran gedacht, dass es bei euch so früh ist. Ist Garrett schon wach?"

„Garrett? Wovon reden Sie?"

„Er ist ein Morgenmuffel. Ich kann mich noch genau erinnern, wie schwer es immer war, ihn morgens ..."

„Mrs Denys, ich weiß nicht, was Sie von mir wollen."

Im Hintergrund hörte ich eine männliche Stimme, aber es war nicht Garretts. „Nichts", hörte ich sie flüstern, „ich erkläre es dir später."

Plötzlich bekam ich keine Luft mehr. „Garrett ist doch bei Ihnen, oder?"

„Bei mir? Nein. Hat er Ihnen das gesagt?"

„Mir wurde gesagt ... dass Sie in Lissabon seien ... mit ..."

„Einen Moment mal." Es raschelte, dann knarrte eine Tür. Kalter Wind fauchte in mein Gesicht und trieb den Regen vor sich her. „Mrs Denys", sagte Eloise, „ich habe Garrett seit Februar nicht mehr gesehen. Ich weiß nicht, was er Ihnen gesagt hat ..."

„Er hat mir gar nichts gesagt. Ich habe ihn seitdem auch nicht gesehen."

„Seit Februar?"

„Ja."

„Mein Gott!"

„Eloise, was ist?"

„Oh, es tut mir so leid. Ich hätte es Ihnen sagen müssen."

„Was?"

„Am Valentinstag hatten wir einen schlimmen Streit. Er war schon eine ganze Weile so seltsam, wir verstanden uns überhaupt nicht mehr." Mir wurde übel. Ich stand auf und ging die Straße entlang. „Er hatte seine Stelle verloren, wussten Sie das? Er sagte …“

„Was?“

„… dass er nicht mehr leben wollte.“ Ich blieb mitten auf der Straße stehen. „Mrs Denys, er sagte, er wolle sterben. Ich fragte, ob er das ernst meinte, da schob er mich aus der Wohnung und schloss die Tür hinter mir ab. In meiner Aufregung rief ich die Polizei an. Sie haben ihn mitgenommen. Ich dachte, sie würden einen Seelsorger oder jemanden zum Reden schicken. Aber sie legten ihm Handschellen an und nahmen ihn mit.“

„Wohin? Wohin haben sie ihn gebracht?“

„Ich weiß es nicht. Ins Gefängnis? Oder ins Krankenhaus? Ich hoffte, sie würden Garrett zu Ihnen bringen. Am nächsten Tag war er wieder in seiner Wohnung. Ich sah ihn vor dem Haus auf der Straße. Aber er ging mir aus dem Weg und wollte nicht mit mir reden. Danach habe ich oft versucht, ihn anzurufen, aber er ging nie ans Telefon. Es tut mir so leid. Ich hätte es Ihnen sagen müssen. Aber er war so furchtbar wütend auf mich und außerdem war sein Vater krank. Da wollte ich nicht …“

„Sein Vater ist tot, Eloise.“

„Oh mein Gott.“

Jetzt regnete es wirklich. In einer knappen halben Stunde würde es dunkel sein und ich hatte weder Taschenlampe noch Schirm bei mir. Meine Kehle war so zugeschnürt, dass ich kaum gehen konnte, stoßweise rang ich nach Atem. Ich hatte die Fäuste gegen die Brust gepresst und versuchte mit aller Kraft, mich aufrecht zu halten.

Garrett könnte tot sein. *Mein Gott, mein Gott …* Wie hatte ich so blind sein können? Hatte ich denn jeden Bezug zu meinem Kind verloren? Wie war es möglich, dass er sterben wollte und ich wusste nichts davon? Es war so schwer, Luft in meine Lunge zu bekommen.

„Charlotte?“ Ich hatte das Auto gar nicht bemerkt, das neben mir zum Stehen gekommen war. Es war Indias neuer alter Mercedes. Das Fahrerfenster war offen, ich drehte mich halb zu ihr um. Doch ich konnte nichts sagen. Ich schluchzte und schwankte und brauchte alle Kraft zum Atmen.

Sie sprang aus dem Auto, rannte zu mir, öffnete die Beifahrertür und schob mich in den Sitz. Dann ging sie neben mir in die Hocke. „Ganz ruhig“, sagte sie.

Ich war alles andere als ruhig.

„Langsam atmen.“

Es ging nicht. Die Luft presste sich in meiner Lunge zusammen. Ich konzentrierte mich darauf, sie auszuatmen.

„So ist es gut. Atme langsam.“

„India, mein Sohn ist in Gefahr.“

„Schscht …“

„Ich weiß nicht, wo er ist, vielleicht ist er-“

„Wir werden ihn finden. Denk jetzt erstmal nur ans Atmen. Langsam.“

Ich zog Luft ein und hustete. Sie strich mir das nasse Haar aus dem Gesicht. „Einatmen.“ Ich gehorchte. „Ausatmen.“

So atmeten wir noch einige Male zusammen, dann hatte ich wieder Luft. Sie ging zurück zur Fahrerseite und stieg ein. Wir fuhren zu meiner Treppe. „Du musst dich jetzt ausruhen.“

Ich zitterte am ganzen Körper.

„Willst du bei mir schlafen?“

„Nein, ich will in mein Häuschen.“

„Ich bringe dich nach oben.“

Als wir in meiner Hütte waren, zündete ich die Kerzen an. „Er ist selbstmordgefährdet. Ich habe gerade erst herausgefunden, dass er seiner Freundin vor zwei Monaten gesagt hat, dass er sterben wolle."

„Das muss nicht heißen, dass er jetzt immer noch sterben will. Wenn du willst, bleibe ich hier und wir können noch reden."

Ich legte mich in meinen Schlafsack und faltete die Hände im Nacken. „Vielleicht ist er schon lange tot."

„Das hätte man dir gesagt. Das würdest du wissen."

„Ich bin seine Mutter. Als Mutter muss man doch spüren, wenn es dem eigenen Kind so schlecht geht."

Sie setzte sich auf den Boden. „Wie alt ist er?"

„Fünfundzwanzig."

„Lebt er allein?" Ich nickte. „Wenn er etwas vor dir verbergen will …" Sie zuckte mit den Schultern.

„Mein Mann war todkrank und ich war Tag und Nacht damit beschäftigt, ihn zu pflegen."

„Das kann ich mir vorstellen."

Eine Träne rollte aus meinem Augenwinkel über meine Wange zum Nacken. Ich wischte sie weg.

„Ich denke, mit fünfundzwanzig muss man verstehen, was das für eine schwere Situation für dich war. Kam er nicht, um dir bei der Pflege seines Vaters zu helfen?"

„Nein. Larry litt am atypischen Parkinsonsyndrom, das besonders schnell voranschreitet. Garrett konnte den Verfall seines Vaters kaum mitansehen."

Schweigend schüttelte India den Kopf. „Vieles ist so schwer, dass man es nicht mitansehen möchte …"

Ich erinnerte mich an Larrys Blick, wenn ich mich vor seinem Rollstuhl auf den Boden kniete, um ihm ins Gesicht sehen zu können. Seine Augen waren vollkommen ausdruckslos gewesen. Doch da wir so lange verheiratet waren, konnte ich auch die leisesten Regungen seines

Gesichts deuten. Ich kannte meinen Mann und für mich war er immer noch der Einzige. „Für Garrett war es sehr schwer."

Sie nickte und lehnte sich an die Wand. Erst als ich eingeschlafen war, ging sie nach Hause.

Kapitel 19

„Susanne?“ Es war noch dunkel. Ich saß in einer Ecke meiner Behausung, eingehüllt in den Schlafsack und hatte das Handy am Ohr. „Habe ich dich aufgeweckt?“

„Nein, ich war gerade … was ist los?“

„Garrett ist nicht in Portugal.“ Meine Stimme war kaum mehr als ein Flüstern. „Ich habe seine angebliche Freundin angerufen. Sie ist dort mit jemand anderem, nicht mit Garrett. Susi …“ Ich schluckte. „Als sie ihn zum letzten Mal gesehen hat, redete er von Selbstmord.“

„Oh Charlie.“

„Bist du sicher, dass der Tote, der da gefunden wurde, nicht Garrett ist?“

„Ja, ganz sicher. Es tut mir leid, dass ich dir überhaupt davon erzählt habe. Es war ein Timothy irgendwas. Charlie, kannst du dich an den Sommer erinnern, als Garrett und Amber beide als Schwimmlehrer beim CVJM arbeiteten? Damals wurden Fingerabdrücke von ihnen genommen.“

„Stimmt.“

„Wenn sie seine Leiche gefunden hätten, auch wenn er keine Papiere bei sich gehabt hätte … anhand der Fingerabdrücke hätte die Polizei ihn identifizieren können. Wenn sie ihn gefunden hätte, würdest du das wissen, Charlie.“

„Okay.“ Ich klang wie ein kleines Mädchen. „Das ist gut zu wissen.“

„Ich denke, du solltest als Erstes eine Vermisstenanzeige aufgeben. Ich habe mich schon erkundigt. Die Polizeistation in Santa Clara ist zuständig, weil dort seine Wohnung liegt."

„Gut."

„Wir können das später in meiner Mittagspause machen. Kannst du um elf Uhr bei mir im Büro sein?"

„Ich glaube nicht."

„Was? Warum nicht?"

„Ich habe kein Auto."

„Was ist mit deinem Lexus?"

„Verschenkt."

„Wie bitte? Du hast doch nicht im Ernst deinen Lexus *verschenkt*, oder? An wen? Warum denn das?"

„Hier wohnt ein junges Mädchen, sie ist schwanger und braucht ein Auto."

„Du aber auch. Charlie, das ist doch ver-"

„Nein, es ist nicht verrückt. Ich habe nicht gedacht, dass ich ihn noch brauchen würde, Susi."

„Na schön, dann hole ich dich ab. Übrigens habe ich noch eine andere Idee. Eine meiner Maklerinnen hier hat einmal einen Detektiv gebraucht, weil ihre Schwester verschwunden war – eine ähnliche Geschichte wie bei euch – und sie war sehr zufrieden mit der Arbeit dieses Detektivs. Er hat zwar ein Vermögen dafür verlangt, aber er ist auch der beste auf seinem Gebiet."

„Wie viel kostet so etwas?"

„Warum fragst du das?"

„Ich habe nicht mehr viel Geld, Susanne, eigentlich fast gar keins."

Erneut Stille. „Larry war doch krankenversichert. Außerdem hatte er eine Lebensversicherung. Und Rücklagen."

„Ich habe das Geld nicht mehr, Susi. Ich habe nur noch ein paar hundert Dollar im Monat zum Leben."

„Du… oh nein. Wie konntest du nur, Charlie! Was ist mit Garrett?“

„Garretts Erbe ist natürlich unangetastet, aber darauf habe ich keinen Zugriff.“

Sehr lange Stille. Dann, langsam: „Charlie, Liebes, wem hast du das Geld gegeben? Diesem Mädchen?“

„Nein, ich habe es an wohltätige Organisationen und für Stipendien weggegeben. Vernon hat das für mich gemacht.“

„Aber du brauchst doch Geld. Wer weiß, wie viel es kosten wird, Garrett zu finden. Wenn er etwas mit den Bränden zu tun hat, dann braucht er einen Anwalt…“

„Damit hat er nichts zu tun, Susi!“

Lange Stille. Ich zog mir den Schlafsack bis unters Kinn und rutschte in die äußerste Ecke meiner Wohnung.

„Ich hole dich ab.“

Die Vermisstenanzeige war in weniger als einer halben Stunde aufgegeben. Die Beamtin, die uns die Fragen stellte, schien entschlossen, uns so schnell wie möglich abzufertigen. „Wo wurde Ihr Sohn zuletzt gesehen?“

Ich wusste es nicht. Eloise hatte ihn am Valentinstag gesehen, bei mir war er ein paar Tage davor gewesen.

„Welche Freunde und Lebensgefährten sind Ihnen bekannt?“

Eloise. Davor Christy. Keine Ahnung, ob Garrett überhaupt Freunde hatte. Stattdessen gab ich die Telefonnummer seines letzten Arbeitgebers an.

„Geistige Verfassung?“ Die Frau balancierte ihren Stift über dem Formular und sah mich wartend an, während ich um Fassung rang – Sekunden, die wie eine Ewigkeit erschienen. Endlich sagte ich ihr, was ich von Eloise gehört hatte. Die junge Frau schrieb „suizidal“ auf das Papier, in Schönschrift.

Seine Sozialversicherungsnummer hatte ich noch, dank des Adressbuches in meiner Handtasche. Die Führerscheinnummer kannte ich nicht. Susanne hatte ein Foto von Garrett ausgedruckt, bevor sie mich abholen kam.

„Irgendwelche Narben, besonderen Merkmale, Tätowierungen?“

Über seinem linken Auge war eine kleine Narbe, seit er als Fünfjähriger mit seinem neuen Fahrrad hingefallen war. Er hatte den ganzen Tag mit Larry zusammen geübt, Fahrrad zu fahren. Als er es konnte, gingen wir zum Feiern in die Eisdiele. Danach wollte er uns noch einmal zeigen, was er gelernt hatte und fuhr die Straße einmal hin und einmal zurück. Dabei übersah er eine kleine Unebenheit. Er musste zum Nähen ins Krankenhaus.

„Knochenbrüche?“

Einmal hatte er sich in der Schule den Arm gebrochen, als es einen Streit um die Aufstellung der Footballmannschaft gegeben hatte. Viele Jungs hatten sich übereinander geworfen und er war ganz unten gewesen. In die Mannschaft kam er nicht. Die anderen wollten ihn nicht; er war schlaksig, wie sein Vater. Für Garrett war es nichts Positives, wie sein Vater zu sein. Er bezeichnete ihn abfällig als Computerfreak. Ich versuchte ihm zu erklären, dass Silicon Valley überhaupt nur durch diese „Freaks“ entstanden sei. Da sah er mich an, als hätte ich überhaupt nichts kapiert.

„Zahnstatus?“

Als Junge hatte er eine Zahnspange gehabt. Warum fragte sie das? Wozu musste sie wissen, ob er Knochenbrüche gehabt hatte? Plötzlich hatte ich schreckliche Bilder vor Augen: metallisch glänzende Tische, Gerichtsmediziner in Fernsehfilmen, verbrannte oder verweste Leichen, die nur noch anhand der Zähne identifiziert werden konnten. Die Röntgenbilder, die ich von Garrett gehabt hatte, waren alle verbrannt. Seine Ärzte und Zahnärzte der letzten Jahre kannte ich nicht. Mit schwindender Hoffnung gab ich den Kinderarzt an.

„Kleidung?"

Woher sollte ich das wissen? Normalerweise trug er am liebsten Jeans, T-Shirts und Turnschuhe. Seine Haare waren blond, die Augen blau, Schmuck trug er keinen. Er wollte nie auffallen.

„Fahrzeug?"

Sein Auto hatte er ebenso zurückgelassen wie seine Wohnung, die Bank hatte sich alles zurückgeholt. Schon war die Polizeibeamtin fertig mit uns.

„Charlie, jetzt atme erstmal durch", sagte Susanne, als wir wieder in ihrem Auto saßen. Sie gab mir ein Taschentuch und ich trocknete mir das Gesicht.

„Wie war das mit dem Privatdetektiv?"

„Nun, um ehrlich zu sein, ich habe schon jemanden beauftragt."

„Oh Susi, wie viel kostet das?"

„Ist doch egal."

Nein. Doch. Es war insofern egal, als ich ohnehin kein Geld hatte. Sie gab mir eine Visitenkarte mit der Silhouette eines kleinen Sherlock Holmes im Logo. „Gordy Smith" stand auf der Karte.

Susanne legte ihre Stirn aufs Lenkrad. „Und nun zu dir, Charlie. Ich muss jetzt wissen, in welcher Verfassung du selbst bist."

„Ach, wie man sich eben so fühlt, als frisch verwitwete Mutter eines verschwundenen Sohnes."

„Nein. Ich denke, die meisten Witwen und Mütter von verschwundenen Söhnen würden nicht den Großteil ihres irdischen Besitzes verschenken. Das ist nicht normal." Sie startete den Motor und fuhr schweigend zu ihrem Büro. Dort deutete sie auf einen Kleinwagen, einen Honda, der am Straßenrand parkte. „Er läuft."

„Wie bitte?"

„Ich habe ihn heute Morgen von einem Kunden gekauft. Er ist nicht schick, aber er bringt dich von einem Ort zum anderen."

„Susi, du tust so viel für mich. Danke." Ich schlug die Hände vors Gesicht. „Wie viel hast du für den bezahlt?"

„Nur ein paar hundert. Das ist kein Lexus, aber er wird …"

„Und was kostet der Detektiv?"

„Charlie. Finde einfach nur deinen Sohn."

Das Mietshaus hatte einen anderen Besitzer. Als ich zuletzt hier angerufen hatte, war ein alter Mann mit australischem Akzent am Telefon gewesen. Jetzt sprach eine junge Frau mit mir. Die einzigen Nachbarn, die schon so lange dort wohnten wie Garrett, kannten ihn nicht. Es war kein Haus, in dem man mit den Nachbarn im Treppenhaus plauderte.

Ich fuhr wieder zu Vector Empowerment und fragte nach Winton Tanaka. Er hatte keine Zeit, um mit mir zu reden, sondern vier Termine zwischen elf und vierzehn Uhr, die jeweils eine Stunde dauerten, eine Teambesprechung zur Exportsteigerung während des Mittagessens, eine Besprechung der neuen Qualitätssicherungsstandards und einen Ideenaustausch über mögliche Verbesserungen des Arbeitsumfeldes nach umweltverträglichen Kriterien.

Das erklärte er mir, ohne stehen zu bleiben, während wir durch die Flure eilten und ich versuchte, mit ihm Schritt zu halten.

„Ich bringe Sie zu Mark Proush, er war Garretts Kollege.“ Damit öffnete er eine Tür, beugte nur seinen Oberkörper in den Raum und erklärte: „Mark, ich habe hier eine Dame für dich, der du bitte etwas Zeit widmest. Dies ist Charlotte, die Mutter von Garrett Denys.“

Im nächsten Moment schüttelte ich die Hand eines jungen Mannes mit Bürstenschnitt, Jeans und weitem T-Shirt. „Freut mich, Sie kennenzulernen.“

„Mrs Denys ist auf der Suche nach Garrett, den sie schon seit Monaten nicht gesehen hat. Ich muss weiter.“

Mark nickte in Wintons Richtung, sah mich ratlos an und kratzte sich am Nacken.

Selbstbewusst und kompetent, sagte ich mir selbst. „Sie haben mit Garrett zusammengearbeitet?“

„Ja. Aber leider habe ich ihn seit seinem Ausscheiden nicht mehr gesehen.“

„Ich habe ihn schon länger nicht mehr gesehen. Außerdem kenne ich niemanden aus seinem Umfeld. Können Sie mir vielleicht sagen, mit wem er Kontakt hatte oder über wen er redete? Dann würde ich diese Personen aufsuchen, um von ihnen vielleicht etwas über den Verbleib meines Sohnes zu erfahren.“

„Soweit ich weiß, gab es nicht viele Menschen, mit denen er seine Freizeit verbrachte, abgesehen von seiner Freundin. Er hatte einige Internet-Kontakte, die er aber wohl nicht persönlich kannte.“

„Internet-Kontakte?“

„Ja, in Foren und Chatrooms. Seine Mittagspausen verbrachte er meistens damit.“

„Eloise?“

„Mrs Denys, was gibt es?“ Die Geräuschkulisse im Hintergrund verriet, dass sie in einer Fadobar war.

„Eloise, kennen Sie zufällig ein Passwort, mit dem Garrett im Internet unterwegs war?“

„Einen Moment bitte.“ Die Musik wurde lauter, dann war sie kaum noch zu hören und ich konnte Eloise nun klar verstehen. „Ich habe nicht in seinen persönlichen Sachen geschnüffelt. Aber er hat seine E-Mails auch auf meinem Computer empfangen. Damals habe ich ihm Stress gemacht, weil ich sein Passwort unmöglich fand. Es bestand aus seinen Initialen und seiner Telefonnummer. Das hat er bei allem, was er online tat, verwendet.“

Ich fuhr in Susannes Büro und bekam ihre Hausschlüssel, um ihren Computer zu benutzen. Es war gar nicht schwer. Mark hatte mir eine Internetadresse gegeben, ich gab Garretts Namen und sein Passwort ein und schon öffneten sich die Foren, in denen er sich bewegt hatte.

Eine Gruppe bestand aus Computerfachleuten, eine andere aus Menschen, die unter Depressionen litten. Das interessierte mich. Angstvoll zog ich die Luft ein, während ich dieses Forum anklickte.

„Pammy, Mädchen, du schaffst das“, stand in der letzten Nachricht, die mit *„Ist irgendjemand da draußen?“* begann. Aber nichts von GDenys. Ich öffnete die Liste der alten Nachrichten, doch auch dort war nichts von ihm. Acht Seiten ging ich zurück, dann drei Monate. Endlich, dort waren einige Beiträge, die an ihn gerichtet waren:

„GDenys, bitte lass uns wissen, ob es dir gut geht …“

„GDenys, du brauchst Freunde und wir sind …“

„GDenys, bist du noch da? Wir machen uns Sorgen.“

Diese Nachricht klickte ich an. Sie öffnete sich und ich las: *„GDenys, bist du noch da? Wir machen uns Sorgen um dich. Bitte melde dich und sag uns, ob es dir gut geht.“*

Darunter stand die Nachricht, die Garrett zuletzt geschrieben hatte und auf die sich die Fragen der anderen bezogen: „*Hoffentlich antwortet mir jemand. Ich weiß gar nicht mehr, warum ich überhaupt aus dem Bett aufstehen, mich anziehen und zur Arbeit gehen soll. In der Vergangenheit konnte ich mich irgendwie am eigenen Schopf aus dieser Dunkelheit herausziehen, aber jetzt weiß ich gar nicht mehr, warum ich es damals überhaupt versucht habe. Ich hasse jeden Aspekt meines Lebens und ich kann mir nicht vorstellen, dass sich daran etwas ändern könnte. Ich will morgen nicht aufwachen, nie mehr. Wenn jemand da ist, bitte helft mir.*"

Ich klickte auf „Drucken". Dann barg ich mein Gesicht in meinen Händen. Gab es überhaupt jemanden, der Garrett kannte? Wusste irgendjemand, wo er war? War dies sein letztes Lebenszeichen? Das Letzte, was ich von meinem Sohn erfahren würde?

Kapitel 20

Ich nahm die Visitenkarte des Privatdetektivs zur Hand, die Susanne mir gegeben hatte. Gordy Smith – irgendwie klang der Name viel lockerer, als mir lieb war. Was ich brauchte, war ein Mann mit Umsicht und Besonnenheit, einen Profi. Die Visitenkarte war aus sehr dünnem Papier. Ich strich darüber und fühlte die Perforation am Rand, wo die Karten nicht sorgfältig auseinandergerissen worden waren. Dieser kleine blaue Sherlock Holmes mit seinem hochgeschlagenen Revers im Logo sah zwar putzig aus, trug aber auch nicht dazu bei, mein Vertrauen in diesen Mann zu stärken, von dem ich so dringend Hilfe benötigte.

Als ich mein Geld weggegeben hatte, war ich davon ausgegangen, dass ich diese Entscheidung vielleicht bereuen würde, wenn ich Lust auf eine Einkaufstour bekam. Dass ich an einem sonnigen, terminfreien Samstag von dem Gefühl übermannt werden würde, mir unbedingt neue Kleidung kaufen zu müssen oder vielleicht eine besonders schöne Keramikschale. Womit ich aber nicht gerechnet hatte, war die Situation, die nun eingetreten war. Ich saß an Susannes Schreibtisch und wünschte mir, ich könnte mir einen Detektiv leisten, der seine Visitenkarte auf dickem, genarbtem Papier drucken ließ und einen horrenden Preis für seine Dienste verlangte, der aber auch in der Lage war, meinen verschollenen Sohn zu finden. Da Susanne aber schon die erste Rate an Gordy überwiesen hatte und ich keine andere Wahl hatte, tippte ich seine Nummer ein.

„Gordy Smith." Die schneidende Stimme war weiblich.

„Kann ich bitte mit Gordy Smith sprechen?"

„Ich bin Gordy."

„Oh. Sind Sie der Detektiv?"

„Ja. Gordania Smith. Wie kann ich Ihnen helfen?"

In Ihrer Stimme war nicht ein Hauch von Wärme. Meine Sorge, dass sie zu locker sein könnte, war unbegründet. Aber das war auch kein Trost. „Mein Name ist Charlotte Denys."

„Ach ja, Mrs Denys. Sie suchen Ihren Sohn."

„Richtig. Er ist seit Februar verschwunden. Er hat ..."

„Warum wollen Sie ihn finden?"

„*Warum*?" Ich hörte ihren Atem im Telefonhörer. „Ich verstehe Ihre Frage nicht."

„Bevor ich Ihren Fall übernehme, muss ich von Ihnen erfahren, warum Sie Ihren Sohn suchen lassen wollen. Mitunter entscheiden sich erwachsene Kinder auch dafür, einfach keinen Kontakt mit ihren Eltern haben zu wollen."

Ging sie das etwas an? „Sein Vater ist gestorben und er weiß noch nichts davon."

„Wusste Ihr Sohn, dass Ihr Mann im Sterben lag?"

„Ja, das wusste er."

„Warum hat er dann nicht den Kontakt zu Ihnen gehalten?"

„Das weiß ich nicht. Wenn Sie ihn gefunden haben, werde ich ihn fragen." Ich bemühte mich, weniger scharf zu klingen. „Meine Freundin hat Ihnen bereits einen Vorschuss überwiesen."

„Den Vorschuss kann ich zurückerstatten", sagte sie. „Aber möglicherweise hat Mrs Keyes versäumt, Ihnen deutlich zu machen, dass sie mir den Vorschuss überwiesen hat, weil ich seit fünfzehn Jahren zugelassene Detektivin bin. Ich habe Erfahrung, ich halte die Kosten niedrig und ich erledige meine Aufträge. Aber was ich nicht mache, ist, mich in Familienangelegenheiten einzumischen. Wenn Ihr Sohn gefunden werden möchte, dann kann ich ihn suchen." Wieder prallte ihr Atem gegen den Hörer wie ein Windstoß im leeren Raum.

„Hören Sie, Mrs Smith, ich weiß nicht genau, warum mein Sohn den Kontakt zu uns abgebrochen hat und das spielt auch keine Rolle. Ich vermute, Garrett ist in Gefahr ..."

„Welche Art von Gefahr?"

Ich schaute auf den Ausdruck seiner letzten Botschaft, die ich immer noch umklammert hielt. „Vermutlich ist er selbstmordgefährdet." Ich holte tief Luft und ließ ihr Zeit, die Information zu verdauen. „Ich habe mit seiner Ex-Freundin gesprochen ..."

„Name?"

„Eloise Pavia. Sie arbeitet bei Sun Microsystems." Ich gab ihr die Handynummer. „Im Moment ist sie in Europa, aber sie ist auch dort unter dieser Nummer erreichbar."

„Was sagte sie Ihnen?"

„Sie erzählte von ihrem letzten Zusammentreffen mit Garrett. Sie hatte die Polizei informiert, weil er ihr gesagt hatte, dass er nicht mehr leben wollte. Die Polizei nahm ihn mit und hielt ihn eine Nacht lang fest. Was danach geschah, weiß ich nicht. Aber nun habe ich ein Internetforum gefunden, zu dem er gehörte, eine Gruppe von Menschen, die unter Depressionen leiden. Seit Februar hat er dort nicht mehr gepostet, und seine letzte Nachricht ..." Jetzt weinte ich und konnte sie nicht vorlesen.

„Welches Forum? Welches Passwort?" Ich gab ihr die erforderliche Information. „Ich werde es selbst lesen. Noch eines, Mrs Denys. Entschuldigen Sie die Frage, aber ich muss es wissen: Zählt Garrett in dieser Brandstiftungssache zu den Tatverdächtigen?"

Ich hätte es mir denken können. Entweder sie wusste es aus den Nachrichten oder von Susanne. „Nein. Zumindest ... nehme ich das nicht an."

„Halten Sie es für möglich?"

„Nein." Ich presste eine Hand vor den Mund, während das Schluchzen in mir anstieg und nach außen drängte wie eine Flutwelle. „Können Sie ihn finden?"

„Ich werde mein Möglichstes tun."

„Was ist das?" India stand in meiner Tür und zeigte zur Straße, wo mein kleiner orangefarbener Wagen stand. Wie ein heruntergekommener Landstreicher besetzte er den Platz, der einst meinem noblen Lexus gehört hatte.

„Das ist mein neues Auto." Ich hatte mir gerade eine Dose Thunfisch geöffnet und hielt sie ihr hin: „Hungrig?"

„Nein, danke."

Ich zuckte mit den Schultern und stach die Gabel hinein.

„Ist das alles, was du isst?"

„Thunfisch ist sehr gesund."

„Wo warst du heute? Hast du deinen Sohn gesucht?"

„So ähnlich." Ich massierte meine Stirn. „Es war ein langer Tag."

„Ich habe dir etwas mitgebracht." Sie öffnete ihre Faust. Ich hielt meine Handfläche darunter und sie ließ eine dunkle Reihe von Perlen hineingleiten, an deren Ende ein silbernes Medaillon und ein Kreuz hingen. „Nur geliehen", sagte sie. „Das war der Rosenkranz meiner Oma. Sie hat viel gebetet. Ich glaube, sie hat damit ihre Gebete gezählt."

„Das ist aber schön", sagte ich. Es war wirklich schön. Wenn auch sehr katholisch.

„Hier, das ist die Heilige Theresia." Sie zeigte auf das kleine Medaillon.

In Silber eingraviert war das Bild der Heiligen Theresia von Lisieux deutlich zu erkennen. Innerlich schüttelte ich den Kopf über die konfessionellen Barrieren in meinem Denken. Die Bücher, die ich las, handelten von Protestanten und Katholiken. Auch Theresia von Lisieux kannte den Gott, zu dem ich zu beten versuchte. „Ich werde gut darauf achtgeben, India. Vielen Dank."

„Ach, fast hätte ich es vergessen." Sie tätschelte ihre Gesäßtasche und zog einen Briefumschlag heraus. „Das ist heute für dich angekommen, von einem Rechtsanwalt."

Hoffnungsvoll nahm ich den Brief aus ihrer Hand. Ja, er war von meinem Anwalt Bill Nolan. Ich tastete durch den Umschlag und fühlte den kleineren Umschlag im Innern. Ein Brief von Larry!

„Wahrscheinlich geht es um das Testament oder so etwas", sagte sie.

„Kann gut sein."

Sie lehnte sich an die Wand und wartete, ohne etwas zu sagen. Offensichtlich wartete sie darauf, dass ich den Brief öffnete.

„Danke, dass du gekommen bist, India."

Sie verstand und ging zur Tür. „Ich werde dann mal wieder abzischen."

„Danke, dass du mir die Post gebracht hast. Und danke für den Rosenkranz."

„Wenn du jemanden zum Reden brauchst oder was auch immer, ich bin nebenan."

Meine Charlotte,

siehst du, es ist gar nicht so schlecht, Witwe zu sein. Es ist kaum schlimmer, als wenn ich auf Geschäftsreise in Washington wäre. Du isst vielleicht beim Fernsehen und schaust dir schöne Filme an. Den Staub lässt du liegen, die Wäsche auch. Dafür machst du öfters einen Einkaufsbummel.

Und du bekommst diese Briefe von mir, jetzt genauso wie damals, als ich geschäftlich unterwegs war. Meine Briefe sollen dich daran erinnern, dass ich in meinen Gedanken bei dir bin. Charlie, ich denke an dich, gerade jetzt, während du das liest. Sei dir sicher, wo immer ich auch bin, ich denke an dich und meine Gedanken an dich machen mich froh.

Erinnerst du dich noch an den ersten Brief, den ich dir schrieb? Das war zwei Wochen vor unserer Hochzeit, einen Monat nachdem wir wussten, dass du schwanger bist und eine Woche seit dem schrecklichen Tag, an dem unser Pastor uns erklärte, dass wir als Missionare nicht mehr geeignet wären.

Ich glaube, wir haben uns nie wirklich darüber unterhalten; vielleicht hatten wir Angst vor dem Thema und dem möglichen Ausgang dieses Gesprächs. Aber ich kann mich noch genau an die Stimmung im Auto erinnern, in der wir damals vom Büro unseres Pastors wegfuhren. Jeder Atemzug war voller Angst und Zorn. Da war auch Reue. Ich bereue, dir nicht gesagt zu haben, dass ich nicht böse war mit dir. Falls das nicht zu hundert Prozent zutraf, damals, dann tut es mir umso mehr leid, dass es so war.

Was sagte Adam zu Eva, als sie aus dem Garten verbannt wurden? Hat er sie mit seinem Schweigen zurückgewiesen, überließ er es ihr, zu ahnen, was er über sie dachte? Ich bekam Garrett als ein Geschenk, für das ich einen Traum aufgeben musste. Deine Schwangerschaft hätte die beglückendste Nachricht unseres Lebens sein sollen, aber sie verursachte eine große Enttäuschung. Ich schäme mich dafür, aber ich hatte das Gefühl, das Baby hätte alles zerstört, du *hättest alles zerstört. Aber Charlie, das hast du nicht. Ich selbst war es, und zwar erst viel später, nicht an dem Tag, als ich Garrett zeugte. Die Zerstörung geschah damals im Auto, als ich nicht vergab und keine Vergebung empfing, als ich mein Vertrauen zurückzog und den optimistischen Blick in die Zukunft verlor, als ich resignierte.*

Wir haben von da an alles richtig gemacht. Ich bemühte mich, das Geld für unseren Unterhalt zu verdienen und es stellte sich heraus, dass mir das sehr gut gelang. Doch wie kann man „gutes Gelingen" definieren? Wir waren erfolgreich. Unser Haus war so groß, dass wir schließlich ins Gästehaus ziehen mussten, um uns überhaupt noch zu finden. Wir reisten nach Europa und bei der Party in New York im vergangenen Dezember hattest du ein Kleid an, das mehr gekostet hat als unser erstes Auto. Das Geld war gut angelegt. Du warst wunderschön.

Wusstest du, Charlie, wie sehr ich dich liebe? Wusstest du, dass dein Gesicht für mich nicht nur schön war, sondern dass es mein Zuhause war? Der Geruch deiner Haut war meine Sicherheit und mein Frieden. Je länger wir verheiratet waren, desto mehr sah ich in dir und in deinem Gesicht die Geschichten, die wir gemeinsam erlebt hatten, die Gespräche über Bücher, die wir gemeinsam gelesen hatten und die Nächte, die wir durchwacht hatten, als Garrett klein war. Erinnerst du dich an den Tag, als ich mir mit einer Axt ins Bein gehauen habe und du mich zum Nähen ins Krankenhaus gefahren hast? Du konntest mit Blut genauso gut umgehen wie mit Windeln.

All diese Jahre sah ich, wie du durchgehalten hast, wie du getan hast, was von dir erwartet wurde und wie du vorgegeben hast, glücklich zu sein. Charlie, es tut mir so leid, dass ich in diesem Stuhl sitze, während du die Hühnersuppe aufputzen musst, die ich auf den Boden geschüttet habe. Ich beobachte dich, aber du bist zu beschäftigt und zu traurig, um es zu bemerken. Wenn wir uns ansehen, dann lächelst du, um mir eine Freude zu machen, aber es heitert mich nicht auf. Erst heute Abend, wenn du nicht mehr so viel zu tun hast, dann wirst du mich anders ansehen, du wirst meine Blicke suchen und ich bete, dass du mich dann finden wirst. Du wirst dein Buch nehmen und mir die besten Passagen daraus vorlesen – heute wird wieder Teresa von Ávila an der Reihe sein, wir werden die besten Freunde sein und zusammen aus dem gleichen Buch etwas lernen.

Später, falls ich nicht zu viel Hühnersuppe verschüttet habe und dir nicht zu viel Arbeit gemacht habe, falls du nicht zu müde bist, dann werden wir uns vielleicht sogar lieben. In letzter Zeit bin ich ein sehr schlechter Liebhaber, aber die Liebe ist echt und gut.

Bis nächste Woche, meine Liebe.
Dein Larry

Kapitel 21

„Nein, mein Lieber", seufzte ich in dem leeren Raum, der mich umgab, „wenn du nach Washington fahren musstest, kamst du wieder zurück. Das kann man nicht vergleichen."

Zärtlich faltete ich den Brief zusammen und küsste ihn. Das Papier roch nach Büro, nach Grünpflanzen und Kugelschreiber. Ich presste es gegen meine Lippen, ehe ich es in meinen Schoß sinken ließ.

Wie viele Witwen wohl jetzt gerade am Kleiderschrank ihres Mannes standen und alte Bademäntel oder Pullis gegen ihr Gesicht drückten, um den Duft ihrer Männer einzuatmen? Larrys Sachen waren alle verbrannt.

Es gab nicht viel, was mein Mann zu bedauern hatte. Das Leben hatte manchmal ein hohes Tempo gehabt, zu Beginn unserer Ehe und auch am Ende unserer Zeit. Aber ich wusste immer, dass er mich liebte. Ich wusste, dass alles, was er tat, für mich war und für Garrett. Larry war ein guter, freundlicher, sehr begabter Mann. Wenn ich geahnt hätte, was ihm durch den Kopf ging, als er noch lebte …

Ein Tropfen fiel aus meinem Auge auf den Brief. Ich wischte ihn weg. Dann versuchte ich, die Welle, die in dem Papier entstanden war, glattzustreichen. Endlich legte ich den Kopf in den Nacken und ließ den Tränen freien Lauf. Sie strömten über mein Gesicht und am Hals entlang.

Ja, auch ich hatte vom Missionsfeld geträumt. Wir wollten in einem Dorf am Rande von Bogotá in Kolumbien eine Kirche und eine Schule bauen. Dort gab es große Plantagen, auf denen Rosen angebaut wurden, die dann in amerikanischen Supermärkten verkauft wurden. Die Dorfbewohner litten unter Kopfschmerzen und Asthma und es gab viele angeborene Missbildungen, was alles auf die Verwendung von Pestiziden zurückzuführen war, die in den Vereinigten Staaten verboten waren. Aber ohne Schulausbildung hatten die Menschen wenig Alternativen. Larry und ich wollten an diesem paradiesischen Ort leben, dessen Entwicklung so aus dem Ruder gelaufen war, um den Müttern und Vätern Hoffnung zu bringen und den Kindern neue Türen aufzustoßen.

Danach waren wir beide von Reue und Enttäuschung erfüllt gewesen. Tatsächlich war ich diejenige gewesen, die die Situation eingefädelt hatte, die zu meiner Schwangerschaft geführt hatte, getrieben von großer Angst und noch größerer Leidenschaft.

Das Ganze ereignete sich nach einem Streit über einige Details unserer geplanten Hochzeit. Den konkreten Anlass hatte ich längst vergessen. Das große Fest stand bevor, die Nerven lagen blank und aus einer Kleinigkeit wurde ein riesiges Thema. Der Streit erschütterte mich zutiefst. Ich war mir nicht mehr sicher, ob Larry mich wirklich liebte und heiraten wollte.

Natürlich handelte ich bewusst gegen alles, was uns wichtig war. Wir waren fest entschlossen gewesen, bis zur Hochzeitsnacht zu warten. Aber an einem Samstag, als wir einen Ausflug nach Capitola machten, am Strand, unweit der Häuser mit ihren Stuckfassaden, die wie eine Perlenkette am Ufer lagen, da fand ich einen Weg, es ihm mitzuteilen: Ich wollte einen Schritt weiter gehen. Ich wollte mehr – nicht weniger – als die Hochzeit.

So wurden Adam und Eva aus dem Paradies verstoßen und ins Silicon Valley verbannt. Ha! Larry würde über diesen Gedanken lachen. Ich lächelte reumütig in den leeren Raum.

„Charlotte?"

Das war Brendas Stimme. Ich steckte Larrys Brief in meine Tasche und öffnete die Tür. Da stand sie, ihre Arme umschlangen einen Teppich, der aufgerollt an ihr lehnte und sie ein wenig überragte, als wäre er ihr Liebhaber. „Ich habe was für dich, es ist ziemlich schwer." Sie wollte, dass ich den Weg nach innen freimachte. Ich trat zur Seite und sie ließ die Rolle in meine Hütte fallen. „Gil hatte ihn in Palo Alto im Wartezimmer liegen, aber er richtet dort alles neu ein. Es ist ein schöner Teppich, er hat ihn in einem ganz besonderen kleinen Laden in Newport gekauft."

„Aber Brenda, wirklich, ich …"

„Verlang bloß nicht von mir, dass ich ihn wieder nach Hause schleppe." Sie stemmte beide Hände in den Rücken. „Ich denke, die Größe passt. Er wird dich vor der Kälte des Betonbodens schützen und etwas Farbe in dein Haus bringen."

Wir trugen meinen Besitz nach draußen, zerrten den Teppich an ein Ende der Hütte, dann gingen wir nebeneinander in die Knie und rollten ihn aus.

„Du hast recht", sagte ich, „er ist wunderschön." Es war ein orientalischer Teppich mit einem so zarten Muster, dass es aus einiger Entfernung fast einfarbig aussah. Die Farben waren dezent und brillant zugleich, Orange und Purpur, dazu ein helles Gelbgrün, das an Zitronencreme erinnerte. Es waren die Farben von Monet. Ich drückte meine Finger in den weichen Flor.

„Ich weiß nicht, ob es in Ordnung ist, wenn du mir diesen Teppich schenkst, Brenda. Hast du mit Gil darüber gesprochen?"

Sie gab der Teppichrolle einen kräftigen Stoß. Dabei rutschte der weite Ärmel ihrer Bluse nach oben und gab den Blick auf einen kleinen blauen Fleck am Oberarm frei.

„Ach, der wird den Teppich nicht einmal vermissen. Wir haben Berge davon. Zurzeit werden mehrere seiner Läden neu eingerichtet, er hat gerade eine Zen-Phase und macht alles mit Teak und Zedernholz, Reispapier, kupferrote Wasserfälle, alles, was dazugehört. Seine Kunden sollen mit ihrer Seele in Einklang kommen…"

„… während sie unter der künstlichen Sonne liegen." Ich lächelte.

„Er meint, dadurch werden wir mehr verdienen – damit er meine Nase bezahlen kann. Aber ich bin mir nicht sicher. Er richtet auch Cafés ein und Saftbars. Weil er kein Neugründerkapital mehr bekommt, hat er Kredite aufgenommen."

„Das klingt riskant."

Wieder stieß sie den Teppich kraftvoll voran. „Genau das denke ich auch."

Nun war der Teppich ausgerollt. Er war so schwer, dass die Enden sich nicht nach oben richteten. „Oh Brenda, für diesen Teppich muss er eine Menge Geld bezahlt haben."

„Ich schenke ihn dir. Das ist meine Entscheidung, meine erste eigene Entscheidung seit langem."

„Wie kommt das?"

„Ich weiß auch nicht. Gil mag es nicht, wenn ich etwas entscheide. Aber Russ hat mich neulich, nach der Party, daran erinnert, dass ich früher auch eine eigene Meinung hatte. Er hat recht. Das vermisse ich auch. Also sagte ich Gil gestern Abend, dass ich die Tomaten so schneiden werde, wie ich will und dass er sie so schneiden kann, wie er das möchte, wenn er auch das Abendessen zubereitet."

„Da warst du aber deutlich. Wie hat er es verkraftet?"

„Besser als meine Krankmeldung heute Morgen. Ich hätte zu ihm ins Büro kommen sollen, aber ich wollte nicht. Ich war so müde. Also habe ich noch zwei Stunden länger geschlafen und dann mit meinem Papa auf der Veranda Kaffee getrunken."

„Das hat dir bestimmt gutgetan."

„Es wird Zeit, dass wir deine Sachen wieder einräumen."

Der Teppich sah wirklich sehr schön aus. An einem anderen Tag hätte ich ihn vielleicht abgelehnt und ihr geholfen, ihn wieder nach Hause zu tragen. Aber das Licht der Abendsonne, das durch die Tür fiel, brachte das Gelb mit all seinen Schattierungen wunderbar zum Leuchten und tauchte auch die Wände in Gold, das himmlisch schön war. Wir gingen nach draußen und sammelten meine Habseligkeiten ein.

„Übrigens", sagte sie, „hast du heute Abend die Nachrichten gehört? Es gab schon wieder ein Feuer. Ich habe das jetzt erst verstanden: Sie sagten, bei dir sei es Brandstiftung gewesen und der Kerl sei immer noch auf freiem Fuß."

„Nein, davon hatte ich nichts gehört." Ich hielt mir die Stirn, als könnte das den Schwindel stoppen, der mich erfasst hatte. Doch alles drehte sich immer schneller, bis ich auf dem Boden zusammensank.

„Das ist wirklich eine schlimme Nachricht, es tut mir leid." Brenda bückte sich, um meine Bücher aufzuheben. Dabei war ihr Arm direkt vor mir und ich konnte die Verletzung noch besser sehen. Sie hatte mehrere dunkle Flecken. Mühelos erkannte ich: Es waren vier Stellen an der Außenseite des Armes, eine an der Innenseite.

„Was ist denn da passiert?"

„Wo?"

„An deinem Arm?"

Sie sah zu der Stelle, auf die ich deutete, drehte sich weg und schüttelte mit einer schnellen Drehung des Handgelenkes den Ärmel herunter. „Ich bin heute Morgen gegen eine Tür gelaufen.“ Sie lächelte mir über die Schulter zu. „So müde war ich.“

Als Brenda wieder gegangen war, rief ich Susanne an.

„Charlie, die Sache wird immer unheimlicher. Weißt du, wessen Haus es jetzt war? Das von Gibsons. Rose Gibson war zu der Zeit zu Hause.“

„Oh nein!“ Rose war unsere Nachbarin und die Babysitterin von Garrett und Amber gewesen. Früher backte sie immer Kekse für alle Kinder in der Nachbarschaft. Und wenn die Kinder ein Fußballturnier hatten, fuhr sie mit dem Auto hin und sah zu. Bis sie 83 war. Dann musste sie ihren Führerschein abgeben. Das war vor fünf Jahren. „Wie geht es ihr?“

„Mittelmäßig. Sie lebt, Gott sei Dank, Rauchmelder und Sprinkleranlage haben funktioniert. Aber sie hat viel Rauch eingeatmet, ehe sie aus dem Haus geholt wurde. Zurzeit liegt sie auf der Intensivstation im Krankenhaus zum Guten Samariter. Wenn Rose stirbt …“

Sie unterbrach sich, wofür ich ihr dankbar war. Wenn sie in einem Atemzug von Mord und meinem Sohn geredet hätte, dann wäre ich endgültig in den Abgrund gestürzt.

„Morgen kommt jemand von der Versicherung und schaut nach, ob man die Alarmanlage in meinem Haus verbessern kann. Wie war dein Anruf bei Gordy Smith?“

„Sie ist eine Frau.“

„Weiß ich.“

„Nun, ich wusste es nicht. Ihr Umgangston im Kundengespräch lässt auch einiges zu wünschen übrig.“

„Ich weiß."

„Ansonsten lief es gut. Danke, dass du sie für mich aufgetan hast." Garretts Nachricht, die ich im Internet gefunden hatte, wollte ich nicht erwähnen. Der Fall war jetzt nicht mehr in Susannes, sondern in Gordys Hand.

„Charlie, ich mache mir Sorgen um dich."

„Nicht nötig."

„Du gehst durch schwere Zeiten, die letzten Jahre waren nicht einfach. Jetzt ist Larry nicht mehr da und du …"

„… drehst durch?"

„… du triffst Entscheidungen, die dein ganzes Leben verändern."

„Was ich mache, ist nicht so verrückt, wie es dir vorkommt. Im dritten Jahrhundert nach Christus lebte ein reicher Mann namens Antonius, der ebenfalls seinen Reichtum aufgab und in die Wüste zog."

„Im dritten Jahrhundert! Hatten sie damals überhaupt schon das Geld erfunden?"

„Allerdings."

„War das nicht ein Katholik?"

„Jesus sagte dem reichen jungen Mann, er solle sein Geld den Armen geben und ihm nachfolgen."

„Ihm nachfolgen? Du warst nicht mal am Sonntag in der Kirche. Was hat Gott davon, wenn du in einer dreckigen Hütte sitzt und Mantras singst oder so ähnlich? Nächsten Monat haben wir Frauentag in der Gemeinde, dafür hat sich noch niemand gefunden, der kocht und die Gastrednerin hat aus familiären Gründen abgesagt. Wir beide haben früher solche Sachen gemeinsam gemacht. Ich hätte mir gewünscht, dass du allmählich wieder in die Gemeinde zurückkommst."

„Susanne."

„Was?"

„Ich singe keine Mantras. Ich bete."

„Was auch immer. Egal. Ich habe noch mehr Neuigkeiten für dich."

„Ich will nur noch gute Nachrichten hören."

„Zwei Nachrichten, und beide sind gut. Ich bekomme den Chefposten."

„Oh Susi, wie schön. Ab wann?"

„Wenn der aktuelle Chef gegangen ist, was etwa in einem Monat sein wird. Aber ich werde die Zeit bis dahin noch brauchen, um mich an den Gedanken zu gewöhnen, dass ich um die Hälfte mehr verdienen werden."

„Ach, ich kenne dich. An den Gedanken hast du dich jetzt schon gewöhnt."

„Aber die beste Nachricht kommt erst noch."

„Was denn?"

„Ich werde das zusätzliche Geld brauchen – für Babysachen!"

„Babysachen?"

„Amber ist schwanger. Der Termin ist um Weihnachten herum. Sie ist schon im zweiten Monat."

„Das ist ja wunderbar." Ich holte Luft. „Seit wann weißt du es?"

„Seit … warte … genau drei Stunden. Sie kam ins Büro und hat mich auf einen Kaffee eingeladen, um meine Beförderung zu feiern. Zwischen Kuchen und Sahne rückte sie endlich damit heraus, dass es bei ihr und Roger auch Neuigkeiten gäbe. Deshalb – das wusste ich bis dahin nicht – hat sie schon letztes Jahr angefangen, ihre Designerarbeit von zu Hause aus zu machen. Sie hatte damals schon geplant, später bei ihrem Baby bleiben zu können und trotzdem ihren Beruf nicht aufgeben zu müssen. Das ist wirklich überlegt von ihr. Weißt du, was ich getan habe, Charlie? Nachdem sie mich wieder ins Büro gebracht hatte, da bin ich direkt in mein Auto gestiegen und nach Scott Valley gefahren, um mit diesem Max über eine Wiege zu sprechen. Erinnerst du dich an ihn? Ich bin gerade zurück … Oh Charlie. Es tut mir leid!“

Ich hatte wohl etwas heftig in den Hörer geatmet, als ich an Max dachte und an das Enkelkind, das ich nicht bekommen hatte. „Schon in Ordnung.“

„Wie dumm von mir, das jetzt zu erwähnen.“

„Nein, gar nicht. Ich freue mich für dich und für sie.“

Ich wollte nicht mehr telefonieren. Was mir zu schaffen machte war nicht nur die Erinnerung an das verlorene Kind. Es tat mir weh, dass es Amber so gut ging und sie mit Roger so glücklich war. Ihre berufliche Entwicklung war geradlinig verlaufen, trotz all des Konkurrenzdrucks. Sie würde ihre Karriere sogar fortsetzen und könnte trotzdem für ihr Baby da sein. All die Träume, die wir für Garrett und Amber gehabt hatten, wurden wahr. Für Amber.

Aber nicht für Garrett.

Jeden Tag rief ich im Samariter-Krankenhaus an und erkundigte mich nach Rose, seit Tagen schon. Sie war wie ich ein Opfer des Feuers geworden, außerdem war sie eine langjährige Freundin. Am Donnerstag wurde sie von der Intensivstation in ein normales Stationszimmer verlegt, am Freitagnachmittag stieg ich in mein kleines Auto und rumpelte die lange Bergstraße hinunter zum Krankenhaus.

Ihr Bett stand direkt am Fenster, aber die Vorhänge waren zugezogen und hüllten den Raum in mattes Grau. Nur die Lampe über ihrem Kopf gab ein warmes Licht, während über meinem Kopf ein Fernseher flackerte. Neben ihrem Bett gluckerte und stöhnte eine Maschine, die Sauerstoff über durchsichtige Schläuche in ihre Nase presste. Das waren die Geräusche, die mich das ganze letzte Jahr mit Larry begleitet hatten.

„Mrs Gibson?“ Die Krankenschwester redete so laut, als wollte sie jemanden am anderen Ende eines Fußballfeldes ansprechen. „Sie haben Besuch!“

Langsam öffnete Rose ihre Augen.

„Ich bin's, Charlotte“, sagte ich und trat an ihr Bett, „die Mama von Garrett.“

„Ich weiß.“ Ihre Lippen formten unhörbar die Worte.

„Wie geht es dir?“

Sie leckte ihre Lippen. Ihre Hände lagen über ihrem Bauch gefaltet wie ein Häufchen Birkenspäne. Der Geruch von Rinderbrühe und Desinfektionsmittel lag im Raum. Ich saß auf einem Stuhl an ihrem Bett und überlegte, was ich sagen könnte.

„Wasser.“

„Hast du Durst?“ Ich nahm den bereitstehenden Styroporbecher und hielt ihr den Strohhalm an die Lippen. Sie trank.

„Die Medikamente machen mich ganz benommen.“

„Das ist nicht schlimm. Ich kann auch später wiederkommen.“

„Wie geht es dir?“

„Mir? Gut.“

„Es tut mir so leid ...“, sie schüttelte den Kopf, „... dein Mann, dein Haus ...“

Ich atmete tief durch. „Mir tut leid, was *dir* passiert ist.“

„Es hat nur einen Teil des Hauses erwischt. Versicherung.“ Sie zog die Schultern hoch. Das Sauerstoffgerät arbeitete gleichmäßig. „Und du?“

„Ich?“

„Wirst du es wieder aufbauen lassen?“

„Eher nicht.“ Ich lächelte.

„Wie geht es dem kleinen Garrett?“

„So klein ist er nicht mehr. Ich würde ihn gerne öfter sehen.“

„Ich kenne das von meinem Sohn. Das ist so. Aber Garrett war so ein lieber Junge. So ein fürsorgliches Kind. Er wird auch wieder mehr Zeit für dich haben."

„Rose, hast du gesehen, wer ..."

„... das Feuer gelegt hat? Nein, ich habe geschlafen. Ich hörte nur den Alarm."

Kapitel 22

Wenn eine Hexe das Frühstück zubereitet, muss man sich fragen, was man bekommt. Ganz besonders, wenn es wie Studentenfutter aussieht, aber aus undefinierbaren Zutaten in seltsamen Formen und Farben besteht, die man nicht benennen kann.

„Was ist das?“ Ich hob ein gebogenes Stückchen hoch, das an einen Pilz erinnerte.

„Das ist die Flosse eines Aals.“ Sie stand in meiner Tür und beobachtete mich, die mehlige Schürze hatte sie noch nicht ausgezogen.

„Tatsächlich?“ Ich steckte einen Finger in die Schale, die sie in der Hand hielt. „Ich wusste gar nicht, dass Aale Flossen haben.“

„Du musst sie eine Stunde vor ihrem Tod fangen. Dann haben sie ein Flosse.“

Ich nahm ein kleines Samenkörnchen heraus und biss hinein.

„Das ist ein Zigeunerzahn. Ich kenne diesen Zahnarzt in Bukarest, der schickt mir seine Reste. Und das hier ist eine Opposum-Warze. Du kannst dir gar nicht vorstellen, wie lange es dauert, bis ich davon eine halbe Tasse zusammen habe! Man muss das Fell gründlich durchsuchen und manchmal wachsen die Warzen an Stellen, wo man lieber nicht suchen würde.“

„Gehe ich recht in der Annahme, dass es sich hierbei um einen Krümel geronnenes Blut handelt?“ Ich deutete auf ein Stückchen Obst. „Vielleicht von einem ermordeten Häftling?“

Sie kicherte. „Gut geraten. Das ist ein Granatapfelsamen von meinem eigenen Granatapfelbaum.“

„Wo hast du einen Granatapfelbaum?“

„Drei Kilometer die Straße hinunter und dann über den Hügel. Dort ist eine Waldlichtung, auf der alte Obstbäume wachsen.“

„Aber wieso ist das dann dein Baum?“

„Wer auch immer der Besitzer ist, er kommt nicht und kümmert sich nicht um den Baum. Da ich die Bäume pflege, betrachte ich sie auch als meine. Ich habe dort auch Gemüse und Kräuter angebaut. Das hier sind Rosenblätter und das sind Hagebutten. Sie enthalten besonders viel Vitamin C. Alles ist biologisch angebaut, du kannst es ohne Bedenken essen.“

„Du brauchst mir kein Essen zu bringen, India. Das erwarte ich nicht. Außerdem bin ich gar nicht sicher, ob ich Zigeunerzähne mag.“

Sie beugte sich herein, um meine Geschirr- und Dosenecke zu inspizieren. „Natürlich kannst du auch so leben, Charlotte. Aber man muss sich ja auch nicht dumm stellen. Wenn du nicht gut für dich sorgst, dann wird es dich auch nicht lange geben. Allein diese Mischung, die ich dir hier gebracht habe, enthält schon fast alles, was du zum Leben brauchst. Es ist so gesund. Komm, jetzt iss es einfach.“

Ich zögerte. „Irgendwie erinnert es mich an so ein Potpourri, mit dem ich mein Haus dekoriert habe.“

„Hast du es jemals zum Frühstück probiert?“

Zögernd nahm ich eine Handvoll und probierte. Es schmeckte sehr natürlich und biologisch, nicht direkt nach

Blumenerde, aber trotzdem musste ich an Erde denken. Irgendein starkes Aroma dominierte alles.

India legte den Kopf schräg und sah mich fragend an.

„Nicht schlecht. Ganz gut."

Sie hob das Handtuch von dem Korb, den sie am Arm trug. „Ich habe dir auch etwas zum Mittagessen gebracht. Hier sind Äpfel, das ist Käse, alles viel besser als die Sachen aus dem Supermarkt. Das Brot habe ich selbst gebacken. Heute Abend bringe ich dir etwas zum Abendessen, außerdem das Frühstück und Mittagessen für morgen."

„Nein, bitte. Ich bin dir dankbar für das, was du gebracht hast, aber ich möchte ganz einfach leben und essen."

„Obst, Käse und Brot sind doch einfach. Und nach dem Essen hast du keine Dosen übrig, die in der Natur verrotten – oder in meinem Mülleimer. Die Sachen sind ohne Pflanzenschutzmittel angebaut worden und wegen der Delfine, die beim Thunfischfang mit draufgehen, brauchst du dir auch keine Sorgen zu machen." Sie warf einen Blick auf meine Fischdosen.

„Überredet. Aber was du mir jetzt gebracht hast, reicht mir für zwei Tage."

„Na gut."

„Wieviel bekommst du dafür?"

Sie verdrehte die Augen. „Einen Lexus."

„Das war ein Geschenk, India."

„Dann vielleicht ein Gebet."

„Ich soll *beten*, für dich?"

„Deshalb bist du doch hier. Du kannst ruhig ein gutes Wort für mich einlegen."

„Aber du betest doch zu ..."

„Es gibt Tage, da muss man zu jedem beten, der zuhört, selbst zu deinem patriarchalischen Macho-Gott."

„Und jetzt gerade sind solche Tage?"

Sie drehte sich um und strich ihre Schürze glatt. „Wenn du gefrühstückt hast, zeige ich dir das Kinderzimmer."

India hatte das Kinderzimmer in die Abenddämmerung verwandelt. Das rote Licht der untergehenden Sonne bedeckte den unteren Teil der Tapete, am Horizont hinter der Krippe versank der glühende Sonnenball. Am lavendelblauen Himmel, dem oberen Teil der Wände, waren schon erste Sterne zu sehen und ein funkelnder, voller Mond stand über dem Schaukelstuhl. Die Decke war in nachtblau gehalten und mit Wellen glitzernder Punkte überzogen, in die silberne Sterne eingestreut waren.

„Das ist ja wunderschön", staunte ich, „ein Sonnenuntergang im Nimmerland!"

„Oder es ist ein Sonnenaufgang in Tir Na N'og, dem keltischen Land der ewigen Jugend. Hast du schon einmal etwas von der *Zeit zwischen den Zeiten* gehört?"

Ich verneinte.

„Das ist ein Ort oder auch ein Zeitraum, an dem sich zwei Realitäten überlagern und wo keine der beiden Realitäten allein gilt. Stell dir vor, du stehst am Fuße eines Berges, genau an der Stelle, wo der steile Pfad nach oben beginnt. Dort bist du weder auf dem Berg noch in der Ebene. Du bist an einem Zwischenort. So wie Sonnenaufgang und Sonnenuntergang weder Tag noch Nacht sind, sie sind beides und sind auch keines von beiden. Die Kelten sagten dazu *Zeit zwischen den Zeiten*, oder auch *Dünne Stellen*. Es sind magische und auch gefährliche Orte, an denen sich unsere normale Welt mit der übernatürlichen vermischt." Sie strich mit der Hand über ihren Bauch. „Mein Baby soll in dieser Welt aufwachsen."

„Gerade sagtest du aber, das sei ein gefährlicher Ort."

„Man kann nie wissen, welcher *Art* von Übernatürlichem man begegnet. Aber es ist trotzdem wunderbar. Ich glaube, dass man die wirklich wunderbaren Dinge nur an gefährlichen Orten finden kann. Meine Aufgabe wird es sein, diesem Kind den Weg zwischen den Gefahren hindurch zu zeigen."

„Kennst du denn den Weg?"

Sie strich sich eine Strähne aus der Stirn. „Ich sollte ihn dringend kennenlernen."

India presste ihre Fingerspitzen zusammen und ich betrachtete fasziniert ihre Hände. Sie waren wunderschön, kraftvoll und zerbrechlich, anmutig berührten sie sich gegenseitig wie zusammengefaltete Flügel.

„Ich habe die Bibel meiner Oma", sagte sie, „manchmal lese ich darin. Da habe ich auch schon Geschichten von Dünnen Stellen gefunden. Wenn ich nur an die Erzählung von Jakob denke – er war nicht mehr zu Hause und noch nicht bei seinem Onkel angekommen, da kletterten die Engel auf einer Leiter über ihm in den Himmel. Oder Jesus – wenn er gleichzeitig Gott und Mensch war, dann war sein ganzes Leben eine Zeit zwischen den Zeiten. Findest du nicht auch?" Sie warf mir einen wissenden Blick zu. „Du befindest dich zurzeit auch in einem solchen Zwischenland deines Lebens."

„Wie meinst du das?"

„Erinnerst du dich an die drei Phasen im Leben einer Frau? Das habe ich dir neulich erklärt. Ich bin gerade zwischen Mädchen und Mutter, und du zwischen Mutter und …"

Ich hob meine Hände und sie sprach nicht weiter. Sie grinste verstehend. Begriffe wie „Alte", „Weib" und „Hexe" würden ihr nicht mehr so leicht über die Lippen kommen, wenn sie in meinem Alter war, da war ich mir sicher.

„Dazu kommt noch, dass du gerade Witwe geworden bist. Dein Mann hat dein Leben verlassen, wenn auch nicht vollständig, falls ich so schlau bin, wie ich zu sein glaube." Sie war so schlau, aber ich wollte es nicht zugeben. „Wir befinden uns also beide in einem Lebensabschnitt *dazwischen*, in dem magische Dinge geschehen können. Deshalb bist du hier, Charlotte. Du öffnest dich der unsichtbaren Welt und du bist empfänglich."

Ich öffnete mich. Ich war empfänglich. Das passte überhaupt nicht zu der anderen Tatsache, dass mein Sohn verschollen war. Tief durchatmend rieb ich meinen Nasenrücken. „Welche Arten von übernatürlichen Wesen begegnen dir, India?"

„Das ist unterschiedlich", sie schüttelte den Kopf, „eine richtig wilde Mischung."

„Auch der Vater des Kindes?"

„Er ist ein ... abwesender Engel."

„Wird er Unterhalt zahlen?"

„Damit werde ich ihn nicht belästigen."

„Aber du könntest."

„Charlotte, das Geld wäre es nicht wert, deshalb mit ihm Kontakt haben zu müssen, glaube mir das. Du hattest einen guten Mann, deshalb kannst du dir das nicht vorstellen. Mein Vater sagte immer zu meiner Mutter, als gute katholische Ehefrau müsse sie zu Hause bleiben und sich um die fünf Kinder kümmern. Er bezahlte die Rechnungen und gab ihr dreißig Dollar pro Woche Taschengeld. Weißt du, warum er sie verlassen hat? Weißt du, womit er begründete, dass er ging, anstatt zu sagen, dass er mit der Nachbarin etwas hatte? Weil sie heimlich den Führerschein gemacht hatte! Für uns war es ein Segen, dass sie den Führerschein hatte." Ihre Stimme wurde zart, während sie das erzählte.

„Das tut mir leid", sagte ich.

„Ich rufe ihn immer an, wenn er Geburtstag hat und am Vatertag und an solchen Tagen. Ich würde mir nur wünschen, dass er mich auch mal anrufen würde."

„Ist das eines der Themen, wegen denen du dort oben auf dem Berg betest?"

Die Frage hätte ich nicht stellen dürfen, das merkte ich sofort. Sie hob ihren Kopf und bedachte mich mit dem Blick einer Regentin, die über Leben oder Tod des Bittstellers zu entscheiden hat. „So ähnlich." Mehr sagte sie nicht. „Willst du meinen Garten sehen?"

„Den Garten, der drei Kilometer entfernt ist?"

„Es ist gar nicht so weit."

Für eine hochschwangere Hexe war es sehr weit. Wir mussten mehrfach stehen bleiben, weil sie die Hände gegen ihren Bauch presste und eine Grimasse zog. „Das sind nur Senkwehen", erklärte sie, „die sind in der Schwangerschaft normal."

Ich war mir da nicht so sicher. „Wann ist der Geburtstermin?", fragte ich, während wir in den Seitenweg einbogen und den Hügel erklommen.

„In drei Wochen." Wieder hielt sie inne und umklammerte ihren Bauch.

„Wieso bist du dir dann so sicher, dass das nur Senkwehen sind?"

„Weil ich erst in drei Wochen den Termin habe."

„Ach, Kindchen."

Sie kletterte bergan und ich folgte ihr.

Plötzlich lag er vor uns: Indias Garten, eingefasst von einem blau gestrichenen Palisadenzaun, um den sich rosa Rosen rankten. Der Garten war in vier Teile untergliedert und von vier Wegen durchzogen, die sich in der Mitte des

Grundstücks zu einem ringförmigen Weg vereinten. Zwischen den Wegen wuchs Lavendel und Salbei, dazu viele junge Keimlinge, die ihr zartes Grün in exakten Reihen aus der Erde schoben und noch nicht zu identifizieren waren.

In der Mitte des Gartens, im Zentrum des Rundpfades, stand der Granatapfelbaum, übersät von orangenen Blüten, die an Malven erinnerten.

„Du hast großes Talent, India", staunte ich.

„Nein, mein früherer Freund hat den Garten angelegt. Jack wollte eigentlich, dass es noch schöner würde, mit Ringelblumen zwischen den Kürbispflanzen und so, er war ein richtiger Künstler." Ihre Stimme wurde weich, als sie seinen Namen aussprach.

„Wie hast du Jack kennengelernt?"

„Wir waren im gleichen Hexenzirkel. Aber da gehe ich nicht mehr hin. Wir haben beide damit aufgehört."

„Ja?"

„Das wurde uns zu viel … Alle fanden, jeder könnte mit jedem … es sei doch ganz natürlich und keine große Sache. Aber Jack und ich, wir … na ja, bei den Schwänen leben die gleichen Paare auch ihr Leben lang zusammen. Sind die nicht natürlich? Die Schwäne brüten jedes Jahr mit dem gleichen Partner, zwanzig Jahre lang, und leben monogam. Jack und ich wollten das auch."

„Was geschah dann?"

„Ich wurde schwanger. Das missfiel ihm."

„Ach, India."

„Das ist meine Geschichte. Meine Zaubersprüche sind fast alle Liebeszauber. Nicht für Jack, ich will ihn nicht manipulieren, sondern für einen, den ich noch nicht kenne. Hast du jemals gesehen, wie Granatäpfel wachsen?"

Nein, das hatte ich nicht. Sie zeigte mir die wächserne Schicht in der Tiefe jeder Blüte. „Wenn die Blütenblätter abfallen, dann verdickt sich diese Stelle und sieht zunächst aus wie eine große Hagebutte. Daraus wächst dann der Granatapfel. Früher betrachtete man den Granatapfel als ein Symbol für Geburt und Tod, weil die Frucht, wenn du sie öffnest, voller Blut ist."

Sie fasste an ihren Bauch und lehnte sich gegen den Baumstamm, legte den Kopf in den Nacken und sah durch die Äste in den Himmel. „Es gibt alte Bilder von der Jungfrau Maria, wie sie einen Granatapfel in der Hand hält. Das sollte ausdrücken, dass der Sohn, den sie gerade geboren hatte, den Tod besiegen würde. Ist das nicht ein schönes Symbol?"

Ich lächelte nickend.

„Deshalb denke ich auch, dass der Baum im Paradies ein Granatapfelbaum war."

Und da hatte ich vor kurzem noch gedacht, die verbotene Frucht wäre ein Bratapfel gewesen.

Ich begleitete sie nach Hause und war mir unterwegs nicht sicher, ob wir es noch schaffen würden oder ob das Baby schon auf dem Weg kommen würde. Auf halber Höhe der Treppe brauchte sie eine Pause.

„Was machst du, wenn jetzt dort oben in deiner Wohnung die Wehen einsetzen?"

„Dann rufe ich meine Hebamme an. Das Kind wird hier zur Welt kommen."

Vorsichtig half ich ihr ins Bett, dann ging ich zum Bad, um ihr einen nassen, kühlen Waschlappen zu holen. Dabei kam ich an einem niedrigen Tisch vorbei, auf dem drei Kerzen standen, eine weiße und eine schwarze jeweils am Rand, eine rote in der Mitte. War dies ihr Platz zum Beten, der Ort, wo sie ihre Zaubersprüche murmelte? Außer den Kerzen lag da auch noch ein Messer, ausgerechnet ein

Messer! Außerdem standen zwei Schalen auf dem Tisch; in einer war Wasser, in der anderen etwas Weißes. Ich beugte mich darüber, um daran zu riechen – es war Salz. Daneben lag ein Zweig, dessen Rinde abgeschält worden war und dessen glattes, poliertes Holz glänzte. Über dem Tisch hing das Bild einer schlanken Frau, die nackt vor einem riesengroßen Vollmond stand. Ihr muskulöser Arm hielt den Bogen erhoben, der zweite Arm spannte die Sehne und hielt den Pfeil. Ihr Gesicht war im gleißenden Mondlicht teilweise nicht zu erkennen. Ich beugte mich vor und sah genau hin.

Es war India. Ohne Zweifel, das waren ihre blauen Augen und ihr fließendes, dunkles Haar. Ihre Züge hatten den Ausdruck eines Scharfschützen, dessen tödlicher Schuss das Ziel nie verfehlte.

Ich trat einen Schritt zurück und stellte mir vor, wie India vor diesem Tisch kniete, die Kerzen entzündete und mit dem Messer und den Schalen tat, was immer zu ihrem Ritual gehörte. Und dann betete sie … zu India!

Kapitel 23

Ich erinnerte mich an Teresa von Ávila, deren Vision von Christus zwei Jahre anhielt. Das war schon fast zu heilig, um wahr zu sein. Aber es wird auch eine andere Geschichte von ihr berichtet.

Einmal betrat eine der Nonnen die Küche des Klosters, wo sie die große Mystikerin über den Holztisch gebeugt vorfand, ein gekochtes Hähnchen in den Händen, von dem sie große Stücke abbiss. Sie muss sehr gierig ausgesehen haben, die Ärmel waren aufgekrempelt bis zu den Ellbogen, das Hühnerfett tropfte ihr vom Kinn. Als Teresa den Blick der Nonne bemerkte, zuckte sie mit den Schultern und erklärte: „Wenn ich bete, dann bete ich und wenn ich Hühnchen esse, dann esse ich Hühnchen."

Daran dachte ich abends, während ich meine zweite Dose Thunfisch verzehrte. Gleichzeitig konnte ich nicht begreifen, warum ich das Angebot von India abgelehnt hatte, mir am Abend etwas von ihren selbst zubereiteten Speisen zu bringen.

Garrett war immer noch verschwunden. Doch ich hatte alle Pläne, nach ihm zu suchen, zurückgestellt. Ich wollte meine Zeit nutzen, um zu beten und mich der unsichtbaren Welt zu „öffnen", wie India gesagt hatte. Worauf sonst konnte ich hoffen als auf die Güte Gottes und die Kraft meiner Gebete? Also rollte ich Brendas Teppich zur Wand, stellte den Stuhl von Russ auf und öffnete meine Thunfischdose.

Nach dem Essen nahm ich meine Bibel und begab mich auf einen Abendspaziergang. Ohne auf den Weg zu achten stand ich schließlich vor Indias Garten, betrachtete den Granatapfelbaum und ließ mich umfangen von dem ersten ruhigen Gedanken dieses Tages:

Der Baum war schön.

India meinte, das sei der Baum im Garten Eden gewesen. Ich versuchte, mir das vorzustellen. Welchen Baum meinte sie? Den Baum des Lebens oder den anderen Baum, um den sich die Schlange gewickelt hatte? Da die Frucht ein Sinnbild für Leben und Tod darstellte, war beides denkbar. Vielleicht waren beides Granatapfelbäume gewesen?

Ich erinnerte mich an meine zweite Vision, in der mein Granatapfel eine Haut wie Leder hatte. Damals war ich ein junges Mädchen und wusste wenig über die Symbolik der Dinge. Ich nahm die Frucht, öffnete sie und dachte, sie sei voller Rubine.

Vielleicht war es Blut gewesen?

Ob Gordy schon etwas herausgefunden hatte? Anrufen konnte ich noch nicht. Sie hatte gesagt, ich solle ihr zehn Tage geben. Doch ich tastete in meiner Hosentasche, um zu prüfen, ob ich erreichbar war, nur für alle Fälle. Das Handy war an seinem Platz.

Langsam ging ich um den Garten herum, den Hügel hinauf, vorbei an Indias kleinem Obstgarten, bis ich zu einer Gruppe amerikanischer Erdbeerbäume kam, die am Hang wuchsen. Ein besonders beeindruckender Baum hatte einen in zwei Teile gespaltenen Stamm. Der eine Teil des Stammes hatte sich so weit nach unten geneigt, dass ich meine Ellenbogen auf dem weichen, braunen Holz abstützen konnte, dessen Rinde sich abgeschält hatte. Der Wind schüttelte die Zweige über mir.

Es war mir noch nie leicht gefallen, innerlich zur Ruhe zu kommen, wenn sich angstvolle Gedanken erst einmal ausgebreitet hatten. „Alles wird gut sein und alles wird gut sein …" Ich sehnte mich verzweifelt nach dieser heiteren Gemütsruhe.

Verzweifelt Gelassenheit suchen – ein Widerspruch in sich selbst. Ich schlug meine Bibel auf und stieß wieder auf dieselben Worte:

Ich sehne mich nach dem Herrn
mehr als ein Wächter nach dem Morgengrauen.

Was nützte das Warten? Ich brauchte eine Antwort. Mein Sohn war weg.

Eine frische Brise kam auf und wehte mein Haar zur Seite, während das heisere Krächzen einer Krähe aus einem der oberen Äste zu hören war, ehe sie ihre Schwingen ausbreitete. Ich hörte das Klatschen ihrer schwarzen Flügel. Ihr Körper war fast zu schwer, um ihn in die Luft zu wuchten.

Als ich zu meiner Hütte zurückkehrte und die Kerzen anzündete, sah ich eine braune Tüte an der Wand lehnen. Ich öffnete sie und erblickte eine Plastikfigur. Ein Kind mit niedlichem Gesicht, vielen blonden Locken … und einer übergroßen roten Krone. Katholischer Firlefanz.

In einer Hand hielt es einen blauen Ball, auf dem ein goldenes Kreuz zu sehen war. Vielleicht war es die Erdkugel. Die andere Hand war erhoben, zwei Finger hochgereckt, als wolle es den Pfadfinder-Schwur ablegen. Bekleidet war es mit einem weißen Gewand und einem roten Mantel, was zusammen wie eine Priestertracht aussah. Um seinen Hals trug es ein weiteres, goldenes Kreuz und, das fiel besonders auf, eine Perlenkette.

Da war noch etwas in der Tüte. Ich griff hinein und zog eine Halskette heraus, die sehr alt aussah. Sie bestand aus zwei braunen Ketten mit etlichen Medaillons, die farbige Porträts verschiedener Männer und Frauen trugen, jedes mit einem goldenen Heiligenschein. Heilige.

Es war ein schönes, altertümliches Schmuckstück, das bestimmt früher Indias Großmutter gehört hatte, genau wie die Christusstatue. Ich würde die Gegenstände mit dem Rosenkranz zusammen eine Zeit lang aufbewahren und dann zurückgeben.

Ich ließ Rosenkranz und Kette in die Tüte gleiten und steckte den kleinen Jesus kopfüber hinterher. Dann überlegte ich es mir anders und zog ihn wieder heraus. Wenn India ihn bei ihrem nächsten Besuch nirgendwo sah, würde sie vermuten, ich schätzte ihre Gaben nicht. Also stellte ich die Figur auf den Boden. Aber da sah sie ziemlich vernachlässigt aus. Ob sie in meine Fensternische passen würde? Nein, das Sims war schräg und die Figur fiel mir wieder in die Hände.

Also musste Jesus zurück auf den Boden. Ich nahm eines meiner neuen Leinenhandtücher, breitete es an der Wand neben meinem Schlafsack aus und stellte meine Kerze und den kleinen Jesus darauf. Dann legte ich Rosenkranz und Heiligenkette davor und platzierte meinen Bücherstapel daneben. Zufrieden betrachtete ich mein Arrangement. Dann erinnerte ich mich an Indias kleinen Altar und knurrte grimmig.

Nein, das hier war etwas anderes. Hier lag kein Messer, das schien mir ein wesentlicher Unterschied zu sein. Doch vor allem betete ich die kleine Figur nicht an. Selbst wenn ich es getan hätte – zumindest betete ich nicht zu mir selbst. Mein kleiner Altar hatte mit Indias Altar nichts zu tun. Ich betete zu einer echten Person, zu dem lebendigen Gott.

Allerdings konnte ich ihn weder sehen noch hören.

Aber er hatte mich mit Rosenblättern überschüttet und mir einen Granatapfel gegeben. Andererseits, obwohl mir Marty Green, ein Mitschüler in der fünften Klasse, einmal eine Dose mit Cashewkernen geschenkt hatte, hatte ich ihn doch schnell wieder vergessen.

Ich legte mich in meinen Schlafsack und nahm das oberste Buch von meinem Stapel: *Leben in Gottes Gegenwart von Bruder Lorenz von der Auferstehung (1608–1691).* Als ich nur den Titel las, musste ich schon weinen. Ich schnappte mir das kleine Jesuskind, hielt es auf Armeslänge von mir weg und sagte ihm, dass ich *sehr wohl* versuchte, in Gottes Gegenwart zu leben, aber bisher ohne Erfolg.

„Lass dir das eine gesagt sein", fuhr ich fort, „die Gegenwart von Larry war nie ein Problem. Er war da und wenn ich ihm etwas erzählt habe, dann hat er mir geantwortet. Sogar jetzt, wo er schon tot ist, schreibt er mir noch Briefe. Aber *du*, du hast mir noch nie geschrieben!"

Die Figur behielt ihr verklärtes Lächeln bei. Ich drehte sie um und schaute durch das Loch im Boden.

Sie war innen hohl. Natürlich.

Nachdem ich sie wieder an ihren Platz gestellt hatte, redete ich in die Leere und Dunkelheit meiner Zelle. „Wenn ich Larry um etwas bat, gab er es mir, auch wenn es unwichtig war. Aber dich bitte ich nicht um etwas Unwichtiges, ich bitte dich um meinen Sohn!"

Die Wände warfen das Echo meiner Stimme zurück. Da war niemand, zu dem ich redete. Seufzend nahm ich die Kette in die Hand und betrachtete die Medaillons.

Die klassische Darstellung des Franz von Assisi mit dem Vogel auf der Fingerspitze erinnert mich immer an

Aschenputtel. Als sie am Grab ihrer Mutter weinte, erschien ihr ein weißer Vogel. Warum wird Franz von Assisi nicht im Kopfstand gezeichnet? Es gibt eine Geschichte, der zu Folge er im Kopfstand meditierte, weil, wie er meinte, Gott die Dinge genau andersherum sieht und tut als wir Menschen.

„Das glaube ich auch“, erklärte ich den kahlen Wänden.

Der heiligen Theresia von Lisieux hatte man auf dem Medaillon eine Rose in die Hand gegeben. Der Zusammenhang war mir klar. In ihrer Autobiografie hatte ich gelesen, dass sie sich freute, eine von Gottes kleinen Blumen in der Welt zu sein. Sie wollte ein einfaches Leben führen, so schrieb sie, und nach ihrem Tod würde sie die Ewigkeit damit zubringen, „Gutes zu tun auf Erden“. „Ich werde Rosenblätter auf die Erde regnen lassen“, hatte sie gesagt.

Moment mal! Diesen Schluss hatte ich noch nie gezogen. Gab es einen Zusammenhang zwischen ihr und meiner Vision? Wollte ich wirklich glauben …

Nein, das tat ich nicht. Ich war eine Protestantin und für Protestanten wirft *Jesus* die Rosenblätter vom Himmel, keine katholische Heilige. Aber ihre Gefühle schien er trotzdem zu ehren und nach ihrem Sinn zu handeln. Sie war seine kleine Blume.

Warum war ich das nicht?

Niemand brauchte mich heilig zu sprechen, nur weil ich Visionen gehabt hatte. Auch war ich mir absolut sicher, dass es außer mir noch viele gab, die einen Blick in die unsichtbare Welt geworfen hatten. Vom Anfang der Kirche an bis heute gab es Menschen, die solche Erfahrungen gemacht hatten, und viele von ihnen – die Wüstenväter des dritten Jahrhunderts in der ägyptischen und syrischen Wüste, der Karmeliterbruder Lorenz von der Auferstehung, Teresa von Ávila – haben ihre Erfahrungen aufgeschrieben. Was ich von ihnen gelesen hatte, zeigte mir eines: Jeder von ihnen kannte Gott persönlich, und Gott liebte sie, jeden einzelnen.

An dem Tag, als Rose Gibson aus dem Krankenhaus entlassen wurde, rief Susanne mich an und erzählte es mir. „Sie ist in dieser Altenwohnanlage – einer sehr feinen Anlage, aber nur tagsüber, während ihre Tochter arbeitet. Die beiden wohnen zurzeit in einer Pension, bis ihr neues Haus fertig ist."

„Wie geht es Amber?"

„Super. Sie hat sich jetzt im Fitnesscenter angemeldet, damit sie trotz der Schwangerschaft nicht zu dick wird. Du weißt ja, wie wichtig ihr das immer war. Am liebsten würde ich ja mit ihr dorthin gehen, wenn ich nicht diesen neuen Posten hätte. Ich muss jetzt ziemlich viel arbeiten."

„Du hast doch bisher schon viel gearbeitet."

„Na ja, und jetzt noch etwas mehr."

Länger als zwölf oder vierzehn Stunden? Wie musste man sich das vorstellen? Ich schlug ihr vor, ihr Haus an jemanden zu vermieten, der Zeit hatte, es zu benutzen.

Sie lachte.

Am nächsten Tag fuhr ich in die Wohnanlage, um Rose zu besuchen. Sie brauchte keine so starken Medikamente mehr und ähnelte wieder mehr der Frau, die ich kannte.

„Hallo, Charlotte. Darf ich dir meinen Diener vorstellen? Das ist Carter." Sie nickte von ihrem Rollstuhl aus dem jungen Mann zu, der gerade höflich das Zimmer verließ. Ihr Rollstuhl stand am Fenster, in ihrem Schoß lag ein rosaroter iPod, mit dem sie Musik hörte.

Grinsend nahm sie die Kopfhörer aus den Ohren. „Das Ding ist gar nicht so schlecht. Trish hat mir Louis Armstrong und Ella Fitzgerald draufgespielt, sogar ein Hörbuch ist drin. Der Titel lautet: ‚Die älteste lebende Witwe erzählt aus ihrem Leben'. Das finde ich nicht so nett ... als würde meine Tochter denken, ich sei *alt*."

„Wie fühlst du dich denn?"

„Alt. Es gibt hier eindeutig zu viele Spiegel."

„Aber du siehst gut aus. Deine Frisur ist schön."

„Ja, ich war heute Morgen beim Frisör, gleich da unten im Eingang." Sie betastete ihre Locken.

„Du siehst zehn Jahre jünger aus."

„Damit wäre ich aber immer noch achtundsiebzig."

Ich sah mich um. An der gegenüberliegenden Wand hing ein wirklich sehr großer Spiegel mit Goldrahmen. „Schön hast du es hier."

„Ja. Nun ja. Zu Hause ist es immer noch am schönsten, das weißt du ja sicherlich genauso gut wie ich. Wer auch immer diese Brände legt, dir hat er die Ehre erwiesen, die Erste zu sein. Was hast du bloß getan, dass jemand so wütend ist auf dich?"

„Wenn ich das wüsste."

Sie sah mich an. „Heute Morgen hat wieder ein Haus gebrannt. Wusstest du das schon?"

Mir wurde schwindlig und ich sah mich nach einem Stuhl um. „Wessen Haus? Wurde jemand verletzt?"

„Ich kenne die Familie nicht. Nein, niemand wurde verletzt, sie waren alle bei der Arbeit. Was sagt die Polizei zu deinem Fall?"

„Nicht viel. Und zu deinem?"

„Gar nichts." Sie musste heftig husten, und ich reichte ihr das Wasserglas.

„Wie geht es dir als Witwe?"

„Ich komme ganz gut zurecht", sagte ich. Dann brach ich in Tränen aus.

„Alle sagen immer, dass sie gut zurechtkämen. Und dann weinen sie." Sie tätschelte meine Hand.

„Doch, es ist wirklich so. Larry war so krank." Ich zog ein Taschentuch aus dem Spender, der auf dem Tisch stand und schneuzte meine Nase. „Außerdem bekomme ich jede Woche einen Brief von ihm."

„Tatsächlich?" Sie hob eine Augenbraue über ihren Brillenrand.

Ich erklärte es ihr.

„Was für eine wunderbare, liebe Idee von ihm. Ihr müsst euch wirklich sehr nahegestanden haben, Larry und du."

„Ja, wir waren füreinander bestimmt."

Sie hustete wieder heftig und zeigte auf das Glas. Ich gab es ihr. „Füreinander bestimmt …", flüsterte sie. „Wie verkraftet Garrett den Tod seines Vaters?"

Ich überlegte, was ich sagen sollte. „Ich weiß es nicht", sagte ich schließlich.

„Er wird darüber hinwegkommen. Ich habe gehört, du hättest auch eine vorübergehende Unterkunft gefunden."

Wieder überlegte ich, wie viel ich ihr erzählen sollte, während ich ihr in die Augen sah. Dann antwortete ich ganz offen.

„Wenn du mich fragst, das klingt wunderbar. So etwas hätte ich auch gerne gemacht", sagte sie. „Als ich damals sah, wie die jungen Leute Blumen in die Gewehre der Soldaten steckten, da wäre ich am liebsten auch ein Blumenkind geworden. Clive, der mir *nicht* nahestand, sagte, das ginge nicht. Vielleicht hätte ich es nach seinem Tod tun sollen. Aber ich war damals schon zweiundsiebzig und Trish dachte, es sei besser, wenn ich bei ihr wohnen würde. Wenn ich jünger gewesen wäre, hätte ich genau das getan, was du tust. Aber nicht in schwarzen Kleidern, Charlotte. Geh doch mal wieder aus. Kauf dir bunte, fröhliche, blumige Sachen und entdecke die Liebe und das Leben neu."

Kapitel 24

Wenn man den ganzen Tag lang versucht, an nichts zu denken, während die Gedanken doch nie stillstehen, dann ist eine Fläche von zwölf Quadratmetern nicht sehr groß. Gegen Ende der Woche fühlte ich mich wie ein Wildtier im Käfig: Ich hatte zu viel Energie und nichts, worauf ich sie richten konnte.

Alles tat mir weh. Ich konnte nicht gut schlafen. Am Morgen rollte ich mich auf den Bauch und versuchte, mich zunächst in den Vierfüßlerstand zu bringen. Von dort aus ging ich in eine kniende Position, bis es mir langsam gelang, meinen schmerzenden Rücken aufzurichten. Außerdem wurde ich nachts oft wach, weil ich Angst und Atemnot hatte. Es waren aber keine Träume, die mich erschreckten; im Gegenteil, ich hätte mir gewünscht, einmal von Larry oder Garrett zu träumen. Nein, was mich nachts hochschrecken ließ, waren Ängste und Sorgen, die aus der Ungewissheit über das Schicksal meines Sohnes entsprangen.

An solchen Tagen hätte es hilfreich sein können, sich mit Fernsehen abzulenken. Aber auch diese Möglichkeit hatte ich nicht. Ich dachte daran, Solitär zu spielen – nicht die Computervariante, sondern das herkömmliche Kartenspiel. Als es mit Larry im Krankenhaus allmählich zu Ende ging und meine einzige Aufgabe darin bestand, bei ihm in seinem Zimmer zu sein und auf seinen Tod zu warten, hatte ich mir Solitärkarten gekauft, im Geschenkeladen des Krankenhausfoyers. Ich hatte gespielt, als ob mein Leben davon abhinge, verteilte die Karten in geraden Reihen über den Tisch und legte sie so lange hin und her, bis alle wieder ordentlich in einem Stapel waren, nur um dann wieder von vorne zu beginnen.

In zwei Tagen würde ich wieder einen Brief von Larry bekommen. In drei konnte ich Gordy anrufen. Was sollte ich in der Zwischenzeit tun? Ich ging zum Laden und kaufte mir ein Kartenspiel. Von da an muss es von außen so geklungen haben, als wäre in meiner Hütte eine Kastagnettenproduktion angelaufen.

Endlich war es Montag. Ich stand vor der Hütte und wartete auf das Postfahrzeug. Kaum sah ich es, sauste ich die Treppe hinunter und die Straße entlang. Dann ging ich betont lässig in den Laden, als bräuchte ich nur eine neue Handcreme – und natürlich meine Post.

„Ich hatte mich schon gefragt, wie lange du noch warten würdest, ehe du endlich etwas für deine Nagelhaut tun würdest." India rieb sich die Seiten ihres Bauches. „Wenn du willst, hätte ich hier eine Handcreme, die viel besser ist als die Creme, die du ausgesucht hast."

„Klingt super." Ich legte die Tube ins Regal zurück. „Hat die Post …"

„Wie wär's mit einer Nagelpolitur? Ich kann dir zeigen, wie du deine Nägel auf Hochglanz bringst, ohne Chemie und ohne Giftmüll."

„Heute nicht, danke India. Hast du Post …"

„Ich würde dir noch ein Fläschchen Mandelöl empfehlen. Wenn du das in die Nagelhaut einmassierst, wirst du aussehen, als hättest du den Tag im Schönheitssalon verbracht."

„Na schön, ich nehme es." Wenigstens hätte ich dann etwas zu tun. Außerdem würde sie dann hoffentlich mal kurz ruhig sein, um meine Frage hören zu können.

„Wirst du mir helfen, mein Kind zur Welt zu bringen?"
„Wie bitte?"
„Wenn mein Baby kommt, hilfst du mir dann?"
„Ich denke, du hast eine Hebamme?"
„Ja, aber sie ist nur eine Hebamme. Ich brauche auch noch jemanden, der meine Hand hält und mir sagt, wie ich atmen soll."
„Ich war gar nicht mit dir im Geburtsvorbereitungskurs."
„Das stimmt, aber es wollte auch sonst niemand mit mir hingehen. Du hast doch schon selbst ein Kind zur Welt gebracht. Marsha wird dich kurz einweisen, wenn es soweit ist." India kaute auf ihrem Nagel.
„Natürlich komme ich, danke für dein Vertrauen."
„In dem Fall …", sie lächelte entspannt, „… gehen Nagelpolitur und Mandelöl auf meine Rechnung. So, jetzt zeige ich dir, wie es geht."
Mitten im Laden begann sie, meine Nägel einzuölen, in Form zu bringen und zu polieren, einen nach dem anderen, während sie mir gleichzeitig alles Wichtige über die bevorstehende Entbindung erklärte. „Wenn es losgeht, werde ich zuerst Marsha anrufen, danach dich. Du wirst als Erste da sein, so kannst du schon das Wasser kochen, bis die Hebamme kommt."
„Moment mal. Was ist, wenn das Baby nicht wartet, bis die Hebamme kommt?"
„Es wird warten. Falls nicht, wird die Hebamme dir am Telefon sagen, was du tun musst."
„Oh, India."
„Aber so schnell wird es nicht gehen. Die Erstgeborenen brauchen doch immer etwas länger. Erst muss da unten alles gedehnt und geweitet werden, bevor die Kleine durchflutschen kann."
„Und das weißt du alles …"

„… durch Beobachtung. Bei meinem großen Bruder hat es zwölf Stunden gedauert. Bei mir nur noch zwölf Minuten. Bei meinen Cousins war es das gleiche. Wie lange hat es bei dir beim ersten Kind gedauert?“

„Neun Stunden und siebzehn Minuten.“

„Siehst du. Du musst mir nur helfen, ruhig zu bleiben und mir sagen, dass ich alles gut mache.“

„Falls es stimmt.“

„Es wird stimmen. Ich werde alles sehr gut machen. Ich werde dich auch nicht anschreien und dir nicht vorwerfen, dass du mich in diese Situation gebracht hast. Das hast du ja schließlich auch nicht. So. Wie sehen sie aus?“ Sie meinte die Nägel.

„Sehr schön. Für wann hast du das alles geplant?“

„Also, Marsha sagt, es wird noch zwischen zehn Tagen und zwei Wochen dauern.“

„Ich werde Wasser kochen und deine Hand halten.“

„Und mit mir atmen.“

„Das kann ich auch.“

„Gut.“ Dieses wunderschöne Lächeln lag wieder auf ihrem Gesicht.

Aber ich war mir nicht sicher, ob ich es gut machen würde. Ich nahm meine Handcreme, das Öl und die Politur und ging zur Tür. Was hatte Larry damals in diesen neun Stunden und siebzehn Minuten gemacht, ehe sie Garrett dann doch per Kaiserschnitt geholt haben? Meine einzige Erinnerung war, dass er an meinem Arm auf und ab rieb, so schnell wie ein Scheibenwischer auf höchster Stufe. Tröstlich war das kaum. Ich würde versuchen, das bei India *nicht* zu machen.

„Warte“, sagte sie, „du hast schon wieder einen Brief von diesem Anwalt bekommen.“

Am Straßenrand stand ein Baum, an den ich mich anlehnen konnte. Zuerst riss ich den äußeren, dann den inneren Umschlag auf, zog das Blatt heraus und entfaltete es.

Ich runzelte die Stirn. Das war ja kaum zu entziffern! Die Linien machten scharfe Zacken nach links und rechts, die Schrift sah aus wie Hieroglyphen, die aus vielen kleinen Pfeilen bestanden. Ich musste den Brief etwas weiter von meinen Augen weghalten, dann konnte ich Worte erkennen.

Liebe Charlie,

während ich diesen Brief beginne, sitzt du mir gegenüber und schaust auf den Fernseher. Es läuft eine Folge von Seinfeld, *ein Zusammenschnitt der lustigsten Szenen, aber du lachst nicht. Du hast Angst vor der Zukunft. Schon jetzt fällt es mir schwer, zu sprechen, ohne zu lallen. Wie gern würde ich dir sagen, dass ich mich um alles kümmern werde, aber die Zeit, in der ich das tun konnte, geht für mich zu Ende.*

Dein Gesicht hat diese Linien, die Menschen bekommen, die Schmerzen haben. Dein Mund sieht aus, als ob du Zahnweh hättest. Ach, Charlie. Gestern sah ich dich am Laptop, du hattest das Onlinebanking-Programm geöffnet, neben dir lag ein Stapel mit Rechnungen und Papieren. Dabei machst du das doch so ungern.

Morgen werde ich einen Finanzmanager anrufen. Ein kurzes Telefongespräch schaffe ich noch. Was kann ich dir jetzt noch geben, Charlie? Was wird am Ende noch von mir übrig sein, um das du trauern kannst?

Vergiss nie, ich liebe dich.
Larry

Ich drehte den Brief um, rückwärts und vorwärts. Dann sah ich im Umschlag nach. War es wirklich nur diese eine Seite?

Der Brief hatte so wenig Inhalt, dabei hatte ich mich so sehr auf ihn gefreut. Natürlich hat es ihn sehr viel Kraft und Anstrengung gekostet, das zu schreiben. Aber eigentlich stand da nicht viel mehr, als dass ich ferngesehen hatte und er am nächsten Tag Vernon anrufen wollte.

Ob er wirklich dachte, es gäbe für mich am Ende keinen Grund mehr, um ihn zu trauern? Wie sehr er sich da doch getäuscht hatte!

Als India mir am Dienstagmorgen mein Studentenfutter brachte, ertappte sie mich beim Kauen meiner frisch polierten Nägel.

„Ich kann dir Pfefferöl verkaufen“, schlug sie vor, „das hilft dir, nicht darauf herumzukauen. Obwohl ich eigentlich immer finde, sie schmecken dadurch besser. Es gibt ihnen etwas Pfiff. Komm, knabber lieber ein paar Fledermauszähne.“

Gehorsam nahm ich mir einen Sonnenblumenkern aus der Schüssel. „Morgen werde ich die Detektivin anrufen.“

„Was macht die überhaupt? Lauert sie nachts vor den Häusern seiner Freunde? Steht sie mit hochgeschlagenem Kragen unter der Laterne?“

„Ich vermute, sie telefoniert herum und schaut im Internet nach. Sie hat Zugang zu besonderen Seiten und weiß, wo man suchen muss.“ Ich fand einen Granatapfelsamen und platzierte ihn zwischen meinen Zähnen.

„Ich habe auch geholfen, soweit ich das kann … auf meine Art, um ihn zu finden. Macht dir das etwas aus?“

Was sollte ich darüber denken? Hatte das etwas mit dem Messer und der Mondgöttin zu tun? „Nein, gar nicht. Das ist sehr nett von dir. Ich bete auch für dich, India." Das stimmte zwar, aber nur in sehr bescheidenem Umfang – so wie alle meine Gebete derzeit ausfielen.

„Meine Hebamme kommt heute Nachmittag. Sie würde dich gern kennenlernen. Hast du etwas vor?"

„Ich habe noch ein paar Nägel zu kauen, aber so wie es mir heute geht, werde ich damit bald fertig sein. Na klar. Wann soll ich da sein?"

Marsha Watts war eine Frau, die mich irgendwie an einen Blaureiher erinnerte, denn sie bestand vor allem aus Beinen und einer langen Nase, dazu dieses blaugraue Gefieder von Frisur. Sie war äußerst liebenswürdig.

Sie sagte: „India wird wissen, wie sie ihr Kind gebären muss, sie hat ein sehr gutes Körpergefühl. Wir sind vor allem hier, um ihr zuzuhören und ihr zu helfen." Dabei unterstrichen ihre Hände jedes Wort mit gleitenden Bewegungen.

India würde Schmerzen haben, aber sie würde nicht leiden. Es würde keinen Grund geben, die Geburt zu beschleunigen, keine Medikamente, um die Wehen zu verkürzen oder zu bremsen. Unsere Aufgabe würde es sein, zu trösten und zu ermutigen.

„Sie wird Schmerzen haben, aber sie wird nicht leiden", wiederholte ich und bemühte mich, die Logik des Satzes zu erfassen.

„Genau. Wenn Sie ihr den Rücken massieren, ist es gut, das mit langen, weichen Bewegungen zu tun." Ihre Hände begannen, mir die Bewegung vorzuführen. „Sehr sanft, sehen Sie?"

Unmittelbar vor der Geburt des Babys würde Indias Körper eine Flut von Endorphinen freisetzen und sie würde in eine Art Trancezustand fallen, eine Verfassung, in der man völlig mit sich selbst im Einklang ist. Aus dieser inneren Position heraus würde sie den Geburtsvorgang intuitiv selbst steuern und wir würden sie dabei unterstützen.

Zurück in meiner Hütte, als ich mir das Gehörte noch einmal vergegenwärtigte, knurrte ich nur. Soweit ich mich erinnern konnte, war meine Entbindung ganz anders gewesen. Als die Wehen einsetzten, steckte ich meine Lieblingspostkarte in die Jacke, auf der eine stille Szene mit einer Brücke zu sehen war. Darauf wollte ich mich konzentrieren. Ich machte noch ein paar Atemübungen, dann ging es ins Krankenhaus, wo ich alles tat, was man mir sagte. An einen Trancezustand kann ich mich nicht erinnern, ich hatte höllische Schmerzen und ich litt sehr. Neun Stunden lang lag ich auf der Seite, benommen allenfalls von den unerträglichen Schmerzen, während Larry meinen Arm rubbelte, als könnte er damit bewirken, dass alles schneller vorbeigehen würde.

Es half nichts.

Hatte ich etwas überhört? Etwas Wichtiges verpasst bei Garrett? Da war diese Frage wieder, die zusammen mit meinem abendlichen Thunfisch auf mich wartete.

War ich von Anfang an keine richtig gute Mutter für Garrett gewesen? Wahrscheinlich war es sehr wichtig, dass ein Kind so gelassen und entspannt zur Welt kommen konnte, wie Gott das ursprünglich geplant hatte. Möglicherweise war das Erste, das Garrett in seinem Leben wahrnahm, der Schreck darüber, dass seine Mama keine Intuition hatte.

Das stimmte auch. Ich kann mich nicht erinnern, dass ich jemals intuitiv gehandelt hätte. Alles, was ich über Muttersein und Kindererziehung wusste, kam aus Büchern. Unmengen von Büchern und Zeitschriften hatte ich gelesen, ich führte einen Tagesplaner mit Listen und Checklisten, jeder Aspekt von Garretts Entwicklung, seines Wachstums und seiner Abläufe wurde studiert, kontrolliert und mit den Normen abgeglichen.

Wie hätte ich da intuitive Hinweise – wie auch immer man sich diese vorzustellen hatte – wahrnehmen können?

Warum steckte mein Sohn in Schwierigkeiten?

Wieder erinnerte ich mich an den Tag, als ich ihn dabei erwischte, wie er mein Foto im Waschbecken verbrannte. Er hatte die Schule geschwänzt und ich hatte ihn zufällig im Einkaufszentrum gesehen, wie er Münzen in den Springbrunnen warf. Hatte ich ihn damals eigentlich gar nicht gefragt, warum er nicht zur Schule gegangen war? Nein, ich hatte einfach angenommen, er wollte sich drücken, so wie jedes Kind das mal versucht. Aber möglicherweise hatte es da noch andere Gründe gegeben. In der Schule kann eine Menge passieren, und ich hatte ihn nie danach gefragt.

Dann erinnerte ich mich an die Monate, in denen er von Albträumen geplagt wurde. Ich war deshalb nie mit ihm bei einem Arzt oder Psychologen. Vielleicht waren diese Träume damals die Vorboten von etwas Schrecklichem gewesen, von dem ich keine Ahnung hatte?

Mein Telefon klingelte. „Mrs Denys?"

„Gordy. Haben Sie ..."

„Nein, noch nichts. Ich wollte mich nur mal melden. Soweit ich es bis jetzt überschauen kann, hat Ihr Sohn keine schriftlichen Spuren hinterlassen. Er hat weder eine Wohnung gemietet noch ein Zimmer, er hat weder ein Haus gekauft noch einen Heizöltank füllen lassen. Anscheinend hat er überhaupt nichts getan, was eine Spur hinterlassen hätte, es scheint nichts Schriftliches stattgefunden zu haben. Mit einer Ausnahme."

„Ja?"

„Vor einer Woche hat jemand versucht, mit einer Kreditkarte in einem Supermarkt einzukaufen, die Garrett vor einem Jahr hatte sperren lassen."

„Also ist er tot?"

„Mrs Denys, ich habe keinen Grund zu der Annahme, dass er nicht mehr lebt. Es wurde keine Leiche gefunden, auf die seine Beschreibung passt. Ich habe eher den Eindruck, dass er nicht gefunden werden möchte, aus was für Gründen auch immer."

„Wo hat er eingekauft?"

„Genes Markt in …"

„Ich weiß, wo der ist."

„Ich bräuchte noch etwas mehr Zeit, um noch einige weitere Möglichkeiten zu prüfen, wenn Ihnen das recht wäre."

„Bitte suchen Sie weiter. Aber wird das dann mehr kosten?"

„Nicht mehr, als Mrs Keyes zu zahlen bereit ist."

Damit war das Gespräch zu Ende. Das war also der Anruf gewesen, auf den ich tagelang gewartet hatte. Schon vorbei. Garrett war möglicherweise bei Gene einkaufen gewesen. Dort hatte ich jahrelang jede Woche eingekauft. Wenn ich in meiner alten Umgebung geblieben wäre, hätte ich ihn vielleicht treffen können.

Kapitel 25

Am nächsten Tag starb Rose Gibson. Trish fand sie morgens tot im Bett. Einfach gestorben. Sie war 88 Jahre alt geworden.

Bald darauf saß ich hinter ihrer Familie im Trauergottesdienst. Es war ein komisches Gefühl, als wäre die Zeit rückwärts gelaufen und ich würde noch einmal meinen Mann begraben. Zwar saß ich heute nicht in der ersten Reihe und es war auch eine andere Kirche, aber die Musik, der Sarg und das versteinerte, unwirkliche Gefühl waren genau gleich.

In den Bergen lebte ich ein vollkommen anderes Leben als zuvor und in gewisser Weise machte das manches einfacher. Da ich nicht in die Nähe der vertrauten Orte kam, lief ich auch nicht Gefahr, dauernd nach den Gesichtern meines Mannes und meines Sohnes Ausschau zu halten. Doch jetzt war ich wieder in dem Tal, in dem wir gelebt hatten …

Ich war viel früher zur Beerdigung gefahren als nötig, um noch eine Weile auf dem Parkplatz vor Genes Supermarkt zu stehen. Vielleicht würde mein Sohn ja zufällig gerade vorbeikommen, um sich einen Liter Milch zu holen. Die Welt hier unten sah so aus wie immer, obwohl Larry nicht mehr da war. Das gleiche Lächeln auf den gleichen Gesichtern, die gleiche wärmende Sonne, die gleiche Musik im Radio des Wagens, der neben mir hielt. Niemand hielt inne, weil er Larrys Stimme vermisste und sich nach seiner Berührung sehnte. Nur ich.

Sogar diese Beerdigung verlief wie jede andere Beerdigung. Beim anschließenden Kaffeetrinken sprach eine Frau mit Trish darüber, wie der Wiederaufbau ihres Hauses vorankäme. Trish antwortete: „Ich kann das Haus nicht herrichten lassen, solange die Ermittlungen noch nicht abgeschlossen sind, aber ich habe schon wunderschöne graugrüne Fliesen für die neue Küche ausgesucht."

„Es macht bestimmt Spaß, alles neu auszustatten!"

„Charlotte hat ihr Haus verloren", sagte Trish, „durch denselben Brandstifter. Ihr Haus brannte als erstes, und weißt du was? Es geschah während der Beerdigung ihres Mannes."

Ich floh auf die Toilette. Die Leute redeten hier, als wäre das alles ganz ... normal. Aber es war rein gar nichts mehr normal.

Als ich aus der Toilette trat, sah mich Ronnie, Trishs Sohn, der anscheinend die Situation richtig erfasst hatte. „Ich finde, sie sollten ihn als Mörder verurteilen, wenn sie ihn gefasst haben. Wenn jemand dabei stirbt, dann ist es doch Mord, oder?" Er putzte sich die Nase mit einer Serviette. „Wenn jemand dabei stirbt, dann ist es Mord."

„Vielleicht."

„Mama sagt, Oma war alt und sei an Herzversagen gestorben. Aber der ganze Rauch ... vielleicht hätte sie ohne das Feuer noch ein Jahr gelebt."

Ich wollte nur noch weg. Schnell verabschiedete ich mich von Trish, dann stürzte ich aus der nächsten Tür. Mein Auto stand am anderen Ende des Parkplatzes.

„Charlotte?" Trish rief hinter mir her.

Ich tat, als hörte ich sie nicht.

Dankenswerterweise hatte Susanne die Frage, ob Garrett der Täter sein könnte, fallenlassen. Zumindest hatte sie das Thema nicht mehr zur Sprache gebracht. Seit sie mich mit Gordy in Verbindung gebracht hatte, war sie erstaunlich ruhig und rief kaum noch an. Wahrscheinlich hatte es mit ihrem neuen Job zu tun. Ich hielt an ihrem Büro, um zu sehen, ob sie dort war. Natürlich war sie da.

Sie drehte den Schlüssel in der Glastür und ließ mich herein. „Mein Arbeitspensum ist verrückt. Ich habe Blumen zu Rosis Beerdigung geschickt, aber ich konnte nicht hingehen. Waren die Blumen dort? Weiße Rosen?"

„Ja, da war ein großes Bouquet." Ich hatte nichts gesehen.

Ich folgte ihr zu einem großen Raum im hinteren Teil der Etage. Sie sah längst nicht so glücklich aus, wie ich erwartet hätte, jetzt, wo sie den Chefposten innehatte. Nachdem sie einen Karton von einem Stuhl genommen hatte, bot sie mir den Platz an, dann goss sie Kaffee aus einer Stahlkanne in Styroporbecher.

„Was ist los, Susanne?"

„Es ist nur ..." Sie zuckte mit den Achseln. „Einer der Makler hat sich darüber geärgert, dass ich die Stelle bekommen habe und hat gekündigt. Er war einer unserer besten Leute."

„Das tut mir leid." Aber das schien noch nicht alles zu sein. Susanne weinte jetzt.

„Amber nimmt ab", sagte sie. „Sie ist im dritten Monat schwanger und hat allein in der letzten Woche zweieinhalb Kilo abgenommen."

„Ist ihr übel?"

„Das behauptet sie. Aber wenn ich mit ihr zusammen bin, habe ich einen ganz anderen Eindruck. Ich habe beobachtet ..." Sie schnäuzte sich. „Am Samstag war ich bei ihr, weil wir zusammen einkaufen gehen wollten. Da war sie ganz überdreht. Wir kamen nicht los, weil sie sich nicht entscheiden konnte, was sie anziehen wollte. Ein Teil nach dem anderen zog sie an und wieder aus. Ich stand dabei, wie sie zuerst ein blaues Oberteil anhatte, dann ein gelbes, dann wieder das blaue. Das ging so drei Mal. Sie sagte, sie hätte gefrühstückt, aber es war kein benutztes Geschirr zu sehen. Zum Mittagessen bestand ich darauf, dass sie einen Toast aß. Als sie danach zur Toilette ging, folgte ich ihr. Ich habe es *gehört*, Charlie. Es ist nicht schwangerschaftsbedingte Übelkeit. Ich weiß, wie es klingt, wenn man ..."

„Aber das kann sie doch nicht machen. Sie ist doch schwanger."

Susanne zog die Schultern hoch und weinte. Ich nahm ihre Hand. „Weiß ihr Arzt davon?"

„Gleich nachdem ich sie wieder nach Hause gebracht hatte, war ich bei ihm und habe es ihm erzählt. Wenn sie das wüsste, würde sie mich hassen."

„Was sagte er?"

„Er wird sie beobachten." Sie sah verzweifelt zur Decke. „Amber hat das nicht mehr getan, seit Jack weg ist – soweit ich weiß. Du kannst dir nicht vorstellen, wie dieser Mann sie früher wegen ihres Babyspecks fertiggemacht hatte. Das fing schon an, als sie drei Jahre alt war. Er hat sie so lange unter Druck gesetzt, bis sie anfing, Diät zu halten."

Ich wusste so wenig über Susannes Leben, vor allem nicht mehr über die letzten Jahre. „Es tut mir so leid, dass ich so selten für dich da war, Susi."

„Du hattest deine eigenen Sorgen."

„Die du mit mir zusammen getragen hättest, wenn ich dich gelassen hätte."

„Ja, das hätte ich."

„Ich kann nicht erklären, warum ... Falls ich die Möglichkeit hatte, mich anders zu verhalten, habe ich es nicht gemerkt. Es tut mir sehr leid."

„Das ist vorbei." Sie lächelte traurig. „Weißt du, wen Jack geheiratet hat? Eine mollige, blonde Erzieherin, die um ein Uhr mittags nach Hause kommt und Kuchen backt. Meine Güte! Sie ist das absolute Gegenteil von mir. Sie hat nichts von meiner Art und dafür alles, was ich nicht habe. Eine kältere Dusche kann ich mir gar nicht vorstellen." Sie fuhr mit dem Daumen an ihrem Kaffeebecher entlang. „Und Amber … er verbrachte auch nach der Trennung viel Zeit mit ihr, aber die ganze Zeit redete er darüber, was sie hier falsch gemacht hatte und was dort bei ihr nicht in Ordnung war. Trotzdem versteht er immer noch nicht, warum sie immer ablehnt, wenn er sie zum Essen einlädt. Ich kann mir gut vorstellen, dass sie ihm noch nicht einmal gesagt hat, dass sie schwanger ist. Das klingt jetzt schrecklich, aber ich bin mir sicher, dass er damals froh war, als sie das Kind verloren hat."

„Also, glücklich sah er aber auch nicht gerade aus."

„Du hast ihn nicht zu Hause erlebt."

„Ach, Susi."

„Es ist vorbei", sagte sie zum zweiten Mal.

Ich schlief fast zu gut in dieser Nacht. Durch das Klingeln meines Handys kam ich langsam wieder zu mir. Ich angelte nach dem Telefon und sah auf dem Display, dass mir mehrere Anrufe entgangen waren. Es waren drei Anrufe, und alle waren von Trish. Da schien etwas nicht in Ordnung zu sein. Ich rief sie an.

„Charlotte, danke, dass du mich zurückrufst. Ich habe mir Sorgen um dich gemacht, weil du so schnell gegangen bist. Geht es dir gut?"

„Ja, ich bin nur gelegentlich etwas emotional."

„Du hast auch einen schweren Monat hinter dir. Aber bitte sag mir doch, hat Ronnie dich mit irgendetwas verletzt?"

„Nein." Meine Stimme versagte. Ich atmete tief durch und nahm einen neuen Anlauf. „Rose war wunderbar und ich kann mir vorstellen, dass Ronnie sehr traurig ist."

„Vielen Dank für dein Verständnis. Wir sind beide wirklich sehr traurig. Aber Ronnie braucht immer einen Schuldigen. Dieses Monster, das hier irgendwo unterwegs ist und Häuser in Brand steckt, ist für ihn natürlich genau das richtige Ziel, um seine Trauer und seinen Ärger abzureagieren. Du hast doch auch einen Sohn. Du weißt, wie Jungs sind."

Ja, das wusste ich.

Nach dem Gespräch kroch ich aus meinem Schlafsack und richtete mich auf. Eine Schale mit Studentenfutter wartete schon an der Tür auf mich. India war hier gewesen, hatte vielleicht sogar meinen Namen gerufen und offensichtlich auch die Tür geöffnet. Das alles hatte mich nicht in meinem Schlaf gestört. Am liebsten hätte ich gleich weitergeschlafen. Ich wollte nur, dass all die Gedanken in meinem Kopf, die Verspannung in meinen Schultern, der Verlust von Larry und die Angst, diese entsetzliche Angst ... dass das alles verschwinden würde.

Ich stieg in mein Auto, fuhr zu Genes Supermarkt und beobachtete die Leute, die nicht wussten, dass Garrett weg war und die das auch gar nicht interessierte.

„Charlotte." Eine Hand packte mich an der Schulter.

Ich rollte mich samt meinem Schlafsack auf die Seite, von der die Stimme kam. Jemand hockte neben mir und hatte eine Taschenlampe eingeschaltet. Ich fuhr erschrocken hoch.

„Keine Angst, ich bin es nur."

India. „Wie spät ist es? Was ist los?"

„Nichts Schlimmes. Ich habe versucht, dich anzurufen, aber du bist nicht ans Telefon gegangen."

„Ach. Ist es soweit?"

„Marsha ist schon unterwegs."

„Bist du *zu Fuß* hierher gekommen?"

„Ich war auf der Lichtung. Auf dem Rückweg kam ich bei dir vorbei."

„Du warst dort oben? Seit wann hast du denn Wehen?"

„Ich musste mich doch vorbereiten."

Eilig zog ich mich an, dann gingen wir los. „Hast du die Kerzen dort oben ausgeblasen?" Wir waren schon bei ihr auf den Stufen, als ich das fragte.

„Ich bin doch nicht blöd."

Sie blieb stehen, holte scharf Luft und rieb die Unterseite ihres Bauches mit einer Hand, während sie sich mit der anderen am Treppengeländer festkrallte. Als die Wehe abebbte, gingen wir weiter treppauf. Der weiße Kater wartete schon darauf, hereingelassen zu werden.

„Heute Nacht nicht, Cotton." Sie ließ ihn draußen und zog die Tür zu. Cotton beschwerte sich maunzend und kratzte am Glas.

India wusch ihre Hände in der Spüle, dann ging sie schwankend durch den Raum zu ihrem Schlafzimmer. Ich folgte ihr. Sie fing sofort an, das Bett abzuziehen und alles in den Kissenbezug zu stopfen. Dann holte sie eine schwarze Plastiktasche unter dem Bett hervor, zog einen gefalteten Duschvorhang heraus und breitete ihn über der Matratze aus.

„Wie im Krankenhaus", sagte sie, als ich ihr zu Hilfe kam und wir den Vorhang gemeinsam sorgfältig unter der Matratze fixierten. „Nicht, dass das herausrutscht."

Nachdem der Duschvorhang glatt und fest lag, hob sie die schwarze Tüte hoch und schüttete etwa ein Dutzend Handtücher auf die Matratze. Wir breiteten sie über das ganze Bett aus.

„So. Jetzt brauchen wir die Papiertüte aus dem Ofen. Kannst du sie bitte herbringen?"

„Eine Papiertüte?"

Sie presste ihre nur Handflächen gegen den Bauch und verzog das Gesicht. Ich tat, was sie gesagt hatte, stellte die heiße Tüte in eine Bratpfanne und ging damit zu India zurück.

„Bettlaken", erklärte sie, während sie die Tüte auf die Matratze legte. „Ich habe sie sterilisiert."

Als das Bett mit den warmen Betttüchern fertig war, ging sie kurz hinaus, um gleich darauf mit einem weißen Lappen und einem Eimer mit dampfend heißem Wasser zurückzukommen. Sie kniete sich auf den Boden, dann rollte sie sich in eine sitzende Position und hielt ihren Bauch fest.

„India, was hast du?"

„Eine Wehe."

„Nein, warum bist du auf dem Boden?" Ich setzte mich zu ihr.

„Zum Putzen."

„Aber…" Ich sah mich um. „Mir erscheint alles sehr sauber."

Ihr Gesicht verzog sich und ihre Augen füllten sich mit Tränen. „Ich will nur ganz sicher sein."

„Ach, du Liebe." Ich zog sie in meine Arme. „Hast du Angst?"

Sie nickte.

„Das brauchst du nicht. Marsha hat dir alles gesagt, was du tun musst, und sie ist gleich da. Außerdem bist du eine sehr starke junge Frau. Du wirst das gut machen."

Sie verbarg ihr Gesicht in meinem Pulli.

„Wir setzen dich jetzt in diesen Schaukelstuhl. Ich werde den Boden wischen."

„Ich will duschen."

„Gut, einverstanden. Kannst du das allein?"

Sie nickte. Ich half ihr auf die Beine und sah ihr hinterher, wie sie ins Bad ging und die Tür schloss. Als ich das Wasser rauschen hörte, machte ich mich an die Arbeit und putzte jeden Winkel und alle Oberflächen des Raumes. Am Ende war das Wasser, das ich wegschüttete, kaum von frischem Wasser zu unterscheiden. Das Zimmer war sauber.

Marsha würde jeden Moment eintreffen. Ich rief durch die Badezimmertür: „Ist alles in Ordnung?"

„Ja."

Da klopfte es auch schon an der gläsernen Schiebetür. Ich ging durch die Wohnung, um Marsha hereinzulassen. „Sie duscht gerade."

„Sehr gut." Sie trat ein, in ihrer Hand einen großen, altertümlichen Hebammenkoffer, mit dem sie mich an Mary Poppins und deren Reisetasche erinnerte. Ihr Gesichtsausdruck verriet Ernsthaftigkeit und Routine. „Ich denke, sie muss sich jetzt erst einmal ausruhen."

„Das stimmt. Sie hat hier alles blitzblank geputzt, ein Krankenhaus kann nicht sauberer sein. Die Wehen kommen ungefähr alle sieben Minuten."

„Wir sagen dazu heute Nacht nicht Wehe, sondern Druckwelle."

Sie tat fast so, als wäre das etwas Positives. „In Ordnung ..."

„Ist das Bett vorbereitet?"

„Ja, mit ausgekochten Laken."

Marsha schmunzelte. „Wir werden eine besondere, schöne Nacht zusammen erleben. Genieß das! Haben wir Tee?"

„Oh Schreck, ich habe vergessen, das Wasser zu erhitzen!“

„Charlotte.“

„Ja?“

„Wir werden noch lange hier sein. Es gibt keinen Grund zur Eile.“

Ich bemühte mich, das zu beherzigen und langsam zur Küche zu gehen. Dort füllte ich den Kessel mit Wasser und stellte ihn auf den Herd, dann fand ich den Tee, lose in Gläsern auf einem Regal arrangiert. Ohne Beschriftung. Ich öffnete das erste Glas und schnupperte.

„Pfefferminztee wäre am besten“, sagte Marsha. „Ich werde so lange nach India sehen.“

Pfefferminze war zumindest leicht zu erkennen.

Als die beiden Frauen zurückkehrten, trug India ein weißes langes T-Shirt, ihre Haare waren nass und zu einem Knoten zusammengedreht. Ich gab ihr eine Tasse Tee.

„Ach, jetzt hätte ich fast etwas vergessen.“ India ging zum Kühlschrank und zog zwei Platten heraus, eine war beladen mit Obst und Gemüse, auf der anderen war eine Vielzahl verschiedener Brothäppchen, Muffins und Käsewürfel arrangiert. Sie hatte ihre Party gut vorbereitet.

„Wunderbar“, sagte Marsha.

Ich sah zur Seite und beschloss, mich an die asketischen Essensvorschriften zu halten, die ich mir selbst auferlegt hatte.

Marsha zog eine Kamera aus ihrer Tasche. „Charlotte, würdest du bitte Fotos machen? Ich werde unterdessen schon mal ins Schlafzimmer gehen und meine Utensilien vorbereiten.“ Sie verschwand mit ihrer Reisetasche.

Ich hob die Kamera.

„Warte.“ India nahm einen weißen Krug aus dem Kühlschrank und einen Tonkrug mit einem Strauß wilder Blumen von der Theke in der Küche. Zusammen mit den beiden Platten arrangierte sie das Ganze auf einem weißen Baumwolltuch. Dann trat sie zurück, um ihr Werk prüfend zu betrachten.

„Noch nicht", sagte sie, als ich erneut die Kamera heben wollte. Sie holte noch eine Kerze vom Frühstückstisch, zündete sie an und stellte sie mitten in das Arrangement. „Fertig", sagte sie und schüttelte das Streichholz aus, „perfekt."

Das erste Foto im Babyalbum würde jedes Stillleben von Cézanne in den Schatten stellen.

Sie ging umher, entzündete noch mehr Kerzen, schaltete die Stereoanlage ein, aus der spanische Gitarrenmusik erklang, und holte ein Monopolyspiel hervor. „Es könnte eine Weile dauern, hat Marsha gesagt."

Dann setzte sie sich in einen Stuhl, um die nächste Wehe ... nein, *Druckwelle* zu veratmen.

„Ruhig atmen", sagte Marsha, die wieder in den Raum getreten war.

India holte tief Luft, atmete aus, senkte ihren Kopf und schloss die Augen. Als die Welle vorüber war, fragte Marsha: „Wann war die letzte?"

India sah auf die Uhr: „Vor fünf Minuten."

Wir machten ein Foto von India im Eingang ihres Schlafzimmers, ihr Bauch reichte fast bis zum anderen Türrahmen. Ich machte ein Foto mit ihr und Marsha, dann machte diese ein Foto von uns. Schließlich bauten wir das Monopolyspiel auf.

Ich hatte gedacht, wir würden ein Kind zur Welt bringen und jetzt musste ich Monopoly spielen, ein Spiel, das ich überhaupt nicht mochte. Es hörte nie auf, außer wenn ein Mitspieler total rücksichtslos agierte. In unserem Fall war das India.

Das Spiel wäre schneller zu Ende gegangen, wenn India nicht immer wieder aufgestanden wäre, um durchs Wohnzimmer zu gehen, zu atmen und die Stirn gegen die Wand zu legen. Als eine besonders lange Druckwelle zu Ende ging, sagte sie: „Ich will mich hinlegen."

„Kannst du zuerst noch zur Toilette gehen?", fragte Marsha.

So zogen wir alle um und gingen ins Schlafzimmer. Aus Marshas offener Tasche stieg eine bunte Mischung verschiedener Düfte empor, die Gerüche von Kräutern und Desinfektionsmitteln vermischten sich und erinnerten an einen Bioladen oder an ein Krankenhaus... vielleicht an beides zusammen.

Sie untersuchte Indias Muttermund, er war schon acht Zentimeter weit geöffnet. Mit einem hölzernen Hörrohr kontrollierte sie die Herztöne des Babys, indem sie das breite Ende auf den Bauch setzte und ihr Ohr an das schmale Ende hielt.

„Die Herztöne des Babys sind kräftig", erklärte sie und lächelte.

„Räume das Spiel noch nicht weg", sagte India, „ich will noch deine Schillerstraße kaufen."

Sie stöhnte.

„Atmen, India."

Sie atmete und stöhnte.

Als die Wehe abklang, halfen wir ihr, sich hinzusetzen und polsterten ihren Rücken mit Kissen.

„Meine Oma war im Monopoly unschlagbar."

„Deine Oma schon wieder", sagte ich, „deine katholische Oma..."

„Sie war wie ein gieriger Hai unterwegs, allerdings nur im Monopoly. Aaaahh..."

„Atmen, India. So ist es gut."

„Atmen", sagte ich nun auch und begann, ihren Rücken zu massieren. Marshas Hand auf meiner Schulter signalisierte mir, dass ich zu heftig knetete, und so wurde ich langsamer.

„Reite auf der Welle, Liebes. Jede Welle bringt dich näher zu deinem Baby."

India nickte und eine Träne kullerte ihr über die Wange.

Als die Welle sich legte, sagte Marsha: „Du kannst jetzt mit deinem Baby reden. Sag ihr, dass sie jetzt herauskommen darf. Alles ist vorbereitet."

Jetzt begann India richtig zu weinen und der Klang versetzte mich zurück auf den Berg, wo ich ihr Wehklagen zum ersten Mal erlebt hatte.

„Was ist los?" Marsha wischte ihr die Tränen aus dem Gesicht.

„Es ist nichts vorbereitet. Sie kann nicht kommen."

„Warum denkst du das?"

„Ich kann mich nicht um das Baby kümmern."

„Aber Liebes, du kannst das sehr gut. Du wirst eine wunderbare Mutter werden."

„Ich bin ganz allein."

„India", sagte ich, „Marsha hat recht. Wenn ich nur an das wunderschöne Zimmer denke, das du für dein Baby vorbereitet hast. Du hast einen kleinen Himmel für dein Kind geschaffen."

„Du hast mir das Geld dafür gegeben, Charlotte. Ich …"

„Nein, India. Ich habe dir ein Auto gegeben. Du hast daraus ein Auto und ein Kinderzimmer und eine Babyausstattung gemacht. An all das hätte ich gar nicht gedacht. Du wirst auch den Rest gut machen."

Sie schlang ihre Arme um mich und ich hielt sie, als wäre sie mein eigenes Kind. „Es ist alles gut, mein Mädchen, ich bin bei dir." Wie schön es war, diese junge Frau festzuhalten, die mir vertrauensvoll ihr Herz geöffnet hatte. Auch ich begann zu weinen, während wir langsam vor- und zurückschaukelten. Einen Augenblick lang dachte ich an meinen eigenen Sohn, dann schob ich den Gedanken wieder zur Seite. Es wäre nicht fair India gegenüber gewesen, wenn ich jetzt beim Gedanken an Garrett völlig die Fassung verlieren würde.

Meine Augen begegneten Marshas. Sie lächelte, beugte sich über das Bett und wischte mir eine Träne aus dem Gesicht. Sofort fühlte ich mich bloßgestellt, als ob sie diesen kleinen Gedanken an Garrett hätte sehen können, der für einen Moment über mein Gesicht gehuscht war, als ob sie hätte hören können, wie er seinen Vater in der Garage angeschrien hatte.

India ließ mich los. „Ahhh …!"

„Atme, India", sagte ich.

Sie atmete, aber zu schnell.

„Langsamer, Liebes." Marsha fuhr ihr über die Haare. „Schau mich an." Demonstrativ stand sie vor India und atmete langsam ein. India sah ihr in die Augen und tat es ihr nach. „So ist es gut."

„Gut", bestätigte ich.

Wir atmeten zusammen, bis ich dachte, ich würde von all der Luft platzen, die ich eingeatmet hatte.

„Marsha", sagte India schließlich, als der Schmerz nachgelassen hatte.

„Ich bin hier."

„Vielleicht sollten wir doch ins Krankenhaus fahren?"

„Warum denkst du das?"

„Ich bin so müde und es tut so furchtbar weh. Ist überhaupt alles in Ordnung?"

„Ich schau mir mal deinen Muttermund an." India legte sich zurück und öffnete die Beine. „Du bist bei neun Zentimetern."

„Neun? Ist das gut?"

„Du hast es fast geschafft."

Marsha presste das hölzerne Horn auf Indias Bauch. „Es sieht alles ganz gut aus. Du machst das genau richtig. Schon bald wirst du dein Baby in den Armen halten."

India nickte und stöhnte, schon atmeten wir alle wieder.

Die Druckwellen kamen jetzt in kurzen Abständen und wir redeten nicht mehr. India hatte die Arme um den Bauch gepresst und schaukelte vor und zurück, so ähnlich, wie ich es mit meinem Kissen tat, wenn ich Krämpfe hatte. Ich erinnerte mich an die Schmerzen in der Lendenwirbelsäule, die ich als junge Frau oft gehabt hatte und legte meine Hände an die entsprechende Stelle bei ihr. Marsha legte ihre Hand über meine und zeigte mir, mit wie viel Druck ich welche Bewegungen ausführen sollte.

Nach etwa einer Stunde meinte India, sie wolle noch einmal duschen. Marsha überprüfte den Muttermund vor und nach dem Duschen. Er blieb bei neun Zentimetern.

Ich brachte Tee. India schob sich die Kissen unter ihrem Kopf zurecht und legte sich auf die Seite. Ich massierte ihren Rücken, bis sie bat: „Nicht mehr, bitte."

„Ich bleibe hier, India."

„Danke." Sie atmete tief. „Können wir das Licht ausmachen?"

Ich tat es und bemerkte dabei das violette Licht vor dem Fenster. Es war fünf Uhr morgens und India hatte angefangen, sich selbst in den Schlaf zu singen, eine klagende Weise, die mich sehr berührte. War das der Trancezustand, von dem Marsha gesprochen hatte? Ein beunruhigender Gedanke, fand ich. Die Hebamme saß im Wohnzimmer und strickte. Ich betrachtete India und versuchte, selbst herauszufinden, was mit ihr geschah. Einen Hinweis auf eine Endorphin-Schwemme konnte ich nicht erkennen.

Schließlich setzte ich mich in den Schaukelstuhl. Es wurde still und ich döste ein. Wie lange ich schlief, weiß ich nicht, aber als mein Kopf auf meine Brust sackte, wurde ich wieder wach. Rosarotes Licht fiel durchs Fenster. Leise schlich ich mich zum Bett, um nach India zu sehen. Sie lag ruhig da, ihre Brust hob und senkte sich langsam.

Ich ging zu Marsha.

„Sie schläft."

„Haben die Druckwellen aufgehört?"

„Ja. Ich vermute, dass sich ihr Muttermund vollständig geöffnet hat. Ihr Körper weiß, dass ihm noch ein enormes Stück Arbeit bevorsteht, deshalb ruht er jetzt und sammelt Kräfte. Die Weisheit, die wir in unserem Körper tragen, ist unbeschreiblich. Wir sind viel kompetenter, als wir oft ahnen."

Da war ich mir nicht so sicher. Wenn das stimmen würde, warum musste Susanne dann diese Musik mit den unterschwelligen Botschaften hören, um sich selbst von ihrer Kompetenz zu überzeugen? Ich drehte mich von dem verlockenden Anblick der Muffins weg und setzte mich zu Marsha aufs Sofa.

„Hast du Kinder?"

„Nur eines", antwortete ich, „einen Jungen. Aber er kam per Kaiserschnitt zur Welt."

Sie nickte, als würde sie auf meine Geschichte warten. Doch was ich damals bei Garrett erlebt hatte, hatte nichts mit dieser Entbindung von India zu tun. Auch wollte ich jetzt nicht an Garrett denken. Das verschob ich auf später, wenn ich wieder allein in meiner Hütte war.

Marsha lächelte. Entgegen meines Vorsatzes begann ich zu erzählen. „Mein Muttermund ging nicht auf. Nachdem die Fruchtblase geplatzt war, warteten wir stundenlang, aber nichts geschah. Also bekam ich wehenauslösende Medikamente und neun Stunden lang versuchten wir es. Aber mehr als fünf Zentimeter erreichte ich nicht."

„Das muss sehr schmerzhaft gewesen sein."

„Ich hatte furchtbare Angst. Immer wieder fragte ich die Hebamme, ob es bald vorbei wäre. Sie sagte, ich sei noch nicht einmal annähernd so weit. Dabei sprach sie von der Öffnung meines Muttermundes, aber ich meinte die Schmerzen. Zu dem Zeitpunkt waren die Wehen so schmerzhaft, dass ich mir einfach nicht vorstellen konnte, dass ich noch mehr ertragen könnte. Trotzdem drehte die Krankenschwester die Infusion immer weiter auf und es wurde immer noch schlimmer. Meine Angst war unbeschreiblich. Wenn ich gewusst hätte, dass die Austreibungswehen auch nicht schlimmer sein würden, dann hätte ich bestimmt durchgehalten." Ich begann zu weinen.

Marsha legte ihre Hand über meine.

„Tut mir leid", schniefte ich.

„Schon gut", erwiderte sie.

„Es ist eine lange Nacht."

„Du bist eine sehr wertvolle Freundin für India und du bist ihr eine große Hilfe."

„Danke." Ich trocknete meine Tränen.

„War das Baby gesund?"

„Ja."

„Das ist ein großes Geschenk. Wie geht es ihm jetzt?"

„Ich bin nicht sicher. Marsha, könntest du mir erklären, warum wir Druckwelle sagen und nicht Wehe?"

Sie lächelte und nahm ihr Strickzeug wieder auf. „Heutzutage weiß man, dass das Denken einer Gebärenden einen großen Einfluss auf den Geburtsverlauf hat. Viele Erkenntnisse verdanken wir der Hebamme Ina May Gaskin. Sie hat die Geburtshilfe auf einen neuen Stand gebracht und auch neue Begriffe eingeführt. So sagte sie, das Wort Kontraktion erinnere an eine Anspannung, welche die Muskeln nach innen, in den Körper ziehe. Doch wenn man ein Kind gebären soll, dann ist das genau die falsche Vorstellung. Sie beschrieb die Wehe als eine Welle, von der die Frau plötzlich erfasst wird. Sie kann von ihr herumgewirbelt werden, sie kann aber auch auf ihr reiten."

„Auf ihr reiten", wiederholte ich nachdenklich.

„Ist das nicht oft so im Leben? Manche Dinge, die uns erfassen, liegen einfach außerhalb unserer Kontrolle. Aber wir müssen uns von ihnen nicht in die Tiefe reißen lassen. Wir können uns vergegenwärtigen, dass sie nicht ewig anhalten werden. Der Schmerz wird uns an einen neuen Ort tragen, wir müssen nur immer weiter atmen, dann werden wir gut hindurchkommen."

... und alles wird gut sein, und aller Art Dinge... Ich nickte und ließ den Gedanken auf mich wirken.

„Charlotte?" Das war Indias Stimme, voller Angst. Schnell eilte ich in ihr Zimmer.

„Wo warst du?"

„Ich war nur im Wohnzimmer."

„Kannst du mir helfen? Ich muss zur Toilette. *Ganz schnell.*"

„Warte kurz. Vielleicht musst du nicht zur Toilette", sagte Marsha und stand hinter uns. Sie schlüpfte in zwei Handschuhe. „Darf ich bitte zuerst nachsehen?"

„Aber schnell. Ich muss ganz dringend." Sie legte sich zurück. Ein tiefes Stöhnen kam aus ihr.

„India, Liebes", sagte Marsha, „du musst nicht aufs Klo. Am besten, du bleibst jetzt hier und bekommst dein Baby."

„Jetzt? Bin ich schon so weit?"

„Ja, jetzt. Dein Muttermund ist vollständig geöffnet." Es klang fast wie ein Jubelschrei, eine triumphale Verkündigung.

India lachte, Marsha stimmte ein und ich ließ mich auch anstecken. India sah mich lachen und lachte noch mehr.

„Atme jetzt ganz langsam. Wenn die nächste Welle kommt, dann machst du genau das, wonach dir zumute ist."

Wir mussten nicht lange warten. Indias Augen weiteten sich. „Soll ich pressen?"

„Wenn du willst."

Sie wollte. Ihre Hände bekamen das Kopfende des Bettes zu fassen und dann presste sie mit unvorstellbarer Kraft.

„Hilf mir, Charlotte", sagte Marsha. „Geh ans Fußende des Bettes."

Bei der nächsten Presswehe drückte India ihre Füße gegen mich und ... ich ... sah ... die Oberseite des Köpfchens.

„India", sagte Marsha ruhig, „gib mir deine Hand." Sie tat es und Marsha führte sie nach unten, wo sie zum ersten Mal ihr Kind berühren konnte.

„Ist das ... ?"

„Ja, das ist es!"

„Ich spüre Haare!"

„*Viele* Haare!"

India presste erneut, und ... oh, gütiger Gott! Der Kopf des Babys kam heraus! Ich begann zu weinen, aber meine Hände waren weiterhin an Indias Füßen und boten ihr den Widerstand, den sie brauchte, um dagegen zu drücken.

Marsha drehte das Baby vorsichtig, bis es nach oben schaute. India presste ein weiteres Mal. Ich drückte gegen ihre Füße und die Schultern des Babys kamen zum Vorschein.

„Gut", sagte Marsha, „warte jetzt einen Moment."

„*Warum*?" India wollte jetzt nicht aufhören und ich verstand auch nicht, was Marsha wollte.

Marsha lächelte strahlend. „India, Liebes, möchtest du dein Kind selbst entbinden?"

„Was?"

„Gib mir jetzt deine beiden Hände."

Sie tat es und Marsha legte sie unter die Arme des Kindes. „Zeig ihr den Weg nach draußen."

„Jetzt?" Noch nie hatte ich India mit so einer zärtlichen Stimme sprechen hören.

„Jetzt."

Es ging tatsächlich. Das Baby rutschte heraus und India hielt es fest und hob es hoch. Sie sah ihr Baby an und das Baby sah ihr direkt in die Augen. India lächelte strahlend und flüsterte: „Da bist du ja."

Meine Finger lagen auf meinen Lippen. Dies war ein heiliger Ort, ein heiliger Moment.

„Ein Mädchen", sagte ich.

„Ein Mädchen", sagte Marsha.

„Sie schreit nicht." India klang besorgt.

„Sie atmet nicht – *noch* nicht", sagte Marsha und sie hatte recht. Das Baby war eindeutig blau. Marsha schob ein kurzes, dünnes Röhrchen in die Nase des Babys und pustete leicht hinein. Sofort zog das Baby die Luft ein und seufzte und seine Haut nahm die Farbe eines Pfirsichs an.

„Na also." Marsha säuberte das Näschen mit einer kleinen Pipette, dann klemmte sie die Nabelschnur an zwei Stellen ab. Ich drehte mich zur Seite, den Einsatz der Schere in Marshas Hand wollte ich nicht mitansehen. Schon war es vorbei.

„Charlotte, du musst mal an ihr riechen", sagte India.

Ich kam zu der Kleinen und schnupperte. Als ich den süßen, lieblichen Duft wahrnahm, musste ich wieder weinen. Nur ein einziges Mal in meinem Leben hatte ich dies schon einmal gerochen. Die Erinnerung daran löste so viele Gefühle in mir aus, dass ich am liebsten hinausgerannt wäre.

Aber das tat ich India nicht an. Heute war ihr Tag.

„Estelle." India lächelte. „Mein kleiner Stern."

Estelle war wunderschön, mit schwarzen Haaren, die flaumig weich ihr Köpfchen umrahmten, als wäre sie ein aufgeplustertes kleines Küken. Sie hatte große Augen und Lippen wie Rosenknospen, die sich zum Küssen anboten.

„Sie hat immer noch nicht geweint", stellte India fest.

„Liebe India, du hast dieses Kind so behutsam zur Welt gebracht, sie weiß noch gar nicht, dass sie geboren wurde. Aber jetzt werde ich ein paar Tricks mit ihr machen."

Sie steckte eine Fingerspitze in den Mund der Kleinen. Sofort fing sie an, daran zu saugen und Marsha zog den Finger wieder zurück. „Da kommt nichts", lächelte sie.

Dann strich sie mit den Fingern über die Fußsohlen des Babys und alle Zehen gingen nach oben. „Super."

Als Nächstes zog sie die Arme des Kindes auseinander. „Sooo groß bist du!" Sie ließ los. Estelle zog ihre Ärmchen fest an den Körper und wimmerte leise.

Wir freuten uns alle.

„Kleines Mädchen, du hast die volle Punktzahl erreicht. Den Apgar-Test hast du mit Bravour bestanden. Jetzt wollen wir mal schauen, ob wir dich zum Trinken kriegen."

Wir halfen alle drei mit. Marsha schob Indias Shirt zur Seite, India legte Estelle an ihre Brust und ich streichelte den zarten, weichen Rücken des Babys. Estelle schnappte nach der Brustwarze, als hätte sie noch nie etwas anderes getan und wir stimmten alle überein, dass alle Babys genau so geboren werden müssten.

Es war zehn Uhr morgens, bis alle Fotos gemacht und alle Protokolle ausgefüllt waren, ehe das Bett wieder frisch bezogen und die Geburtsurkunde unterschrieben war. Schließlich ging unser ganz besonderes Fest zu Ende. India lag wie eine Königin in ihrem Bett, mit Estelle im Arm. Marsha packte ihre Sachen ein, umarmte uns alle und fuhr nach Hause.

Ich ging zurück in meine Hütte und weinte um das Kind, das ich mir hatte aus dem Bauch schneiden lassen.

Kapitel 26

Am nächsten Morgen traf ich India auf der Plattform vor ihrer Wohnung im Schaukelstuhl an, Estelle an der Brust.

„Wie geht es unserem kleinen Stern?"

„Fantastisch. Sie lag die ganze Nacht in meinem Arm, nur zum Trinken wurde sie ein paarmal wach. Den Laden habe ich aber noch nicht geöffnet."

„Das Baby ist ja auch gerade erst geboren."

„Ich kann mir gar nicht vorstellen, dass ich wieder in den Laden gehen werde. Aber ich muss. Schließlich geht es um unseren Lebensunterhalt. Vielleicht wird es gar nicht reichen, was ich mit dem Laden verdiene."

„Wenn es nötig ist, wirst du auch eine andere Arbeit finden."

„Möchtest du sie mal halten?" Im Schlaf machte Estelle noch ein paar schmatzende Geräusche, dann schürzte sie ihre Lippen und seufzte wohlig. All die Bezeichnungen, die für kleine Kinder so gern verwendet werden – kostbarer Schatz, niedliche Maus, kleiner Engel –, breiteten sich in meinem Kopf aus und erfüllten mein Denken, als wären sie alle nur für dieses Kind erfunden worden, für Estelle.

Ich legte sie über meine Schulter und strich behutsam mit der Hand über ihren Rücken. Ihr Schlafanzug war weich und dünn, ich fühlte die zarte Wirbelsäule unter meinen Fingern. Staunend nahm ich ihren kleinen Fuß zwischen Daumen und Zeigefinger. Durch den Stoff hindurch konnte ich die winzigen Zehen ertasten, wie kleine Erbsen lagen sie nebeneinander. Mein Enkelkind hätte sich auch so angefühlt. „Süßer, süßer Schatz." Ein neues Leben hatte begonnen.

„Ich habe nie als Babysitterin gearbeitet, als ich ein Teenager war, Charlotte. Das mit dem Stillen und dem Wickeln, das kriege ich schon hin, aber da ist ja noch so viel mehr, was ich wissen müsste ..."

Ich wusste doch selbst nicht mehr. Vor allem wollte ich India anflehen, gut auf dieses Kind aufzupassen. Wie schnell konnte man etwas Gravierendes falsch machen; es gab so viele Möglichkeiten und so viele Jahre, um Fehler zu machen. Ich wollte sie bitten, das Messer von dem Altar zu nehmen.

„Du wirst das nach und nach alles lernen und sehr gut machen, India. Du hast ein wunderbares Baby und niemand könnte besser für Estelle sorgen als du." Das waren Worte, die jeder in dieser Situation so gesagt hätte. Meine Gedanken waren aber ganz anders.

„Übrigens", sagte sie, „du hast wieder einen Brief bekommen, von dem Anwalt."

Liebe Charlie,

du bemühst dich so sehr, fröhlich zu sein, spielst meine Lieblingsmusik, kaufst Blumen, lässt die Vorhänge offen, damit die Sonne hereinscheinen kann. Deine Stimme klingt heiter, wenn du redest. Ich bin mir sicher, dass sie nicht zu deinen Gefühlen passt. Ich liebe dich dafür, dass du dich so sehr bemühst, wie ich dich immer für alles geliebt habe, was du getan hast. Wenn es doch nur umgekehrt wäre und ich versuchen könnte, dich glücklich zu machen. Es tut mir leid, dass all dein Bemühen so vergeblich ist.

Ich kann in letzter Zeit an nichts anderes denken als an unseren Sohn. Leider sind die Tage, in denen ich ihm ein Vater sein konnte, vorbei. Er kommt kaum noch nach Hause. Und wenn, dann redet er wenig und geht bald wieder. Wie oft werde ich ihn noch sehen, ehe ich sterbe?

Ich wollte ein guter Vater sein und habe hart gearbeitet, um ihm ein schönes Leben zu ermöglichen. Gerne hätte ich jede Gefahr vorausgesehen und ihm den Weg freigeräumt. Meine Methoden waren vielleicht nicht immer die Besten. Ich habe nicht immer alles richtig gemacht. Wenn du Garrett das nächste Mal siehst, sag ihm bitte, dass ich es gut machen wollte.

Vergiss nicht, ich liebe dich.
Larry

Ich kann mich genau an diese künstlich-heitere Stimme erinnern, mit der ich in Larrys Gegenwart immer gesprochen habe. Schon damals konnte ich diese Stimme bei mir nicht ausstehen; sie war so unecht, so aufgesetzt.

Larry war der beste Vater, den man sich nur wünschen konnte. Aber ja, er machte auch Fehler. Das einzige Buch, über das wir uns jemals stritten, was die Autobiografie einer Frau aus dem 17. Jahrhundert, Madame Guyon. Damals standen wir finanziell sehr unter Druck, was ihn so belastete, dass er sich ganz anders verhielt, als ich es von ihm gewohnt war. Es war Samstagmorgen, Garrett war noch klein, ConjuTech sollte erst ein Jahr später entstehen. Ich fuhr Larry zur Arbeit, weil sein Wagen in der Werkstatt war; das Getriebe war defekt. Zum ersten Mal mochte ich ein Buch, das Larry nicht gefiel.

„Die Frau war verrückt", sagte er.

Ich hörte ein Klackern auf dem Boden hinter uns. „Das ist keine Verrücktheit, sondern Glaube. Würdest du bitte Garretts Flasche aufheben?"

„Sie hielt Gott für ihren Geliebten!"

„Ja, aber das steht doch auch in der Bibel, zum Beispiel an der Stelle, wo es heißt, dass die Gemeinde die Braut Christi ist."

„Das ist ein Bild, eine Allegorie. Aber sie hat das wörtlich genommen und dachte, das ganze Hohelied sei nur für sie geschrieben!"

„Nicht *nur* für sie." Hinter uns wieder das Klackern.

„Er wirft diese Flasche mit Absicht auf den Boden."

„Versuch mal, ob er den Apfelsaft lieber mag."

„Weil sie so eine seltsame, fast erotische Beziehung zu Gott hatte, war der Mann, mit dem sie verheiratet war, doch nur ein dummer Junge für sie ..."

„Sie hat darauf vertraut, dass alles gut würde, wenn sie sich nur auf Gott konzentrierte."

„Hat er aber nicht gemacht – zwei ihrer Kinder sind gestorben, sie hat ihren ganzen Besitz verloren, ihr Bruder wandte sich gegen sie und ihre Kirche hat sie ins Gefängnis gesteckt."

„Was alles dazu beitrug, dass sie Gott näherkam."

„Sie kam dem *Wahnsinn* näher!"

„Was ist denn mit dir los?"

„Soll ich jetzt sagen: Danke, Jesus, dass mein Auto einen Getriebeschaden hat?"

„Warum nicht?"

„Oh, toll! Danke, Jesus, ich darf auch samstags arbeiten und verdiene trotzdem zu wenig. Danke, Jesus, auch wenn aus allem, was wir uns gewünscht haben, nichts geworden ist…"

Ich erinnere mich nicht gern an diesen Tag. Irgendwas war an dem Gespräch falsch gewesen. Von da an klemmte Larry sich noch mehr dahinter, für seine Familie zu sorgen. Und er machte es wunderbar.

Zurück in meiner Hütte griff ich wieder nach dem Buch von Madame Guyon. Mit Erstaunen stellte ich fest, dass ich heute mehr wie Larry dachte: Die Frau war verrückt gewesen. Ihre Sicht von Gott war ebenso wenig gut und richtig wie unser eher materielles Denken. Ich legte das Buch weg und ging zu meinem Hügel, um zu beten.

Die Schmerzen von den Nächten auf dem harten Boden machten es mir schwer, mich hinzuknien. Aber ich wollte es dennoch tun. Oben auf dem Kamm des Hügels war der Boden steinig, also suchte ich mir weiter unten eine von Laub und trockenen Nadeln bedeckte Stelle, die weicher aussah. Dort ging ich auf die Knie.

Ich hatte kaum zu beten begonnen, als ein Strahl des bis dahin hinter dicken Wolken verborgenen Sonnenlichtes durch Wolken und Bäume brach und genau auf meinen kleinen Fleck fiel. Es kam mir vor wie ein Lichtspot im Theater, eine Art Kopfnicken Gottes, seine Zustimmung für eine geistliche Erkenntnis, die ich gar nicht hatte. Jetzt fehlte nur noch der Chor der Engel. Allerdings hatte Gott seinen Scheinwerfer auf die falsche Frau gerichtet. Ich hätte fast gelacht.

Fast.

Ein plötzlicher Gedanke stieg in mir auf. Meine dritte Vision war von dieser Art gewesen. Sie geschah am Tag nach der Beerdigung meiner Mutter. Drei Tage vorher hatte ein Polizist während dem Geschichtsunterricht an unsere Klassenzimmertür geklopft. Die Lehrerin ging hinaus, schloss die Tür und redete draußen mit dem Polizisten. Wir machten drinnen leise unsere Witzchen darüber, wer wohl gleich verhaftet werden würde. Wurde jemand abgeholt, weil er den gängigen Modegeschmack verletzt hatte? Oder gab es eine Strafe für schlichte Dummheit? Ich stimmte in den flüsternden Chor der anderen mit ein.

Genau in dem Moment öffnete die Lehrerin wieder die Tür und sagte: „Charlotte, würdest du bitte deine Sachen nehmen und mitkommen?"

Nur ganz langsam verstand ich den Sinn ihrer Worte.

Die anderen Kinder begriffen es schneller und prusteten los: „*Charlotte* ist es." Die Lehrerin sah sie streng an. Ich bemühte mich, mit den anderen mitzukichern, aber ich wusste: Es war etwas Schlimmes passiert.

Das war es allerdings. Ein Nachbar hatte seinen entlaufenen Hund gesucht, betrat dabei auch unser Grundstück und fand meine Mutter tot im Liegestuhl neben dem Pool. Der Alkohol hatte sie umgebracht.

Mein Vater konnte erst am nächsten Tag kommen, also verbrachte ich den restlichen Tag bei unseren Nachbarn. Abends lag ich dort im Bett und hörte, wie sie im Wohnzimmer über mich flüsterten. „Wenn dieser Hund nicht gewesen wäre, hätte sie ihre Mutter selbst gefunden."

Welch eine Vorstellung!

Drei Tage später gingen mein Vater und ich zu unserem Haus und packten meine Sachen, um noch in derselben Nacht nach New Mexiko zu fahren, wo Vater mit seiner neuen Frau wohnte und wo ich von da an auch zur Schule gehen würde.

Als ich mit Packen fertig war, sah ich aus dem Fenster. Mein Vater saß in dem Liegestuhl, in dem meine Mutter gestorben war, hinter dem Haus. Er hatte das Gesicht in den Händen vergraben. Ich wollte nicht dort hingehen, aber es schien mir auch falsch, ihm nur zuzurufen, dass ich fertig sei.

Ich fühlte mich erstaunlich ruhig. Das Leben hatte unserer Familie einen weiteren üblen Schlag versetzt, doch in mir waren keine Gefühle. Der Himmel war so stark bewölkt, dass man fürchten musste, er würde unter seinem eigenen Gewicht zusammenbrechen. Es waren mindestens vier Wolkenschichten dort oben, eine über der anderen, so wie man in einer kalten Winternacht mehrere Decken übereinanderstapelte. Die Sonne hatte keine Chance, durchzubrechen.

Aber ein Strahl schaffte es doch und fiel direkt auf mich. Er trug den Geruch von Schnee mit sich, doch er war voller Wärme, die durch meine Haut und meine Muskeln hindurch direkt in meine Seele drang. Ich begann zu weinen, als wäre in meinem Innersten ein Staudamm gebrochen.

Mehr kann ich zu dieser letzten Vision nicht sagen. Eine kleine Lücke in den Wolken brachte mir eine Botschaft, die ich laut und deutlich verstand – sie kam zu mir in der Sprache des Lichts und obwohl ich danach von Schluchzern geschüttelt wurde, hatte ich diese friedliche Gewissheit, dass alles gut werden würde. Das Weinen war echt und heilsam, es befreite und belebte mich neu. Augenblicke später trocknete ich mir die Tränen ab und ging in den Garten hinter dem Haus. Ich legte meinen Arm um den Vater, dem ich bis dahin nie hatte vergeben können, dass er uns verlassen hatte, und sagte ihm, dass ich bereit war, bei ihm und der Frau zu wohnen, wegen der er Mama und mich damals verlassen hatte.

Das war Jahrzehnte her. Nun kniete ich hier im Wald, wieder beschienen von einem einzelnen Sonnenstrahl. Aber keine Botschaft erreichte diesmal mein Herz, ich hörte die Sprache des Lichts nicht. Es war einfach nur ein Sonnenstrahl.

Mechanisch flüsterte ich das Vaterunser: „Denn dein ist das Reich und die Kraft und die Herrlichkeit, in Ewigkeit. Amen."

„Wahnsinn!"

Ich fuhr herum. Da stand Brenda, mit gefalteten Händen, wie eine reumütige Sünderin.

„Was ist?"

„Es tut mir leid, das war das erste Mal, dass ich so etwas gesehen habe. Das war wirklich schön."

Mühsam und mit schmerzenden Knien erhob ich mich, trat aus dem Sonnenlicht und klopfte mir den Schmutz von den Beinen.

„Bist du fertig?"

„Ja."

„Wie geht es Indias Baby?"

„Beiden geht es gut."

„Hast du ein bisschen Zeit? Kann ich kurz mit dir reden?"

„Klar." Wir gingen nach oben, zum Kamm des Hügels, wo der große Stein war, auf dem ich mich gern niederließ. Sie setzte sich auf den Boden zu meinen Füßen, als wäre sie meine Jüngerin, was mir ein unangenehmes Gefühl gab. Dann lächelte sie, ehe sie mich mit ihrer Mitteilung überraschte: „Ich möchte mich dir anschließen", erklärte sie unvermittelt.

„Wie bitte?"

„Ich will das Gleiche tun wie du. Ich will von dir lernen."

Lernen, von mir? Was denn? Wie man Gott vergeblich um Hilfe bittet, weil man sein Kind verloren hat? Am liebsten hätte ich geweint. Wenn Brenda doch weggehen würde.

„Ich werde natürlich nicht in deiner Hütte schlafen", erklärte sie weiter. „Aber alles andere möchte ich so machen wie du: das einfache Leben, das Meditieren, die Gebete. Ich kann beten. Du musst mir nur sagen, wie es geht."

„Ich soll dir Beten beibringen? Was sagt denn Gil dazu?"

„Gil wird in Zukunft nicht mehr bestimmen, was ich zu tun habe. Er hat sich von mir ja auch nie etwas sagen lassen. Gestern habe ich herausgefunden, dass er auf das Haus, das Russ und ich zusammen gekauft hatten, eine Hypothek aufgenommen hat, um die Renovierung seiner Sonnenstudios zu finanzieren."

„Wie kann das sein? Das Haus ist doch dein Eigentum!"

„Er hatte mich allerhand Papiere unterschreiben lassen, die ich nicht gelesen habe. Ich bin beim Aufräumen zufällig drauf gestoßen, und er hat mich bloß angeschrien, ich hätte kein Recht, in seinen Sachen herumzuschnüffeln." Sie weinte jetzt. „Russ sagte mir, ich solle endlich selbst für mich die Verantwortung übernehmen. Ich habe lange gebraucht, aber allmählich verstehe ich doch, was er meint. Gestern Abend sagte ich Gil, dass ich meine Nase nicht machen lassen werde, und Fett lasse ich mir auch keins mehr absaugen. Und heute Morgen habe ich meinen Job gekündigt. Ich will mich um meinen Papa kümmern. Gil denkt immer nur ans Geld. Soll er sich doch eine Sekretärin besorgen."

„Hast du ihm auch gesagt, dass du dich mir anschließen willst?"

„Ich denke, das geht ihn nichts an. Das ist allein meine Entscheidung. Ich werde aber weiter bei ihm wohnen, deshalb kann ich nicht in deiner Hütte einziehen."

Das beruhigte mich sehr.

„Ich will, dass mein Leben einen Sinn hat. Ich will für etwas Wichtiges leben."

Das wiederum berührte mich. Doch kaum hatte ich bei den letzten Worten meine Hand auf ihren Kopf gelegt, da bemerkte ich auch schon, wie seltsam das jetzt aussehen musste, wie eine Segnung, ich auf dem Felsen und sie auf dem Boden zu meinen Füßen. Schnell zog ich die Hand wieder zurück. „Brenda, was ist mit Russ?“

„Russ?“

„Er ist jemand Wichtiges, für ihn könntest du doch leben.“

Sie lächelte. „Russ ist der beste Freund, den ich jemals hatte und das wird auch immer so bleiben. Aber Gil ist trotzdem etwas *Besonderes*, mit all seinen Fehlern.“

Ich schaute auf ihren Arm. An einigen Stellen waren die Flecken schwarz geworden, andere gelb. Ja, er hatte etwas Besonderes – seine Fehler!

Was sollte ich jetzt mit ihr anfangen? „Ich werde dir erst mal zur Einstimmung ein Buch geben“, sagte ich. Sie würde vielleicht ihren Plan wieder aufgeben und mich in Ruhe lassen, wenn ich ihr ein besonders schwieriges Buch geben würde. Madame Guyon war genau das Richtige.

Ich hatte folgendes Problem: Solange ich vor Genes Laden auf dem Parkplatz stand, könnte Garrett in einem der anderen Läden einkaufen. Aber während ich zu den anderen Läden fahren würde, um dort nach ihm zu sehen, könnte er bei Gene auftauchen.

Nur eines wusste ich sicher: Jemand, der Garretts alte Scheckkarte besaß, war einmal hier gewesen. Vielleicht Garrett. Und so kurbelte ich das Fenster herunter, öffnete meinen Gurt und wartete.

Brenda wollte von mir lernen, wie man Gott findet. Was für eine lächerliche Vorstellung! Das einzig wirklich Gute, was ich bis jetzt auf dem Berg erlebt hatte, war die Entbindung einer Hexe in ihrem Schlafzimmer gewesen, und alles, was ich gelernt hatte, waren die Prinzipien einer sanften Hausgeburt. Vielleicht sollte ich Brenda einfach an India überweisen, mit ihren Kerzen und Zauberformeln? Mit ihrem Altar für eine dunkelhaarige Göttin, die – konnte ihr das entgangen sein? – das exakte Abbild ihrer selbst war.

Ich griff in meine Tasche, um mein Mittagessen herauszuholen – eine Dose Thunfisch – und entdeckte etwas, was ich nicht hineingetan hatte: ein kleiner brauner Karton mit einer blauen Schleife, dazu eine Karte.

Danke für alles, was du getan hast.
India

Ich zog die Schleife auf und öffnete die Schachtel. Erschrocken schloss ich die Augen vor dem, was ich da sah. Am liebsten hätte ich es gar nicht angefasst. Auf den ersten Blick sah es aus wie eine Nonne. Aber … das war es nicht. Es hatte mehrere Arme, wie dieser Hindu-Gott Vishnu. Nur wegen dem weißen Umhang und dem schwarzen, einem Schleier ähnelnden Haar entstand auf den ersten Blick der Eindruck einer Nonne. In Wirklichkeit war es ein Götze.

Kapitel 27

Ich stöhnte kopfschüttelnd. Dann setzte ich die Göttin auf mein Armaturenbrett und sah sie lange an. Wenn India das als kleinen Scherz gemeint hätte, dann hätte ich vielleicht darüber lachen können. Aber sie hatte es ernst gemeint. Für India war es der Weg, der sich vor mir entfaltete, meine Entwicklung vom Rosenkranz über die Medaillonkette und die Jesusfigur – bis zu diesem Götzen! Jesus war für sie keineswegs die Krönung dieser Reihe.

Diese Entwicklung war falsch. Einiges war falsch. Was war es nur? Es fiel mir schwer, die Knackpunkte zu benennen. Ich hatte ihr mein Auto geschenkt. Konnte sie daran nicht erkennen, dass ich ... Christ war? Vermutlich nicht.

Bis auf ihre gelegentlichen scharfen Bemerkungen war India eine liebevolle Person. Wenn die Verhältnisse andersherum gewesen wären, hätte sie sich vermutlich ebenso verhalten wie ich. Hätte sie auch ihren ganzen Besitz verschenkt? Ja. Es hätte ihr bestimmt Freude gemacht. Genauso wie ich mich an dem Tag, als ich es getan hatte, wirklich gefreut hatte. Es war mir dabei nicht um die Empfänger gegangen, an die ich mich kaum noch erinnerte, sondern um die Freiheit.

Drehte sich hier eigentlich alles immer nur um mich? Meine Bücher, mein Rückzug, die schwarze Kleidung, die dämliche Armbanduhr, die immer noch nicht läutete –

meine Visionen, meine Freiheit und meine Heiligkeit … Vielleicht sollte ich ja in die Hütte gehen und zur *Heiligen Charlotte vom Walde* beten. Vielleicht würde ich sogar eine Antwort bekommen!

Wohin führte das alles? Was tat ich eigentlich auf diesem Berg in dieser entsetzlichen Baracke?

Es war an der Zeit, mir eine sinnvolle Beschäftigung zu suchen.

Susanne hätte meine Bewerbung schnell geschrieben. Andererseits wollte ich da sein, falls Gordy Smith doch noch irgendwelche Neuigkeiten für mich hätte. Davon abgesehen fühlte ich mich auch noch nicht stark genug, um eine neue Arbeit aufzunehmen. Eine ehrenamtliche Tätigkeit wäre wohl tatsächlich ein guter Anfang, das hatte sogar Susanne gesagt. Ich brauchte etwas, um meine Zeit sinnvoll auszufüllen.

Als Garrett noch zur Schule ging, machte er ehrenamtliche Arbeiten, um seinen Lebenslauf aufzupeppen, den er für ein Stipendium brauchte. Einmal war es seine Aufgabe, den Müll entlang der Autobahn aufzusammeln. Als er zurückkam, meinte er glücklich, es sei schön gewesen, allein zu sein und Zeit zum Nachdenken zu haben.

Genau das, was ich suchte.

Dann arbeitete er in einer Suppenküche. Ich fuhr ihn immer hin und sah hinter ihm her, bis er in dem Gebäude verschwunden war. Eigentlich wäre das nicht nötig gewesen. Die Gegend war gepflegt, ganz in der Nähe des Amtsgerichts. Ob es diese Suppenküche noch gab?

Ich verstaute „Schwester Vishnu“ wieder in meiner Tasche, dann schnallte ich mich an, drehte den Zündschlüssel um und fuhr vom Parkplatz.

Louise gab mir zu verstehen, dass sie keine Zeit hatte, mich einzuarbeiten, aber wenn ich es selbst herausfand, dann könnte ich gern bleiben.

„Wir können heute Abend fünfundsiebzig Personen bewirten, vielleicht auch achtzig, falls Kinder darunter sind. Den Rest wird Bobby dann wegschicken. Wir sind nicht der einzige Ort, an dem man gratis etwas zu essen bekommt. Allerdings gibt es nur hier die Spaghettisoße nach meinem Geheimrezept."

Sie arbeitete unentwegt, wischte die Tische, die ihr Mann gerade hinstellte, dann nahm sie mich mit hinter den Tresen, der den Speisesaal von der Küche trennte. Ich bekam ein paar Gummihandschuhe und zwei riesige Schüsseln aus Aluminium in die Hand gedrückt. „Im Kühlschrank sind acht Köpfe Salat und ein Beutel mit Tomaten."

Mehr Worte brauchte es nicht. Die Aufgabe war nicht schwer und ich machte mich an die Arbeit. Während ich Salat putzte und schnippelte, beobachtete ich, wie sie eine sehr große Dose passierter Tomaten öffnete und in eine Pfanne goss, in der schon etwas lag, das mich an zermatschte Frikadellen erinnerte. Ob ihre Soße wirklich so spektakulär war?

„Du kannst dir das nicht vorstellen", sagte Bobby, legte einige Baguettes auf den Tisch und zückte ein Brotmesser.

„Was?", fragte ich.

„Ihre Soße. Ich habe deinen Blick gesehen."

„Du verrätst ihr nichts!", befahl Louise und zeigte mit dem Löffel auf Bobby. „Nicht, solange sie den Test noch nicht bestanden hat."

„Welchen Test?" Ich zerpflückte die Salatblätter in kleine Stücke.

„Diesen Test." Sie deutete auf den Speisesaal. „Nur wer es eine Weile bei uns ausgehalten hat, bekommt mein Rezept."

Soweit ich sehen konnte, fügte sie ihrer Soße nichts besonders Interessantes hinzu, nur gefrorene Zwiebelstücke und eine übergroße Dose Pilze. Alles, was ich riechen konnte, waren passierte Tomaten, Hackfleisch und Putzmittel, den ganzen Abend über. Dazu kamen natürlich noch die Ausdünstungen der Obdachlosen. Trotzdem wäre ein Teller Spaghetti mit Soße um Welten besser gewesen als Thunfisch. Ich war zwischendurch nicht zu Hause gewesen und hatte mir nichts mitgebracht.

Aber Arbeit gab es genug. Um 18:00 Uhr sollte das Essen fertig sein. Schon um 16:00 Uhr standen die Menschen vor der Tür Schlange. Um 17:30 Uhr kamen noch zwei weitere Helfer, Ben und Lily, ein Pärchen. Über Jahre hatte ich all die Menschen ignoriert, die mit Pappschildern bettelnd am Straßenrand saßen oder an roten Ampeln von Auto zu Auto gingen. Wenn Larry dabei war, gab ich ihnen manchmal etwas, aber wenn ich allein war ...

Schließlich sahen die meisten von ihnen so aus, als wären sie durchaus kräftig genug, um zu arbeiten. Also waren sie faul und verdienten meine Hilfe nicht, oder sie hatten ernsthafte Probleme, für die es Fachleute gab und gegen die meine paar Münzen auch nicht helfen konnten. Und so ignorierte ich diese Leute und schaute absichtlich an ihnen vorbei.

Heute hatten sie alle ihre Pappschilder zur Seite gelegt und einen Teller genommen, den sie mir nun vor die Nase hielten. Die Männer waren in der Überzahl, aber es gab auch Frauen. Erschreckend war, wie viele Kinder dabei waren. Eine ganze Familie stand in der Schlange, Mama, Papa und vier Kinder im Alter von einem Jahr bis etwa acht Jahren. Eine müde aussehende schwarze Frau hatte ein vierjähriges blondes Mädchen dabei. Die Kleine war herausgeputzt, als wäre sie die Prinzessin eines fernen Landes, mit vielen Zöpfen und Spängchen und einem hübschen Kleid.

„Adoptiert“, flüsterte Bobby mir ins Ohr und hatte wieder einmal meine Gedanken gelesen.

„Keinen Salat bitte“, sagte das kleine Mädchen höflich.

„Doch, *mit* Salat“, sagte ihre Mutter mit hochgezogenen Augenbrauen.

„Wie geht es euch, Vonna?“

„Danke, Bobby, alles bestens. Hast du noch ein bisschen Buttermilchdressing für Fiona, dann rutscht die bittere Medizin besser?“

Ich gab Fiona sehr viel von der Salatsoße. Direkt hinter ihr stand ein großer, bärtiger Mann, den eine Wolke von Schweiß und Uringeruch umgab. Er hielt mir den Teller entgegen wie eine Kampfansage.

„Welche Salatsoße möchten Sie, Buttermilch, Mayonnaise oder Vinaigrette?“

Er schwieg.

„Paul mag keine Salatsoßen“, half Bobby.

Ich legte nur den Salat auf seinen Teller und er ging weiter.

Zwei Stunden lang ging es so. Eigentlich musste ich nur Salat auf die Teller tun, aber ich hatte dabei nicht einmal Zeit, mich zu kratzen. Bobby gab die Spaghetti aus, Lily das Brot und die Schokokekse, Ben säuberte die Tische.

Bobby hatte gerade die Tür geschlossen und die restlichen Leute weggeschickt, als ich einen Mann sah, der sich noch hereinmogelte und an Bobby vorbei zur Essensausgabe kam, ohne dass dieser ihn bemerkt hatte. Während Bobby mit Abschließen beschäftigt war, griff der Mann hastig nach einem Teller. Er hielt ihn mir entgegen und grinste, wobei ein Goldzahn sichtbar wurde. Ich spähte zu Louise. Sie hatte nichts bemerkt. Also kratzte ich den letzten Salat aus der Schüssel und tat ihn auf den Teller des Mannes.

„Wie läuft's, Darnell?“ Bobby zog sich frische Handschuhe an.

„Wer ist die neue Dame?“

„Das ist Charlotte. Wo hast du denn diesen tollen Hut her?“

Mir war auch schon aufgefallen, dass er eine Art Narrenkappe aus Filz trug, mit Schellen an jedem Zipfel. Genau so eine Kappe hatten wir einmal für Garrett besorgt, als er in einem Theaterstück in der Schule den Erzähler spielte. Er hatte den anderen damit die Show gestohlen, so gut sah er aus, und er bekam stehenden Applaus. Das Lächeln, das damals in seinem Gesicht leuchtete, zählt zu meinen liebsten Erinnerungen an seine Kindheit.

So vieles hier erinnerte mich an Garrett und an Larry. Ein älterer Mann sprach mit Vonna, während er wie in einem feinen Restaurant seine Spaghetti mit Gabel und Löffel aufwickelte. Er trug eine Krawatte! Sein Hemd war dreckig und seine Turnschuhe hatten Löcher, aber die Krawatte war perfekt gebunden und erinnerte mich sehr an einen von Larrys Schlipsen, der das gleiche blau-braune Paisleymuster gehabt hatte. Anscheinend konnte ich meinen Sorgen einfach nicht entfliehen. Wohin ich auch ging, selbst in der Suppenküche wurde ich an sie erinnert.

Diese Arbeit hier würde auch nicht dazu beitragen, dass ich nachts besser schlafen konnte. Fast alle Leute hier sahen körperlich halbwegs fit aus; wenn ich sie also nach meinen früheren Kriterien einstufen müsste, würden sie allesamt unter die Rubrik „faul“ fallen. Doch sie wirkten so müde, so belastet. Wie viel mussten sie jeden Tag ertragen, ohne Bett und ohne Kühlschrank – ich wusste ja inzwischen, wie schwer das war. Dazu kam der Mangel an Privatsphäre, Schutz und Rückzugsmöglichkeiten. Es war nicht einfach, so zu leben.

Während wir die Küche aufräumten, erzählte Bobby mir, dass Fiona die Tochter von Vonnas bester Freundin war, die an AIDS gestorben war. Vonna und das Mädchen waren nicht obdachlos, nur arm. „Sie kommen zu uns, weil hier niemand grob zu ihnen ist. Ich achte darauf, dass hier keine Schimpfworte fallen."

Die Familie mit den vier Kindern lebte in einem Bus, den sie jeden Tag an einem anderen Platz abstellten, aus Angst vor einem Besuch des Jugendamts. Paul, der Mann, der nach Urin roch, redete während der ganzen Mahlzeit mit sich selbst. Als Darnell an seinem Platz vorbeischlenderte und seinen Keks mopste, bemerkte er es nicht einmal. Als Darnell den Raum verließ, drehte er sich noch einmal um, sah mich durch die Glastür an und spuckte durch die Lücke zwischen seinen Vorderzähnen. Der Speichel glitt langsam am Glas entlang nach unten und ich fragte mich, ob es nicht doch angenehmer wäre, Müll am Straßenrand aufzusammeln. Ben und Lily waren heute auch zum letzten Mal hier, was ich gut verstehen konnte. Es gab Dinge im Leben, von denen mochte man möglichst wenig wissen.

Dennoch hatten all diese Menschen ein Essen bekommen, auch die Kinder. Auf jeden Fall war das eine sinnvollere Art, den Tag zu verbringen, als sich nur um mich selbst zu drehen.

Als ich nach Hause kam, hielt ich bei India an, um nach ihr und dem Baby zu sehen. Schon auf der Treppe hörte ich Estelle schreien. Als ich an der Tür klopfte, war India sofort da. Sie hatte Tränen in den Augen. „Wo warst du denn?"

„Warum? Was ist passiert?"

Sie legte mir das Baby in den Arm. Estelle holte einmal tief Luft, dann begann sie wieder, herzzerreißend zu weinen.

„Das macht sie schon den ganzen Nachmittag. Ich weiß nicht mehr, was ich tun soll."

Ich ging langsam mit der Kleinen auf und ab und streichelte ihren schmalen Rücken. „India, das ist manchmal einfach so. Wahrscheinlich bedeutet es gar nichts."

„Das hat Marsha auch gesagt. Sie sagte aber auch, ich solle den Arzt anrufen."

„Hast du das gemacht?"

„Ich habe einen Termin für morgen bekommen. Ich habe sie gefüttert und getragen. Ihre Windel ist trocken. Ich weiß einfach nicht, was sie will."

Auf dem Sofa lag eine Decke. Ich wickelte Estelle fest ein.

„Es ist doch warm hier."

„Babys frieren leichter als wir."

„Ach so."

„Außerdem sind sie es vom Bauch her gewöhnt, auf engem Raum zu leben. Deshalb mögen sie es oft, wenn man sie eng einwickelt."

„Es hilft nicht."

Leider half es wirklich nicht. Estelle weinte unvermindert. Im Schaukelstuhl versuchte ich, die Kleine zu beruhigen.

„Das habe ich auch schon probiert."

„Ja, so ist das manchmal. Du musst so lange alles Mögliche ausprobieren, bis sie sich beruhigt."

„Ich *habe* schon alles ausprobiert."

Estelle hielt kurz die Luft an und begann dann wieder, so schrill zu weinen, dass man fast Angst bekommen musste, die Fensterscheiben würden zerspringen. Ich legte sie auf den Bauch über meine Knie und tätschelte ihren kleinen Windelpopo. Sie holte wieder Luft – und heraus kam so ein lauter, langer Rülpser, dass sie jedem ausgewachsenen Mann Konkurrenz gemacht hätte.

Das Weinen war vorbei. Auch bei India.

„Es war Luft", sagte ich.

„Luft!"

„Du hast doch bestimmt etwas Pfefferminzöl."

Ich folgte ihr in die Küche, wo sie eine kleine braune Flasche fand, wusch mir eine Hand an der Spüle, dann nahm ich ganz wenig von dem Öl auf meine Fingerspitze. Den Finger hielt ich Estelle vor den Mund. Sie schnappte zu und begann zu saugen. Ich spürte den harten kleinen Gaumen und die Kraft ihrer Wangenmuskeln. Als ich meinen Finger wieder wegzog, rollte ihre kleine Zunge sich zusammen und folgte meinem Finger, zwei kleine Schmatzer waren zu hören. Dann schloss sie die Augen und ich legte sie über meine Schulter. Kurz darauf kam ein zweites Bäuerchen, und dann schlief sie ein.

„Ich kann kaum glauben, dass es so einfach war."

„Oft ist es einfach, aber nicht immer. Manchmal weinen Babys und keiner kann herausfinden, was los ist, nicht einmal der Arzt. In solchen Fällen musst du das Weinen einfach hinnehmen und dich darin entspannen, wie bei den Druckwellen bei der Geburt."

„Aber ich muss doch den Laden schmeißen. Was mache ich, wenn sie ..."

„Einen Tag nach dem anderen, India. Du wirst die Dinge der Reihe nach erledigen. An manchen Tagen wird es hart sein, aber es wird immer irgendwie gehen." Erst wenn Estelle viel älter war, könnten Situationen kommen, die sich nicht mehr lösen ließen ...

India wischte sich eine Träne aus dem Gesicht. „Charlotte, es ist zu schwer. Ich habe Angst, dass ich es nicht schaffe."

„Natürlich schaffst du das."

„Ich habe dir noch nicht erzählt, wie viele Dinge ich nicht geschafft habe. Ich habe die Schule abgebrochen. Dann habe ich meine Ausbildung im Büro hingeschmissen, danach bin ich aus einem Restaurant geflogen, wo ich gekocht habe. Mit dem Geld, das meine Oma mir vererbt hat, konnte ich schließlich diesen Laden kaufen. Hier habe ich zumindest keinen Chef, der mich rauswerfen kann, aber ..."

„Du hast in einem Restaurant gekocht?" Sie nickte. „Warum musstest du gehen? Du bist doch ein Genie in der Küche!"

„Ich habe eine zu große Klappe. Einmal hatte ich einen supereinfachen Job, da sollte ich in einem großen Supermarkt die Kunden begrüßen. Nicht einmal das habe ich hingekriegt."

„Trotzdem kannst du dieses Baby großziehen, India. Du wirst das gut machen."

Sie zuckte unsicher mit den Schultern.

„Vielleicht können wir sie jetzt in ihr Bettchen legen."

„Das steht im Schlafzimmer."

Neben Indias Bett stand eine hölzerne Wiege mit Schnitzereien, die das Holz zart und durchsichtig wie Spitze wirken ließen, mit gebogenen Engelsflügeln, auf denen sie stand und wippte. Ich kniete mich daneben und bettete die Kleine unter ihre Flanelldecke, mit dem Köpfchen lag sie wie in einer schützenden Höhle.

„Die Wiege stammt von einer rumänischen Zigeunerin", erklärte India, die in der Tür stand, „zumindest hat mir das die Frau auf dem Flohmarkt erzählt."

„Sie ist sehr schön." Ich verharrte noch ein wenig.

„Hast du dein Geschenk gefunden?"

Ich setzte ein Lächeln auf und nickte.

„Die habe ich auch auf dem Flohmarkt gefunden. Ich finde sie so vollkommen, so schön."

„Sie ist schön. Vielen Dank." Ich erhob mich und schlich aus dem Zimmer. Beim Gehen warf ich noch einen Blick auf ihren Altar. Die Mondgöttin hing noch da, auch die Kerzen und Schalen. Ein kleines Sträußchen wilder Blumen war dazugekommen.

Aber das Messer war weg.

Kapitel 28

„Charlotte? Bist du da?“

Ich war gerade erst meine Stufen hochgegangen. „Brenda! Was machst du denn da?“

Das Licht ihrer Taschenlampe hüpfte bergab. „Entschuldige, ich wollte dich nicht stören, wenn du Wichtigeres zu tun hast.“

„Nein, ich komme gerade nach Hause. Weiß Gil, dass du hier bist?“

„Er arbeitet heute lange. Außerdem ist er sauer auf mich.“

Ach, du meine Güte.

„Ich wollte dir erzählen, dass ich dein Buch gelesen habe.“

„So schnell?“ Ich öffnete meine Tür und entzündete die Kerzen.

„Ich bin noch nicht ganz durch. Aber diese Madame Guyon ist wirklich erstaunlich. Wie gut du dir das überlegt hast, mir dieses Buch als Erstes zu geben! Es hilft mir, vieles anders zu sehen. Sie hatte auch einen Mann, dem sie nie gut genug war. Genau wie ich.“

Ich rieb mir die Stirn.

„Aber sie hat alles als Gottes Geschenk angenommen, sodass sie Demut und Unterordnung lernen konnte.“

„Unterordnung.“

„Alles, was sie erleiden musste – der Tod ihrer Kinder, ihre Verluste, die Krankheit, die Narben –, alles hatte Gott ihr geschickt. Es ist nicht leicht, die Dinge so zu sehen, aber wenn man es geschafft hat, dann verändert sich alles."

Was hatte ich denn da angerichtet? „Was meinst du mit alles?"

„Sie nahm die Grausamkeit ihres Mannes an, sie lernte loszulassen, ihre eigenen Wünsche aufzugeben, und dadurch konnte sie Gott sehen."

„Brenda, ich glaube nicht, dass sie damit sagen wollte … du wirst dir doch nicht die Nase operieren lassen, oder?"

„Nun, ich weiß nicht. Vielleicht sollte ich es tun, als Zeichen meiner Unterordnung. Andererseits könnte Madame Guyon auch sagen, dass meine Nase zu vergänglich ist, um sie zu operieren."

„Das könnte gut sein."

Am folgenden Tag erfuhr ich die Namen der vier Kinder, die in dem Bus lebten: Daniel, Gabriel, Glory und das Baby hieß Jean. Die Eltern hießen Jake und Lauren. Ich begann, sie mit ihren Namen anzureden. Natürlich sagte Bobby mir auch, dass sie wahrscheinlich nicht wirklich so hießen. „Hier gibt keiner seinen wahren Namen preis. Wenn die Polizei, die Einwanderungsbehörde oder das Jugendamt kommt und nach ihren Namen fragt, hast du noch nie etwas von ihnen gehört."

Trotzdem war es schön, sie ansprechen zu können. Als Darnell auftauchte, erklärte ich ihm, dass ich es Bobby sagen würde, wenn er noch einmal etwas von einem anderen Teller nehmen würde. Und sollte es ihm noch einmal in den Sinn kommen zu spucken, würde ich die Polizei holen. Er zwinkerte mir zu, bimmelte mit seinem Hut und benahm sich den restlichen Abend über unauffällig.

Für Fiona hatte ich eine ganze Flasche Buttermilch-Dressing besorgt, die sie sich mit nach Hause nehmen durfte. Eine Frau, die ich gestern noch nicht gesehen hatte, erschien an diesem Abend an der Tür, eine Rothaarige mit dem Gesicht voller Pickel. Bobby schaute nur kurz in ihre Richtung und ging sofort zu ihr in den Speisesaal. Louise beugte sich zu mir. „Lolly ist methadonabhängig, sie geht dafür sogar auf den Strich. Sie und Margo sind Konkurrentinnen, aber Lolly fängt immer an mit den Streitereien."

„Ich habe nur Hunger, sonst nichts", versicherte sie an der Tür und Bobby ließ sie herein. Sie stellte sich in die Schlange.

Auch heute hatte ich wieder gegen viele Erinnerungen anzukämpfen. Ein Mann mit Pferdeschwanz saß mit dem Rücken zu mir und sah von hinten aus wie Larry. Ein anderer kam in einem Pulli, der mich sehr an einen Pulli von Garrett erinnerte.

Mein Gehirn spielte mir Streiche. Als ich mit Garrett schwanger war, sah ich auch überall andere Schwangere. Wenn man ständig an jemanden denkt, dann fühlt man sich durch fast alles, was man sieht, an ihn erinnert.

Todmüde lag ich an diesem Abend in meinem Schlafsack und schloss die Augen, da klingelte mein Handy.

„Er hat mich geschlagen." Brenda flüsterte.

„Wie bitte?"

„Nur einmal. Er wollte es nicht. Aber ich bin so durcheinander."

Mag sein, dass er sie gerade eben nur einmal geschlagen hatte, aber ich hatte die Flecken an ihrem Arm gesehen, als sie mir den Teppich brachte, die Abdrücke von fünf Fingern. „Brenda, du brauchst nicht durcheinander zu sein. Die Situation ist ganz klar. Hör mal-“

„Ich weiß, ich weiß, was Madame Guyon in ihrem Buch schreibt, ich habe heute Morgen den Rest gelesen.“

„Nein! Nein, Brenda, ich rede jetzt nicht über das Buch. Du darfst nicht zulassen, dass dieser Mann dich schlägt.“

„Denkst du das wirklich? Ich bin noch nie geschlagen worden, weder von meinen Eltern noch von sonst jemandem.“

Tja, von Russ ganz bestimmt nicht. „Du armes Mädchen, weißt du, ich wollte dir auf keinen Fall mit dem Buch sagen, dass Gil dir wehtun darf. Soll ich zu dir kommen?“

„Nein.“

„Willst du heute Nacht bei mir schlafen?“

„Ich will nicht, dass du mich so siehst.“ Ihre Stimme zitterte und sie begann zu weinen.

„Ach, Brenda. Ist er im Haus?“

„Nein, er ist nach San Francisco gefahren. Ich glaube nicht, dass er heute Nacht noch einmal zurückkommen wird.“

„Egal. Du musst da weg. Was ist mit Russ? Er ist dein bester Freund. Er liebt dich.“

„Er würde mich sicher bei sich schlafen lassen.“

„Gut, das ist gut.“

Es wurde eine lange Nacht. Ich rief Russ an, erklärte, was geschehen war und bat ihn, Brenda Schutz zu bieten. Sollte Gil es noch einmal wagen, hier aufzutauchen und Brenda zu attackieren, dann sollte Russ ruhig dafür sorgen, dass Gils Nase operiert werden müsste.

Endlich zündete ich meine Kerze an und legte die Bibel auf meine Beine. Den ersten Psalm, den ich fand, betete ich. Dann schlug ich das Buch zu, holte tief Luft und sagte, was mich bewegte.

„Gott, findest du Leiden wirklich gut? Warum muss India ihr Kind allein großziehen? Ja, ich weiß, sie hat dumme Sachen gemacht und betet zu falschen Göttern, aber kannst du nicht trotzdem etwas für sie tun? Du bist doch Gott! Warum war Brenda so dumm und hat Russ verlassen, um Gil zu heiraten? Warum müssen Menschen obdachlos sein? Warum verkaufen Frauen sich auf der Straße? Warum hat Amber ihr Baby verloren, *mein Enkelkind*, und warum erbricht sie jetzt das Essen, das das Baby in ihrem Bauch braucht?"

Die letzte Frage hätte auch mit dem hebräischen Wort *selah* enden können. Es bezeichnet Dinge, über die man bis in Ewigkeit nachdenken kann, ohne jemals ihre Tiefe zu ergründen. Aber nun war ich endlich so weit, dass ich Gott diese Fragen stellen konnte, die schon so lange, so schmerzhaft, zwischen meinem Herzen und meiner Lunge steckten: „Warum musste Larry so elend sterben? Ein Herzinfarkt wäre gnädiger gewesen. Wo ist mein Sohn? Warum will er sterben? Warum, *warum* kann ich ihn nicht finden?"

Dieses Gebet würde nie in einem Gebetbuch stehen. Aber es war mein Gebet und zumindest fühlte es sich ehrlich und echt an.

Kapitel 29

Im letzten Jahr vor dem Ausbruch von Larrys Krankheit trug ich für die Silvesterfeier der Firma ein blaues Kleid. Es war dieses zarte Blaugrau, das so gut zu meinen Augen passte.

Nie zuvor hatte ich für ein Kleidungsstück so viel Geld ausgegeben, nicht einmal für mein Brautkleid. Aber in dem hatte ich auch nicht so schön ausgesehen wie in diesem blaugrauen Kleid, und das, obwohl ich über dreißig Jahre älter war.

Es war ein dreiviertellanges Kleid aus einem Hauch von reinem Seidengeorgette, ohne Ärmel, mit einem Mieder, das mich etwas kurvenreicher erscheinen ließ, als ich wirklich war. Der Rock war in der Hüfte eng geschnitten, entfaltete sich dann aber wie eine Lilienknospe, die kurz vor der Blüte stand. Zwischen dem Mieder und dem Rock befand sich eine Schärpe aus Kimono-Seide mit einem stilisierten Blumenmotiv in Blau, Grau und Silber. Zu diesem Kleid hatte ich eigens passende Schuhe anfertigen lassen, silberne Sandalen mit einer Lasche in exakt dem Blau des Kleides.

Das war die Geschichte von damals. Doch nun ereignete sich etwas Unfassbares. Ich war wieder in der Suppenküche und wieder betrat Lolly den Raum, ließ sich ihr Essen geben, schob den Träger ihres Kleides zurecht, der ihr von der Schulter gerutscht war, und raschelte auf der Suche nach einem Platz durch den Speisesaal…

…in genau diesem blauen Kleid und, ich war mir fast sicher, auch in diesen Schuhen.

Das ließ sich logisch nicht erklären. Alles war dem Feuer zum Opfer gefallen. Mein Kleid existierte nicht mehr. Natürlich, es war keine Einzelanfertigung gewesen. Aber wie war es möglich, dass Lolly auch die Sandalen trug, die es wirklich nur einmal gab? Ganz abgesehen davon, dass sich dieses Mädchen niemals ein solches Kleid leisten könnte.

„Geht es dir gut?“, fragte Bobby besorgt und nahm mir das Brötchen ab, das ich schon geraume Zeit über einen Teller hielt.

„Ja, danke.“ Ich konzentrierte mich wieder auf die Essensausgabe. Vonna und Fiona waren da, neben ihnen saß der Mann mit Garretts Pullover. Dann kam noch ein Mann, der eine Jacke von Larry trug.

Es war höchste Zeit, mit diesen Gedanken aufzuhören. Das war eine ganz gewöhnliche Jacke, eine dunkelblaue, mit Fleece gefütterte Windjacke, die zufällig Larrys Lieblingsjacke gewesen war. Bestimmt gab es Hunderte davon allein in dieser Stadt. Ich gab dem Mann sein Essen und fragte mich, ob ich dabei war, den Verstand zu verlieren.

Ich versuchte erneut, einen Blick auf Lollys Sandalen zu werfen, aber es waren zu viele Tische und zu viele Menschen zwischen uns. Das Kleid hing so unvorteilhaft an ihrem Körper, dass ich unsicher wurde, ob es wirklich das gleiche Kleid war. Vielleicht hatte es aber damals auch gar nicht so gut ausgesehen, wie ich gedacht hatte? Bestimmt trug sie ganz normale silberne Sandalen. Es war unmöglich, dass sie meine Schuhe trug. War es schon soweit, dass ich mir solche Dinge einbildete?

Plötzlich erinnerte ich mich an etwas. Larrys Fleecejacke hatte einmal einen Riss abbekommen. Wir waren im

Yosemite-Nationalpark gewesen, und er war mit dem Ärmel an einem abgebrochenen Ast hängengeblieben. Ich hatte vorgeschlagen, die Jacke wegzuwerfen, aber er liebte das Ding und fragte mich, ob ich den Riss flicken könnte. Ich machte mir nicht die Mühe, einen farblich passenden Faden zu kaufen, sondern ich nahm einfach eine Fadenrolle, die ich noch vorrätig hatte und deren Blau etwas heller war als die Jacke. Und weil ich gerade am Nähen war, stickte ich noch aus Spaß ein kleines Gänseblümchen an das Ende der Naht, ganz oben in der Achsel, wo nur Larry es sehen würde.

Ich fixierte den Mann in der Fleecejacke und hoffte, er würde seinen Arm heben, aber er beugte sich nur über seinen Teller und aß. Die vier Kinder hielten mir ihre Teller entgegen, um ein Brötchen zu bekommen, und ich bemühte mich, jedes Kind einzeln anzulächeln, während ich über ihre Köpfe hinweg weiterhin diesen Mann beobachtete.

Da trat Darnell in mein Blickfeld. Er war heute sehr gesprächig. „Ich habe gestern Abend nicht gespuckt."

„Das ist gut, Darnell. Ich bin stolz auf dich."

„Heute werde ich auch nicht spucken. Ehrlich, ich habe sogar vor, eine spuckfreie Woche zu machen. Das habe ich früher auch schon einmal geschafft, eine ganze Woche, sogar einen ganzen Monat ohne zu spucken."

„Na, dann nur weiter so."

Nun entstand eine Unruhe am anderen Ende des Raumes und alle drehten sich um.

„Halt die Fresse, Mara!" Lolly stieß den Teller über den Tisch und sprang auf.

„Mach mich nicht an! Du bist nicht meine Freundin!"

„Niemand ist deine Freundin. Jeder weiß, dass du eine …"

„Sie flucht, Bobby. Ich habe es gehört, sie flucht!" Das war der Mann in der Fleecejacke; er hatte den Arm gehoben und deutete auf Lolly. Das war meine Chance! Ich beugte mich so weit wie möglich über den Tresen und schaffte es, die Unterseite seines Ärmels zu sehen.

Da war das Gänseblümchen.

„Du Hexe! Hexe!“ Lolly war an die Wand zurückgewichen, aber Bobby hatte bereits ihren Arm gepackt.

Ich hörte ein zischendes Geräusch, drehte mich zu Darnell und sah gerade noch, wie er durch seine Zähne spuckte, eine riesige Ladung. Er traf meine Wange.

„Uuups.“

Bevor ich reagieren konnte, war er schon draußen, noch vor Bobby und Lolly, die wild zeterte: „Du tust mir weh! Lass meinen Arm los!“ Ich konnte im Abendlicht einen letzten Blick auf ihre Sandalen werfen. Sie waren ihr zu klein, die Fersen ragten über den Rand, aber ich sah die Laschen, sie hatten exakt das Blau des Kleides.

Bobby schloss die Tür hinter ihr von innen ab, dann wandte er sich an die Gesichter im Raum, die ihn ansahen. Er zog seine Schürze zurecht und sagte: „Wir lassen ihr jetzt ein wenig Zeit, um sich zu beruhigen.“

Er wollte in die Küche zurückgehen, doch dann blieb er wieder stehen, bückte sich und hob ein zerknittertes, schmutziges Foto auf. „Hat jemand ein Foto verloren?“ Er hielt es hoch, sodass alle im Raum es sehen konnten, aber niemand meldete sich. Er sah auf das Foto, dann zu mir: „Charlotte?“

Ich rieb immer noch emsig mit einer Serviette in meinem Gesicht herum. Müde sah ich zu dem Bild. Und schlug erschrocken die Hand vor den Mund.

Es war mein Hochzeitsbild, von unserer zweiten Hochzeit, die Aufnahme, die der Priester an dem See in Alaska gemacht hatte.

Louise besorgte mir einen Stuhl, damit ich mich setzen konnte. Bobby schloss die Tür wieder auf und ermunterte die Leute, ihre Mahlzeit zu beenden und zu gehen, sodass wir Zeit zum Reden hätten.

Ich umklammerte dieses Bild mit beiden Händen und starrte durch die Aufnahme hindurch, als würde ich noch einmal jeden einzelnen kostbaren Augenblick dieser beiden Stunden dort am See erleben. Ich wartete darauf, dass Bobby und Louise mir sagten, dass ich die Polizei einschalten solle, dass ich nicht verrückt sei und was ich tun müsste ...

Als fast alle gegangen waren, kam ein bärtiger junger Mann mit schmutzigen Sachen aus dem Dunkel der Nacht, einen überquellenden Rucksack auf dem Rücken, und trat in den Eingang.

„Wir schließen gerade“, sagte Bobby. „Es gibt nichts mehr.“

„Haben Sie nicht vielleicht wenigstens ein Stück Brot? Ich helfe auch beim Abwasch.“

Mein Gott. Ich kannte diese Stimme.

Kapitel 30

„Wir haben noch ein paar Brötchen und Äpfel“, sagte Louise. „Nimm dir was.“

„Danke. Vielen Dank.“

Die Küche und der Speisesaal drehten sich wie wild um mich, sie schwankten nach rechts und links, vor und zurück. Das war die Stimme meines Sohnes gewesen.

Ich musste mich vergewissern. Unsere Blicke begegneten sich. Seine blauen Augen unter dem verfilzten Haarschopf sahen mich an. Einen Augenblick lang hielt er meinem Blick stand, dann machte er kehrt und rannte einfach hinaus.

„Garrett!“ Ich schrie hinter ihm her. Das Foto ließ ich achtlos fallen, preschte hinter dem Tresen hervor, durch den Speisesaal und auf die Straße.

„Garrett!“ Er drehte sich nach mir um und sah mich an, dann drehte er sich wieder weg und begann zu rennen.

Doch er kam nur langsam vorwärts, sein Rucksack schwappte auf und nieder, als wäre er mit Steinen beladen. Langsam kam ich ihm näher und rief: „Bitte, Garrett, bitte!“

Unter einer Straßenlaterne blieb er schließlich stehen. Sein Kopf und seine Schultern hingen nach vorne. Ich hörte auf zu rennen und ging die letzten drei Meter langsam auf ihn zu. Dann stand ich vor ihm. „Oh Garrett … wie geht es dir?“ Wie dumm, das zu fragen.

Er zog die Schultern hoch, nickte und schüttelte gleichzeitig den Kopf.

„Möchtest du etwas essen?“

Wieder eine dumme Frage, aber zu meiner Erleichterung sagte er „Bitte“.

Wir setzten uns in einen Schnellimbiss und ich holte ihm zwei halbe Brathähnchen, Pommes und eine große Cola. Dann saß ich ihm gegenüber, während er schweigend aß. Ich ignorierte die Tatsache, dass er nach Schweiß roch und ließ ihn einfach nur in Ruhe essen. Hauptsache, ich konnte sein Gesicht mit den schmutzig-schwarzen Poren unter dem Bart studieren und er konnte seinen Magen füllen.

Als er mit dem Essen fertig war, hielt er den Kopf lange gesenkt, dann fragte er: „Wie geht es Papa?“

Es war hell und überfüllt hier. „Er lebt nicht mehr, Garrett. Wir sollten miteinander reden.“

„Wir können in den Park gehen.“

So gingen wir an den Limousinen vorbei, die an dem schimmernden Eingang des Fairmont Hotels vorfuhren. Wir überquerten die Straße, um zum nahe gelegenen Park zu gelangen, gingen vorbei an hohen beleuchteten Wasserfontänen und passierten die Statuen. Endlich fanden wir eine dunkle Parkbank, fernab aller Menschen.

Wir setzten uns nebeneinander hin, beide die Hände zwischen den Knien gefaltet, und warteten, und wir fürchteten uns, das Gespräch zu eröffnen.

Garrett machte einen langen, müden Atemzug und ich erkannte, dass er weinte. „Er ist tot?“

Ich nickte und brachte nur ein kleines „Ja“ hervor. Nun weinten wir beide, ein leises, unterdrücktes Duett. Aber die Distanz zwischen uns verringerte sich nicht.

„Garrett, wo warst du? Ich konnte dir nicht einmal sagen, wann die Beerdigung ist!“ Die Worte klangen lauter und vorwurfsvoller, als ich das gewollt hatte.

Er bewegte sich nicht, aber die Kluft zwischen uns verbreiterte sich.

„Es tut mir leid. Bitte entschuldige. Ich war so ..." Ich wischte mir die Tränen aus dem Gesicht und legte meine Hand auf die Bank zwischen uns. Er schniefte, wartete eine Weile und legte schließlich seine Hand auf meine. Es war unsere erste Berührung. Voller Sehnsucht drehte ich meine Hand nach oben und schob meine Finger zwischen seine.

„Was ist passiert, mein Schatz?"

Er zog die Schultern hoch. „Ich wurde gekündigt." Als ob damit alles gesagt gewesen wäre.

„Du hättest zu uns-"

„Das wollte ich nicht."

„Gut. Aber du hast ein Erbe. Du kannst ..."

„Ich will euer Geld nicht."

„Es gibt schlimmeres, als Geld zu erben."

Er antwortete nicht.

„Zumindest für heute Nacht könnte ich dir einen Schlafplatz anbieten. Wäre das für dich vorstellbar?"

Keine Antwort.

„Meine Unterkunft ist vermutlich auch nicht viel besser als die Plätze, an denen du in letzter Zeit warst, aber ... Garrett, unser Haus ist weg."

„Weg? Wie?"

„Ein Feuer. Es ist vollständig abgebrannt."

Plötzlich wurde er lebendig. „Mama ... ist mit dir alles in Ordnung?"

„Ja, mir ist nichts passiert."

„Und wo wohnst du jetzt?"

„Ich habe eine kleine Hütte in den Bergen."

„Wie ist das Feuer ausgebrochen?"

„Hast du denn gar keine Nachrichten verfolgt?"

„Weißt du, da wo ich wohne, gibt es kein Kabelfernsehen."

„Sehr witzig."
„Was war denn die Ursache?"
„Brandstiftung."
Er fuhr herum und starrte mich an.
„Jemand hat das Feuer gelegt, während ich auf Papas Beerdigung war. Danach gab es noch mehrere andere Feuer in unserer Gegend. Der Brandstifter ist noch nicht gefasst worden. Kannst du dich an Rose Gibson erinnern? Sie musste mit Rauchvergiftung ins Krankenhaus und ist gestorben."
Er nahm seinen Kopf zwischen die Hände und stöhnte, als könnte er weitere Informationen nicht mehr ertragen.
„Mama!"
„Was?"
„Geh nach Hause. Geh jetzt nach Hause."
„Gut, aber dich nehme ich mit."
Er atmete schwer, als wäre er gerannt. Ich dachte, dass er nicht mitkommen wollte. Aber plötzlich sagte er: „Also gut, gehen wir."
Schweigend gingen wir zu meinem Auto. Ich stieg ein, er ging zur Beifahrerseite und öffnete die Tür. Aber er stieg nicht ein. Er beugte sich nur in den Wagen und sagte: „Bis später."
„Garrett, bitte steig doch ein!"
„Nein."
„Ich lasse dich nicht hier zurück."
„Ich … morgen reden wir weiter, Mama. Wir treffen uns in der Suppenküche, einverstanden? Fahr jetzt einfach heim."
„Warum? Warum nicht jetzt?"
„Ich werde es dir morgen erklären."
„Versprichst du mir, dass du da sein wirst?"
„Fahr jetzt."
Er schloss die Tür, drehte sich um und ging über die

Straße davon. Einen Augenblick später sah ich ihn nicht mehr.

Gordy hatte genau das befürchtet, sagte sie, als ich sie auf dem Rückweg anrief. „Obdachlose hinterlassen keine greifbaren Spuren. Das macht es so schwer, sie zu finden.“ Wie viel Susanne ihr wohl für diese tiefe Einsicht zahlen musste?

Susanne beruhigte mich, ich solle mir wegen der Kosten keine Sorgen machen. „Aber ich kann einfach nicht glauben, dass du ihn wieder gehen lassen hast. Wie geht es dir denn jetzt?“

„Ach, danke.“ Ich massierte meinen Nasenrücken. „Ich konnte ihn ja schlecht festhalten. Er hat gesagt, dass er morgen wieder dort sein wird.“

„Es ist wirklich ein Geschenk des Himmels, dass du ihn gefunden hast, gerade heute.“

„Warum gerade heute?“

„Es hat wieder gebrannt heute Morgen. Niemand, den wir kennen, aber nur zwei Querstraßen von hier entfernt. Dieses Mal war es schlimmer, Charlie. Ein kleiner Junge, neun Jahre alt, ist gestorben. Er hieß Marcus. Er hat die Schule geschwänzt und heimlich zu Hause ferngesehen.“

Ich hatte zu atmen aufgehört. Einatmen, ausatmen. Das Feuer war heute Morgen gelegt worden. Ich sah Garrett wieder in der Dunkelheit verschwinden. War es möglich, dass er …? Aber er hatte gesagt, er wisse nichts von den Feuern. Er hatte ehrlich entsetzt gewirkt. Ich war mir sicher, ihm vertrauen zu können. Das konnte ich doch, oder?

„Charlie, was ist?“

„Nichts.“ Am besten, wir wechselten das Thema. „Wie geht es Amber?“

„Sie wird immer dünner. Zwar *sagt* sie, der Arzt meinte, es sei alles in Ordnung. Aber ich werde ihn morgen früh anrufen.“

Als ich wieder zu Hause war, wusste ich, was ich zu tun hatte. Ich hatte keine Zeit zu vergeuden, schon gar nicht für lächerliche Spekulationen. Mir blieb nur ein Tag Zeit, mich auf Garrett vorzubereiten. Morgen würden wir gemeinsam essen, und dabei würde er mir alles erzählen. Außerdem wollte ich nach Russ und Brenda sehen und natürlich nach der jungen Mutter und ihrem Kind. Vielleicht würde India mir Bettzeug ausleihen für Garrett. Morgen würde ich meine kleine Hütte bis in die hinterste Ecke putzen. Es würde etwas Besseres als Thunfisch aus der Dose zu essen geben. Garrett sollte merken, dass er nicht mehr obdachlos war.

Ich nahm die Taschenlampe und eilte die Straße hinunter zu Indias Haus. Durch die Glastür konnte ich erkennen, dass alles dunkel war. Kein Wunder, es war ja auch schon spätabends. Sie war sicher schon im Bett. Langsam stieg ich die Treppe wieder hinunter.

„Charlotte?“

Die Stimme kam aus dem Nichts. Vor Schreck machte ich einen Satz.

„Entschuldige.“ Eine Taschenlampe ging an, nur drei Meter von mir entfernt.

„Russ, hast du mich erschreckt! Ich wollte gerade nach India sehen.“

„Sie ist nicht …“

„Schon gut. Ich habe sie nicht aufgeweckt. Morgen früh-“

„Charlotte, lass mich ausreden. Sie schläft nicht. Sie ist weg.“

„Weg? Wohin?“

„Ich weiß es nicht, aber es sieht so aus, als sei Gil der Vater des Kindes. Sie ist anscheinend mit ihm mitgegangen.“

Kapitel 31

„Oh nein!“ Ich hielt mich am Geländer fest. „Mit Estelle? Der Mann ist gewalttätig!“

„Würde es dir etwas ausmachen, zu Brenda zu gehen? Sie ist ganz durcheinander.“

„Russ, er hat sie geschlagen!“

„Ich habe sie zum Arzt gebracht, sie musste genäht werden. Sie sagte, er hätte sie nur einmal geschlagen. Aber das war mehr als einmal.“ Er klang sehr müde.

Brenda war in Gils Büro, wühlte in seinen Schubladen und knallte sie wieder zu. „Er kann unmöglich der Vater dieses Kindes sein.“ Sie schnäuzte sich die Nase und strich sich über den Verband, der ihre Stirn bedeckte. „Wir haben doch erst vor achteinhalb Monaten geheiratet. Das würde ja bedeuten, dass er diese kleine Affäre gehabt haben müsste, *während ich mein Brautkleid ausgesucht habe*… das kann nicht sein. Ich kann das nicht glauben!“

Doch, ich konnte es glauben.

Sie wischte sich mit dem Arm über das Gesicht. „Hat India dir erzählt, dass sie hinter ihm her war, oder war das ihr kleines, schmutziges Geheimnis?“

„Brenda, ich habe nie gehört, dass sie etwas Nettes über ihn oder zu ihm gesagt hätte. Aber sie hat sich deinetwegen große Sorgen gemacht, weil sie annahm, dass er nicht gut zu dir ist. Sie sagte, er sei oberflächlich und ehrlich gesagt, ich …"

„Also ging es ihr um sein Geld. Aber sie wird es herausfinden, genau wie ich – er hat viel weniger Geld, als er vorgibt. Sie wird es noch merken. Genau wie ich." Sie trat gegen die offene Schranktür, dann stand sie auf und streckte mir die Arme entgegen wie ein Kind. Ich umarmte sie. Sie drückte ihr Gesicht an meine Schulter und weinte.

„Ach, du Arme." Ich streichelte über ihren Rücken. „Ist ja gut."

„Ich kann einfach nicht glauben, dass ich so dumm war."

„Jeder macht mal einen Fehler. Du hast ihm vertraut …"

Brenda fiel mir ins Wort. „Ich habe *ihr* vertraut! Dabei habe ich doch gesehen, was lief. Als wir gerade eine Woche verheiratet waren, wusste sie schon genau, wie er seine Sandwichs am liebsten mag, wie viele Sprossen, wie viel Senf. Sie ist eine Hexe, dieses neuheidnische Wicca-Zeug. Hat sie dir davon erzählt?"

Irgendwie gelang es dieser Frau, mein Mitleid für sie zu ersticken. Zwei Stunden lang ertrug ich sie, dann sah ich auf meine Uhr. Es war schon nach Mitternacht.

„Würdest du bitte hierbleiben? Du könntest bei mir auf dem Sofa schlafen. Ich will nicht allein sein."

Das mit dem Sofa war ein sehr verlockendes Angebot. Im Vergleich zu meinen letzten Wochen auf dem Betonboden erschien es mir wie die Aussicht auf eine Nacht im Schoß der Engel. Aber ich wollte nicht in ihrem Haus bleiben. Ich wollte bei mir zu Hause meine ganze Dankbarkeit für Garretts Auftauchen vor Gott bringen und meine Sorgen wegen India und Estelle vor ihm ausbreiten. Ich wollte nach Hause.

„Kann dein Vater nicht bei dir schlafen?"

„Ich ertrage ihn im Moment nicht. Er sagt, India hätte mir einen Gefallen getan, und er ist sehr wütend über das, was Gil getan hat.“ Sie berührte ihren Verband.

„Was ist mit Russ?“

„Ich will hier sein, für den Fall, dass Gil zurückkommt.“

Kapitel 32

Bis 2:00 Uhr blieb ich bei ihr, dann ließ sie mich endlich gehen.

Kaum hatte ich die Kerzen in meinem Häuschen angezündet, sah ich schon den Brief aus dem Büro von Bill Nolan, der auf meinem Kissen lag.

Ein gelber Notizzettel haftete daran.

Charlotte,

Estelle und ich werden bei ihrem Vater leben. Ab morgen früh wird der ganze Berg darüber reden. Bitte versuch mich zu verstehen.

India

Ich entfernte den Zettel und wischte mir die Tränen von den Wangen. Dann öffnete ich zuerst den äußeren, dann den inneren Briefumschlag und zog Larrys Brief heraus.

Ungläubig blinzelnd sah ich auf das Blatt und richtete die Taschenlampe darauf, was aber nichts änderte. Larrys Handschrift war zackig und ungleichmäßig, wie die Linie eines EKGs. Lange starrte ich auf das Blatt, ehe ich etwas erahnen konnte.

Liebe Charlie,
... Tage... leise...

Ja, die Tage waren allerdings sehr leise geworden damals, die Pflege war eine schwere Plackerei. Meine täglichen Pflichten langweilten mich, wofür ich mich sehr schämte. Manchmal kam er mir vor wie ein Möbelstück und ich verhielt mich ihm gegenüber entsprechend. Larry! Wie schrecklich von mir.

Ich versuchte weiterzulesen.

... Geheimnis... etwas...

Das nächste Wort konnte ich nicht enträtseln.

... Vergebung... Chef... Gott... vergib mir... Ich hätte dir gesagt... Charlie, vergib... hätte... getröstet...

Larry

Einmal, zweimal, dreimal stand das Wort *vergeben* in dem Brief, das konnte ich einigermaßen klar erkennen. Das passte zu Larry; er entschuldigte sich dafür, dass er krank geworden war und mir so viel Arbeit machte. Es war ein Brief von meinem Mann, aber ich konnte ihn nicht lesen. Das bisschen, das ich entziffert hatte, ließ mich erschaudern.

Ich konnte in dieser Nacht nicht schlafen. So saß ich in meiner Hütte und wartete auf den Morgen. Als es endlich 8:00 Uhr war, rief ich in Bill Nolans Büro an und fragte nach seiner Sekretärin.

„Mrs Denys. Wie geht es Ihnen?"

„Judy, schicken Sie mir die Briefe von Larry?"

„Ja. Er hat sie Bill gegeben und ihn gebeten, sie Ihnen zu schicken."

„Gibt es eine schriftliche Vereinbarung darüber, wann ich welchen Brief erhalten darf oder wäre es möglich, dass Sie mir auch alle auf einmal geben könnten, wenn ich Ihnen einen triftigen Grund dafür nenne?“

„Ich werde Bill noch einmal fragen, aber soweit ich weiß, habe ich Ihnen den letzten schon geschickt. Er muss gestern bei Ihnen angekommen sein.“

„Das kann nicht sein. Er schrieb, ich würde ein Jahr lang jede Woche einen Brief bekommen. Es ist sehr wichtig, dass ich die restlichen Briefe sehen kann, denn der Letzte war unleserlich, aber er hat etwas angedeutet, was sehr wichtig zu sein scheint ... Ich möchte einfach Klarheit haben und ich dachte, wenn ich die anderen Briefe sehe, dann ... Bitte, können Sie Bill danach fragen?“

Sie ließ mich in der Leitung warten, einen Augenblick später sprach sie wieder. „Mrs Denys? Ich habe mit Bill gesprochen und wir sind beide sicher, dass es keine weiteren Briefe mehr gibt. Wahrscheinlich war es zwar sein Plan, diese Briefe zu schreiben, aber dann schritt seine Krankheit so schnell voran, dass es nicht mehr ging.“

Flüsternd bedankte ich mich und klappte das Telefon zu.

Keine weiteren Briefe.

Ich schlang meine Arme um die angezogenen Knie und begann sachte zu schaukeln. Larry war nicht mehr da. Es würde nie wieder eine Berührung von ihm geben, kein Lächeln mehr, auch kein Wort mehr von ihm. Gern hätte ich den letzten Brief noch einmal gelesen, aber die Tränen strömten nur so und ich konnte nichts mehr sehen.

Unfähig, einen Gedanken zu fassen, rollte ich mich auf dem Boden zusammen. Stundenlang lag ich so da, bis meine innere Uhr mir sagte, es wäre Zeit, aufzustehen, meinen Sohn zu finden und herzubringen.

Louise schlug vor, dass ich an diesem Abend nicht bei der Essensausgabe helfen sollte. „Du hast genug andere Sachen im Kopf. Schau, hier ist das Foto, das du gestern verloren hast. Stell dich einfach da drüben hin und warte, bis dein Junge kommt."

Mit „da drüben" meinte sie, ich solle nicht im Weg herumstehen. Ich fiel ihnen zur Last. Nicht einmal für die Suppenküche taugte ich. Aber heute Abend würde ich Garrett sehen. Alles andere war nicht so wichtig.

Die Vorfälle des gestrigen Abends hatten offensichtlich einige Leute verschreckt. Lolly und Mara waren beide nicht da, auch Darnell, Vonna und Fiona fehlten, ebenso die Familie mit den vier Kindern. Es waren fast nur Männer da, die mit dem größten Hunger.

Garrett war nicht unter ihnen.

Nach einiger Zeit ging ich nach draußen auf den Bürgersteig. Ich wartete, während die Sonne unterging, ich wartete auch noch, als Bobby schon die Klappstühle auf die Tische stellte und Louise den Boden wischte. Schließlich waren sie drinnen fertig und Bobby kam zu mir. Mit einer Hand auf meiner Schulter schlug er vor: „Komm doch noch mit zu uns!"

„Ich werde ein bisschen spazieren gehen", lehnte ich ab.

„Nein, nicht allein." Er nahm seine Schürze ab und warf sie ins Gebäude.

Wenn ich allein gewesen wäre, wäre ich die Straßen auf und ab gelaufen und hätte am Straßenrand nach Schlafsäcken Ausschau gehalten. Ich hatte keine Ahnung, wo sich die Obdachlosen nach Einbruch der Dunkelheit aufhielten. So fragte ich Bobby: „Weißt du, wo er schläft?"

„Von *ihm* weiß ich es nicht, Charlotte. Ich habe ihn gestern zum ersten Mal gesehen. Es gibt Häuser, wo Obdachlose übernachten können, aber dort würde er sich bestimmt nicht unter seinem echten Namen eintragen. Viele

Obdachlose sind sehr zurückhaltend, was ihre Identität betrifft. Möchtest du, dass ich dich zu den Plätzen bringe? Wenn du willst, können wir zusammen nach ihm suchen."

Bobby ging mit mir zu den nahe gelegenen Unterkünften, doch wie er vermutet hatte, war nirgendwo ein Garrett registriert.

„Sie sind immer unterwegs, weißt du. Manchmal schenkt ihnen jemand eine U-Bahn-Karte oder ein Nahverkehrsticket oder einfach nur Geld. Sie sind genauso mobil wie andere Menschen auch."

Wir sahen unter den Brücken nach und im Gebüsch entlang des Flusses. Einige Männer trafen wir dort auch an, manche von ihnen waren hilfsbereit, aber falls es stimmte, was sie uns sagten, kannten sie Garrett nicht. Ein paar sehnten sich offensichtlich nach einem Gespräch. So erzählte uns ein Mann in aller Ausführlichkeit, wen er alles kannte. Darunter auch einige junge Männer, die erst seit Kurzem obdachlos waren, alle seien gute Jungs, aber einen Garrett kannte er nicht.

Und so weiter.

Ein Mann mit einer New York Yankees-Kappe auf dem Kopf starrte uns an, als verstünde er kein Wort, was wir sagten.

Ich war schon ganz außer mir vor Enttäuschung, als ich plötzlich den Mann in Larrys Jacke sah. Er ging ein Stück vor uns über die Straße und betrat einen Starbucks-Laden. Ich sprintete los und ließ Bobby einfach stehen.

„Entschuldigen Sie!", schrie ich mit voller Lautstärke, obwohl ich schon im Laden stand. Alle drehten sich nach mir um, bis auf den Mann in der Jacke. Ich drängte mich zu ihm durch und tippte auf seine Schulter.

„Ich komme von da ..." Mit einer Kopfbewegung deutete ich in die Richtung der Suppenküche. „Darf ich Sie etwas fragen? Es ist sehr wichtig."

Er starrte mich nur an.

„Würden Sie mir bitte sagen, woher Sie diese Jacke haben?"

Er starrte mich so lange an, dass ich schon dachte, er wäre auch so ein Stummer wie der Mann mit der Basketballkappe, der nicht reden konnte oder wollte. Ich war der Wahrheit so nahe.

„Die ... die war ein Geschenk."

„Von wem?"

Er kaute auf seiner Unterlippe herum und fuhr sich dann mit der Zunge darüber. „Ich habe eine Starbucks-Karte."

„Wie bitte?"

„Ich kann hier genauso sein wie jeder andere auch, ohne belästigt zu werden."

„Bitte regen Sie sich nicht auf. Ich will Ihnen nichts Böses. Aber es ist sehr wichtig. Ich muss unbedingt wissen ..."

„Wenn Sie diese Jacke dringender brauchen als ein alter Mann, der nichts hat außer seinem Asthma, dann bitte schön!" Er arbeitete sich eilig aus der Jacke heraus und knüllte sie in meine Hände. „Nehmen Sie die Jacke und lassen Sie mich in Ruhe."

Damit drehte er sich um und rannte an Bobby vorbei, der mittlerweile auch in der Tür stand. Da stand ich nun mit Larrys Jacke in den Händen. Ich sah Bobby an und wartete darauf, dass er mir sagen würde, was ich jetzt tun sollte.

Bobby fuhr mich nach Hause, Louise folgte uns mit meinem Wagen. „Wo wohnst du?" Er hielt am Straßenrand unweit meiner Hütte an.

„Dort oben am Hang."

Er beugte sich über das Lenkrad und versuchte, meine Bleibe zu erkennen. Es war eine dunkle Nacht, kein Mondlicht erhellte den Wald. „Lebst du allein?"

Ich nickte, zu bedrückt, um zu reden. Dabei hatte ich fest damit gerechnet, heute mit meinem Sohn hierher zurückzukehren. Doch was war nun? Schon wieder wusste ich nicht, wo ich ihn finden konnte. Mir blieb die Luft weg.

„Wir atmen jetzt ganz ruhig zusammen, Charlotte. Langsam. Nimm einen langen Atemzug."

Ich versuchte es.

„Weiter. Einen sehr langen Atemzug."

Unter Aufbietung all meiner Kräfte schaffte ich es. Nach einer Weile, als ich eigentlich dachte, ich hätte mich wieder im Griff, begann ich zu zittern. Die Panik erfasste mich erneut. Meine Finger verkrampften sich, dann wurden sie zu Fäusten, ich wimmerte und rutschte auf dem Sitz vor und zurück.

„Was ist los, Bobby?" Louise stand auf der Fahrerseite vor Bobbys Fenster.

„Charlotte geht es nicht gut. Vielleicht sollten wir ins Krankenhaus fahren, wenn es nur nicht so weit…"

„Hat sie hier keine Nachbarn?"

Ich nickte und zeigte die Straße hinauf.

„Dann fahren wir jetzt dort hin."

Bobby sprach in der Einfahrt mit Russ, während Louise hinten bei mir saß und meine Schultern umfasst hatte.

Im nächsten Moment beugte sich Russ in mein Fenster und nahm meine Hand. „Was ist denn los hier?"

Ich begann zu schluchzen. „Mein Sohn ist weg, Russ. Ich hatte ihn gefunden, aber dann ließ ich ihn wieder gehen, weil ... weil er sagte, er würde heute wiederkommen. Aber er kam nicht. Ein kleiner Junge ist verbrannt. Vielleicht ... Larry ist tot ... India und Estelle sind weg. Und jetzt Garrett. Wenn er nicht will, dass ich ihn finde, dann habe ich keine Chance ..."

Russ streichelte mir über die Haare, dann trat er von der Tür zurück. „Komm erstmal rein."

„Ich will zu mir nach Hause." Aber ich stieg aus.

Er nahm meinen Arm. „Später. Bald. Aber ..."

„Vielleicht kommt er ja doch noch. Ich muss für ihn da sein." In Panik riss ich mich los.

„Charlotte!"

„Bobby!" Louise schrie ihm zu, er solle mich aufhalten, aber ich war schon an den Bäumen vorbei. Es war so dunkel. Im schwachen Schein des Lichtes, das von der Veranda kam, hastete ich voran. Jemand verfolgte mich. Ich rannte schneller.

Der Untergrund aus Laub und Nadeln war rutschig. Plötzlich glitt ich aus, schlitterte den Abhang hinunter in vollkommene Dunkelheit, unfähig, die Felsen zu sehen, über die ich fiel oder die Zweige, die meine Haut aufrissen. Auch das Brombeergebüsch hatte ich nicht gesehen, in dem ich nun lag. Mein Schrei erstickte in meiner Kehle. Mein Hals war wie zugeschnürt. Ich schluchzte wie eine einsame Seele im Höllenfeuer. Das war ich auch.

Einige Augenblicke später raschelte es neben mir. „Charlotte, ich bin's."

Russ setzte sich neben mich und legte einen Arm um meine Schultern. Ich drehte mich um und klammerte mich an ihn und schluchzte und heulte. Er machte ein leises Pfeifgeräusch, dann legte er seine Hand auf meinen Bauch. „Atme mit mir zusammen", flüsterte er und ich spürte, wie sein Brustkorb sich hob.

Ich atmete ein und drückte meine Bauchdecke gegen seine Hand, tief und langsam zog ich die Luft in meine Lunge.

„Anhalten." Gemeinsam hielten wir die Luft an.

Sanft blies er seinen Atem wieder aus, seine Brust senkte sich. Ich atmete mit ihm zusammen aus und zitterte.

„Ganz ruhig. Mit mir." Gemeinsam taten wir den nächsten Atemzug.

Als ich wieder ruhig geworden war, tauchte ein schwacher Lichtstrahl neben uns auf und machte die Umrisse der Blätter und Ranken sichtbar, zwischen denen wir kauerten. Meine Augen folgten dem Licht, den Hügel hinauf.

„Russ?" Bobby winkte mit dem Licht. „Hier könnt ihr heraufkommen."

„Bist du verletzt?", fragte Russ mich flüsternd.

„Nein."

„Kommst du mit zu mir?"

Ich nickte und er half mir, den Abhang hinaufzuklettern.

Als Russ mich damals zu einem Bad in seiner Wanne eingeladen hatte, hatte ich mir ein Haus mit schwarzen Ledermöbeln, großem Fernseher und einem rustikalen Tisch vorgestellt. Stattdessen fand ich mich jetzt in einem großen, holzgetäfelten Raum mit Steinboden wieder. Vor dem offenen Kamin standen vier Holzstühle mit vielen Kissen um einen alten Küchentisch herum. Auf dem Tisch stand eine Teekanne aus Ton, daneben lag ein halber Laib Brot.

Er brach ein Stück ab und reichte es mir. „Wann hast du zuletzt etwas gegessen?"

„Ich … ich weiß es nicht."

„Nimm das."

Ich hielt das Brot ratlos in der Hand und starrte es an. Es roch nach Hefe und Butter. Die Kruste war hart, das Innere leicht und weich. Was sollte ich damit tun?

„Charlotte, jetzt geht es darum, dass du wieder zu Kräften kommst. Iss das Brot."

Ich nahm einen Bissen. Der Geschmack breitete sich warm und wohlig in meinem ganzen Körper aus, bis zu den Schultern. Ich weinte, sowohl über den herrlichen Geschmack als auch über das vollständige Scheitern all dessen, was ich zu leben versucht hatte.

Russ brachte mir ein Kissen für den Fußschemel, und so konnte ich meine Beine hochlegen. „Noch etwas Brot?"

„Nein."

„Leg deinen Kopf zurück."

Ich tat es und er stellte sich hinter meinen Stuhl, umfasste meinen Nacken und drückte mit den Fingern sanft nach oben, direkt in den Schmerz, der in den Wochen auf dem Boden und in den Jahren entstanden war, in denen ich meinen pflegebedürftigen Mann vom Bett in den Rollstuhl und wieder zurück gehoben hatte. Tränen strömten über meine Wangen. Er wischte sie mir ab, dann strich er mit seinen Fingerspitzen über meine Schläfen und massierte meine Kopfhaut.

Im nächsten Augenblick war ich weggedämmert; der Stuhl war wunderbar weich und das Feuer wohlig warm. Ein Klang wie silberne Glöckchen weckte mich. Als ich meine Augen öffnete, war Russ gerade damit fertig geworden, den Tisch zu decken, der neben mir stand. Er stellte einen Teller mit einer Scheibe Rindfleisch, Salat und zwei Kartoffeln ab.

Ich starrte das Essen an, ein Festmahl im Vergleich zu dem, was ich mir gestattete, seit ich hier lebte. War das das Ende meines asketischen Lebensstils? Ich drückte einen Finger an die Lippen.

Russ beugte sich zu mir und berührte meine Hand. „Es ist wichtig, dass du isst."

Folgsam nahm ich die Gabel und begann mit der Kartoffel. „Oh! Das schmeckt so gut."

„Du hast Hunger. Das sind nur Reste."

„Dein Haus ist so friedlich."

„Es ist ziemlich leer, könnte man auch sagen, aber schön, dass du es so freundlich ausgedrückt hast. Ben und ich mögen es. Brenda hat die meisten Möbel mitgenommen, was für mich aber kein Problem ist, ich wollte sie ohnehin nicht haben."

„Wo ist Ben?"

„Wenn Gil nicht da ist, schaut er sich mit Brenda zusammen Filme an. Und Gil ist heute nicht da. Ich habe Ben geholfen, die Filme für heute auszusuchen: *Der Club der Teufelinnen* oder *Der Feind in meinem Bett*. Von mir aus soll Brenda ruhig beide anschauen."

Ich musste grinsen. „Das wird sie auf ganz neue Gedanken bringen."

„Das wäre nicht schlecht."

Russ sah für mich in diesem Moment unfassbar schön aus. Ich bewunderte die wunderbaren Lachfältchen um seine Augen. Seine kräftige Hand umfasste seine Tasse. Ich erinnerte mich daran, wie diese Hand auf meinem Bauch gelegen hatte, als er mit mir geatmet hatte. Ich erinnerte mich an seine warmen Hände in meinem Nacken und an seine Freundlichkeit ... diese großartige Freundlichkeit ...

Verlegen sah ich in meine Tasse und schämte mich für das Gefühl, das ausgerechnet jetzt in mir aufgetaucht war. Ich war in einem miserablen Zustand, so einsam und so voller Angst. Das war wirklich nicht der Moment, darüber nachzudenken, wie es sich anfühlen würde, wenn er mich wieder berührte. Ich blickte auf.

Er massierte seine Nase und verlagerte sein Gewicht. „Als du ganz neu hier auf den Berg gekommen bist, kam deine Freundin hier vorbei und gab mir ihre Telefonnummer, nur für alle Fälle."

„Ach."

„Ich habe sie angerufen, während du geschlafen hast ... weil ich dachte, sie könnte dir vielleicht helfen. Aber sie war noch bei der Arbeit und muss dort noch etwas fertig machen. Später meldet sie sich vielleicht, sagte sie. Ich muss jetzt noch ein bisschen Papierkram erledigen, aber wenn du willst, kannst du in der Zeit ein Bad nehmen. Mir geht es danach immer besser. Der Whirlpool steht auf der Veranda. Ich habe noch einen alten Badeanzug von Brenda irgendwo herumliegen."

So legte ich mich auf der Veranda ins heiße Wasser, allein, in einem Badeanzug, der Brenda zu groß und mir zu klein war. Die Luft war frisch und das Wasser war warm. Als ich hineinglitt, brannten die Schrammen und Kratzer, die ich mir auf meiner verzweifelten Flucht zugezogen hatte. Doch schon bald ging der Schmerz in ein müdes Prickeln über, mein Körper entspannte sich, meine Arme lagen auf dem Rand der Wanne, mein Kopf ebenfalls, meine Beine schwebten im Wasser.

Russ brachte mir eine Tasse frischen Tee und ging wieder nach drinnen, ließ die Tür angelehnt und das Licht ausgeschaltet.

Von seiner Veranda aus konnte man das ganze Tal überblicken, die Baumwipfel waren weit, weit unten. Ich war umgeben von wärmendem Wasser, über mir leuchteten die Sterne, alles andere war in tiefe Dunkelheit getaucht.

Falls Susanne käme, würde sie mir so freundlich wie möglich vorschlagen, diesen ganzen Unsinn endlich zu beenden. Ratlos überlegte ich, was ich darauf antworten würde. Dann wusste ich es.

„Es tut mir leid", flüsterte ich gen Himmel und die Sterne blinzelten zurück, als hätten sie die ganze Zeit über schon gewusst, wie ich mich entscheiden würde. Ich hielt mich am Rand der Wanne fest und drückte mich tief unter die Wasseroberfläche. Als ich wieder auftauchte, wischte ich mir das Wasser aus dem Gesicht, holte Luft und wartete darauf, dass Susanne mich nach Hause bringen würde.

Kapitel 33

Irgendwann in den Jahren, als Larry krank war, hatte Susanne ihre Esszimmerwände in Schokoladenbraun gestrichen. Das war mir jetzt erst aufgefallen. Es war eine Menge Silber in dem Raum, Kristall und Spiegelflächen, dazu ein Teppich mit Zebramuster. Das Zimmer war eindeutig von Susanne eingerichtet worden, mit Jack hatte das nichts mehr zu tun. Er mochte Chrom lieber als Silber und Schwarz mehr als Braun. Für ihn war es wichtig, dass die Wohnungseinrichtung so futuristisch wie möglich wirkte, er wollte in der Zukunft leben, atmen und schlafen, und wenn man seiner Vorstellung Glauben schenkte, dann war die Zukunft ein sehr kalter Ort.

Einmal, noch vor der Scheidung, fand Susanne eine fremde Damenunterhose in ihrer Schublade. „Ich habe keine Unterwäsche in dieser Farbe, es ist nicht meine Größe und nicht mein Stil – sie gehört mir nicht“, sagte sie. Die Putzfrau hatte sie in ihrem Ehebett gefunden und in die Wäschetonne geworfen.

Als Susanne mit der Unterhose zu Jack ging, nahm er sie und sagte: „Die gehört bestimmt Marlee, ich werde sie ihr zurückbringen.“

Jacks Welt war ein sehr kalter Ort.

Ich wünschte, ich hätte das damals gewusst. Susanne hatte mir die Geschichte erst in der vergangenen Nacht erzählt, nachdem sie mich bei Russ abgeholt hatte. Ich war mit ihr zu ihrem Kleiderschrank gegangen, wo sie Bettzeug holte, um das Gästebett für mich zu beziehen. Zuoberst auf einem Stapel Ablagekästen lugte ein Bilderrahmen unter einem Deckel hervor. Ich erinnerte mich an das silber-schwarze Muster und nahm ihn heraus. Es war ein Bild von Susanne und Jack, Larry und mir, als wir in einem Restaurant in Los Gatos feierten, nachdem wir die Gründungspapiere von ConjuTech vervollständigt hatten. Zwei attraktive Männer und zwei hoffnungsvolle junge Frauen lachten in die Kamera.

„Was ist mit dir und Jack passiert?"

Da Susanne wusste, was für einen schweren Tag ich hinter mir hatte und dass ich in keiner guten Verfassung war, ließ sie die Einzelheiten weg und erzählte mir nur diese Geschichte, die ihrer Ehe den letzten Todesstoß gegeben hatte.

„Wenn du mir das doch damals erzählt hättest", sagte ich. „Ich war doch nur ein paar Meter von dir entfernt."

„Du lebtest in einer anderen Welt."

Ich ließ den Kopf hängen.

Sie legte ihre Hand auf meinen Arm. „Du verteidigst dich aber nicht gut."

„Wieso?"

„Ergreif Partei für dich selbst. Frag, warum ich dir keine bessere Freundin war, als Larry krank wurde."

„Ich hab dich doch nicht an mich herangelassen, Susi. Wir wissen doch beide, wie ich dich zurückgewiesen habe …"

„Das sind nur Klischees, die können wir überspringen. Schließlich kann ich mich sehr gut wehren, wenn ich zurückgewiesen werde, das wissen wir auch beide. Charlie, wir haben beide gleichzeitig unsere Männer verloren. Wir haben beide versucht, alles so gut wie möglich zu schaffen."

Ich umarmte sie und flüsterte: „Es tut mir so leid."

„Du bist meine Freundin, meine allerbeste Freundin. Dieses Mal werde ich für dich da sein."

Da war ich also wieder, in Susannes Haus. Die Vorhänge im Esszimmer hatten die Farbe von aufgeschäumter Milch und das hereinfallende Morgenlicht tauchte den Raum in behagliches Beige.

Ich schob die Vorhänge auf und betrachtete die Überreste meines Hauses auf der anderen Straßenseite. Es hatte sich nichts verändert, seit ich zuletzt hier gewesen war. Aber der Anblick machte mich viel trauriger, es sah jetzt für mich viel schrecklicher aus und fühlte sich schlimmer an als am Tag der Beerdigung.

Hatte ich wirklich dort gestanden, den Brand meines eigenen Hauses beobachtet und mir selbst zugeflüstert: *„Alles wird gut sein und alles wird gut sein"*? Vielleicht hatte dieses Denken als Schutzdamm für die Gefühle von Juliana von Norwich funktioniert, um der Verzweiflung standzuhalten, die damals in dem von der Pest heimgesuchten Europa herrschte. Aber meine Schutzwälle waren allesamt eingestürzt, die Verzweiflung hatte in meine Seele fließen können und alles unter sich begraben. Erstaunlich, dass die Oberfläche dieser Verzweiflungsflut gelegentlich wie ein ruhiger See erscheinen kann. Still wie der Tod fühlte sie sich mitunter an.

„Willst du zu deinem Grundstück gehen?" Susanne hatte sich hinter mich gestellt und hielt eine Tasse Kaffee in der Hand.

„Nein. Sonst bellt Wagner und Carol alarmiert die Polizei. Nein, da drüben habe ich nichts mehr zu suchen. Ich will weitergehen. Heute Morgen habe ich mir schon die Stellenanzeigen in der Zeitung angesehen, und bald werde ich versuchen, eine Bewerbungsmappe zu erstellen ..."

„Du könntest für mich arbeiten."

„Als Maklerin?“

„Später vielleicht, ja. Aber zunächst würdest du als meine Assistentin anfangen.“

Freundschaft hin oder her, das klang schlimmer als eine Dose Thunfisch zum Abendessen. Mein Blick schien meine Gedanken verraten zu haben.

„Dadurch hättest du überhaupt erst einmal etwas, das du in deine Bewerbung schreiben könntest, für den Fall, dass du die Firma eines Tages wechseln möchtest. Außerdem könntest du die Makler-Ausbildung machen …“

„Du braucht doch gar keine Assistentin.“

„Doch.“

„Was ist mit Cammie?“

„Sie ist gegangen. Einfach so, mit der Begründung, dass sie lieber tot sein möchte, als für mich zu arbeiten.“

„Du liebe Güte, Susanne. Wann war das denn?“

„Gestern Abend. Kurz bevor ich dich abholen kam.“

„Aber das war doch schon ziemlich spät. War es nicht schon elf, als du bei mir ankamst? Bist du da von der Arbeit gekommen? Und Cammie hat um die Zeit auch noch gearbeitet?“

„Nun, ich *brauchte* sie.“

Ich unterdrückte ein Lächeln. Susanne kicherte und ich legte meinen Arm um ihre Schulter.

„Bin ich wirklich so eine …“

„Manchmal kannst du schon so sein.“

Sie zuckte mit den Schultern. „Aber es ist auch sehr gut, mich zur Freundin zu haben, wenn es hart auf hart kommt.“

„Das stimmt.“

„Ich bin die beste Freundin, die man haben kann.“

„Die allerbeste.“

„Ich habe dafür gesorgt, dass ein Arbeitsplatz für dich frei wurde, genau als du ihn brauchtest, obwohl ich das gar nicht voraussehen konnte. Gleichzeitig werde ich eine mildere Chefin werden. Schließlich kann ich alles, was ich will. Aber das ist noch nicht alles. Ich habe auch eine Wohnung für dich, die du dir mit dem Gehalt, das ich dir bezahlen werde, leisten kannst."

„Wirklich?"

„Sie gehört einer meiner Kundinnen, Mrs Jorgen. Sie ist die freundlichste alte Dame, die du je kennengelernt hast. Ihr gehört diese wunderschöne alte schneeweiße Villa. Sie hat ein Gästehaus im Garten, ein Zimmer, Bad …"

„Ich könnte es mir gleich heute anschauen, wenn …"

„Nein, sie ist bis Montag verreist. Aber du kannst dich auf mich verlassen, es ist eine gute Sache." Susanne liebte es, Recht zu haben und heute Morgen war sie die Perfektion in Person. Sie lächelte und nippte an ihrem Kaffee. Dabei war sie immer noch im Schlafanzug.

„Musst du dich nicht für die Arbeit fertig machen? Geh du schon mal ins Bad, ich kann solange das Frühstück zubereiten."

„Ich gehe heute nicht."

„Nicht?"

„Das ist Teil meines neuen Stressbekämpfungsprogramms. Da du weder Arbeit noch Wohnung suchen musst, dachte ich, wir könnten zusammen essen gehen. Vielleicht kommt Amber auch mit. Wann warst du zuletzt am Meer?"

„Das ist gar nicht so lange her – an dem Tag, als ich mein Auto verschenkt habe."

„Und dein Geld?"

Ich nickte.

„Aha. *Trotzdem*. Hast du an dem Tag auch im *Acapulco* gegessen?"

„Nein, das nicht." Ich schüttelte den Kopf, dann versank ich in meinem Sessel am Fenster und starrte auf die gefalteten Hände in meinem Schoß.

„Charlie, was ist?“

„Ich muss noch etwas erledigen. Heute Morgen habe ich mich dazu durchgerungen. Ich werde zur Polizei gehen.“

Sie setzte sich in den Sessel mir gegenüber.

Ich erzählte ihr alles, was ich in der Suppenküche noch erlebt hatte, außer meinen Sohn zu finden und wieder zu verlieren. Was ich in den Flammen verloren geglaubt hatte, tauchte unter den Obdachlosen auf, Larrys Jacke, mein Kleid, das Foto ... „An dem Tag, an dem morgens das Haus von der Familie mit dem kleinen Jungen brannte, traf ich Garrett – aber erst abends ...“

„Charlie.“

„Also vielleicht-“

„Charlie, hör doch auf. Ich habe gesponnen, als ich Garrett beschuldigte. Das war nur meine überdrehte Fantasie. Wir wissen doch gar nicht ...“

Ich hob die Hand. „Bitte, Susi, wenn ich zu lange darüber nachdenke, dann schaffe ich den Schritt nicht mehr. Aber diese Brandserie muss aufhören. Mir bleibt nichts anderes übrig, als das Erforderliche zu tun und darauf zu vertrauen, dass die Wahrheit ans Licht kommen wird.“

„Ich begleite dich.“

„Susi ...“ Mühsam versuchte ich sie so anzulächeln, dass sie annahm, mir würde es gut gehen. „Ich schaffe das allein.“

„Aber ich fahre dich wenigstens hin.“

„Gut.“

Es war gar nicht schwer, der Polizei zu erzählen, was geschehen war, genau wie damals, als ich die Vermisstenanzeige aufgegeben hatte. Der Polizist notierte, was ich zu sagen hatte und bedankte sich für die Information. Irgendwie war es viel zu einfach. Auch als ich erzählte, ich hätte Garrett gefunden und schilderte, wie er sich verhalten hatte, notierte er alles kommentarlos und bedankte sich.

Gerne hätte ich gefragt, ob ich mit dem, was ich erzählt hatte, meinen Sohn belastet hätte. Aber falls die Polizisten selbst noch nicht auf die Idee gekommen waren, wollte ich sie auch nicht darauf bringen. „Falls Sie meinen Sohn finden, würden Sie ihn bitten, mich anzurufen?"

„Ja, ich notiere es."

Das war alles.

Als ich aus der Wache kam, war Susannes Auto weg. Vielleicht war sie mal eben um den Block gefahren. Ich wartete. Aber sie kam nicht. Also versuchte ich, sie per Handy zu erreichen.

„Ich bin auf dem Weg. Hier ist ein bisschen viel Verkehr."

„Wohin bist du denn gefahren?"

„Nur eine Besorgung machen. Gleich bin ich da. Ich fahre schon von der Hauptstraße runter."

Als ich in ihr Auto stieg, gab sie mir einen großen Geschenkkarton mit dem Logo einer Boutique.

„Was ist das?" Ich zog die Schleife auf, hob den Deckel und zog das Seidenpapier auseinander. Der Geruch von neuen Kleidern stieg mir in die Nase. Es war ein Hosenanzug in dem zarten Graublau, das ich schon immer besonders gemocht hatte. Einen größeren Kontrast zu meinem schwarzen Einheitslook konnte es gar nicht geben. Wieder entfernte ich mich einen Schritt weiter von meinem Berg.

„Ich dachte, vielleicht würde es dir Freude machen, dich für das Restaurant schick zu machen. Nirgends gibt es so leckere Fisch-Tacos wie im *Acapulco*. Wir halten kurz bei mir, damit du dich umziehen kannst. Ich habe dir auch ein Paar Schuhe gekauft." Von dem Sitz hinter mir angelte sie einen Schuhkarton hervor.

Passend zum Anzug hatte sie graue Pantoletten mit leichtem Absatz ausgewählt.

Während wir die Straße zum Restaurant entlanggingen, erinnerte sich Susanne an ein Spiel, das wir früher mit unseren Kindern auf langen Autofahrten gespielt hatten. „Auf der Straße nach Santa Cruz sah ich einen Mann, der Karten spielte."

Ich ließ mich darauf ein und setzte den Satz fort: „Auf der Straße nach Santa Cruz sah ich einen Mann, der Karten spielte … und eine Frau, die ein Lied von Joni Mitchell sang, und zwar ziemlich schräg."

„Auf der Straße nach Santa Cruz sah ich einen Mann, der Karten spielte, eine Frau, die ein Lied von Joni Mitchell sang und einen Mann, der an der Straßenecke Chopin auf dem Klavier spielte, ganz gut sogar."

Ich kannte niemand außer Susanne, der es nötig gefunden hätte, sich für einen Restaurantbesuch schick zu machen. Ich hatte mich sehr an meine bequemen Schuhe gewöhnt und diese neuen Pantoletten drückten mich jetzt schon. Die hinten offenen Schuhe klapperten bei jedem Schritt und ich musste meine Zehen krümmen, um sie nicht zu verlieren. Als ich meinen Blick hob, sah ich tatsächlich noch mehr Menschen, die sich schick gemacht hatten.

„Du bist dran", erinnerte Susanne mich.

„Auf der Straße nach Santa Cruz sah ich einen Mann, der Karten spielte, eine Frau, die ein Lied von Joni Mitchell sang, einen Klavierspieler, der an der Straßenecke

Chopin spielte und einen Mann, der ganz in Rosa gekleidet war, einen Sonnenschirm und eine Federboa trug und meditierte."

„So nett bin ich zu dir, dass ich dir den rosaroten Mann gelassen habe. Auf der Straße nach Santa Cruz sah ich einen Mann, der Karten spielte, eine Frau, die ein Lied von Joni Mitchell absolut ruinierte – ich habe immer noch den schrägen Klang im Ohr –, einen Mann, der Klavier spielte, einen rosaroten Typen, der einen Zen-Spaziergang machte und einen Autoaufkleber, auf dem stand ‚Haltet Santa Cruz dreckig'. Es wird dir hier gefallen."

Wir aßen im Freien, wo sich die warme Sonne mit der Brise des Ozeans vermischte. Ein Gitarrist spielte nur wenige Meter von unserem Tisch entfernt Flamenco-Rhythmen.

„Meine Güte, das war echt nötig, endlich mal einen freien Tag zu nehmen." Susanne drückte den Saft der Zitronenscheibe in ihr Wasserglas und trank es mit dem Strohhalm leer. „Ich habe einen Berg von Arbeit im Büro, aber du wirst mir ja bald helfen, ihn abzutragen."

„Ich weiß nicht, ob es gut für unsere Freundschaft ist, wenn ich für dich arbeite."

„Es könnte für unsere Freundschaft gar nichts Besseres geben, denn du wirst mir das Leben retten."

„Wo ist denn Amber? Wollte sie nicht mitkommen?"

„Nein. Ich habe mit dem Arzt gesprochen, und er macht sich große Sorgen. Sie soll unbedingt essen und sich ausruhen, meinte er, woraufhin Amber erklärte, ein Restaurantbesuch wäre das Gegenteil von ausruhen."

„Stimmt ja vielleicht sogar."

„Mag sein. Aber ich fürchte, dass sie zu Hause weder ausruht noch isst. Wenn du einverstanden bist, werde ich etwas für sie bestellen, einpacken lassen und nachher vorbeibringen."

„Natürlich bin ich einverstanden. Aber meinst du, sie wird es essen?“

„Das wird sie, weil ich mich danebensetzen und ihr zusehen werde.“

„Wie willst du sie davon abhalten, später, wenn du weg bist, alles wieder zu erbrechen?“

Sie seufzte. „Es ist wie bei dir auch: Wir tun, was geht. Roger gibt auch sein Bestes. Er hat für sie einen Termin mit dem Seelsorger vereinbart, bei dem sie war, als Jack uns verlassen hat. Aber sie ist nicht hingegangen. Der Arzt sagte, sie riskiere eine Fehlgeburt ...“ Susanne presste ihre Lippen zusammen und fuhr sich über die Augen. „Pass auf, ich geh mich mal frisch machen. Wenn der Kellner kommt, kannst du bitte zweimal Fisch-Tacos bestellen. Sie werden dir bestimmt super schmecken.“ Damit ging sie.

Ich hätte nicht mit Amber anfangen sollen. Susanne hatte gesagt, ich würde tun, was geht. Warum fühlte es sich dann so falsch an, hier zu sitzen? Die Düfte, die rund um mich aufstiegen, machten mich ganz benommen. Auch wirkte der Trubel, der mich hier umgab, nach den Wochen in den Bergen wie der reinste Höllenlärm. Ich hörte gleichzeitig jeden einzelnen Straßensänger, jede Gitarre, das Zirpen einer Grille irgendwo und das Dröhnen unzähliger Autos, die an dem Restaurant vorbeirasten. Ich hörte das Klappern sämtlicher Bestecke aller Straßencafés sowie alle sieben oder acht Gespräche, die in jedem der Cafés geführt wurden. Irgendwo hustete jemand, ein anderer hörte nicht auf, wie ein Esel zu lachen.

Den anderen Leuten schien das alles nichts auszumachen und früher wäre mir so etwas auch nicht aufgefallen. Ich würde mich wieder daran gewöhnen. Das war es, was ich jetzt tun musste ... das, was ging.

Das Husten kam näher; der Ärmste hackte und knarrte, als wäre seine Lunge komplett mit Schleim verstopft. Ich kannte das Gefühl. Als Kind hatte ich oft einen quälenden Husten gehabt, der genau so klang, mit dem Gefühl, als hätte sich eine dicke Schleimblase über die Luftröhre gelegt und die Luftzufuhr komplett unterbrochen. Der Mensch hustete noch einmal kräftig, während er an unserem Restaurant vorbeiging. Er trug einen Rucksack, der mich an das schwere Gewicht erinnerte, das auch … Moment mal! Garrett!

„*Garrett*!“

Er drehte sich um, sah mich an, dann drehte er sich wieder zurück und ging weiter, als hätte er mich nicht erkannt. Ich sprang vom Tisch auf, schnappte mir meine Handtasche und rannte, so schnell es in diesen Schuhen möglich war.

„Garrett!“ Er wurde langsamer, weil ihn mehrere entgegenkommende Fußgänger bremsten. „Geh nicht weg. Dass du mir nicht noch mal verschwindest!“

Er blieb stehen, lachte und weinte gleichzeitig, als wäre einfach alles zu viel für ihn. „Mama, geh zurück in deine Berge.“

„Du kommst mit.“

„Das geht nicht.“

„Warum nicht?“

„Es ist nicht … nicht so, dass ich dich nicht liebe. Aber glaub mir einfach, ich kann nicht.“

„Das reicht mir nicht, junger Mann. Du schuldest mir eine Erklärung.“

Er schüttelte den Kopf und setzte sich wieder in Bewegung.

Ich folgte ihm. „Wann auch immer du dazu bereit bist. Ich kann warten.“

Er antwortete nicht. So gingen wir zusammen, nebeneinander, eine oder zwei Querstraßen weit, er in seinen abgewetzten Hosen, ich in meinen klappernden Pantoletten, bis er mich ansah und erklärte: „Schau Mama, es ist doch einfach so – ich gehe nicht mit dir mit und du willst nicht da sein, wo ich hingehe. Ich habe deine Handynummer."

„Ja, das war aber die ganzen letzten Monate auch so. Du wusstest immer, wie du mich erreichen kannst, aber du –"

„Ich werde dich anrufen."

„Hast du es einmal getan? Was haben wir vorgestern ausgemacht? Du bist nicht gekommen. Warum sollte ich annehmen, du würdest mich jetzt anrufen? Nein, ich denke, ich werde einfach bei dir bleiben. Ob es dir gefällt oder nicht."

Er hustete wieder. „Es geht nicht darum, ob es mir gefällt. Du wirst es nicht schaffen."

Das weckte meinen Ehrgeiz. Die letzten paar Wochen waren für mich das reinste Überlebenstraining gewesen. Ich hatte meine Handtasche. Ich hatte diese hübschen grauen Pantoletten. Nicht das perfekte Outfit, aber alles in allem ... Ich straffte die Schultern. „Das werden wir ja sehen."

Er wandte sich ab und ging hustend weiter. Ich hängte mir energisch meine Tasche über die Schultern und hielt Schritt. Wir waren schon fast an der Straße, die am Strand entlangführte, als mein Handy klingelte. Ich fuhr erschrocken zusammen und nahm den Anruf entgegen. „Hallo, Susanne."

„Wohin bist du gegangen?"

„Es tut mir leid. Ich habe Garrett gefunden. Jetzt laufe ich einfach hinter ihm her. Ich hatte keine Zeit, es dir zu sagen."

„Geht es ihm gut?"

„Er hat einen sehr schlimmen Husten. Aber ansonsten ... Garrett, kannst du kurz warten?" Das tat er nicht.

„Wo bist du jetzt? Ich komme euch holen."

„Wir sind schon fast an der Anlegestelle. Garrett!"

Er winkte ab. „Sag ihr, sie soll dich hier abholen."

„Gut", sagte Susanne, „bleibt dort, ich bin gleich da."

„Sie wird uns beide abholen."

„Nein." Er überquerte einen Parkplatz und ich folgte ihm wie ein treues Hündchen.

„Susi, bleib dran. Garrett, warte doch."

Er ging zum Sandstrand, der neben der Anlegestelle verlief. Als ich auch im Sand angekommen war, versanken meine Absätze. Ich zog die Schuhe aus, packte sie in meine Handtasche und rannte dann keuchend durch den tiefen Sand, um ihn wieder einzuholen. „Susi, wir sind jetzt am Strand. Ich weiß nicht, wo wir uns treffen können."

„Charlie, Liebes, wenn er nicht will, solltest zumindest du mit mir zurückkommen."

„Nein."

„Du hast noch nicht mal etwas gegessen. Gut, das ist kein Argument. Aber Charlie, willst du jetzt unter die Obdachlosen gehen?"

Wie konnte sie annehmen, dass ich etwas anderes tun würde? „Ich rufe dich später wieder an." Damit schloss ich das Handy wieder.

Wir gingen an Strandtüchern und Sonnenschirmen vorbei. Garrett marschierte zwischen zwei Sonnenbadenden hindurch, die so dicht zusammenlagen, dass ich warten und ihn vorlassen musste, um nicht auf sie zu treten. Mühsam holte ich ihn wieder ein. Wir kamen zum Parkplatz des Strandhotels, ich strich mir den Sand von den Füßen und zog meine Schuhe wieder an. Dadurch fiel ich wieder zurück und musste rennen, um ihn wieder einzuholen. Mein Handy klingelte.

„Geh dran, Mama. Sag ihr, sie soll dich am Surfer-Denkmal abholen."

Es war nicht nötig, ihm oder Susanne zu antworten. Er führte mich zu dem Denkmal, einem in Bronze gegossenen jungen Mann, so gesund und selbstbewusst, wie Garrett einst gewesen war.

„Ruf sie an."

„Ich steige in kein Auto ein, in das du nicht zuerst eingestiegen bist."

„Wann glaubst du es mir endlich? Ich kann nicht."

Das Handy klingelte und ich nahm den Anruf entgegen. „Was ist los? Wo seid ihr?"

„Ich brauche noch etwas Zeit, Susi."

„Wie lange? Soll ich es in einer Stunde noch einmal versuchen?"

„Nein. Gib mir .."

Garrett beugte sich zum Telefon. „Sie ist am –"

Ich hielt ihm den Mund zu. „Bis morgen. Ich rufe dich morgen früh an."

„Hast du eine Unterkunft?"

„Ja. Wir haben alles besprochen. Für mich ist gesorgt."

Mit einer endgültigen Geste klappte ich das Handy zu und steckte es in meine Tasche. Erledigt.

Kapitel 34

Ohne ein Wort zu sagen drehte Garrett sich wieder um und ging weiter. Ich folgte ihm und hielt Schritt, so gut ich konnte. Er führte uns zum Leuchtturm. Dabei hustete er die ganze Zeit. Er hatte eine wirklich schlimme Erkältung. Abgesehen davon war er vollkommen still.

Ich hätte gerne eine Unterhaltung angefangen, aber mir fehlte die Puste dazu. Fragen hatte ich genug. Sein Plan war offensichtlich: Wenn er nur weit genug und schnell genug gehen würde, dann würde er mich irgendwann abhängen, so dachte er vermutlich. Aber da konnte er lange warten. Bei jedem Schritt musste ich mit den Zehen meine Schuhe festhalten. Aber ich ging immer weiter.

So gingen wir etwa zwei Kilometer, bis wir wieder auf eine Straße stießen. Hier erkannte ich erstmals einen Sinn in dem ganzen Gehen. Er steuerte auf einen Imbiss zu und brach schließlich sein Schweigen.

„Hast du Geld?“

„Nein, Garrett, tut mir leid. Ich habe keins.“

„Ich denke, man kann auch mit Karte bezahlen.“

„Ich habe keine Karten.“

„Na prima.“ Er hustete und stemmte seine Hände in die Hüften.

„Du beschwerst dich? Wo sind denn deine Karten? Wo ist dein Geld?“

„Ich habe sie vermutlich zu Hause liegenlassen. Warte kurz.“

„Ich weiche nicht von deiner Seite.“

„Dann komm mit, aber bleib hinter mir und sei leise.“

Ein junger Vater stieg mit seinen drei Kindern aus einem Volvo und ging auf den Schnellimbiss zu. Garrett folgte ihm und sagte leise etwas zu ihm. Der Mann sah von Garrett zu seinen Kindern, die ihn beobachteten und von ihrem Papa zu dem armen Mann sahen, der um etwas zu essen bat. „Warten Sie bitte“, sagte der Vater und ging in die Bude. Garrett wartete an der Tür. Ich beobachtete das Ganze aus sicherem Abstand. Am liebsten hätte ich mich versteckt und so getan, als würde ich diesen obdachlosen jungen Mann nicht kennen. Meinen Sohn.

Als der junge Vater wieder erschien, gab er Garrett eine große Papiertüte voller Essen, Garrett kam damit zu mir, setzte sich auf die Bordsteinkante und bedeutete mir, mich zu ihm zu gesellen. Kaum saß ich neben ihm, reichte er mir einen Burrito. Ich aß. Er hustete und ich hörte, wie schwer es ihm fiel, Luft zu bekommen.

„Du solltest einen Arzt aufsuchen“, meinte ich.

„Ist schon okay.“

Prüfend berührte ich seine Stirn. Er hatte Fieber. „Schatz, wir könnten in eine ambulante Klinik gehen.“

„Mama.“ Er knüllte das Papier zusammen und warf es in den Müll. „Hör auf. Mir geht es gut.“ Er erhob sich und ging weiter. Ich beeilte mich, hinter ihm herzukommen.

Wir gingen an den alten Häusern der High Street entlang, dann weiter bergauf zum Universitätsgelände und am anderen Ende wieder bergab. Erst als wir den größten Teil von Santa Cruz erwandert hatten und es dunkel wurde, verlangsamte Garrett seinen Schritt. Meine Füße taten entsetzlich weh. Ich hatte keine Jacke dabei und es wurde kalt.

Er zog eine Decke aus seinem Rucksack und legte sie mir über die Schultern.

„Wo schlafen wir?", fragte ich. Er kratzte sich am Kopf und sah sich um.

Obwohl das nicht wirklich wahrscheinlich war, hoffte ich doch, er würde hier irgendwo einen Freund haben mit einer Wohnung, in der wir auf einem sauberen, glatten Fußboden schlafen könnten. Auch ein Obdachlosenasyl wäre mir recht gewesen. Immer noch deutlich besser als der Eingangsbereich eines Supermarktes, wo die Leute am Morgen über uns steigen würden. Ich hatte wieder Hunger. In einem Obdachlosenheim hätten wir sogar noch etwas zu essen bekommen.

Aber Garrett änderte die Richtung und ließ die Stadt hinter sich. Immer weiter entfernten wir uns von einem möglichen Abendessen und einem anständigen Platz zum Schlafen, soweit ich das erkennen konnte.

Es wurde dunkel. Wir waren an einem unbeleuchteten Straßenabschnitt angekommen, nicht weit vom Highway entfernt. Ich folgte Garretts Schritten nach Gehör, ohne ihn zu sehen. Nur wenn gelegentlich ein Auto an uns vorbeifuhr, sah ich ihn im Scheinwerferlicht.

„Wohin gehen wir?"

Er hustete. „Wir sind bald da."

Etwas später hörte ich, wie er in seiner Jacke nach etwas suchte, bis das Licht einer kleinen Stablampe aufleuchtete. Er suchte damit den Straßenrand ab und führte uns zu einer kleinen Baumgruppe. Das Licht der Taschenlampe war auf den Boden gerichtet, bis er an eine Stelle kam, wo viel weiches Laub lag.

„Das ist gut." Er schaltete das Licht aus. Ich hörte den Reißverschluss des Rucksacks. „Gib mir die Decke."

Ich hielt sie ihm hin und er nahm sie, stattdessen gab er mir etwas Dickeres. „Ein Schlafsack. Breite ihn einfach aus."

„Hast du auch etwas, um darin zu schlafen?"

„Ja."

Ich legte den Schlafsack auf den Boden und kroch hinein. Er roch nach Schweiß und Schimmel. Blätter raschelten und ich war mir sicher, dass er nur die dünne Decke hatte, um sich darin einzuwickeln.

„Garrett." Er antwortete nicht. Ich streckte meine Hand im Dunkeln aus, bis ich ihn gefunden hatte. „Garrett, du bist doch nicht gesund. Nimm du den Schlafsack."

Keine Antwort. Im nächsten Augenblick hörte ich sein Schnarchen.

Da war wieder dieser Schmerz in meinem Rücken, dazu eine Mischung aus Eukalyptus und Schlafsackmuff in meiner Nase, das Gefühl eines verrutschten BHs unter meinem neuen Gabardine-Hosenanzug, feuchte Blätter unter meinen Haaren, die vollkommene Dunkelheit, das Rauschen des entfernten Ozeans und der nahen Autobahn – das alles trug dazu bei, dass sich kein tiefer Schlaf einstellen wollte. Erst gegen Morgen schloss ich die Augen, kümmerte mich nicht mehr um die Sterne und die schwankenden Baumwipfel über mir, sondern glitt in einen leichten Schlaf.

Als ich im grauen Morgenlicht hochschreckte, stand neben mir ein Rucksack. Ich war allein.

„Garrett?" Ich strampelte mich aus dem Schlafsack und sprang auf. „Garrett? *Garrett*?!"

„Psst!" Seine Stimme war hinter mir. „Es ist besser, wir werden hier nicht erwischt."

„Wo warst du?"

Er setzte sich auf den Boden und verdrehte die Augen. „Besorgungen machen." Er winkte mich zu sich und ich setzte mich auf den Schlafsack.

„Als Erstes ein Geschenk für dich." Er fasste in seine Jacke und zog ein paar Turnschuhe heraus. „Größe siebenunddreißig, ist das richtig?"

„Wo hast du die denn her?"

Er antwortete nicht. Die Schuhe waren schmutzig rosa und ausgelatscht und der dreckige Umriss der Füße der vorigen Besitzerin war im Inneren in deutlichem Braun zu erkennen. Gestern hatte Garrett gemeint, ich könnte seinen Lebensstil nicht teilen und ich hatte gesagt: „Das werden wir ja sehen." Er wartete, bis ich die Schuhe angezogen hatte, was ich kommentarlos tat. Sie waren warm, gemütlich und sehr ausgetreten. Ich würde darin bequem gehen können. Viel besser als in den Pantoletten.

„So, Frühstück." Wir warteten, bis sein Hustenanfall abklang. Dann holte er aus seiner Jacke eine zerknitterte Tüte von McDonald's. Er gab mir einen McMuffin und hatte einen zweiten für sich selbst. Als er seinen aus der Packung nahm, sah ich, dass er schon zur Hälfte gegessen war.

„Ich nehme nicht an, dass auch jemand einen Orangensaft weggeworfen hat?"

„Je mehr du trinkst, desto öfter musst du pinkeln."

Ich nickte. In Santa Cruz war es kein Problem, eine Toilette zu finden, aber hier draußen … Einmal in der Nacht hatte ich aufstehen müssen und es kaum gewagt, mich von unserem kleinen Lager zu entfernen. Mein einziger Schutz war die Dunkelheit gewesen.

„Was machen wir jetzt?"

„Wir gehen am Strand entlang."

Ich beschloss, dass ich jetzt einige meiner Fragen stellen würde. „Hast du gehört, dass es wieder gebrannt hat?"

„Nein."

„Ein kleiner Junge, neun Jahre, ist bei diesem Feuer ums Leben gekommen. Er wohnte nur zwei Querstraßen von uns entfernt."

Garrett schniefte, fuhr sich mit einer Hand über die Augen und nickte. Er sagte nichts.

„Bitte, Schatz, wenn du etwas darüber weißt, sag es mir.“

„Es tut mir leid, Mama, ich wollte nichts Falsches tun.“

Ich kämpfte gegen die Tränen an und legte meine Hand auf seinen Arm. „Was auch immer du getan hast, wir bringen das wieder in Ordnung. Wir können uns einen Anwalt nehmen. Ich werde dich niemals im Stich lassen, Garrett.“

„Wozu einen Anwalt? Ich brauche keinen Anwalt. Oder denkst du etwa, *ich* hätte die Feuer gelegt?“

„Nein.“ Ich sah ihm in die Augen.

„Habe ich auch nicht.“

„Gut. Aber …“

„Du denkst, ich war es.“

„Ich denke, es ist nicht zuviel verlangt, dass du mir sagst, was du weißt.“

Er fuhr sich mit der Hand über den Kopf und nickte. „Hast du in der Suppenküche diesen Mann gesehen, der einen Goldzahn hat?“

„Darnell.“

„Als ich zum ersten Mal in einem Asyl schlief, war er auch da. In den folgenden Tagen hat er mir viel geholfen. Er hat mir gezeigt, wie man einen Schlafplatz findet, wie man …“ Er sah zur Seite. „… wo man das beste Essen im Müll findet. Aber an einem Abend, da wollte ich unbedingt duschen und in einem richtigen Bett schlafen. Ich wusste, dass Papa und du nicht mehr im großen Haus wohnen. Darnell nahm ich mit, als Dankeschön für seine Hilfe. Ich denke, er …“ Garrett stützte seine Stirn in eine Hand und wiegte sich vor und zurück. „Ich denke, er hat mir über die Schulter gesehen, als ich den Sicherheitscode eingab. Daran hatte ich nicht gedacht. Mama, tut mir leid.“

Ich nahm seine Hand, aber er zog sie wieder weg. „Er hat alles gestohlen, alles Mögliche. Ich hab ihn mit Papas Kamera erwischt, für die ich in der Schule den Umhängegurt gemacht habe. Er hat alles, was nur ging, verkauft. Kleider und andere Sachen hat er auch einfach für eine Gefälligkeit verschenkt."

„Gut, er hat also Sachen gestohlen."

„Als ich die Kamera bei ihm sah, sagte ich ihm, er solle aufhören, sonst würde ich die Polizei einschalten. Eine Woche später hatte er deinen Ehering. Er hatte irgendein Drogenzeug genommen und war nicht ganz bei sich, so konnte ich ihm den Ring abnehmen und ich sagte ihm, ich würde jetzt die Polizei holen. Da sagte er, die Polizei würde ihn niemals erwischen und er könnte mir das beweisen. Das war am Abend vor …" Er stöhnte. „Am Abend, bevor unser Haus gebrannt hat."

Garrett griff in seine Tasche und förderte den Diamantring zutage, den Larry mir in Alaska ausgezogen hatte. Ich nahm ihn und strich mit meinem Finger über den Stein.

„Du kannst ihn anziehen."

„Dein Vater hat ihn mir ausgezogen, um ihn durch etwas Besseres zu ersetzen." Ich packte den Ring in meine Tasche. „Trotzdem heißt das noch nicht, dass Darnell das Feuer gelegt hat."

„Er hat überall damit angegeben. Er ist stolz darauf. An dem Abend, als du mir von den Feuern erzählt hast, bin ich zu ihm gegangen und habe ihn gefragt. Da sagte er, dass er sich unter die Schaulustigen gemischt hätte. Von der Beerdigung hatte er nichts gewusst, bis es ihm dann jemand sagte. Er sagte, du hättest nicht geweint, du hättest einfach nur dagestanden und neben dir sei eine dunkelhaarige Frau gewesen, die sich um alles gekümmert habe. Das war Susanne, stimmt's? Deshalb sind wir in Santa Cruz, Mama. Deshalb können wir auch nicht in den Obdachlosenhäusern schlafen. Wir mussten untertauchen. Ich habe es der Polizei gemeldet. Wenn sie ihn nicht finden und er merkt, dass sie hinter ihm her sind, dann wird er anfangen, nach mir zu suchen." Er hustete.

„Aber hier wird er dich nicht finden. Er ist in San Jose."

„Da war ich auch." Wieder der Husten. „Warum weinst du?"

„Ich bin … einfach so froh, dich wiederzusehen."

„Na schön. Du hast also wirklich gedacht, ich sei der Brandstifter."

„Nein." Ich zog eine Grimasse. „Ich habe es nicht geglaubt, aber ich wusste es nicht, Garrett. Wie hätte ich es wissen können? Schau jetzt bitte nicht so beleidigt. Im Moment weiß ich doch nichts mehr von dir. Ich verstehe nicht, warum du nicht nach Hause kommen willst. Ich verstehe nicht, warum du verschwunden bist, während dein Vater … Garrett, dein Vater lag im Sterben! Wie konntest du einfach …"

Er sprang auf die Füße, doch im nächsten Moment krümmte er sich in einem schweren Hustenanfall vornüber. Als der Husten nachließ, schnappte er seinen Rucksack und ging los.

„Warte!", schrie ich, raffte den Schlafsack zusammen und hastete hinter ihm her.

Kapitel 35

Nie hätte ich für möglich gehalten, dass ich mir eines Tages die Frage stellen würde, wie lange es wohl dauerte, zu Fuß von Santa Cruz nach Davenport zu gehen. Doch an diesem Tag fand ich es heraus. Wir benötigten etwa vier Stunden, wobei wir die ersten beiden Stunden sehr viel schneller gingen als die letzten. Glücklicherweise ließ Garrett sich auf ein Stück Rasen fallen, als ich ihn um eine Pause bat. Wir befanden uns in der Nähe der Zementfabrik.

Ich saß neben ihm. „Erinner mich daran, dass ich Susanne frage, wie es sein kann, dass eine Zementfabrik auf einem so erstklassigen Grundstück direkt am Strand errichtet wird."

„Wahrscheinlich steht die Fabrik schon sehr lange hier. Damals waren Bauplätze am Strand wohl noch nicht so begehrt." Er nahm mir den Schlafsack ab und stopfte ihn in seinen Rucksack.

„Sag mir doch, ob wir wenigstens ein bestimmtes Ziel haben. Ich bin müde und die nächste Stadt ist weit entfernt."

„Wir haben ein Ziel."

Mehr Erklärungen gab er mir nicht. Zumindest hatte ich mein Handy bei mir, für den Fall, dass ich einen Krankenwagen für ihn oder eine Wellnessfarm für mich brauchte. Ich seufzte und deutete auf das Restaurant am Wegesrand.

„Dein Vater und ich haben einmal an einem Hochzeitstag hier gegessen."

Ich konnte Garretts Gesicht nicht ansehen, ob er mich gehört hatte. „Nach dem Essen", fuhr ich unbeirrt fort, „gingen wir an der Straße entlang. Es war Vollmond und aus der Kirche dort unten schien bernsteingelbes Licht. In einem dieser kleinen Häuser war es hell, ein Fenster stand offen und jemand – ich vermute, es war ein Kind – hörte sich eine Kinderkassette mit dem Lied von dem Mädchen und dem schneeweißen Lämmchen an: ‚Mary Had a Little Lamb'. Das gleiche kleine Lied erklang immer und immer wieder. Wir gingen im Mondschein hinter der Kirche entlang und fanden einen kleinen Bach, an dessen Ufer wir uns setzten. Im Wasser spiegelten sich die Sterne wie Feuerfunken und die Frösche und Grillen übertönten das Rauschen des Meeres. Es war eine seltsame, geheimnisvolle und romantische Nacht, eine meiner schönsten Erinnerungen an Larry. Wie schön, dass ich sie jetzt mit dir teilen konnte."

Garrett sah mich an und beinahe lag ein Lächeln in seinem Gesicht. Dann stützte er sich im Gras auf seine Ellbogen. „Einmal sind Amber und ich nach Monterey gefahren. Das haben wir weder euch noch sonst jemandem erzählt, denn es war an einem Montag und wir schwänzten den Unterricht. Aber Amber sagte, sie müsse mir etwas Wichtiges erzählen und ich hatte schon eine Vorahnung, was es sein könnte. So bat ich sie, noch nichts zu verraten. Um zehn Uhr fuhren wir los, um nicht in den Stau zu geraten. Wir brauchten auch wirklich nicht lange für die Fahrt. Aber auf der Monterey Road gerieten wir dann hinter diesen weißhaarigen alten Landwirt mit seinem großen Hut, dessen kleiner Traktor nur zwanzig Stundenkilometer fuhr. Man durfte nicht überholen, also saßen wir fest. Mich machte das fast verrückt, aber Amber lachte nur. Wir fingen an, mit diesem alten Mann zu reden, der uns nicht hören konnte. Neben der Straße war ein Spargel-Verkaufsstand und wir sagten: ‚Wollen Sie nicht vielleicht ein paar Stangen frischen Spargel kaufen? Oder Aprikosen? Vielleicht lieber Erdbeeren?' Endlich wurde die Straße breiter und ich konnte ihn überholen. Wir gingen in das große Aquarium. Ich bezahlte eine Menge Eintritt, aber sie wollte sich den Algenwald nicht anschauen, und auch die riesigen Adlerrochen in dem kleinen Becken wollte sie nicht anfassen. Sie interessierte sich für gar nichts, bevor sie mir nicht ihre Geschichte erzählen konnte. Also gingen wir zusammen nach draußen auf die andere Seite, auf diese weite Terrasse, von der aus man die ganze Monterey Bay überblicken kann. Dort sagte sie mir, dass sie schwanger war." Er drehte den Kopf zur Seite und wischte sich die Tränen aus den Augen. „Das ist meine schönste Erinnerung."

Endlich öffnete er sich. Ich legte meine beiden Hände auf seinen Arm. „Eine wunderschöne Geschichte. Du warst so lieb zu ihr. Es tut mir so leid, mein Schatz, dass sie dieses Baby verloren hat."

Er schüttelte den Kopf. „Hat sie nicht."

„Was hat sie nicht?"

„Sie hat es nicht *verloren*, Mama. Sie hat es abtreiben lassen."

Er stand auf und ich wollte ihm folgen, aber meine Beine gehorchten mir nicht.

„Warte hier", sagte er, „ich besorge uns etwas zu essen." Er ließ ein Auto vorbeifahren, dann überquerte er die Straße.

Ich merkte, wie mein Verstand sich von mir löste und in einen eigenartigen Schwebezustand geriet. Eine Abtreibung. Susanne und ich hatten dem Baby doch fast schon Namen ausgesucht. Es war echt und lebendig, unser Enkelkind. Es war ein wichtiger Teil unserer Familie. Das ging uns nicht allein so; auch Amber hatte eine intensive

Beziehung zu dem Kind aufgebaut. Ich hatte sie für glücklich gehalten. Sie hatte Susanne und mich zum Essen in Los Gatos eingeladen und strahlte vor Freude, als sie uns die Neuigkeit unterbreitete. Als sie vorzeitig aus Hawaii zurückkehrte und in den Armen ihrer Mutter lag, da sah sie blass und verwirrt aus, wie ein junges Mädchen, das sein Baby durch eine Fehlgeburt verloren hat. Niemand war sehr überrascht, als danach auch die Beziehung zwischen ihr und Garrett zerbrach. Das war sehr traurig, aber nicht ungewöhnlich.

Eine Abtreibung.

Garrett kehrte mit einem Laib altem Brot zurück, das er an der Hintertür des Restaurants erbettelt hatte.

„Nein, danke", sagte ich.

Er riss sich ein Stück ab und verstaute den Rest in seinem Rucksack. Ich erhob mich und wir gingen weiter.

„Hast du es gewusst, Garrett?"

„Erst hinterher."

„Warum hat sie das getan?"

„Ihr Vater wollte es so ... Er sagte ihr, nur eine Schlampe bekäme ein uneheliches Kind. Wir versicherten ihm, dass wir heiraten würden, aber er hörte nicht auf, sie unter Druck zu setzen. Er meinte, sie dürfe nicht wie diese Leute werden, die nichts aus ihrem Leben machen, weißer Abschaum ... Leute wie ich, inzwischen."

„Jack." Mir wurde schwindelig, als ich den Zusammenhang begriff. „Was konnte man von diesem Mann anderes erwarten? Wenn du wüsstest, mit welcher Kälte er Susanne behandelt hat."

„Ich *weiß*, wie er Susanne behandelt hat. Das war kein Geheimnis."

„War ich wirklich so dumm? Die Einzige, die nichts gemerkt hat von Jacks Verhalten? Jedenfalls bin ich froh, dass dein Vater davon nichts wusste ..."

„Er wusste es sehr genau, Mama!“ Es brach förmlich aus Garrett heraus. „Rate mal, wer den Eingriff bezahlt hat!“

„Nein, das hat er nicht gemacht! Er hätte niemals –“

„Er hat es getan.“

„Erstmal hätte Jack –“

„Nein, Jack sagte, das sei Ambers Angelegenheit. Sie hätte sich den Schlamassel eingebrockt, jetzt sollte sie sehen …“ Er brach ab und schlug sich mit der Faust gegen die Stirn. „Es war doch kein Schlamassel, es war unser *Kind*!“

Ich stolperte noch ein paar Schritte die Straße entlang, dann brach ich zusammen. Garrett war sofort bei mir. Ich legte meine Hand auf meinen Bauch, so wie Russ es mir gezeigt hatte, und drückte mit der Bauchdecke gegen die Hand. Nach ein paar Minuten ging es mir wieder besser und ich ließ meinen Kopf in die Hände sinken. „Wie konnte er das tun? Garrett, warum?“

„Er sagte, er denke dabei nur an Amber und mich, an unsere Zukunft.“

„Eure Zukunft?“

„Er wollte, dass wir frei wären, unser eigenes Leben zu leben. Ist ja auch logisch. Er wollte nicht, dass wir den gleichen Fehler machten wir ihr damals … den Fehler, mich bekommen zu haben.“

Kapitel 36

Ich kann mich an den nächsten Abschnitt unseres Marsches nicht erinnern. Wie weit wir gingen, wie lange, was mir durch den Sinn ging – ich weiß es nicht. Ich weiß nicht einmal mehr, ob wir miteinander geredet haben. Irgendwann war es Abend. Eine blasse Sonne verschwand am Rand eines farblosen Himmels. Dann verließen wir die Straße und kletterten über die Felsen zum Strand hinunter.

Ich starrte auf das Wasser und fragte mich, ob ich in meinem Leben jemals überhaupt etwas verstanden hatte.

„Joseph!“ Garrett hielt seine Hände trichterförmig vor den Mund und rief erneut. „Joe!“

Ich drehte mich zu ihm um und sah mich um. „Hier ist niemand.“

„Er wird gleich kommen.“

„Wer?“

„Ein Freund, den ich vor einigen Monaten kennengelernt habe.“

Er stellte seinen Rucksack ab und ging über den Strand zu einem Haufen Treibholz. Ich fand einen Felsen, auf den ich mich setzen konnte, um ein wenig auszuruhen. Die Wellen brachen sich mit weißen Gischtkronen am Strand und hinterließen geschwungene, parallele Linien im Sand, wenn sie sich wieder zurückzogen. Ich erinnerte mich an den letzten Brief von Larry, das Wort „vergeben“ kam dreimal vor.

Nun hatte ich eine Ahnung, was er wohl dazwischen geschrieben haben mochte, das ich nicht entziffern konnte. Das pure Wort schien mir jede Lebenskraft zu rauben.

„Mama!“ Garrett rief. „Komm her!“

Ich nahm einen tiefen Atemzug, zwang meine Beine, sich zu strecken und trottete über den Strand. „Was ist?“

Er brauchte nicht zu antworten. Als ich näher kam, erkannte ich, dass es nicht ein Haufen, sondern ein Bauwerk aus Treibholz war. Es erinnerte an eine Blockhütte. Verwitterte Äste waren längs und quer miteinander verkeilt und bildeten ein Quadrat. Das Dach bestand aus Brettern. Eine Seite war offen, eine Öllampe aus Metall baumelte dort. Muscheln und Glasscherben waren auf Schnüren aufgefädelt, hingen an der offenen Seite von den Dachhölzern und bildeten einen Vorhang.

„Hat das dein Freund Joseph gemacht?“

„Schau mal rein.“

„Ich weiß nicht, ob das richtig ist.“

„Doch, schau rein.“

Ich kniete mich hin und schob den Vorhang zur Seite. Innen war die Hütte mit Segeltuch ausgekleidet, Decke, Wände und Boden waren damit bedeckt, ein Stoff, der das goldene Licht des Sonnenuntergangs hereinließ, den Wind aber abhielt. Eine kleine Matratze war blau bezogen, daneben lag ein aufgeschlagenes Buch, mit den Seiten nach unten, auf dem Boden. Ich beugte mich in den Raum, um zu erkennen, was dieser Joseph las: *Henri J. M. Nouwen: Weisheit aus der Wüste,* ein Buch über Gelassenheit und inneres Wachstum am Beispiel der frühchristlichen Mönche des 4. und 5. Jahrhunderts. Er las ein Buch über die Wüstenväter! Überrascht zog ich den Kopf zurück.

„Was ist?“, fragte Garrett lächelnd.

„Nichts.“ Ich beugte mich erneut in den Raum, um noch mehr zu sehen. Eine Wasserkiste diente als Tisch, in einer

Bierflasche standen wilde Blumen. Ich sah altes Besteck und Teller, die andere ausrangiert hatten. Alles war vom Meer ausgeblichen, filigran und schön. Langsam stand ich wieder auf und strich mir den Sand von den Knien.

„Warte nur, bis du Joseph selbst begegnest."

Plötzlich entdeckte ich in Garretts Augen diese Hochachtung und Wertschätzung, nach der sich sein Vater am Ende seines Lebens so sehr gesehnt hatte. Wenn es möglich gewesen wäre, noch trauriger zu werden, als ich es ohnehin schon war, dann wäre das jetzt geschehen.

Gemeinsam gingen wir zum Meer. Ich schlüpfte aus meinen Schuhen und ließ meine Füße von den heranrollenden Wellen umspülen, die sich schäumend am Sand verliefen, ehe sie sich wieder ins Meer zurückzogen und mich allein auf dem festen, nassen Sand zurückließen. „Dieser Joseph ist ein Obdachloser?"

„Er würde sich selbst nicht so nennen." Garrett zog ebenfalls seine Schuhe aus und krempelte die Hosenbeine nach oben. Seine Füße waren schwarz vor Dreck, als wären sie mit Kohlenstaub in Berührung gekommen, aber kaum stand er neben mir im Wasser, wurden sie so weiß und hell, wie sie damals gewesen waren, als er noch ein kleines Kind war.

„Du warst kein Fehler." Ich sagte es, während ich dem Meer zugewandt stand.

„Ich hätte es dir gar nicht sagen sollen."

„Du hast es so lange für dich behalten. Das muss sehr schwer gewesen sein."

Er nickte.

„Es gibt Gründe, warum man mit dem Sex warten sollte, bis man in einer Ehe lebt, Garrett, und ich bin überzeugt, dass es sehr gute Gründe sind. Das Versprechen, das man sich gibt, ist ein Ausdruck dafür, wie sehr man diese Person ehren und wertschätzen möchte, die viel mehr ist als eine

Errungenschaft, die man eine Zeitlang hat und dann durch eine andere ersetzt. Das war eine der Überzeugungen von deinem Vater und von mir. Als wir aber dann nicht danach handelten ... da wurde uns der Weg auf das Missionsfeld verwehrt, was unser Traum gewesen war. Wir haben geerntet, was wir gesät hatten. Aber du ..." Ich weinte jetzt. „Du warst *kein* Fehler. Du warst uns sehr wichtig."

Ich umfasste mit einer Hand meine Kehle. Jeder Atemzug schmerzte. Eine Welle umfloss unsere Füße und hinterließ viele weiße Schaumbläschen, als sie sich wieder zurückzog. Eine Gruppe Strandläufer huschte in der Ferne über den Himmel, drehte eine Kurve und flog landeinwärts. Wir gingen langsam zurück.

„Es ist wie in der Geschichte vom verlorenen Sohn, Garrett. Als der Junge zurückkam, erwartete er den Zorn des Vaters, doch stattdessen steckte dieser ihm den Ring an den Finger und schmiss eine Party. Genauso warst du für uns – eine unverdiente Gnade. Du warst der Ring an meinem Finger."

Ein Hustenanfall erfasste ihn, so heftig, dass er sich zusammenkrümmte.

„Du bist schwer krank."

„Mach dir keine Sorgen."

„Ich kann nicht anders, als mir Sorgen zu machen, Garrett." Ich holte Luft und zwang mich, diese Frage zu stellen: „Wolltest du ... als du verschwunden warst, wolltest du da sterben?"

Er sah mich lange an. Ich war mir sicher, dass er sich überlegte, was ich wohl alles unternommen haben musste, um das herauszufinden, aber ich hielt seinem Blick entschlossen stand.

„Nein", sagte er schließlich. „Es ging mir sehr schlecht. Ich fühlte mich schrecklich. Aber es wird wieder besser werden, Mama. Ich will leben."

„Hey! Hallo!" Der Ruf kam von oben. Ich folgte dem Klang mit den Augen und entdeckte den Rufer auf einem hohen Felsen, ein dunkler Schatten gegen den roten Abendhimmel, einen Arm zum Gruß erhoben.

„Barnacle Joe!", rief Garrett ihm zu.

Der Mann winkte mit beiden Armen, rannte den Weg herunter, barfuß über den Sand. Er war mindestens 60 Jahre alt, vielleicht auch älter. Seine Nase war lang und breit, sein Gesicht großflächig. Braungraue Haare kringelten sich um seinen Mund, dunkelgraue Locken kamen unter seiner Kappe hervor und reichten bis zu den Augenbrauen.

„Garrett, bist du das?"

Garrett breitete seine Arme aus, Joseph rannte direkt hinein in die Umarmung und die beiden begrüßten sich überschwänglich. Dann trat Joseph zurück. „Meine Güte, Junge, du riechst aber streng!"

Garrett hustete.

„Bist du krank? Was ist los mit dir?"

Er hustete immer noch und zeigte in meine Richtung. „Joseph, das ist meine Mutter."

Der Mann wandte sich mir zu, schlug sich die knorrigen Finger gegen die Brust und entschuldigte sich: „Es tut mir leid. Ich bin wohl blind. Mein Name ist Joseph."

„Charlotte." Ich reichte ihm die Hand.

Er nahm meine Hand in beide Hände und hätte sich fast noch verbeugt. „Es ist mir eine große Ehre und Freude. Warten Sie schon lange?"

Ich schüttelte den Kopf. „Garrett zeigte mir Ihr kleines Haus. Ich hoffe, Sie nehmen uns das nicht übel. Es ist ein Kunstwerk."

Er lächelte und zwei der Falten in seinem Gesicht verwandelten sich in Grübchen. „Bitte bleiben Sie zum Abendessen."

Garrett brauchte etwas zu essen, aber ich wusste nicht, was ich antworten sollte. Ich hatte zwar einen Plastikkanister mit Wasser in seiner Hütte gesehen, aber keine Lebensmittel.

Er nahm eine gewobene Umhängetasche von der Schulter und begann in kurzen, prägnanten Sätzen, Garrett von all dem Guten vorzuschwärmen, das er in letzter Zeit erlebt hatte. „Seit wir uns zuletzt gesehen haben, habe ich eine Gemeinde gefunden, in der ich den Gottesdienst besuchen darf. Zu dieser Gemeinde gehört auch eine Frau, die einen Bioladen hat. Sie ist vierunddreißig Jahre alt, sehr schön und verheiratet. Ich glaube, sie mag mich, denn sie gibt mir immer Essen, richtig gute Sachen. Allerdings ist sie Vegetarierin, aber ihr Mann nicht. Wenn sie es nicht sieht, dann steckt er mir noch zusätzliche Sachen zu, Hamburger, Hotdogs und …“ Er kramte ein Päckchen aus seiner Tasche, „… manchmal auch eine Scheibe Rindfleisch. Ich habe von ihr einen Eintopf bekommen, dem fehlt nur noch das Rindfleisch, schon haben wir ein perfektes Essen, ohne großen Aufwand. Garrett, hilfst du mir, ein Feuer zu machen?“

Er kniete sich hin, kroch in sein Häuschen und kam mit einem Topf und einem Messer zurück. Bald darauf stand der Topf auf Steinen über dem Feuer und er schnitt das Fleisch hinein.

Während das Essen kochte, wandte er sich Garrett zu. „Jetzt erzähl du mal.“

„Ich hab nur ein bisschen Husten.“

„Nein. Vielleicht hattest du gestern nur einen kleinen Husten, aber was du jetzt hast, ist mehr. Du hast doch deine Mutter bei dir, die dich während vieler großer und kleiner Krankheiten gepflegt hat. Hast du alles gemacht, was sie dir gesagt hat?“ Garrett schwieg. „Gehe ich recht in der Annahme, dass du sie nicht in deinem Auto hierhergebracht hast? Was machst du denn für Sachen mit deiner Mutter?"

„Sie hat sich selbst eingeladen."

Joseph musterte ihn streng und Garrett fing wieder an zu husten. „Hast du den Gott, der uns das Leben und den Atem schenkt, gebeten, dich gesund zu machen?"

„Du bist der Pastor, Joseph. Betest du für mich?"

„Was ist denn das für eine Einstellung? Gott hat nichts gegen ehrliche Fragen und Zweifel, aber blöde Kommentare kann er nicht ausstehen." Joseph stand auf und legte seine Hände auf Garretts Schultern. Er hob seinen Kopf und schloss die Augen, als würde er beten, aber er stand nur so da, schweigend, sehr lange. Dabei schwankte er leicht hin und her wie Seetang in der Strömung.

Endlich sprach er, so leise, dass ich ihn vor dem Rauschen der Wellen kaum hören konnte. „Gott im Himmel. Du weißt es."

Kapitel 37

Joseph bestand darauf, dass Garrett in der Hütte schlief, aber unter der Bedingung, dass er sich vorher wusch. So dreckig, wie er jetzt sei, dürfe er nicht einmal in die Nähe seines schönen, sauberen Bettes kommen. Also geschah Folgendes: Joseph erhitzte einen Topf mit Wasser über dem Feuer. Dann erhielt Garrett einen Waschlappen und ein Stück Seife. Joseph und ich stellten uns mit dem Rücken zum Meer und hielten dabei Garretts Decke hoch, so dass er Sichtschutz hatte und zumindest ein wenig vor dem Wind geschützt war. Hinter uns und der Decke brannte das Feuer, an dem Garrett sich auszog und wusch.

Als Garrett im Bett war, reichte Joseph mir eine Tasse Kaffee und setzte sich mit mir ans Feuer. Er zog eine kleine Flöte aus der Tasche, ein Kinderspielzeug, und begann zu spielen – ein Kirchenlied, so kam es mir vor. Es war seltsam, unter diesen Umständen diese Melodie zu hören. Als meine Tasse leer war, hörte er auf zu spielen. Sein Lächeln gab mir das Gefühl, er hätte mich bis in die Tiefe meiner Seele durchschaut. Das Gefühl war unbehaglich und ich fing an zu reden.

„Du liest Henri Nouwen."

„Ja. Kennst du seine Bücher?"

„Einige. Mein Mann und ich haben früher viel zusammen gelesen, die Bücher von Thomas Merton zum Beispiel."

Er nickte. „Ein guter Schriftsteller. Es gibt einen anderen Autor, Brennan Manning, den ich auch sehr schätze. Hast du *Verwegenes Vertrauen – Ergreifen, was Gott uns schenkt* schon gelesen?"

„Du kennst dich ja aus mit Büchern!"

„Ich war Lehrer an einem theologischen Seminar." Mir wäre fast die Tasse aus der Hand gefallen. Er nahm sie mir ab und füllte sie mit Kaffee auf.

„Tatsächlich?"

„Ja, gar nicht weit von hier. ‚Theologisches Seminar Bethel' heißt es."

„Warum bist du dann jetzt …? Es gibt doch Angebote, Schulungen, man muss doch nicht …"

„Nein, ich muss nicht. Ich bekomme Fürsorge und eine kleine Rente. Ich habe meinen Lebensstil frei gewählt."

„Warum? Manchmal ist es doch bestimmt elend. An einem Abend wie diesem natürlich nicht, aber wenn es regnet oder ein Sturm kommt, was ist dann mit deiner Hütte?"

„Schon der kleinste Sturm zerfetzt sie. Einmal kamen die Wellen bis hier und haben mein Haus einfach weggespült."

„Joseph! Wenn du geschlafen hättest …"

„Ich habe geschlafen."

„Was hast du gemacht?"

„Ich bin sehr schnell umgezogen", sagte er und deutete die Böschung hinauf.

„Aber das Haus …"

„Ich habe mir wieder ein Neues gebaut."

„Das kann doch nicht gesund sein."

„Gesundheit ist nicht alles, Charlotte. Es geht heute so vielen Menschen darum, länger zu leben, aber sie versuchen nicht, *tiefer* zu leben. Das ist aber mein Ziel."

Tiefer leben. Ein schöner Begriff. In gewisser Weise war ich nun richtig stolz auf meinen Sohn, der sich diesen Mann zum Freund gemacht hatte.

„Als ich anfing, älter zu werden“, fuhr er fort, „hörte ich am Seminar auf und übernahm eine kleine Gemeinde als Pastor. Es war für mich eine schöne Aussicht, einer kleinen Gruppe netter Menschen ein Hirte zu sein, wie eine Belohnung dafür, dass ich bis dahin ein gutes Leben geführt hatte. Jahrelang hatte ich jungen Leuten beigebracht, wie man ein guter Pastor wird und gute Predigten hält, und jetzt war ich selbst an der Reihe, das zu praktizieren. Glücklich stürzte ich mich in die neue Aufgabe, startete eine kleine Jugendgruppe, leitete Veranstaltungen für die Senioren und organisierte Programme für die Frauengruppen. Meine Predigten waren auch gut, da können Sie ganz sicher sein. Aber das Beste, das ich für meine Gemeinde getan habe, waren die Eheabende. Jeden Mittwochabend sprachen meine Frau und ich darüber, was es braucht, um eine gute Ehe zu führen. In diesem Bereich fühlte ich mich wirklich kompetent, denn Sherry und ich waren fünfunddreißig Jahre verheiratet. Wir lehrten gemeinsam und alle jungen Ehepaare kamen. Durch diese Abende ist viel Gutes passiert.“

Er schaute ins Feuer und ich unterdrückte den Wunsch, nach seiner Frau zu fragen. Er sprach von selbst über sie. „Doch eines Abends, es war an einem Dienstag, erklärte mir Sherry, dass sie sich von mir scheiden lassen würde.“ Er nippte an seinem Kaffee. „Anscheinend hatte ein Typ, mit dem sie sechs Jahre davor eine Affäre gehabt hatte, jetzt seine Frau verlassen. Bis dahin hatte ich nichts von der Existenz dieses Mannes gewusst.“

„Ach, Joseph.“ Ich trank den letzten Schluck Kaffee und war mir nicht sicher, ob ich den Fortgang dieser Geschichte wirklich hören wollte. Hatte ich nicht genug eigenen Kummer?

„Kurz darauf erfuhr ich, dass es um die Finanzen der Gemeinde längst nicht so gut stand, wie ich gedacht hatte –

einige Entscheidungen waren ohne mein Wissen getroffen worden –, und meine Gemeinde schätzte mich auch nicht so sehr, wie ich immer angenommen hatte. Als sie von den Dingen erfuhren, die schiefgegangen waren, distanzierten sie sich von mir. Das Defizit auf dem Gemeindekonto bezahlte ich aus meinen privaten Ersparnissen, was mir finanziell nicht leicht fiel, zumal mein Vermögen durch die Scheidung halbiert worden war. Aber der Schaden ließ sich trotzdem nicht mehr beheben."

Er füllte meine Kaffeetasse wieder auf. „Ich habe das nur deshalb erzählt, damit du verstehst, warum ich plötzlich ohne Frau, ohne Geld und ohne Ansehen dastand. Plötzlich wusste ich nicht mehr, wer ich war. Damit hatte ich nicht gerechnet, denn über viele Jahre war ich absolut überzeugt gewesen, ein vom Vater im Himmel geliebtes Kind zu sein. Aber als ich kein Lehrer und kein Pastor mehr war, keine glückliche Ehe mehr führte und keine finanzielle Sicherheit mehr hatte, da musste ich feststellen, dass ich mich nicht mehr von Gott geliebt fühlte. Eher kam ich mir vor wie ein Fetzen Müll auf der Straße, der von den Elementen herumgewirbelt wurde, zu denen er nicht gehörte. Meinen Besitz war ich los bis auf zwei Dinge: Ich hatte noch ein Haus und einen Fernseher. Ich liebte es, die Talkshows von Oprah Winfrey zu sehen und auch David Letterman mochte ich gern. In meinem ganzen Leben als Erwachsener hatte ich immer diese gelehrsamen Gebete gesprochen, die ein Widerschein all dessen waren, was ich gelesen und verstanden hatte. Aber es gibt auch die anderen Gebete, die ganz tief in mir entspringen, dort, wo meine Bildung, mein Beruf und meine Errungenschaften nicht zählen, sondern wo mein zerbrochenes, angstvolles, wahres Ich angesiedelt ist, das in Gottes Gegenwart kaum atmen, geschweige denn sprechen kann. Diese Gebete kannte ich nicht."

Joseph nahm den Deckel von der Kaffeekanne und warf den Filter mit dem Kaffeesatz in das Feuer. Wollte er noch mehr Kaffee kochen? Schon jetzt fürchtete ich, in dieser Nacht nicht mehr schlafen zu können.

„Nun, Charlotte, was denkst du? Was macht ein Mann, der nur noch zwei Besitztümer hat?“ Joseph beugte sich vor, hob seine Augenbrauen und grinste. „Er sieht zu, dass er sie auch noch loswird!“ Er deutete auf etwas hinter mir und gab mir zu verstehen, dass ich es ihm geben solle. Ich drehte mich um, sah den Plastikkanister und reichte ihn hinüber.

„Nein“, sagte er, „ich denke, für heute haben wir genug Kaffee getrunken. Die Decke hätte ich gerne. Nun, sag mal, wie nah stehst du deinem Sohn?“

Was sollte ich darauf antworten? „Hmm, ja, eigentlich waren wir uns immer nah, als er jünger war. Nur in letzter Zeit ...“

„Ich frage, weil das Bett in der Hütte ziemlich schmal ist, aber drinnen wäre es auf jeden Fall besser zum Schlafen als draußen.“

„Ach so. Ja, natürlich, ich denke, das dürfte kein Problem sein. Aber was ist mit dir?“

Er hob die Decke hoch. „Mein Haus ist schon oft weggepustet worden, Charlotte.“

Als ich mich zu Garrett auf die Matratze legte, rutschte er im Schlaf ein wenig zur Seite, um mir Platz zu machen. Sein Körper war so warm wie eine Heizung und schon bald streckte ich meine Füße unter der Decke heraus in die kühle Nachtluft.

Das rasselnde Geräusch seines Atems vermischte sich mit dem gleichmäßigen Rauschen der Wellen, erfüllte meine Gedanken und malte mir bedrückende Bilder vor Augen: Garrett, obdachlos, in der Suppenküche, wie er um ein Stück Brot bettelte; Ambers versteinerte Miene, als sie aus Hawaii zurückkehrte; Larry und ich auf dem Foto, seltsam jung und glücklich über unseren Neuanfang.

Ich wollte nicht aufwachen, sondern vergrub mein Gesicht in dem Kissen. Ein fremder Geruch umgab mich, der wohl von Josephs Bett stammte. Draußen waren seine und Garretts Stimmen zu hören. Durch das Segeltuch fiel helles Licht, es musste schon Vormittag sein. Irgendwann würde ich aufstehen und mich zu den beiden gesellen müssen. In meinem Traum hatte ich Amber an einem Tisch gegenübergesessen, Larry stand in der Dunkelheit hinter uns, doch wir schenkten ihm keine Beachtung.

„War es ein Junge oder ein Mädchen?", fragte ich.

„Ich weiß es nicht", antwortete Amber und starrte auf den Tisch.

„Ein Mädchen", kam Larrys Stimme aus dem Schatten. „Angeline."

Amber hob ihren Arm, um sich die Haare aus der Stirn zu streichen, abgemagert bis auf die Knochen. „Sie haben es mir nicht gesagt."

Nach dem Aufwachen wäre ich am liebsten in den Traum zurückgekehrt. Ich wäre zu Larry gegangen und hätte ihn gebeten, sich an den Tisch zu setzen. Ich wollte ihn fragen, warum, aber es ging nicht. Träume lassen sich nicht willkürlich fortsetzen. So setzte ich mich auf und strich meine Kleidung glatt, machte das Bett und kroch durch den Muschelvorhang nach draußen. Mein erster Blick fiel auf das Gesicht meines Sohnes. Er war sorgfältig rasiert, mit bloßem Oberkörper saß er da und bekam gerade einen neuen Haarschnitt verpasst.

„Garrett!" Ich setzte mich in den Sand und bestaunte ihn, als hätte ich eine Erscheinung.

„Guten Morgen!" Joseph hielt die Schere in der Hand wie ein Frisör und lächelte mich über Garretts Schulter hinweg an.

„Du siehst schön aus", sagte ich. „Richtig schön."

„Meinst du ihn oder mich?", fragte Joseph.

„Danke. Ich glaube, sie meint mich." Garrett lächelte.

„Wie geht es dir?"

„Besser." Um das zu beweisen, holte er tief Luft und atmete sie wieder aus, ohne zu husten.

„Halt doch still." Joseph schnitt eine Haarsträhne ab und steckte sie in die Plastiktüte, die er an seinem Gürtel befestigt hatte.

„Es ist so lange her, seit ich dein Gesicht gesehen habe. Es ist einfach …" *Wunderschön* wäre das passende Wort gewesen, aber vielleicht wollte er es nicht zum dritten Mal hören. „Ich bin so froh, dass es dir besser geht."

„Konntest du schlafen?"

Ich zog die Schultern hoch. Es hatte Stunden gedauert, lange, qualvolle Stunden, ehe ich endlich in den Schlaf gefunden hatte. „Und du?"

Er nickte. Joseph steckte die Schere weg. „Vielleicht wollt ihr beide euch erstmal unterhalten und wir machen mit der Frisur später weiter."

Fast hätte ich lachen müssen. Garretts Haare waren ziemlich lang geworden und Joseph hatte sie bis jetzt nur hinten und über den Ohren kurz geschnitten. „Er sieht aus wie ein Pudel."

Joseph nahm Garretts Kinn, hob es hoch und setzte seine Arbeit fort. Unter meinem prüfenden Blick wurde Garrett verlegen, aber ich ließ mir keine Regung seines Gesichtes entgehen, jede Bewegung seiner Lippen, jedes Heben seiner Brauen – ich genoss alles und staunte. Der Engel Gabriel höchstpersönlich konnte nicht schöner sein.

Als Joseph fertig war, bediente er uns mit Kaffee und zog ein in Alufolie gewickeltes Paket vom Lagerfeuer. Heraus kam ein Laib Brot und der intensive Geruch von heißem Zimt.

Garrett boxte ihn kameradschaftlich: „Ist deine Freundin Konditorin?"

Joseph brach ein Stück ab und reichte es ihm. „So ein Zimtbrot hast du in deinem ganzen Leben noch nicht gegessen."

Diesen Geruch kannte ich. Schnell musste ich die Gefühle unterdrücken, die beim Gedanken an meine kleine Hexe und ihr Baby in mir aufstiegen, konnte aber nicht verhindern, dass mir die Tränen kamen.

Nach dem Frühstück stand Joseph auf und nahm seine Umhängetasche. „Ich muss ein paar Besorgungen erledigen. Kommt ihr beiden ohne mich klar?" Wir nickten und er ging.

„Wohin geht er?", wollte ich wissen. „Gibt es hier in der Nähe eine Ortschaft?"

„Nicht direkt, aber die Leute hier kennen ihn. Er fährt per Anhalter mit. Geht es dir gut?" Ich nickte. „Was denkst du, was das dort ist?" Er zeigte aufs Meer.

Ich kniff die Augen zusammen und suchte den Horizont ab, ehe ich sah, was er meinte. Ganz in der Ferne hatte das Meer eine seltsam schlammige Farbe angenommen. „Keine Ahnung, vielleicht Algen?"

Joseph kam beladen mit Geschenken zurück. Eine Leinenhose und einen Pulli mit silbernen Bündchen für mich, eine Jeans und ein Sweatshirt für Garrett. Die Sachen waren nicht neu, aber sauber und bequem und nicht zu schick, passend zum Leben als Obdachloser. Ich kroch in die Hütte, um endlich meinen grauen Hosenanzug auszuziehen, dem nicht das Leben beschieden gewesen war, das man ihm in der Boutique versprochen hatte. Als ich wieder auftauchte, lagen Garretts alte Sachen schon im Lagerfeuer. Wo war er hingegangen? Ich suchte mit den Augen den Strand nach ihm ab.

„Er ist dort hinter dem Felsen und erforscht die Tiere und Pflanzen in den kleinen Teichen, die die Flut zurückgelassen hat. Wahrscheinlich wird er auch nachdenken, vielleicht sogar beten."

„Beten, tja." Ich massierte meinen Nacken. „Sein Papa und ich haben ihn früher immer mit in die Kirche genommen, aber ich glaube, jetzt war er schon lange in keinem Gottesdienst mehr. Leider wird er wohl kaum noch etwas von dem glauben können, was wir ihm damals gesagt haben."

„Vielleicht doch."

„Hat er mit dir gesprochen?"

„Wir haben uns viel unterhalten."

Ich setzte mich neben Joseph ans Feuer.

„Für den Fall, dass dir kalt wird, habe ich noch etwas mitgebracht." Er zog einen Wollschal mit einem feinen Paisleymuster in beige und schwarz aus seiner Tasche. Sehr elegant.

„Joseph, wie konnte deine Frau dich nur verlassen?"

Sein Gesicht überzog sich mit dem Rot leichter Scham. „Nun, zumindest hat sie mir beigebracht, dass Kleider dazu beitragen können, dass eine Frau sich gut fühlt."

Ich schlang den Schal um meine Schultern. „Wir sind gar nicht so verschieden, wie du vielleicht denkst. Ich habe die letzten paar Monate in einem Schuppen gewohnt, aus freien Stücken."

„Erzähl mir davon."

Ich erzählte ihm alles, ohne dass ich das vorgehabt hätte, angefangen von Larrys Krankheit und unserer zweiten

Hochzeit bis zu dem Brand nach der Beerdigung, sowie den Feuern, die darauf folgten. Auch meine Bemühungen und mein Versagen, ein kontemplatives Leben in der Berghütte zu führen, sparte ich nicht aus. Dann kam der Teil der Geschichte, in dem ich Garrett zweimal fand.

Eigentlich wollte ich an der Stelle aufhören, aber während ich sprach, hatte die Spannung in meinem Rücken merklich nachgelassen und etwas, das ich nicht benennen konnte, entließ mich ebenfalls aus seinem Griff. So gab ich auch mein Erlebnis mit India und Estelle preis, die nun irgendwo mit einem Mann unterwegs waren, der seine Frau schlecht behandelt hatte und zu den beiden auch nicht besser sein würde.

Schließlich sprach ich von meinem Mann, von dem ich immer gedacht hatte, er wäre der perfekte Partner für mich gewesen. Darüber hatte ich ganz bestimmt nicht reden wollen. Auch von meinen Visionen sprach ich und schilderte die Situationen, in denen ich sie erlebt hatte.

„Das waren nur Kindereien, Joseph, ich weiß überhaupt nicht, was sie bedeuten. Aber als ich das erlebte, da fühlte ich mich so … ich spürte, dass da jemand bei mir war, jemand, der so faszinierend ist, dass man ihn nicht mit Worten beschreiben kann. In seiner Anwesenheit lag für mich sehr viel Trost. In dem Moment war für mich alles, alles gut, richtig gut. Ich wusste, dass es eine Bestimmung für mich gab." Ich zog den Kopf ein. „Ich war so dumm."

Joseph schob einen Ast ins Feuer. „Du bist berufen." Ich sah ihn an. „Nicht wegen der Visionen. Das waren nur die kleinen Geschenke, die man dem Patienten mitbringt, den man im Krankenhaus besucht. Der Beweis deiner Berufung liegt in deinem Schmerz."

„Schmerz?"

„Im Schmerz ist etwas Heiliges enthalten, Charlotte. Deshalb wollen wir keine Bücher lesen, in denen nicht etwas Schlimmes passiert. Wenn du nichts als Glück und Erfolg erlebt hast, dann dreht sich alles immer nur um dich. Aber wo Leiden und Verzweiflung vorkommen und man mit Engeln ringt, da entsteht eine Geschichte, in der sich jeder wiederfindet. Es ist dann auch Gottes Geschichte. Der heilige Boden, auf dem Mose ging, war der Platz, auf dem ein Dornbusch brannte. Die Auferstehung Jesu geschah erst, nachdem er gekreuzigt wurde und gestorben war. Er hatte es unumwunden angekündigt: Wer sein Leben retten will, der muss es verlieren. Die Zerbrochenen und Armen sind gesegnet, die Trauernden werden selig gepriesen. Das größte Geschenk, der größte Beweis seiner Liebe ist dein Schmerz."

Nun bedauerte ich, diesem Fremden so viel erzählt zu haben. Auf keinen Fall wollte ich vor ihm anfangen zu weinen, aber ein Strom von Tränen brach aus mir heraus, ehe ich es verhindern konnte. „Ich will dieses Geschenk nicht. Ich kann damit nichts anfangen."

Joseph nahm meine Hand in seine. „Betrachte es wie einen Weg." Er lächelte, als hätte er mir soeben das größte Geheimnis des Universums verraten. „Wenn du das nächste Mal betest, dann folge dem Pfad des Schmerzes bis in den Teil deiner Seele, wo es am meisten wehtut. Komm an den Punkt, wo du selbst als Person bist, ohne deine Fassade, nur deine Ängste und die Scham, du ganz allein, Charlotte. Genau an dem Ort wirst du seine Nähe finden, die du damals erlebt hast. Er war die ganze Zeit dort und hat auf dich gewartet. Er hat dir einen Weg gezeigt, wie du in seine Nähe kommen kannst."

Kapitel 38

Niemand warnt eine Frau, bevor sie schwanger wird, wie sehr sie dieses Kind eines Tages lieben wird.

Die erste Stunde, die ich nach seiner Geburt allein mit Garrett verbringen durfte, kam später, als ich erwartet hatte. Larrys Eltern schliefen auf dem Sofa und viele Freunde kamen vorbei und brachten uns Geschenke. Sogar Larrys Frisör Mark Goldstein war unter den Besuchern. Das Baby weinte, während er da war, aber Mark schaffte es, den Kleinen zu übertönen und sich trotzdem verständlich zu machen. Jedes Baby würde im Leib seiner Mutter von einem Engel besucht werden, der ihm die ganze Weisheit des Universums ins Ohr flüsterte, so erklärte er uns eine jüdische Sage. Aber dann, kurz vor der Geburt, berühre der Engel das Baby zwischen Nase und Mund, wobei eine kleine Furche entstehe. Dadurch vergäße das Baby alles, was es gelernt hatte.

„Aber warum sollte er das tun?“, hatte jemand gefragt.

„Schöne Geschichte“, sagte ein anderer.

„Mein Schätzchen“, säuselte Larrys Mutter, „ich sehe doch jetzt schon die Weisheit, die in dir steckt.“ Sie stupste Garretts Näschen an.

Vier oder fünf Tage später war der Ansturm samt dem ganzen Gerede, all den guten Ratschlägen, das Fachsimpeln der Großen über die Kleinen, die Töpfe mit Essen, die unzähligen Kannen voller Kaffee und auch alles andere vorbei. Zurück blieben das Baby und ich, zusammen auf dem Sofa in einem ruhigen Wohnzimmer.

Ich kann mich genau an diesen Moment erinnern. In der Küche tropfte der Wasserhahn. Garretts zarter Atem hatte diesen süßen Duft von Muttermilch. Immer noch sehe ich seine Augenlider vor mir, die mich an Rosenblätter erinnerten. Zwischen seinen weichen Augenbrauen bildete sich eine winzige Sorgenfalte. Seine Lippen lagen direkt unter der kleinen Grube, aus der der Engel die Weisheit wieder zurückgeholt hatte. Damals hatte ich geschmunzelt bei dem Gedanken, dass mein Baby einen Teil der Weisheit behalten hatte. Zumindest sah er mich sehr wissend an.

Das war der Moment, als mir bewusst wurde, wie sehr ich dieses Kind liebte. Ich würde alles tun, um ihn zu beschützen.

Gleich darauf kam die Angst, als ich daran dachte, wie viele Gefahren es im Leben gab, vor denen ich ihn beschützen wollte. Ich sah alle möglichen bedrohlichen Momente gleichzeitig vor mir: Da war der fremde Mann mit den bösen Absichten oder auch der andere mit dem wohlmeinenden und dennoch schädlichen Einfluss. Es würde der Tag kommen, an dem Garrett meinen Kontrollbereich verlassen würde. Er würde zur Schule gehen, später würde er ganz ausziehen. Ich würde ihn immer mit aller menschenmöglichen Entschlossenheit verteidigen. Aber würde ich ihn *genug* beschützen können? An diesem Tag erlebte ich, wie viel Angst es auslösen kann, ein Kind zu lieben. Das hatte mir vorher keiner gesagt.

Aber es konnte mir vorher auch niemand sagen, wie viel Frieden und Freude es geben würde, wie unbeschreiblich schön es ist, sein Baby einfach nur zu halten, an seinem Haar zu riechen, mit ihm zusammen zu sein.

Ich verbrachte viele Tage mit meinem Jungen am Strand. Alle anderen Gedanken an Larry oder irgendjemanden sonst schob ich an diesen Tagen zur Seite. Es gab nur Garrett und mich, wir erforschten die Pfützen, die von der Flut übrig geblieben waren. Wir spielten Frisbee. Später unterhielten wir uns über die Geschäftspraktiken der Discounter oder die anstehende Präsidentschaftswahl. Aber alle Fragen über Garretts Zukunft oder sein Gefühlsleben mieden wir.

Nur einmal drohten die Dinge ernsthaft gefährlich zu werden, ausgerechnet, als mein Kopf und Herz mit seinem sterbenden Vater ausgelastet war …

„Schau mal, das Wasser", sagte ich zu Joseph und zeigte auf die trüben Stellen, die mir schon heute Morgen mit Garrett aufgefallen waren. Sie waren größer geworden und dunkler, die Farbe ging Richtung Dunkelrot. „Sind da Haie oder was ist das? Das erinnert irgendwie an Blut. Ob da ein paar Tiere …?"

„Wenn, dann müsste das schon ein Wal gewesen sein, so groß wie diese Flecken sind."

„Wenn ein Wal in Schwierigkeiten wäre, würden wir das doch bestimmt merken, meinst du nicht?"

„Bestimmt. Ob ein Prophet seinen Stab über das Wasser gereckt hat, so wie Mose damals bei den sieben Plagen Ägyptens?"

„Ja, das muss es sein."

Zum Abendessen gab es Leinsamen-Kartoffel-Fischsuppe mit Tofu von der Frau mit dem Bioladen und in der Tankstelle gekaufte Hotdogs von ihrem Mann – ob diese Ehe halten würde?

„Wie kommen die beiden miteinander klar?", fragte ich Joseph.

Joseph zuckte mit den Schultern. „Was weiß ich schon über die Ehe?"

Gab es überhaupt noch ein Thema, zu dem *ich* etwas wusste? Mein Sohn saß mir gegenüber und genoss sein Essen. Ein guter Tag lag hinter uns, im Moment genügte mir das. Wieder blickte ich hinaus auf das Meer. „Noch nie habe ich etwas so Schönes gesehen“, flüsterte ich. Das stimmte wirklich. Der Himmel war in wildes Rotblau getaucht und die Sonne breitete ihr Licht über das Wasser wie flüssiges Gold.

Doch was mich am meisten faszinierte, war die Oberfläche der Wellen. In der Nähe des Ufers funkelte das Wasser wie blaue Edelsteine, in denen sich die Sonnenstrahlen brachen, wie flüssiges Glas rollten die Wellen vor und zurück.

Garrett schenkte alledem kaum Beachtung. Joseph lächelte mir zu und biss in seinen Hotdog. Während wir unseren Kaffee tranken, versank die Sonne vollends am Horizont und das Farbspiel des Wassers zog meine Aufmerksamkeit immer mehr auf sich. Die Nacht wurde immer dunkler, doch das Wasser hörte nicht auf zu leuchten.

Eine große Welle brach sich am Strand und als die Gischt hochspritzte, da sah es aus, als würden die Wassertropfen leuchten.

„Joseph.“

„Hmm?“

„Schau, da draußen.“

Garrett fing jetzt auch an, interessiert auf das Wasser zu sehen, als sich drei Wellen nacheinander in blau-glitzernde Gischt auflösten.

„Was ist denn das?“, fragte nun auch Garrett und zeigte aufs Meer. Bis dahin war ich mir nicht sicher gewesen, ob ich mir das vielleicht nur einbildete. Aber Garrett sah es auch.

„Eine rote Strömung.“ Joseph trank seinen Kaffee.

„Das ist aber blau“, widersprach Garrett.

Plötzlich dämmerte es mir. „Hat das etwas mit den Flecken zu tun, die wir vorhin sahen und die an Blut erinnerten?"

„Das hat nichts mit Blut zu tun. Es ist die sogenannte Rote Tide, eine Algenblüte. Es sind lumineszierende Algen, die sich unter bestimmten Bedingungen stark vermehren. Bei Tageslicht sehen sie rötlich aus, aber wenn sie bewegt werden, dann leuchten sie. Das Leuchten kann man nur im Dunkeln sehen. Einige dieser Algen sind giftig, aber diese Art hier ist ungefährlich. Seit Tagen wird dieses Meeresleuchten schon in den Nachrichten angekündigt, ich habe es mehrfach gehört, als ich per Anhalter unterwegs war. Ich habe euch nichts erzählt, es sollte eine Überraschung für euch sein."

Es war viel mehr als eine Überraschung, es war zauberhaft. Minutenlang starrte ich auf das Schauspiel, bis ich endlich auf die Idee kam, näher heranzugehen. Ich stand auf und wir gingen ans Wasser hinunter, bis wir nur noch wenige Meter von den ausrollenden Wellen entfernt waren. Lange standen wir schweigend, staunend und ehrfürchtig vor dem stillen Feuerwerk von Licht und Dunkelheit, von glitzernder Farbe und schäumenden Wellen.

Garrett war der Erste, der es berührte. Als er seinen Fuß auf den nassen Sand setzte, leuchtete ein Lichtkreis im Sand unter seinem Fuß auf. „Wow", sagte er und lachte. Er machte einen zweiten Schritt und wieder leuchtete und glitzerte es unter seinem Fuß. Ich versuchte es ebenfalls. Jeder Schritt, den ich tat, löste einen Reigen funkelnder Sterne im Sand aus. Garrett machte einen ungelenken, hopsenden, breitbeinigen Tanzschritt und Joseph begann zu lachen, im nächsten Moment hielten sie sich an den Händen, drehten sich im Kreis, kickten mit den Füßen in den glitzernden Sand und wirbelten mit jeder Bewegung eine Wolke von Lichtpunkten auf.

Joseph holte seine kleine Flöte und dann tanzten wir zusammen im lumineszierenden Sand. Jeder Schritt hüllte uns in ein wildes Funkeln ein und erfüllte die Luft mit Sternen. Wir erfanden unsere eigenen Schrittfolgen, unsere Varianten von Flamenco, Tango und Walzer. Dann kamen wir auf die Idee, den funkelnden Sand in die Luft zu werfen. Wir füllten unsere Hände und warfen tausend Sterne an den Himmel.

Als wir müde wurden, ging ich zum Wasser und tauchte meine Hand ein. Als ich sie wieder herauszog, war sie ... flüssiges Licht.

Auch die Männer waren nun am Wasser, Joseph hatte seinen Bart mit Wasser zum Leuchten gebracht und beiden hatten sich mit nassen Händen Sterne im Haar verteilt.

Was für eine Vorführung. Sie waren Engel, sie waren Clowns, sie waren Kinder, und ihre Gesichter erhellten die Nacht.

Als Garrett schlief, hob ich eine Ecke des Tuches, das an der Wand herunterhing, um das Wunder dort draußen weiter zu bestaunen. Ich konnte meine Augen nicht davon lassen.

Das Lagerfeuer war heruntergebrannt, was wohl bedeutete, dass Joseph schlief. Ich fand, dass es einfach zu schade wäre, jetzt zu schlafen. Ich war auch gar nicht müde. Also rutschte ich von unserer Matratze herunter und krabbelte aus der Hütte.

Als ich am Wasser war, schlenderte ich am Rand der Wellen entlang und staunte, wie weit sich die blauen, leuchtenden Algenwolken ins Meer hinauszogen. Mose hatte durch Gottes Kraft das Wasser des Nils in Blut verwandelt, aber ich war heute Zeuge gewesen, wie Wasser in Licht verwandelt wurde. Das Meeresleuchten – war das ein Wunder oder einfach nur Biologie? Darüber hätte ich wunderbar mit meinem Mann diskutieren können.

Etwas geriet in meiner Seele außer Kontrolle. Die ganze Trauer, die ich tagsüber beiseite gedrängt hatte, kam nun an die Oberfläche und wollte Raum haben. Ich vermisste ihn. Wie einsam ich war ohne ihn!

Er hatte dafür bezahlt, dass Garretts Kind getötet wurde. Es war keine tragische, bedauerliche Fehlgeburt gewesen, es war eine Abtreibung, eine von Menschen selbstgemachte Tragödie. Unser *Enkelkind*.

Angeline? Ob es wirklich ein Mädchen war?

Ich konnte Larry nicht an diesen Tisch bitten, hinter dem er im Traum gestanden hatte. Ich konnte ihn nicht nach dem Warum fragen. Ich konnte ihm nicht sagen, wie sehr ich ihn für diese Entscheidung hasste. Er konnte mich auch nicht in die Arme nehmen, um mir zu versichern, dass es ganz anders gewesen war, als es den Anschein hatte, weil er so etwas doch nie tun würde. Er konnte es nicht mehr auslöschen, wir konnten nicht mehr zurück an die Stelle, an der wir vor der Abtreibung gewesen waren. Es gab kein Zurück mehr. Schlimmer noch, nun konnte ich nicht einmal mehr mit einem Herzen voll ungetrübter Liebe um meinen Mann trauern.

Ich atmete langsam und gleichmäßig. Das war keine Panik, die durch ein plötzliches Erschrecken ausgelöst worden war. Was ich erlebte, war der unendliche Schmerz der allmählichen Erkenntnis. Er war schlimmer als der Schock.

Joseph hatte gesagt, der Schmerz sei ein Geschenk und ein Weg. In meiner Verzweiflung schloss ich die Augen und versuchte, diesem Weg zu folgen. Es brannte. Ich rührte genau an der Wunde. Nur ich, hatte Joseph gesagte, das wahre Ich, der zerbrochene Teil von mir, der wehtat.

Ich versuchte es erneut, und dieses Mal schien irgendetwas in mir ruhig zu werden, dann noch ruhiger. Es war ein finsterer Ort, an dem ich nun angekommen war, aber es war eine warme Dunkelheit, die mich umgab, wie eine weiche Decke oder ein liebevolles Gespräch. Ich fand es nicht leicht, mich Gott zu öffnen und hinzuhalten, weder als glückliche Ehefrau noch als gute Mutter, nicht als Eremitin, nicht mal als gute Christin. Ich war nicht selbstbewusst und kompetent und würde es auch nie werden. Ich war einfach nur ich selbst.

Das alles geschah ohne Worte, es war mehr eine Berührung.

Da war jemand. Ein tiefer Frieden legte sich über mich und ich begann zu verstehen, dass wirklich alles gut war. Es würde sich nicht alles ändern. Morgen früh würde ich weiterhin die Entscheidung meines Mannes für eine Abtreibung hassen und mich nach seiner Berührung sehnen. Ich würde mir Sorgen machen, was aus Garrett und allen anderen werden sollte, die ich liebte. Nichts würde morgen früh gelöst sein. Noch nicht. Noch lange nicht.

Aber das war nicht schlimm.

„Ich liebe dich." Ganz leise flüsterte ich die Worte. Dann öffnete ich die Augen und gab mich wieder dem Wunder hin, das sich vor mir abspielte. „Ich liebe dich. Ich liebe dich", sagte ich und das leuchtende Wasser schien murmelnd zuzustimmen.

Ich ging näher ans Wasser, um die Lichtwellen noch besser sehen zu können. Ich sah zurück zur Hütte, wo die letzte Glut des Feuers noch glühte, und überlegte. Wenn ich nur ein wenig um den Felsen herumging, dann wäre ich außer Sichtweite.

Das Wasser war kalt. Was für eine dumme Idee. Aber der Gedanke war unwiderstehlich. Ich zog mich aus und ging hinein.

Die ersten Schritte waren furchtbar. Wenn ich das jemals schaffen wollte, dann musste ich mich schnell bewegen, schneller, als ich denken konnte. Ich rannte ein paar Meter, tauchte ein und erstarrte vor Kälte. Aber ich war mittendrin in diesem Wunder, ließ mich treiben im Auf und Ab der leuchtenden Brandung. Als ich meine Hand aus dem Wasser streckte, ging Licht von ihr aus wie von der Hand eines Engels.

Mir blieb die Luft weg, das Wasser war eisig kalt. Schnell suchte ich mit den Füßen nach dem Grund und stellte mich auf den sandigen Meeresboden. Das Wasser floss an mir herunter. Während ich zitternd vor Kälte zum Strand zurückging, sah ich an mir herab und staunte: Ich funkelte, jede einzelne Pore meines Körpers strahlte und leuchtete, übersät von blauen Sternen.

Mit meinen Händen versuchte ich das Wasser abzustreifen, dann trocknete ich mich mit meinem Schal ab, zog mich wieder an, kehrte zu unserer Hütte zurück und krabbelte hinein.

Garrett atmete tief und gleichmäßig. Ich kroch zu ihm auf die Matratze. Er hatte sich auf der Seite zusammengerollt, den Kopf gegen das Kissen gedrückt, so wie er als Kind immer geschlafen hatte. Er roch auch wieder wie mein Kind. Ich drehte mich auf die Seite zu ihm hin und beugte mich über ihn, wie ich es früher so oft getan hatte, strich die Haare aus seinem Gesicht, küsste seine Stirn und hätte ihn am liebsten von allem Bösen abgeschirmt. Er seufzte, ich legte meinen Kopf an seinen und schlief ein.

Kapitel 39

Ich wurde von einem Geräusch geweckt. Zunächst war ich mir nicht sicher, ob es echt war oder zu meinem Traum gehörte. Dann öffnete ich die Augen.

Nichts war zu hören. Ich legte mich wieder hin und hob das Segeltuch an, um hinauszuschauen. Der Himmel hatte sich bereits violett gefärbt, trotzdem war das Leuchten noch im Wasser, allerdings viel blasser, so schwach, dass ich es jetzt für Einbildung gehalten hätte, wenn ich es nicht in der Nacht gesehen hätte. Meine frisch getaufte Einbildung. Getröstet ließ ich den Stoff wieder sinken.

Da hörte ich wieder ein Geräusch. Schritte. Joseph? Ich holte Luft, um ihn anzusprechen, blieb aber still, als ich eine Flüssigkeit gluckern hörte, ganz nah an meinem Ohr.

Ich roch Benzin.

„Garrett!!!“ Er bewegte sich, wurde aber nicht wach. „Garrett!“

Jetzt schnellte er hoch, in sitzende Position. „Was ist?“

Draußen hörte ich Josephs Stimme, ein langes Brüllen. Ich kroch rückwärts aus dem Eingang. „Feuer, Garrett, raus hier!“

Er krabbelte zum Ausgang. Da hörte ich hinter ihm ein Zischen. Eine rote Flamme schlug ein Loch in den Stoff hinter ihm. Ich fiel rückwärts durch den Muschelvorhang, hinter Garrett her, gerade noch rechtzeitig, ehe die ganze

Hütte in lichterlohen Flammen aufging wie ein Reisigfeuer.

Zu meiner Linken nahm ich eine Bewegung wahr und fuhr herum. Joseph saß rittlings auf einem anderen Mann. Ich sah zwei Beine, ein paar Stiefel. Der Mann zog ein Bein an und schaffte es, sich mit dem Knie vom Boden abzudrücken und Joseph abzuwerfen. Der Fremde kam auf seine Füße.

„Darnell!" Garrett sprang ihn an wie ein wildes Tier. Darnell schlug um sich, aber Garrett hielt seine Fäuste fest. Die beiden waren ineinander verkeilt wie Hirsche mit ihren Geweihen.

Joseph stand wieder und rammte Darnell den Kopf in die Seite, sodass dieser zu Boden ging, während er wild um sich trat und versuchte, sich loszuwinden. Inzwischen war auch ich auf den Beinen und stürzte mich ebenfalls auf unseren Angreifer, und gemeinsam gelang es uns dreien, ihn am Boden zu halten. Wie Seile wickelten wir uns um ihn.

Joseph konnte, ohne Darnell loszulassen, einen Zipfel seiner Decke erreichen. Irgendwie gelang es uns durch den Einsatz unserer drei Körpergewichte und indem wir die Arme unseres Gefangenen nach hinten drehten, ihn in die Decke einzuwickeln. Während Joseph und Garrett ihn weiterhin zu Boden drückten und festhielten, holte ich meine Tasche aus Garretts Rucksack und fand mein Handy.

Als die Polizei kam, waren von der Hütte nur noch ein paar qualmende, verkohlte Überreste zu sehen und die Wellen rollten mit einem letzten, schwachen Schimmer glitzernden Lichts auf den Sand.

Kapitel 40

Mein Handy meldete mir 27 entgangene Anrufe, alle von Susanne. Ich rechnete mit dem Schlimmsten und wählte ihre Nummer.

„Charlie! Was ist passiert? Ich habe immer und immer wieder versucht, dich zu erreichen. Gerade laufen hier die Nachrichten, es heißt, sie haben den Brandstifter gefasst ..."

„Ich weiß."

„... in Santa Cruz! Weißt du eigentlich, was für Sorgen ich mir gemacht habe? Hattest du nicht versprochen, mich anzurufen?"

„Tut mir leid, ich war beschäftigt."

„Es war nicht Garrett."

„Doch, ich war bei Garrett. Wir haben geredet und ..."

„Nein, ich meine den Brandstifter. Es war nicht Garrett."

„Ich weiß, dass er es nicht war."

„Natürlich nicht. Trotzdem, ich war so ... wo bist du? Du wolltest doch anrufen!"

„Tut mir leid, Garrett und ich mussten so vieles besprechen, da wollte ich ..." Ich wollte ihre Einmischung nicht, aber das Wort ließ ich jetzt besser aus.

Sie seufzte. „Wie auch immer, ich habe alle Pensionen und Obdachlosenasyle angerufen. Ich war verrückt vor Sorge. Wo habt ihr denn geschlafen?"

„In einer Strandhütte."

„Wo ist die? Kann ich euch abholen?"

„Ach, Susi, bist du sicher, dass du herkommen willst?"

„Ich bin schon auf dem Weg, bin gerade noch bei Amber."

„Noch? Seit wir uns zuletzt gesehen haben? Ich dachte, du würdest in Arbeit ersticken?"

„Tue ich auch. Ich habe von hier aus ein paar Telefonate gemacht. Die Makler werden so viel wie möglich für mich erledigen und ich will gar nicht daran denken, was dort los sein wird, wenn ich wieder da bin, aber … na ja. Sie ist doch mein kleines Mädchen. Verstehst du?"

Ja, das verstand ich sehr gut. „Wie wäre es, wenn ihr zum Abendessen zu uns kommt? Wir kochen."

„Klingt super. Aber ich bringe sie mit."

„Hmm … meinst du, sie möchte Garrett begegnen?" Ich war auch nicht sicher, ob Garrett *ihr* begegnen wollte.

„Ich denke, für uns beide wäre es gut, ein bisschen vor die Tür zu kommen. Roger ist ganz außer sich. Sie sieht dir in die Augen, weint und sagt, sie wolle das Baby so sehr, aber … Charlie, ich schäle ihr einen Apfel und sitze neben ihr, bis sie ihn gegessen hat. Dann stehe ich an der Tür, wenn sie ins Bad geht. Wenn Roger zur Arbeit geht, will ich nicht riskieren, sie auch nur für eine Minute allein zu lassen."

„Ach, Susi, natürlich, bring sie mit. Aber es ist ein ganzes Stück zu fahren. Willst du das wirklich?"

„Unbedingt. Aber wie weit kann es sein? Ihr seid doch zu Fuß unterwegs."

„Ich bräuchte ein paar Sachen. Kannst du mir die besorgen?"

„Warte, ich hole mir etwas zum Schreiben."

Ich bat sie, uns ein paar Steaks zu kaufen, Kirschtomaten und Paprikaschoten, ein Pfund Kaffee … und eine Matratze.

„Eine Matratze?“

„Ja, die beste, die du finden kannst, doppelte Breite. Ich werde dir das Geld später wiedergeben. Dazu bitte ein Bettlaken, Kissen und Decke, einen Plastikkanister und einen Getränkekasten. Dazu ein paar Bahnen Segeltuch und Schnur. Außerdem ein bisschen gebrauchtes Geschirr, Teller, Schüsseln … Das wird doch in deinen Kofferraum hineinpassen, oder?“

„Ja …“

„Falls du auch noch im Buchladen vorbeikommst, wir brauchen eine Bibel. Außerdem von Henri J. M. Nouwen *Weisheit aus der Wüste,* ein Buch über Gelassenheit und inneres Wachstum am Beispiel der frühchristlichen Mönche des 4. und 5. Jahrhunderts. Davon bitte zwei Exemplare.“

Wenn man eine Strandhütte baut, dann ist es am besten, wenn man die Matratze zuerst hat und die Hütte außen herum baut. Das war eine der vielen Erkenntnisse, die ich während unserer Zeit am Strand von Joseph gelernt habe. Als die Aufregung sich wieder gelegt hatte, begann er mit gelassener Heiterkeit, eine neue Hütte zu bauen, so, als hätte er das schon unendlich oft getan. Er zeigte uns, wo wir das Treibholz hinlegen konnten, um es später einzusammeln, und woran man ein geeignetes Stück erkennen konnte.

Garrett war außer sich vor Ärger und ging am Strand auf und ab. „Ihr hättet tot sein können, ihr beiden!“

„Wir hätten alle drei tot sein können“, sagte Joseph. „Aber das ist nicht geschehen.“

„Was ist, wenn die Polizei dich auffordert, von hier wegzugehen?“

„Wenn sie es wagen, mich aus meinem Zuhause zu vertreiben, dann gibt es Ärger." Er schlug mit den Fäusten gegen seine Brust und grinste.

„Es war mein Fehler. Ich hätte dich warnen müssen. Hast du jemandem in der Stadt erzählt, dass wir hier sind?"

„Welche Rolle spielt das jetzt noch? Dieser Kerl legt keine Feuer mehr. Du hast ihn gefasst, deshalb bist du nun ein Held."

„Ich soll vor Gericht aussagen. Sie werden herausfinden, dass er von mir den Code von unserer Alarmanlage erfahren hat!" Ärgerlich trat er gegen die verkohlten Überreste von Josephs Bett.

„Aber euer Haus war nicht das einzige, das er angezündet hat. Die Codes der anderen Häuser hast du ihm nicht gegeben. Ich kann dich beruhigen: Für Dummheit gibt es keine Strafe. Aber jetzt hilf mir doch bitte, diese Matratze nach oben zum Müll zu schaffen. Mach dich ein bisschen nützlich!"

Später ging er mit Garrett am Strand spazieren. Ich sah den beiden hinterher und dachte wieder daran, wie sehr sich Larry gewünscht hätte, der Mann an der Seite seines Sohnes zu sein. Dabei fiel mir etwas ein; ich holte Larrys letzten Brief aus meiner Tasche und kletterte auf einen Felsen. Das Meer war immer noch rötlich gefärbt, vielleicht waren die roten Bereiche jetzt sogar noch größer als gestern. Das Wunder war noch nicht vorbei. Ich fühlte mich unendlich müde. Was für ein Morgen! Was für ein aufregendes Leben!

Als die Polizisten Darnell die Böschung hinaufzerrten und zu ihrem Wagen brachten, fiel mir auf, dass er Garretts Jeansjacke trug. Tatsächlich war es eine Jacke von Larry gewesen, die er getragen hatte, als wir uns kennengelernt hatten. Später irgendwann wollte Garrett sich auf einer Party als Hippie verkleiden, und Larry hatte ihm diese Jacke mit dem Friedenszeichen auf dem Rücken gegeben.

Darnell war nicht viel älter als Garrett und er steckte jetzt in ernsthaften Schwierigkeiten. Irgendwo hatte auch er eine Mutter. Die arme Frau.

Larry und ich hatten einmal davon geträumt, die Welt zu verbessern, sie sicherer und schöner zu machen, zumindest für ein paar Menschen. Später gaben wir uns dann damit zufrieden, für uns selbst eine sichere kleine Burg zu bauen, mit Alarmanlage und Sicherheitscode. Am Ende hatte sich beides als Illusion entpuppt.

Ich öffnete Larrys Brief. Das meiste davon konnte ich immer noch nicht lesen, aber ja, da stand es. Das Wort war da, mitten auf dem Papier, so klar, als hätte er es getippt: *Abtreibung*.

Ich schloss die Augen, wollte es nicht glauben. Wie viele Dinge hatte ich noch nicht gesehen, weil ich sie nicht sehen wollte? Ein Geräusch holte mich aus meinen Gedanken. Garrett kletterte zu mir hoch. Ich drehte den Brief mit der Schrift nach unten.

„Was machst du?“, fragte er.

„Ich lese einen Brief.“

„Aha. Etwas Persönliches?“ Er schickte sich an, den Felsen wieder hinunterzuklettern.

„Ja, aber für uns beide.“ Ich drehte das Blatt um und deutete auf den Platz neben mir. „Dein Vater hat Briefe an mich geschrieben, als er krank war, und dann hat er sie seinem Anwalt gegeben, damit der sie mir nach seinem Tod schickt, einen pro Woche. Damit wollte er mir über das erste …“ Ich richtete den Blick zum Himmel und atmete tief durch, um die Tränen zurückzuhalten. „… das erste Jahr hinweghelfen. Er hat aber nur noch ein paar Briefe schreiben können.“

Garrett nahm mir den Brief aus der Hand. „Das ist der letzte“, erklärte ich. „Das Meiste kann ich leider nicht lesen, aber er schreibt von Ambers Abtreibung.“

Garrett atmete schwer und wischte sich eine Träne aus dem Augenwinkel. „Das ist seine Handschrift?“

„Er hat gezittert“, sagte ich schlicht.

„Wie schlimm war es denn?“

„Sehr schlimm. Er konnte am Ende gar nichts mehr selbst tun. Er hatte einen künstlichen Darmausgang und wurde über eine Sonde ernährt. Am Ende war er ganz abgemagert. Seine Lunge war verschleimt, in den Nächten musste ich ihn immer absaugen ... und ... vielleicht habe ich das nicht gut genug gemacht.“ Mühsam presste ich die Worte heraus. „Er bekam eine Lungenentzündung und sein Körper war zu schwach, um damit fertig zu werden.“

Garrett legte den Kopf in seine Hände. „Ich hätte bei euch sein sollen. Aber ich konnte seinen Anblick nicht ertragen. Was hätte ich sagen sollen? Ich war so ...“ Er raufte sich die Haare. „Ich hätte ihm gern alles ins Gesicht geschrien, aber dazu war es zu spät. Ich wollte nicht mitansehen, wie er starb. Mama, es tut mir so leid.“

„Ach, Garrett, mein Lieber.“ Ich legte meine Arme um ihn und drückte seine knochigen Schultern. Dann murmelte ich mein eigenes Geständnis. „Ich habe zuletzt kaum noch mit ihm geredet. Er konnte seine Augen nicht mehr öffnen und so sah er immer aus, als würde er schlafen. Vielleicht hat er auch oft geschlafen. Trotzdem war er auch da und hat mich gehört. Also sagte ich solche Sätze wie: ‚Es ist ein schöner Tag heute, Liebling. Soll ich die Vorhänge aufziehen? Wollen wir etwas Sonne hereinlassen?‘ Es muss schrecklich geklungen haben, so künstlich-fröhlich und von oben herab, wie eine Krankenschwester, die jeden Tag Dutzende von Patienten betreut. Aber ich war doch seine Frau ...“ Ich ließ ihn los und kaute an meinen Nägeln. „Ich dachte, vielleicht finde ich noch etwas Wichtiges in dem Brief, soweit ich ihn lesen kann.“

Garrett hielt das Blatt hoch und kniff die Augen zusammen. „‚*Liebe Charlie. Unsere Tage… sind…*'" Er sah genauer hin. „Vergebung. ‚*Ich muss um Vergebung bitten… Chef hat genauso viele Buchstaben wie Gott.*'" Garrett knurrte. „Typisch Papa. Das hier heißt ‚*Entscheidungsträger*', und hier…" Einen Moment lang konnte er nicht sprechen. „Hier steht, du hättest dein Enkelkind sicher sehr geliebt, es wäre jetzt fünf Jahre alt." Er faltete den Brief zusammen. „Er bittet darum, dass wir ihm vergeben."

Was sollte ich dazu sagen?

Nach einem Moment sah Garrett zur Seite. „Als ich zu Darnell ging und ihn auf das Feuer angesprochen habe, sagte er eine Menge dummes Zeug. Aber er nannte mich auch einen ‚armen, kleinen, reichen obdachlosen Jungen'. Weil ich die Wahl habe. Ich kann genauso gut auch einfach nach Hause gehen. Also, jedenfalls vor dem Feuer konnte ich das…"

„Garrett, ich glaube nicht, dass es Darnell etwas angeht, warum du das tust."

„Aber es ist einfach so. Ich will mit dem Geld von Papa nichts zu tun haben, seit ich weiß, was er damit bezahlt hat."

„Um Himmels Willen! Dann denk doch einfach daran, dass es auch mein Geld ist. Ich habe auch dazu beigetragen, gearbeitet und gespart, für dich."

Er antwortete nicht.

„Garrett?"

„Ich will nicht mein ganzes Leben lang so zornig sein. Ich will ihn nicht hassen. Aber ich weiß auch nicht, was ich dagegen tun soll."

„Mir geht es genauso. Ich wünschte, ich wüsste die Antwort."

Er nickte. Wir blickten auf das rote Wasser, das am Abend wieder leuchten würde, als sei der ganze Sternenhimmel hineingestürzt. Ich dachte an mein Gebet der vergangenen Nacht.

„Wir müssen es nicht heute lösen“, sagte ich.

„Genau das hat Joseph auch gesagt.“

Joseph schon wieder. Für wie viele junge Leute war dieser Mann ein Ersatz für die fehlenden Eltern gewesen? Bald würde Garrett ihn wieder brauchen, wenn ich ihm sagen würde, dass wir uns einem Thema stellen mussten. „Garrett, ich habe etwas getan, was dir vielleicht nicht recht sein wird. Amber wird heute Abend mit uns essen.“

„Amber? *Hier*? Warum?“

„Ich habe Susanne eingeladen, ohne zu wissen, dass sie Amber auch mitbringen würde. Garrett, Amber ist schwanger.“

„Schwanger ...“ Er schüttelte den Kopf. „Na, schön für sie.“

„Ja, nur dass es da ein Problem gibt. Sie isst nichts, deshalb ist sie in einem kritischen Zustand. Sie könnte das Baby verlieren.“

Garrett fuhr sich mit beiden Händen durch die Haare. „Ich habe sie sehr lange nicht gesehen, Mama.“

„Ach, du hast recht, es ist blöd. Ich kann anrufen und den beiden absagen.“

„Sie wird denken, dass ich ein Penner bin.“

„Du wirst denken, dass sie magersüchtig ist.“

„Ich werde vieles denken. Warum müssen du und Susanne auch immer noch befreundet sein?“

„Nun, weil ...“

„Das war ein Witz.“

Ich boxte ihm in die Rippen. „Sie bringen auch eine neue Matratze für Joseph mit.“

„Oh, das ist super, die braucht er. Wirst du mit Susanne zurückfahren?“

„Ich weiß nicht. Würdest du das wollen?“ Keine Antwort. „Was hast du jetzt vor?“

„Joseph helfen, eine neue Hütte zu bauen.“

„Die wird in ein paar Stunden fertig sein.“

„Denkst du, er-“ Garrett schluckte. „Denkst du, Joseph ist ein guter Einfluss für mich?“

„Auf jeden Fall, er ist ein guter Mann. Aber …“ Aber was? Ich wischte mir ein paar Tränen aus den Augen. „Er hat kein Telefon.“

„Ich könnte eins besorgen.“

„Wie würdest du es aufladen?“

„Es gibt kleine Handkurbel-Generatoren für Handys. So einen könnte ich benutzen.“

„Wirklich? Gut. Wirst du dein Erbe antasten, um deine Rechnungen zu bezahlen oder suchst du dir wieder einen Job?“

„Bei Vector wollten sie aus mir einen Larry Denys Junior machen. Ich muss mir etwas anderes überlegen, Mama. Zuerst werde ich ein kleines bisschen von meinem Erbe nehmen und ein Handy anschaffen.“

„Ich muss dir noch etwas gestehen. Als ich Susanne bat, einige Sachen für Joseph zu besorgen, habe ich ihr versprochen, dass du ihr das Geld dafür geben wirst.“

„Ich?“ Er schubste mich sanft mit seiner Schulter. „Warum ich?“

„Weil ich kein Geld habe.“

„Ich auch nicht.“

„Nein, ich meine, ich habe wirklich kein Geld. Ich habe alles weggegeben.“

„Wie, weggegeben?“

„An gemeinnützige Vereine und für Stipendien. Ich habe mir nur einen kleinen monatlichen Betrag übrig gelassen.“

„Warum?“

„Ich wollte mich von all dem Materiellen freimachen und ganz einfach leben und mich nur auf Gott ausrichten, so wie Franz von Assisi oder Teresa von Ávila."

„Ohne Witz? Die heilige Charlotte von Saratoga?"

„Santa Cruz."

„Na gut, Charlotte von Santa Cruz."

„Nachdem dein Vater gestorben und das Haus abgebrannt war, dachte ich, jetzt sei die Zeit gekommen, um diesen Lebensstil einmal wirklich auszuprobieren."

„Aber alles wegzugeben ist mehr als das nur mal auszuprobieren, oder?"

„Es verändert alles."

„Allerdings."

„Kannst du dich an unser Grundstück in den Bergen erinnern? Darauf steht eine kleine Hütte." Er grinste verzerrt, als hätte er Kopfschmerzen. „Die Nachbarn halfen mir, ein neues Dach zu bauen. So ist es jetzt ganz schön dort. Dort wohne ich."

„Gehst du wieder dorthin zurück?"

„Ja."

Er schüttelte fassungslos den Kopf.

„Ich glaube, das ist das erste Mal, dass ich dich mit etwas überraschen kann. Das gefällt mir."

„Du hast mich schon überrascht, als du in meinem Schlafsack auf dem Boden geschlafen hast."

„Immer noch besser als der Beton in meiner Hütte."

„Du schläfst auf Beton?"

„Na ja, mit einer Isomatte. Und seit Neuestem habe ich einen Teppich. Aber empfehlen kann ich das trotzdem nicht."

„Kann ich dir auch eine Matratze kaufen?"

„Ich würde nicht Nein sagen."

„Sag mal, was ist eigentlich der Unterschied zwischen deinem neuen Leben und dem eines Obdachlosen?"

„Nun, zunächst mal habe ich ein Handy."
„Das werde ich mir auch besorgen."
„Außerdem bin ich fünfzig Jahre alt. Ich habe nicht mehr mein ganzes Leben vor mir ..."
„Nicht?"
„Nicht so viel wie du."
„Wenn ich ..." Er rieb sein Kinn. „Wenn ich das meiste Geld jetzt einfach nicht anrühre und bei Joseph bleibe und so wie du lebe, sagen wir mal, für ein paar Monate, hätte ich dann nicht immer noch sehr viel von meinem Leben vor mir?"
„Genau wie ich auch", lächelte ich. „Würdest du auch versuchen, Gott näherzukommen?"
„Vielleicht auch das, ja."
„Wirst du mich manchmal anrufen?"
„Ja, das mache ich."
„Wirst du dich waschen?"
„Ab und zu." Er grinste.
„Du hast ja genug Wasser vor der Tür."
„Stimmt."
„Wäre es auch in Ordnung für dich, wenn du ein Auto hättest?"
„Nein, das wäre nicht in Ordnung."
„Aber kommst du auch mal zu mir nach Hause zum Essen? Ich werde sehr gutes Essen machen und dich abholen."
„Nächsten Freitag?"
„Abgemacht. Jetzt musst du mir nur noch erklären, wie das mit dem Kurbel-Ladegerät geht."

„Also", sagte Susanne, „jetzt zeig mir doch mal, wo du die letzten Tage warst." Ihre Stimme klang beschwingt, beherrscht und so angestrengt, dass ein schriller Ton darin lag.

Wir standen neben ihrem Auto und sahen auf Josephs Strand hinunter. Der Wind pfiff zwischen zwei Felsen hindurch. Ihre Augen tasteten den Sand nach rechts und nach links ab, man konnte das Gelände kilometerweit überblicken. Garrett und Amber waren unten am Wasser. Joseph machte gerade ein Feuer. Kein Haus war zu sehen. Am Straßenrand lag ein kleiner Haufen verkohlter Sachen.

„Hier", sagte ich.

Sie bewegte sich lange nicht. Dann hob sie eine Augenbraue. „Freiluftcamping?"

„Genau."

„Und die Matratze ist für ...?"

Es dauerte ein bisschen, bis ich ihr das erklärt hatte. Ich gab mir Mühe.

„Irgendwie bekomme ich das Gefühl, dass du doch nicht für mich arbeiten wirst ..."

„Ruf am besten Cammie an und bitte sie, zurückzukommen. Erzähl ihr von der milderen Chefin mit dem neuen Stressbekämpfungsprogramm."

„Willst du jetzt etwa hier wohnen?"

„Nein, natürlich nicht, ich gehe wieder nach Hause."

„Nach Hause?"

„Ja, nach Hause." Ich lächelte.

„Aber was ist mit Garrett? Wird er auch in deiner Hütte wohnen?"

„Nein, er will hier leben."

„Ach, Charlie! Ich versteh das einfach nicht. Kannst du nicht im Häuschen von Mrs Jorgen ebensogut beten wie in dieser Hütte? Sie hat einen wunderschönen Rosengarten. Ich bin mir sicher, sie würde dir gerne erlauben, deine Gebetszeiten dort am Springbrunnen zu verbringen. Wenn du für mich arbeitest, kannst du gern auch im Büro entsprechende Pausen machen, du weißt, dass ich damit noch nie ein Problem hatte, und –“ Sie bemerkte meinen Blick und hob die Hand. „Schon gut.“

„Susi, wie soll ich dir das erklären? Ich will mehr als dazwischengequetschte Gebetszeiten. Es gibt viel tiefere Bereiche in mir, eine ganz andere Dimension der Gemeinschaft mit Gott. Ich habe sie schon aus der Ferne gesehen und ich kann jetzt nicht mehr so tun, als ob sie nicht da wäre und mein Leben an der Oberfläche weiterführen. Das geht nicht mehr.“

Ich war lauter geworden, um mich gegen Susannes Stimme zu behaupten. Das gefiel mir. Aber ich sah ihr an, dass sie mich nicht verstanden hatte. Ich zuckte hilflos die Achseln.

„Schau sie dir an“, sagte sie und nickte in die Richtung, wo unsere Kinder standen.

Ich hatte die Augen nicht von ihnen gelassen. Garrett und Amber standen nebeneinander am Strand wie zwei Felsen in der Brandung, steif und still, fünf Meter auseinander. Selbst von hier oben konnte man sehen, wie unwohl sie sich miteinander fühlten.

„Wer weiß, ob sie glücklich geworden wären“, sagte Susanne, „wenn sie geheiratet hätten.“

„Damals waren sie aber sehr verliebt.“

„Denkst du manchmal an das Baby, das sie damals verloren haben?“

„Ich denke ständig an sie, die ganze Zeit.“

„Sie?“

„An Angeline.“

Sie lächelte. „Angeline ist ein schöner Name.“

„Was ist mit Roger? Ist er gut für Amber?“

„Roger ist wunderbar. Ich glaube, dieser Junge – *Mann* – wird immer zu ihr halten. Aber um Amber mache ich mir große Sorgen.“ Sie schüttelte den Kopf.

Es war ein Schock gewesen, Amber wiederzusehen. Ihr Bauch wirkte dicker, als es für eine Schwangerschaft in diesem Stadium angemessen schien. Als ich sie umarmte, spürte ich ihre Rippen. Ich wollte nichts Falsches sagen und wählte ein vermeintlich neutrales Thema: „Ich hoffe, du wirst unsere Spießchen mögen“, sagte ich und hätte mich gleich darauf ohrfeigen können.

Unten am Strand drehte sich Garrett zu Amber und sagte etwas. Ohne ihn anzusehen zuckte sie mit den Schultern. Garrett wandte sich wieder ab.

„Sollen wir sie erlösen?“, fragte ich.

Während wir Joseph halfen, seine Hütte wieder aufzubauen, löste sich unsere Anspannung. Susanne, Amber und ich wischten den Ruß von den Muscheln und Glasstücken, die weiterhin Josephs Vorhang bilden würden. Amber ärgerte sich, weil der Schmutz teilweise einfach nicht abgehen wollte, so sehr sie es auch versuchte. Garrett beugte sich zu ihr und sah sich ihre Scherbe an. Dann meinte er, durch die Verfärbung und die Beschädigung sähe sie jetzt besser aus. „Es ist eine Scherbe mit einer Geschichte.“

Zum ersten Mal an diesem Tag sah ich ein Lächeln in Ambers Gesicht.

Wir breiteten eine Segeltuchbahn auf dem Boden aus und legten die Matratze darauf. Nach Josephs Anleitung schichteten wir die Wände aus Treibholz auf, danach das Dach. Die Perlen und Scherben fädelten wir auf neue Schnüre.

„Sehr schön“, erklärte Amber, als alles fertig war.

„Ein kräftiger Windstoß, und alles bricht zusammen“, sagte Susanne.

„Das ist schon oft passiert“, bestätigte Joseph.

„Dann baut er einfach eine neue Hütte“, erklärte ich.

Während Joseph das Innere seiner Hütte einrichtete, bereiteten wir das Essen vor.

„Garrett“, sagte Amber unvermittelt, „ich weiß noch, wie du das erste Mal diese Spießchen gegessen hast. Wir waren noch Kinder. Als dein Papa nach dem Essen auf deinen Teller sah, hattest du *alles* aufgegessen, auch das Holz, nur die Spitzen waren noch übrig.“

„Wenigstens habe ich etwas gegessen“, sagte er. „Weißt du noch, wie du damals beim Abschlussball ohnmächtig geworden bist, weil du den ganzen Tag nichts gegessen hattest außer ein bisschen Sellerie?“

„Das war peinlich, zumal ich auf den Füßen von Krista Tan landete. Aber immerhin – das Kleid hat gepasst!“

„Heute wirst du essen.“ Er machte eine Bewegung mit dem zur Hälfte gespickten Stäbchen, an dem er gerade arbeitete.

„Ja, ja, ich esse Sellerie *und* Karotten.“

„Nein, ich meine das ernst. Du könntest das Baby verlieren.“

„Ich kann dir genau sagen, wo das Baby ist, es ragt unübersehbar hier vorne aus mir heraus. Ich werde es bestimmt nicht verlieren, da brauchst du dir keine Sorgen zu machen.“

„Ich meine das ernst.“

„Ich auch. Wenn das vorbei ist, möchte ich in meine Jeans passen. Mag sein, das ich das Baby irgendwo auf einer Toilette verliere, so ein hoffnungsloser Fall, wie ich bin, aber wenigstens passe ich dann wieder in meine Jeans.“

„Amber, hör auf“, bat Susanne.

„Danach können wir beide es ja noch einmal miteinander versuchen, Garrett, falls Roger mich dann nicht mehr will.“

„Ich will es nicht noch einmal versuchen“, sagte er.

„Ach, stimmt ja, ich vergaß, du hasst mich."
„Ich hasse dich nicht."
Amber verstummte und sah ihn an. Er hatte Tränen in den Augen. „Ich wünsche dir, dass es dir gut geht. Ich wünsche dir, dass du dieses Baby bekommst und eine großartige Mutter wirst. Ich wünsche dir, dass du mit Roger glücklich bist. Ich hasse dich nicht, Amber. Aber bitte, bitte iss etwas."

Dies war ein heiliger Moment, das wusste ich, während ich meinen Jungen beobachtete. Vielleicht spürte Amber es auch. Sie wischte sich die Tränen weg und nickte.

Während wir zu Abend aßen, wiederholte sich das bezaubernde Schauspiel der vergangenen Nacht, nur dass heute Abend fünfzig Galaxien auf einmal unseren Strand in ein glitzerndes Meer verwandelt hatten.

Garrett, Joseph und ich tauschten vielsagende Blicke aus. Aber Susanne sah es gar nicht. Sie hörte mit gerunzelter Stirn Joseph zu, der erzählte, wie es kam, dass er alles verloren und sich hier am Strand ein neues Leben aufgebaut hatte. Amber aß einen ganzen Teller leer und bat um Nachschub, aber sie starrte die ganze Zeit ins Feuer und sagte kaum ein Wort.

Sahen sie denn wirklich nicht, was mit dem Wasser los war?

„Hast du dir überlegt, einen Anwalt einzuschalten?" Susanne zog eine Tomate von ihrem Spieß.

„Einen Anwalt?", fragte Joseph.

„Abhängig natürlich davon, was die Gründe für das Fehlen der Gelder waren. Aber warum solltest ausgerechnet du das alles allein zurückzahlen?"

„Was könnte da ein Anwalt helfen?"

„Wenn du das Geld hättest, könntest du ein neues Leben anfangen."

„Ich *habe* ein neues Leben angefangen."

„Nein, ich meine ..."

„Hallooo!" Der Rufer stand auf einem Felsen in der Nähe der Straße.

„Roger!" Amber sprang auf.

Joseph half Roger, indem er ihm mit dem Licht seiner Taschenlampe den Weg wies. Amber rannte ihm entgegen und die beiden kehrten eng umschlungen zum Feuer zurück. Amber redete die ganze Zeit, ihre Blicke waren auf das Gesicht ihres Mannes geheftet.

„Hey, ihr habt mir nicht gesagt, dass ihr so weit außerhalb der Stadt seid", sagte Roger. „Fast hätte ich euren Wagen nicht gefunden."

„Ich hatte gar nicht damit gerechnet, dass du wirklich kommen würdest", sagte Susanne. „Hast du Hunger?"

„Ich habe das meiste schon aufgegessen, du kommst fast zu spät", sagte Amber.

„Wirklich?" Er lächelte, beugte sich hinunter und küsste sie.

Susannes Augen weiteten sich ... dann fixierte sie eine leuchtende Stelle hinter meiner Schulter. „Charlie", sie atmete heftig, „sieh doch nur!"

Amber drehte sich nun ebenfalls um. „Was ist denn das?"

Joseph kicherte.

„Meeresleuchten", sagte Roger. „Ich habe schon den ganzen Tag über in den Nachrichten davon gehört."

„Stimmt, es kam etwas in den Nachrichten", bestätigte Susanne, „aber ich war so beschäftigt mit den Meldungen über die Verhaftung des Brandstifters, dass ich gar nicht genau hingehört habe. Das ist ja unglaublich!"

Die anderen gingen hinunter und wie gestern wurde Tango und Twist getanzt, während die Gischt ihren Sternenglanz in die dunkle Nacht versprühte. Ich musste an spielende Kinder und Feuerwerk denken.

Ich blieb am Feuer. Es war so schön, hier zu sitzen, Josephs Flötenmelodie zu lauschen, die sich mit dem Rauschen des Meeres und den Freudenrufen der anderen verband, meinen Sohn zu beobachten und zu wissen, es würde ihm gut gehen.

Die Luft fühlte sich auf meiner Haut wie Seide an. Ich wickelte mich in meinen Schal und schloss die Augen. Alles in mir sehnte sich danach, wieder diesen Weg in die Tiefe meiner Seele hinabzusteigen. Charlotte die Gebrochene, die Unsichere, die jeden Tag neu aus frischen Wunden Blutende. Charlotte, die Geliebte.

Etwas in mir begann, sich im Takt der Flöte zu bewegen und ich wagte einen langen, ruhigen Tanz mit dem Einen, den zu finden ich immer gehofft hatte. *Breite deine Arme aus.* Ich hörte den Gedanken, nicht die Worte, und gehorchte. Ich spürte Finger, die sich zwischen meine woben, und war Teil eines Kreises von miteinander verbundenen Händen. Theresia von Lisieux war da und hatte ihre Rosen mitgebracht. Franz von Assisi machte einen Kopfstand. Teresa von Ávila aß ihr Hähnchen und Juliana von Norwich lächelte ihr wissendes Lächeln. Thomas Merton war bei uns, Henri Nouwen und andere, viele andere, die ich nicht kannte. Jeder ihrer Schritte setzte leuchtende Sterne frei. Als mir schwindlig wurde, kamen wir zum Stehen.

Ich musste es einfach probieren: „Ist er da?“

Eine Gasse bildete sich in der Menge und beinahe schüchtern trat Larry nach vorn. Ich schlug eine Hand vor den Mund und weinte.

Dies wäre die Gelegenheit gewesen, ihm all die Fragen zu stellen, die mich bewegten, aber an diesem Ort kam mir keine Frage in den Sinn. Er streckte mir seine Hand entgegen und ich ergriff sie, verbunden in einer Liebe, die tiefer war als alles, was wir bis dahin gekannt hatten. Es würde noch genügend Zeit geben, gemeinsam in die Antworten hineinzuwachsen. Für den Augenblick genügte es. Es war genau richtig und wunderschön.

Ich hörte das Lachen meines Sohnes am Strand und öffnete meine Augen. Der süße Duft der unsichtbaren Welt hüllte mich noch ein, während unten am Wasser die Lichter aller Sterne des Himmels funkelten.

Nachwort

Ich erhebe mich von meiner Abendmahlsfeier und stecke mir noch ein Stück der Zimtschnecke in den Mund. Die Rosinen sind aufgequollen, saftig und weich, sie zergehen im Mund. Zimt, Hefe, Zucker und geröstete Nüsse – wollte ich der Liebe einen Geschmack zuordnen, müsste es dieser sein.

Es klopft an der Tür, ich öffne. „Russ!"

Freudestrahlend tritt er ein. „Ich würde sagen, jetzt haben wir sie!" Er zeigt mir einen neuen Entwurf für die Einladung zu Indias Hochzeit. Wir haben schon sieben Vorschläge durch; der Grafiker ist ein Kunde von Russ. „Wenn sie diese auch nicht mag, dann muss ich ihn zweimal umsonst massieren."

India weiß genau, was sie will. Die angedeuteten Herzen gefielen ihr nicht, das sei ihr zu süßlich, meinte sie. Die pure Schriftgrafik ohne Skizzen war ihr zu nüchtern. Als er Waldblumen und ein Vogelnest gezeichnet hatte, verdrehte sie die Augen und sagte, das sei Kitsch. Den Entwurf mit Mond und Sternen fand sie „zu New Age".

Das hatte mich erstaunt. „Wirklich?"

„Ich lese das Hohelied der Liebe von Salomo, wie du mir geraten hast", hatte India erklärt, „und ich finde es gar nicht seltsam, gleichzeitig die Geliebte – im biblischen Sinn – und eine Braut – ganz menschlich – zu sein."

„Und was ist mit deiner weißen Magie?“

Langsam hatte sich ein Lächeln über ihr Gesicht ausgebreitet. Mehr Antworten hatte ich nicht bekommen, jedenfalls nicht in dem Moment.

Sie wird eine Braut sein, schon in drei Monaten. „Zeig mal, was er sich diesmal ausgedacht hat.“ Ich strecke ihm meine Hand entgegen und Russ zieht die Karte aus einem Umschlag aus Manilapapier.

„Oh, Russ!“ Ich streiche mit einer Hand über das Papier, die andere Hand führe ich ehrfürchtig an den Mund. Die Skizze zeigt India, von Garretts Armen umschlungen.

„Ich habe das Foto vor ein paar Monaten gemacht, als sie so auf meiner Veranda standen.“

Das Lächeln der beiden ist perfekt getroffen, auch die Wärme in ihren Augen.

Ich erinnere mich an den Tag, als Gil mit seinem Lamborghini vorfuhr und India mit ihrem Baby wieder zu ihrem Laden zurückbrachte, um sein Leben mit einer anderen Frau fortzusetzen. Ein größeres Geschenk hätte er mir nicht machen können.

Vier Tage später kam Garrett zum Essen, wie jeden Freitag. Ich verfügte mittlerweile dank der von Russ und Ben verlegten Stromleitung über einen kleinen Kühlschrank und eine Herdplatte und hatte eine leckere Rindfleischsuppe gekocht. Ich stellte Blumen auf meinen kleinen Holztisch und machte einen Salat und India und Estelle brachten frisches, selbstgebackenes Vollkornbrot mit.

Später schlug ich vor, India sollte Garrett ihren Garten zeigen. Ich nahm Estelle auf den Arm und sah hinter den beiden her, wie sie Seite an Seite die Straße hinuntergingen. Und da dachte ich: *Natürlich!*

Es dauerte nicht lange, bis die beiden das gleiche dachten. India brachte Garrett bei, wie man Brot backt und Garrett hatte einige Ideen, wie man den Laden verbessern könnte.

Und nun bereiten wir ihre Hochzeit vor.

Ich sitze auf der Kante des Bettes, das Garrett mir gekauft hat und streichele mit den Fingern wieder und wieder über die Zeichnung. Dies ist mein Sohn mit dem Mädchen, das ich liebe wie eine Tochter. „Russ, es ist wunderschön."

Er setzt sich auf meinen Stuhl. „Ben und ich haben überlegt, dass dieses Häuschen nicht so dunkel wäre, wenn du ein größeres Fenster hättest. Wir könnten das ohne großen Aufwand für dich machen."

„Das klingt richtig gut. Vielen Dank. Danke für alles."

„Es war Bens Idee."

„Weißt du, wie es Brenda geht?"

„Natürlich weiß ich das. Sie sagt, ich sei ihr bester Freund – und sie hat einen neuen Liebhaber."

„Ach, Russ."

„Er scheint nicht übel zu sein, mag allerdings ihre Frisur nicht und findet, sie trage die falschen Farben."

„Sie ist einfach dumm, muss ich leider sagen. Warum kommt sie nicht zu dir zurück?"

„Eines Tages vielleicht. Mal sehen, wie lange es mit diesem Malcolm geht."

„Ist jemand zu Hause?" Das ist Indias Stimme. Mit zwei Schritten bin ich an der Tür und öffne, dann fällt mein Blick auf das kleine Mädchen, das in orangefarbenem Schlafanzug und roten Turnschühchen dasteht.

„Mein kleiner Stern!"

Estelle lässt die Hand ihrer Mama los, sagt: „Oma!" und tappt auf unsicheren Beinen in meine ausgebreiteten Arme. Ich hebe sie auf meine Hüfte und küsse ihre Wange. Sie legt einen Arm um meinen Hals, bettet ihr Gesicht an meiner Schulter und nuckelt am Daumen.

„Ich habe ein Kleid gekauft", sagt India und hält einen Karton hoch. „*Das* Kleid! Ich habe es in einem kleinen, altertümlichen Laden gefunden, es hat nicht viel gekostet.

Ich habe auch neue angesehen, aus organischen Fasern, aber Hanfseide ist so teuer. Diese Kleid ist ein Original aus den Zwanzigerjahren!“

„Das klingt ja super. Schau mal, Russ hat einen neuen Entwurf für die Einladungskarten gebracht.“ Ich reiche die Karte weiter.

„Ich habe eine Frau gefunden, die aus meinen eigenen Gartenblumen den Brautstrauß und die Deko …“ Als ihr Blick auf die Karte fällt, stockt sie. „Das ist … das sind wir!“

„Gefällt es dir?“ Russ rutscht auf der Stuhlkante nach vorne.

„Es ist traumhaft schön! Wunderbar.“ Sie hat Tränen in den Augen.

„Ich kann dir gar nicht sagen, wie froh ich bin, dass es dir gefällt.“ Russ stützt die Hände auf seine Knie und steht auf. „Jetzt willst du aber bestimmt dein Kleid anprobieren, da werde ich euch mal lieber allein lassen.“

Kaum ist er draußen, zieht India Jeans und T-Shirt aus, nimmt das Kleid aus dem Karton und schlüpft hinein. Mit einer eleganten Bewegung hält sie ihre langen Haare zu einer Hochfrisur zusammen und richtet sich auf.

Sie hätte als Model für Erté gehen können, den berühmten Modedesigner der Zwanziger- und Dreißigerjahre, wenn sie früher gelebt hätte. Dieses Etuikleid mit seiner nach unten verlängerten Taille unterstreicht ihre Figur so vorteilhaft, dass sie aussieht wie eine schlanke Weide im Frühlingswind.

„Warst du jemals so schön?“, frage ich staunend.

„Ich glaube nicht.“

Estelle hebt ihr Köpfchen, reibt sich die Nase und kuschelt sich an meine andere Schulter. India setzt sich neben mich aufs Bett.

„Weißt du“, sagt sie, „es ist schon eine Weile her, dass ich nicht mehr an Magie glaube.“

„Wie kam das?“

„Das war in der Zeit, als ich wieder mit Gil zusammen war. Es dauerte nicht lange, bis ich erkannte, was für einen Fehler ich begangen hatte. Er wurde wegen jeder Kleinigkeit wütend. Sogar wenn die Kleine *weinte*, rastete er aus. Ich hatte eine Vaterfigur für Estelle und finanzielle Unterstützung bekommen – das war genau das, was ich mir mit Hilfe der Magie gewünscht hatte. Aber die Kehrseite dieses Wunsches hatte ich nicht miteingerechnet. Da verlor ich meinen Glauben daran, dass die Zauberei irgendetwas Gutes bewirken kann. Ja, mag sein, dass man sich auf diesem Weg irgendwelche oberflächlichen Wünsche erfüllen kann, aber zu welchem Preis? Es gab nichts Heiliges, beschloss ich, ich musste einfach nur sehen, dass ich durchkam. Alles war besser, als mit dem Baby allein zu sein und es nicht zu schaffen. So sagte ich gar nichts mehr und tat alles, was er wollte. Aber ich konnte nicht verhindern, dass Estelle weinte.“

Mich beschleicht Angst. *Was kommt jetzt?* India redet weiter: „Eines Abends fuhren wir zu seinem Laden in Apros. Während der Fahrt beschimpfte er mich mal wieder. Ich versuchte, einfach nicht hinzuhören und sah aus dem Fenster auf das Meer. Da sah ich plötzlich etwas ganz Ungewöhnliches, eine Art Lichterscheinung, als tanzten Feen auf dem Wasser. Wenn die Wellen sich brachen, leuchtete es hell auf. Ich wies Gil darauf hin, aber er sah nur kurz zur Seite und meinte: ‚Das sind bloß Algen.‘ Dann fuhr er fort, mich zu beschimpfen. Aber als ich das sah, da wusste ich ganz sicher, dass es doch auch eine unsichtbare Welt gibt – nur vielleicht anders, als ich bisher dachte.“

„Allerdings. Jeder Schritt, den wir gehen, berührt heiligen Boden, davon bin ich überzeugt.“

„Ach, fast hätte ich es vergessen. Wenn es dir nichts ausmachen würde, würde ich mir gerne den Rosenkranz und die Kette von meiner Oma ausleihen, nur für die Hochzeit."

„Weißt du was? Ich werde sie dir zurückgeben."

„Zurückgeben?"

„Als Hochzeitsgeschenk. Der Rosenkranz war ohnehin nur ausgeliehen, stimmt's?" Ich nehme ihre Hand. „Jetzt sind diese Sachen für dich noch wertvoller als früher und du wirst sie aufbewahren und eines Tages Estelle geben wollen."

Indias Augen werden wieder feucht. „Ich bin so froh, dass du auf diesen Berg gekommen bist."

Auch ich bin sehr glücklich darüber.

Estelle hebt ihr Köpfchen. „Tertsen", sagt sie und plustert ihre Wangen auf.

„Später, kleiner Stern. Später darfst du alle Kerzen auspusten."

„Hallo?" Das ist Garrett.

„Nein, du darfst nicht reinkommen!", ruft India erschrocken. „Er darf mich doch nicht in dem Kleid sehen."

Eilig zieht sie sich wieder Jeans und T-Shirt an und legt das Kleid sorgfältig in die Schachtel zurück, ehe sie die Tür öffnet. Sie küsst meinen Sohn, küsst ihn immer wieder. Dann schaut sie mich an. „Bist du dir sicher, dass du das möchtest mit Estelle? Ich kann auch früher zurückkommen, wenn du sie nicht die ganze Nacht behalten willst."

„Wie bitte? Natürlich will ich sie behalten!" Ich drücke das kleine Mädchen an mich und umarme India gleich mit. „Joseph mag Zimt. Sag ihm, wenn er euch traut, wirst du ihm lebenslänglich Zimtschnecken backen."

Dann sehe ich hinter ihnen her, wie sie in dem alten gelben Mercedes namens Safran davonfahren. Glücklich trage ich Estelle zurück in unser bescheidenes Heim. Ich reiße ein kleines Stückchen von der Zimtschnecke ab, picke die Nuss heraus und stecke es in ihren Mund.

„Oma“, erinnert sie mich, „Tertsen!“

„Ja. Jetzt wollen wir sie auspusten.“

Wie knien auf dem Boden, sie pustet die erste Kerze aus, dann die zweite, dritte und vierte. Nach einer kurzen Pause holt sie tief Luft, bläst ihre Bäckchen auf, beugt sich vor und löscht mit einem kräftigen kleinen Atemstoß die letzte Kerze.

Wir kriechen zusammen ins Bett und liegen nebeneinander in der Dunkelheit. Ich küsse ihre Stirn, halte ihre Hand und begebe mich auf den Weg hinein in mein tiefstes Inneres, wo ich ohne Masken und Fassaden bin. Und die kleine Estelle nehme ich mit an diesen Ort, wo wir beide inniglich geliebt werden.

Indias Zimtschnecken

125 ml Milch
½ Würfel Hefe
250 g Vollkornmehl
(oder Weißmehl)
1 EL Butter
85 g Zucker
½ TL Salz
50 g Walnüsse
1 Eigelb geschlagen
3 EL Pflanzenöl
60 g brauner Zucker
2 TL Zimt
60 g Rosinen

Sirup:
125 ml Agavendicksaft
oder Honig
125 g brauner Zucker
30 g Butter

Ein Muffinblech mit Fett ausstreichen.

Die Milch aufkochen und anschließend abkühlen lassen, bis sie nur noch warm ist. Die Hefe darüber bröckeln.

Öl und Butter verrühren, 85 g Zucker und ½ TL Salz einrühren. Weiter rühren, bis alles locker und schaumig ist. Die Hefe-Milch-Mischung und soviel Mehl zufügen, wie nötig ist, um einen weichen Teig herzustellen.

Auf ein leicht bemehltes Backbrett geben und verkneten.

Den Teig anschließend zu einem Quadrat mit einer Dicke von ca. 2 mm ausrollen. Mit geschmolzener Butter bestreichen.

Den braunen Zucker und den Zimt vermischen. Das Teigquadrat damit sowie mit den Rosinen und den Walnüssen bestreuen.

Das Teigquadrat vorsichtig wie einen Teppich aufrollen. In 12 gleich große Scheiben schneiden.

Den Sirup zubereiten, indem man den Agavendicksaft mit dem braunen Zucker und der Butter erhitzt, bis alles geschmolzen ist.

Etwas von dieser Mischung in jede Vertiefung des Muffinblechs geben. Die Teigscheiben hineinsetzen. Zudecken und 1 Stunde gehen lassen (bei Weißmehl: bis der Teig das doppelte Volumen erreicht hat).

Im vorgeheizten Ofen bei 190 °C 12–15 Min. backen.

Aus dem Ofen holen, das Blech umdrehen und die Schnecken herauslösen. Während die Schnecken noch verkehrt herum liegen, das Blech wieder darüberlegen, sodass der Sirup in das Gebäck hineinsickern kann.

MIX
Papier aus verantwortungsvollen Quellen
FSC® C014496

Verlagsgruppe Random House FSC® N001967
Das für dieses Buch verwendete FSC®-zertifizierte Papier
Classic 95 liefert Stora Enso, Finnland.

Die amerikanische Originalausgabe
erschien im Verlag David C. Cook, Colorado Springs, USA,
unter dem Titel „The Feast Of St. Bertie".

1. Auflage 2013
Bestell-Nr. 816788
ISBN 978-3-86591-788-1
Umschlaggestaltung: Hanni Plato
Umschlagfoto: Corbis/iStock Photo
Satz: Uhl+Massopust, Aalen
Druck und Verarbeitung: GGP Media GmbH, Pößneck
Printed in Germany